LA POUDRIÈRE D'ORIENT

* * * *

Le Beau Danube bleu

Paru dans Le Livre de Poche :

LES AMOUREUX DU BRÉVENT

LES ENFANTS DE LA PATRIE
1. Les Pantalons rouges
2. La Tranchée
3. Le Serment de Verdun
4. Le Chemin des Dames

LA POUDRIÈRE D'ORIENT
1. L'Enfer des Dardanelles
2. Le Vent mauvais de Salonique
3. Le Guêpier macédonien
4. Le Beau Danube bleu

PIERRE MIQUEL

La Poudrière d'Orient

****

Le Beau Danube bleu

SUITE ROMANESQUE

FAYARD

ISBN : 2-253-11328-X - LGF
ISBN : 978-2-253-11328-7 - LGF

Le coupe-gorge de Constantinople

Lucia Benedetti est attendue sur le quai de l'Orient-Express, remis en service pompeusement par les Allemands depuis l'entrée en guerre de la Bulgarie et affichant sur le flanc de ses wagons-lits l'orgueilleux panneau Berlin-Constantinople. Magnifique dans sa cape de drap gris bordée de zibeline et sa toque d'astrakan semblable à celles des officiers supérieurs ottomans, elle surveille les porteurs qui déchargent ses douze malles de cuir fauve constellées d'étiquettes à l'enseigne des grands hôtels de Munich, Milan, Madrid, Zurich et Sofia.

La main droite dégantée, un homme effleure les ongles laqués de la voyageuse tout en claquant des talons à la manière d'un attaché militaire, comme s'il avait pour mission de conduire séance tenante la *persona gratissima* à l'ambassade d'Allemagne ou dans quelque palace d'Istanbul, une des capitales du IIe Reich en guerre.

L'homme aux cheveux blond de lin se présente: *Graf* Rudolf Von Hauser, des services très spéciaux de l'ambassade d'Allemagne.

La chanteuse ne semble nullement surprise par cet accueil quasi officiel à la gare de Sirkeci, terminus des chemins de fer d'Europe. Elle n'échange pas une parole avec le *Junker* de charme, dans la limousine grise de l'écurie impériale qui arbore l'aigle noir sur sa plaque blanche, et le fanion noir, blanc et rouge sur son aile avant.

Les lumières de la rive d'Asie brillent au loin, au-delà

de la colline de Galata, jusqu'à Scutari, de l'autre côté du Bosphore. Lucia allume de son briquet d'or guilloché une cigarette russe longue et rose et s'installe confortablement sur les sièges de cuir de la Mercedes. Peu soucieuse de son avenir immédiat, inconsciente comme à l'accoutumée, elle profite de l'instant présent. Elle n'a pas besoin de se persuader qu'elle est une vedette comblée, attendue par le public choisi de la plus belle ville d'Orient, elle n'est pas plus que ce qu'elle veut paraître. Depuis bien longtemps, elle a évacué la vraie Lucia.

À Munich, les maîtres allemands du renseignement ne lui ont posé aucune question sur l'échec de sa dernière mission en Suisse, comme si elle n'était pour rien dans le vol des plans de la mobilisation grecque par le colonel Valentin, ou comme si ces plans n'étaient que des faux destinés à égarer l'état-major du général Sarrail à Salonique. Lucia n'a jamais été tenue au courant du détail ni de la finalité d'une opération. Elle a joué un rôle de figuration, comme au théâtre.

Elle a fait son deuil du séduisant capitaine russe Maslov, qui l'avait introduite auprès du roi Constantin de Grèce exilé dans les Alpes bernoises. A-t-il rejoint, comme il l'avait laissé entendre avant de prendre la fuite, le domaine de sa famille à Samara, sa province d'origine ? Les Français l'ont-ils *donné* aux Allemands, et ceux-ci aux Bolcheviks ? À qui se fier dans ce monde étrange du renseignement ? Saura-t-elle jamais la vérité ? Son bel amour parti, elle n'a pas songé, comme la Lorelei des légendes rhénanes, à se précipiter dans le fleuve du haut d'un rocher.

Amoureuse sans doute, mais non désespérée. Elle se souvient avec amertume que le beau Maslov ne l'a séduite que par devoir. Celle qu'il a véritablement aimée n'était autre que cette pseudo-espionne, fusillée par les Français, la quelconque Mata-Hari qui dansait quasiment nue dans les salons bourgeois des capitales d'Europe. Encore s'est-il dégagé lâchement, sans rien tenter pour aider cette dernière, dès qu'un juge d'instruction militaire a froncé les sourcils. Non, le capitaine Maslov ne méritait décidément pas que l'on mourût d'amour pour lui.

Le Prussien à la nuque raide, son nouveau compagnon de voyage, sent bon le *Cuir de Russie* dont se parfument alors volontiers les hommes de sa condition militaire et aristocratique. Peut-être est-il homosexuel, comme tant de jeunes officiers d'état-major en Orient ? Il a le regard doux, un profil de médaille dorienne. Pourquoi lui mendierait-elle ses sourires ?

Il l'entraîne sur le plus beau site du monde, les sept collines de l'éternelle cité du grand Constantin, pour l'installer en princesse dans quelque palais luxueux. Il n'ose lui parler, peut-être ému par sa beauté, mais plus vraisemblablement attentif à respecter les ordres : introduire la jeune femme, sans répondre à ses questions, dans l'ambassade du comte Bernstorff. Il la conduira dans le bureau d'un gentilhomme de grande famille westphalienne, Franz Von Papen, un attaché militaire, en fait agent de renseignements, expulsé en 1914 des États-Unis pour une affaire d'espionnage et de sabotage.

Une ombre de tristesse voile le regard de Lucia. Pourquoi le *Graf* Rudolf Von Hauser, si élégant dans son manteau cintré, reste-t-il de marbre, droit sur la banquette, sans lui faire l'aumône d'un regard, même s'il se considère comme un soldat en opération ? Le charme de la cantatrice serait-il sans effet devant la froideur prussienne ? Rudolf est-il incapable d'oublier la guerre ? Tant de ses jeunes compatriotes ont disparu dans cette hécatombe ! L'Italienne, familière de quelques-uns de ces barons allemands, sait qu'ils restent attachés, jusqu'à leur dernier souffle, au service du Kaiser. Combien de fois lui ont-ils confié, partant pour la guerre au petit matin, coiffés de leurs colbacks à têtes de mort façon Kronprinz, que le chancelier Bismarck avait exigé qu'on gravât sur leur pierre tombale ces seuls mots : « Un fidèle serviteur de l'empereur. »

Ce jeune homme impassible sera peut-être tué demain, embroché au sabre par quelque Bédouin loqueteux et sale, sur le front de Mésopotamie. À moins qu'il ne soit fusillé à son retour dans sa maison natale de Poméranie ou de Prusse-Orientale, quand le bolchevisme, parti de Russie, aura englouti l'Allemagne entière et que Guillaume l'infirme, le Kaiser à qui il offre sa vie, prendra tel Constantin de Grèce le chemin de l'exil. Vaincu, vainqueur ? Aux yeux vert émeraude de Lucia Benedetti, ces mots n'ont pas de sens. Elle n'a jamais été émue ou déçue que par l'amour.

* *
*

Von Papen, accablé de besogne, ne lui consacre que quelques minutes. Il la prie d'excuser son maître, l'ambassadeur Bernstorff, retenu au palais d'Enver Pacha, le ministre Jeune-Turc de la guerre. L'officier semble préoccupé, débordé. Des aides de camp entrent et sortent de son bureau, attendant sa signature pour envoyer tous azimuts des ordres urgents, comme si la défense de l'Empire ottoman n'était assurée que par cette poignée de Prussiens de haut rang, et que la survie d'une cité plus que millénaire dépendît d'un quarteron de généraux allemands excédés par l'incompétence des Turcs : Von Falkenhayn, le chef suprême, entouré de ses soixante officiers d'état-major prussiens, le général Liman Von Sanders, du quartier général de Nazareth, le colonel général Von Frankenberg, nouvellement promu en Orient, et Von Kressenstein, chargé du front sud de la Palestine, menacé par le général anglais Allenby.

Les aides de camp clament devant Von Papen le nom des destinataires des télégrammes à parapher, claquant les talons pour prendre congé. Jadis, les Ottomans ont dominé le Levant par leur agressivité guerrière. Les Prussiens ont pris la suite. Maîtres des forces armées turques, ils traitent les officiers autochtones comme des exécutants et font croire aux rudes soldats d'Anatolie que l'empereur Guillaume, leur seul chef, est un serviteur d'Allah.

Pour éviter d'accabler ce baron submergé, Lucia se laisse oublier sur une ottomane défraîchie, reléguée dans un coin de l'immense bureau.

Franz Von Papen est, auprès de l'ambassadeur, le mandataire permanent de Von Falkenhayn, le général en chef. Il appartient à Von Bernstorff d'arrondir les angles avec les dirigeants Jeunes-Turcs, de leur expliquer les nécessités de l'action militaire et d'apaiser la susceptibilité et les impatiences des officiers du cru. Il a surtout pour rôle de s'assurer de leur docilité en leur faisant sentir, à chaque occasion, que leur armée ne peut tirer un coup de canon ou une cartouche de Mauser sans les caisses de munitions débarquées des trains de la Ruhr en gare de Stamboul.

À la faveur d'une accalmie, Von Papen remarque Lucia Benedetti, tapie dans un coin sombre de la pièce. On croirait qu'elle s'est endormie. Mais il faut se méfier de ce genre de chatte persane car elle a l'oreille fine et comprend toutes les langues. Il ne sait à quelle protection mystérieuse elle doit d'être admise dans le saint des saints, se souvient soudain qu'elle est chargée par le major Curtius, chef du service de la sécurité de l'armée, de missions de renseignements, à tout le moins de contacts.

L'ambassadeur Bernstorff lui a parlé d'un dîner chez Djavid bey, le plus douteux des ministres Jeunes-turcs, responsable des finances. L'ambassadeur est convaincu que ce personnage ambigu a gardé des contacts discrets avec les Français, et peut-être aussi avec les Britanniques. Il lui a suggéré d'inviter à son dîner d'après-spectacle l'ex-cantatrice de la Scala de Milan, la sublime Lucia Benedetti, qui sera la parure étincelante de sa soirée sur le Bosphore. Ainsi permettra-t-elle, sans le vouloir ni même le savoir, aux spécialistes allemands de démasquer l'agent français ou étranger chargé de nouer les fils d'une paix séparée solidement monnayée avec le peu scrupuleux ministre des Finances, réputé capable de toutes les pirouettes dès qu'il s'agit d'argent.

Naturellement, pas un mot à Lucia. L'émissaire secret des Français sera trop heureux de lui faire la cour. Il se découvrira de lui-même. Les Français sont si vaniteux avec les femmes ! Il est bien entendu avec l'ambassadeur qu'elle n'est pas en mission, mais en représentation. Autour d'elle, et grâce à sa seule présence, les observateurs attentifs sauront repérer les intermédiaires masqués, jauger l'influence des invités étrangers du bey.

Homme du monde respectueux des usages, le baron Franz Von Papen se contente de baiser la main de Lucia Benedetti, lui souhaitant la bienvenue dans la bonne société d'Istanbul où les amateurs d'opéra l'attendent, assure-t-il, avec impatience. Son Excellence le comte Johann Bernstorff, anciennement en poste à Washington, se fera un plaisir de venir l'applaudir ainsi qu'Enver Pacha.

Ces bonnes paroles n'impressionnent pas Lucia. Elle connaît l'hypocrisie de cette noblesse de service prussienne employée dans le renseignement, toujours prête à l'utiliser dans des opérations dont elle ignore tout, et même à laisser croire aux Français qu'elle entre dans leur jeu. Elle admire seulement chez le baron Von Papen, officier de cavalerie intégré depuis le début de sa carrière dans les services spéciaux, une aisance de diplomate rompu aux manières de cour, si éloignée de la roideur militaire du jeune Rudolf Von Hauser qui attend dans l'antichambre, prêt à la conduire en voiture au meilleur hôtel du quartier de Péra.

Elle quitte l'ambassade à regret. Que ne l'a-t-on logée dans cette somptueuse résidence entourée de vignobles, d'où l'on peut admirer à la fois le fouillis des barques de la Corne d'Or et, dans les lointains, les caïques à voiles multicolores portés vers les Dardanelles par le fort courant du Bosphore.

La voiture s'engage sur le pont de Galata, encombré de troupes, pour gagner le quartier européen de Péra, au sommet de la colline dominant le quartier maritime, sur l'autre rive de la Corne d'Or. On a jugé plus conforme à son rôle son installation en fanfare dans une suite du grand hôtel de Londres, un palace, il est vrai défraîchi depuis la guerre, où les Turcs accueillaient, avant les événements de 1914, les plus grandes vedettes venues d'Europe.

* *
*

Le lendemain, la jeune femme est appelée vers onze heures au salon d'accueil de l'hôtel où l'attend, en uniforme, un capitaine turc portant les insignes de l'armée de Djemâl Pacha, en opération devant le général anglais Allenby au nord de Jérusalem.

Cette visite n'est pas prévue au programme. Lucia s'en étonne. Elle est sans doute surveillée de près par les services allemands et surtout par la redoutable organisation spéciale mise en place par Enver Pacha, la *Techkılat-ı Muhsûsa*, qui laisse périr ses victimes torturées dans des prisons humides avant de les faire disparaître en mer. Elle s'habille à la hâte et, dans un bref instant de lucidité, songe à demander la protection des Allemands.

– Je suis Bechara Chamoun, dit le capitaine en lui baisant la main. De Beyrouth, au Liban.

Son français parfait, son sourire éblouissant lui inspirent aussitôt confiance. Ce jeune homme est sans doute d'une grande famille libanaise, et Beyrouth est le port le plus riche de la côte orientale de l'empire. Il ne peut être aux ordres de la police secrète des Jeunes-Turcs qui traque partout les opposants. Les Libanais, comme les Arméniens, sont du nombre des victimes de la persécution policière, surtout les maronites[1], chrétiens et francophones.

1. Les maronites, chrétiens du Liban, tirent leur nom de Maroun, leur premier patriarche de 1489. Ces chrétiens ont conservé le rite

– Je suis un ancien élève du collège des jésuites, confesse-t-il en italien, pour la rassurer plus encore. Chez eux, j'ai appris votre langue, et aussi le français.

Seuls les héritiers des riches familles d'armateurs et de négociants fréquentent cet établissement, ainsi que le collège installé à grands frais par les Américains soucieux d'affirmer leur présence culturelle et religieuse dans la région. Lucia aime les jeunes gens beaux, riches et cultivés. Elle suit celui-ci sans hésiter ni même savoir où il la conduit, pensant que son uniforme turc assure leur sauvegarde commune. Elle obéit à sa suggestion et remonte dans sa chambre pour chausser des souliers plats. L'idée de marcher dans le vieux Stamboul l'enchante. Elle se surprend à ne pas formuler la moindre objection, à ne poser aucune question, comme si cet ange aux boucles brunes avait pris en main son destin.

– Il fait si beau, l'enjôle-t-il. J'aimerais marcher avec vous dans Galata.

Il fait signe à son chauffeur de les suivre à bonne distance et offre son bras à la jeune femme, aussitôt repérée par une dizaine d'indicateurs. Bechara Chamoun ne s'en soucie guère. Avec discrétion, il pose au galant homme que la compagnie d'une aussi éclatante beauté ne peut que flatter, croyant ainsi écarter les soupçons.

– Constantinople est, après Rome, la plus belle ville du monde. Les incendies répétés et la guerre n'ont pas réussi à la défigurer. Les minarets, les mosquées et les palais restent présents sur la Corne d'Or. Je suis trop heureux de vous en dévoiler les trésors secrets.

Pour la première fois elle s'inquiète. Où la conduit-il au juste ? S'est-elle livrée, sans méfiance, à une tentative de détournement ? Un bref coup d'œil suffit à la

---

syriaque et se rattachent à la famille chrétienne des uniates. Ils reconnaissent l'autorité du pape, acceptent les dogmes catholiques, mais gardent leur liturgie et leur autonomie.

convaincre que le chauffeur a abandonné la voiture pour les suivre à pied, son revolver à la ceinture. Il ne s'en cache pas, il a sans doute reçu des ordres. Elle s'en veut un instant de son imprudence. À Bucarest, déjà, elle avait enlevé corps et biens cet officier français, Émile Duguet, pour passer avec lui un jour de folie dans les bois aux fraises parfumées, au risque d'attirer l'attention des agents allemands. De nouveau une faiblesse incompréhensible. Bechara est si beau.

– Entrons dans cette église, suggère-t-il. Elles sont rares dans Istanbul, la ville aux mille mosquées.

Le garde du corps s'arrête à l'entrée. Seuls dans la nef, ils s'avancent aux accents d'un chant profond venu de la tribune.

Dans ce quartier, les musulmans sont minoritaires. Les habitants viennent d'Europe, de Russie, d'Orient surtout.

Bechara se signe, désigne à Lucia la vasque de marbre du bénitier, et contourne un groupe de femmes en prière devant la statue de saint Antoine de Padoue. Un franciscain en robe blanche les accueille en souriant.

– Vous êtes dans une église catholique, murmure-t-il, nullement déconcerté par l'uniforme d'officier turc du jeune homme. Tout proche est le palais de France, aujourd'hui déserté par son personnel diplomatique. Si vous croyez en Notre-Seigneur Jésus-Christ, ne partez pas. Je vais dire la messe dans un instant.

Bechara le maronite s'incline en baisant la main du *padre*. Lucia soupçonne une connivence secrète. Le Libanais connaît-il le père ? Il entraîne Lucia vers une porte discrète qui donne accès, sur le bas-côté, à une ruelle étroite. Ils passent devant le palais de Venise – l'ancienne ambassade d'Italie, également déserte – pour entrer dans une autre église, toute proche, où ils sont accueillis par un franciscain de l'observance. Le saint homme les conduit devant l'icône miraculeuse de la Vierge gravée sur bois, rescapée de plusieurs incendies. Lucia suit son guide d'une église à l'autre, reprenant confiance. Elle comprend que Bechara, grâce à sa connaissance du quartier chrétien de Péra, égare ainsi les mouches de la *Techkilât* lancées à leurs trousses.

* *
*

– La donatrice de cette église, au XVIe siècle de notre ère, s'appelait Clara, explique le *padre* en italien. Génoise sans doute, et fille de négociants très influents à la cour du sultan, la sainte femme nous a permis de poursuivre notre culte depuis tant de générations. Vous êtes italienne, n'est-ce pas ? dit-il en se tournant vers Lucia.

– *Si*, répond-elle en esquissant une révérence. *Sono da Milano*.

Il ne pose aucune question au capitaine de l'armée turque, décidément connu des franciscains. Il devine, s'il ne le sait déjà, que Bechara Chamoun est un Libanais, et se demande toutefois pourquoi il porte l'uniforme. Il sait très bien que l'exemption du service s'achète dans l'empire au prix de quarante livres turques, somme modique pour les richissimes négociants de Beyrouth. Seuls les pauvres se laissent embrigader. Capitaine à vingt ans, celui-là sera colonel l'année d'après. À la réflexion, il n'échappe pas à la sagacité du *padre* que la « carrière militaire » de ce jeune homme riche est probablement tracée par les siens, qui entendent disposer d'un allié à l'état-major de Djemâl Pacha, dont les unités occupent le Liban. Aux yeux du général Jeune-Turc, Bechara est l'otage d'une grande famille qui dispose, avec ce fils chéri, d'un informateur dans la place, au besoin d'un protecteur auprès du tout-puissant proconsul.

La présence de la jeune Italienne intrigue davantage le *padre*. Elle ne vient certainement pas en droite ligne de Milan ni de Rome. L'ambassade d'Italie comme celle d'Angleterre sont fermées depuis longtemps. Seul dans le quartier, le consulat américain maintient devant son portail ses portiers monténégrins en pantalons bouffants et gilets étriqués, dont les larges ceintures sont garnies de pistolets. C'est que le président Wilson n'a déclaré la guerre ni à la Turquie ni à la Bulgarie, mais seulement à l'Allemagne et à l'Autriche-Hongrie. Les étrangers sont nombreux dans ce quartier de Péra, et, de mémoire de Turc, ils n'ont jamais été persécutés. Pas même les Français ou les Italiens qui sont restés sur place, pris par leurs affaires, depuis le début de la guerre.

« Cette jeune femme, se dit le franciscain pour rassurer sa conscience, sera la fille d'un des riches Génois de Péra. Mais ce couple doit tout de même se méfier, les mouches deviennent agressives et les prisons sont pleines. »

Le capitaine turc lui glisse alors quelques mots à l'oreille, en confidence.

– Suivez-moi, répond seulement le *padre*.

Il sort le premier par la porte basse qui conduit à une ruelle dont le pavé résonne du pas cadencé d'une patrouille de surveillance. Les soldats, dotés de fusils neufs, portent le curieux casque de l'infanterie d'Anatolie qui ressemble à un turban et s'aplatit bizarrement sur le front. Le *padre* revient sur ses pas, et attend que l'escouade ait passé son chemin pour faire signe aux étrangers de sortir. Il devient clair aux yeux de Lucia que Bechara est un officier très spécial, aussi peu turc que possible. Il bénéficie dans la ville d'un réseau de protection discret, celui du clergé catholique, extrêmement dévoué aux maronites du Liban.

Les voilà dans la grande rue de Péra, et le cliquetis des tramways électriques remplis de soldats et de civils vêtus à l'européenne leur fait vite oublier le silence parfumé de myrrhe et d'encens des églises. Les hommes marchent d'un pas pressé, comme sur les boulevards parisiens, sortant du siège d'une compagnie d'assurances dont le sigle peut être anglais ou américain. Les employés d'une succursale de banque allemande sont occupés à décrocher un drapeau impérial de la façade. Lucia s'en étonne.

– Les Allemands ne sont-ils pas vos alliés ?

– Sans doute, sourit Bechara, mais le maire d'Istanbul

a donné des ordres. Les Turcs n'aiment pas voir les couleurs des Hohenzollern envahir leurs bâtiments. Ils sont fort jaloux de leur indépendance et ne tolèrent que le drapeau rouge marqué du croissant sur les bâtiments publics.

Les femmes se pressent devant la vitrine des magasins, habillées à la milanaise, chaussées à la française. Plus de voiles, de *tcharchafs* noirs ou gris, ni de soieries traditionnelles. Les hommes ne portent que rarement le fez.

– Les Turcs sont peu nombreux à Péra, commente Bechara. Il ne faut pas dire à un musulman d'Istanbul qu'il est turc. Ici, le mot turc désigne une sorte de rustaud illettré venu d'Asie centrale, sans usages, sans civilité. Les Stambouliotes se disent Osmanlis, descendants d'un peuple aussi ancien que la Grèce. Et les autres sont des Levantins, ceux que les Osmanlis appellent avec mépris les *tatli su frenghi*, les Européens d'eau douce. Pourtant, ces émigrés n'ont pas débarqué à Galata du dernier bateau. Ils sont issus de familles italiennes ou françaises installées depuis des générations, frottées de Grecs et d'Arméniens. Ils parlent les langues européennes, sauf l'allemand qu'ils détestent et qui ne s'apprend pas dans les bonnes maisons.

Ils viennent aussi, comme moi, du Liban, ajoute-t-il en pressant amicalement le bras de Lucia. Je suis un étranger ici, comme vous, et la plupart des habitants de Péra sont dans le même cas.

C'est une entreprise périlleuse que de traverser la grande rue. Bechara Chamoun s'y risque, enlevant presque la jeune femme dans ses bras. Sans doute veut-il semer les éventuelles filatures en se faufilant parmi les tramways avant de s'engouffrer en hâte sous le portique du lycée franco-turc de Galata Saraï.

Lucia comprend que c'est le terme de leur voyage. Le chauffeur de l'officier, pilotant de nouveau sa voiture, s'est garé au carrefour et patiente au volant, moteur en marche. Un Turc en costume traditionnel, fez et culotte bouffante, les attend à l'entrée. Il les conduit aussitôt vers le cabinet du directeur, dans cet ancien palais du grand vizir Ibrahim Pacha, entièrement ruiné et reconstruit en établissement scolaire, à l'européenne.

* *
*

Salih Arif bey, petit homme aux cheveux gris et soignés, au col blanc cravaté d'une lavallière, les accueille avec affabilité. Il ressemble, dans son costume noir à pantalon rayé, au proviseur du lycée Henri-IV.

On grelotte dans son bureau dont le poêle est éteint, faute de charbon. Mais un serviteur apporte aussitôt du café bouillant. Des invités font leur entrée, sans doute des professeurs dispensés de classes pour la circonstance. Salih Arif les présente, dans un français impeccable : le plus ancien, Blanchong, enseigne dans l'établissement depuis plus de trente ans. Il n'a pas voulu le quitter à la déclaration de guerre, pas plus que ses collègues français, tel Francis Bidois, qui travaille depuis de nombreuses années à la rédaction d'un guide de tourisme s'inspirant du Baedeker. Protégés par leurs courageux proviseurs, ces enseignants ont continué à accueillir leurs élèves, pensant qu'il leur appartenait de maintenir, envers et contre tout, la présence littéraire de la France au sein des familles turques ardemment francophiles.

Les persécutions des Allemands d'Istanbul ne les ont pas rebutés. On leur a imposé des collègues teutons qui se sont trouvés si isolés, faute d'élèves, qu'ils ont abandonné leur poste d'eux-mêmes. Malgré les représailles, le directeur a tenu bon et les fonds privés des grandes familles de la capitale lui ont permis de subsister, même si le chauffage et la nourriture n'ont pas toujours été assurés en quantité satisfaisante. Les classes ont continué, en français, vaille que vaille, et neuf cent cinquante élèves, presque tous sujets turcs – qu'ils soient juifs ou latins –, ont supporté stoïquement les privations. Le proviseur tient à montrer son tableau d'honneur et à citer les noms des enfants de hauts fonctionnaires, mais aussi d'anciens responsables politiques arméniens, syriens, libanais, brimés par les Jeunes-Turcs, souvent arrêtés et déportés.

– Nos professeurs, assure Salih Arif bey, ont l'esprit de tolérance propre à l'Université française. Ils enseignent aussi le grec moderne et les principales langues orientales. Ils recherchent l'apaisement, la fin des querelles de races et de nations. Ils ont même des Bulgares pour élèves. Le lycée doit rester, malgré la guerre, un havre de paix. Nous devons sa création au sultan Abdul Aziz et à l'ambassadeur de France, Bourée, en 1868. Depuis lors, des générations de responsables turcs, civils et militaires, sont sortis de notre établissement. Les Jeunes-Turcs s'en sont-ils émus ? Ils n'ont pas eu le courage de nous expulser.

– Je leur aurais tiré les oreilles, plaisante Blanchong, professeur de langues et de littérature. Quelques-uns d'entre eux ont suivi mes cours. Ils n'ignorent rien de la clémence d'Auguste, ni des plaintes d'Andromaque captive de Pyrrhus, encore moins de Bajazet le cruel. Les décors de Racine viennent d'ici, de la plaine de Troie, des sérails de Constantinople, des ruines de Palestine. L'Orient fait partie de notre culture. Nous n'oublions jamais de rappeler aux élèves que leurs ancêtres envoyaient des ambassadeurs à la cour de Louis XIV.

– Quant aux Italiens, précise Salih Arif dans la langue de Lucia, ils ont fondé ce quartier de Péra où nous sommes, et construit la tour de Galata, du temps de l'empire de Byzance. Les sultans conquérants se sont bien gardés de nuire aux puissants négociants de Gênes, qui ont financé l'entretien de leurs remparts, de leurs palais et de leurs églises. Vous êtes ici chez vous, *cara signorina*.

Lucia, très mal à l'aise, scrute le visage de l'aimable proviseur, aussi impassible et courtois que s'il présidait un conseil de classe ou une distribution des prix. La présence d'un corps enseignant français, donc ennemi, dans une ville contrôlée par des maîtres intransigeants, lui semble anormale, inquiétante même.

Elle a remarqué, dans le Bosphore, la coque striée de bandes blanches et bleues des sous-marins allemands ; le palais de l'ambassade où elle a été accueillie est une sorte d'annexe de l'État-major prussien, les *frères teutons* interdisent aux Turcs de parler la langue de la nation ennemie, des touristes en chapeaux tyroliens envahissent les échoppes de la grande rue de Péra, Von Papen se croit le maître de la ville… et voici que dans un lycée français, miraculeusement épargné par le nationalisme agressif des Enver Pacha et consorts, on parle de Racine, de Bajazet et des marchands génois. La guerre sainte est déclarée et pourtant les franciscains laissent grande ouverte la porte de leurs églises. Les soldats français ont péri par dizaines de milliers aux Dardanelles, et leurs compatriotes professeurs continuent d'enseigner dans un établissement turc !

Pour Lucia, tout cela tient du prodige. Mieux : Bechara Chamoun, un capitaine en exercice de l'armée ottomane, membre de l'état-major de campagne de Djemâl Pacha, l'un des plus ardents généraux Jeunes-Turcs, n'y trouve rien à redire. Il sourit aimablement aux remarques des vieux enseignants comme s'il était l'un de leurs anciens élèves. Il reste d'une discrétion remarquable sur le but de sa visite en compagnie de la cantatrice italienne qui s'informe poliment sur la vie des spectacles en ville. Salih Arif bey lui assure avec courtoisie que beaucoup de divas de la Scala se sont succédé ici, à Péra, devant les salles les plus enthousiastes, et qu'elle est attendue elle aussi avec impatience, comme si l'Italie en guerre contre la Turquie ne guignait pas, à la chute de l'Empire ottoman, les antiques comptoirs génois et vénitiens.

* *
*

Après avoir remercié les professeurs, le proviseur attire ses hôtes dans son salon particulier, meublé de fauteuils Voltaire et de canapés *modern style*. Salih Arif bey change de ton, s'adressant à Lucia à voix basse.

– Vous avez eu raison de faire confiance à Bechara, lui confie-t-il. Rien ne vous obligeait à le suivre et vous ignoriez tout de sa démarche. Je suis confus de vous avoir fait prendre un risque en venant jusqu'à nous. Il est grand temps de vous informer. Vous devez savoir que notre ami appartient à l'une des plus influentes familles maronites du Liban, et que les siens militent depuis plusieurs générations pour obtenir, sinon leur indépendance, du moins leur autonomie.

Les Maronites chrétiens et les Druzes musulmans constituent, dans la montagne libanaise, un fragile équilibre que les Jeunes-Turcs ont remis sottement en question en privilégiant les musulmans au nom de la guerre sainte. Ils ont voulu imposer l'unionisme turc, une sorte de centralisation politique et culturelle, dans ce pays où la coexistence est difficile entre les communautés religieuses. Ils ont surtout entraîné le Liban dans leur guerre, au mépris des intérêts des riches négociants du port. Beyrouth ne peut survivre s'il est coupé de Gênes, de Naples, de Marseille, de Barcelone et de Lyon, surtout.

Lucia donne des signes d'approbation, mais aussi d'ennui. Elle a du mal à s'intéresser à ces questions complexes, et ne voit pas où ses interlocuteurs veulent en venir. Comme toujours lorsqu'elle est embarrassée, elle fredonne mentalement les premières mesures de la *Traviata*.

– Il faut aussi préciser que tous les Jeunes-Turcs n'étaient pas d'avis d'entrer en guerre aux côtés de l'Allemagne, intervient l'officier. Le général Djemâl, un des chefs historiques du comité Union et Progrès [1],

1. Organisme ayant réussi la révolution jeune-turque de 1908 et mis en place un pouvoir collégial.

voulait s'allier aux Français. Notre ministre des Finances Mehmed Djavid le soutenait de tout son poids. La décision d'accepter l'or allemand a été prise par trois hommes seulement : le grand vizir Sa'îd Halim, nommé à ce poste par le comité, le ministre de l'Intérieur Tal'at et le généralissime Enver Pacha. Le faible sultan Mehmed V a laissé faire, par crainte des Russes. Notre entrée en guerre est le résultat d'un véritable complot, et les maronites mes frères en sont ulcérés.

La jeune femme se trouverait-elle au cœur d'un autre complot, celui des Ottomans, Turcs et Libanais, hostiles à la guerre et à la dictature du trio infernal ? Être l'égérie passive d'une telle entreprise n'est pas son fort. Elle ne sait comment le faire entendre à l'avenant Bechara, toujours souriant, comme s'il poursuivait, quelles que fussent les circonstances, la même conversation mondaine.

Salih Arif bey comprend qu'il est allé trop loin dans sa rage de convaincre. La cantatrice n'est pas une *pasionaria*, et sans doute pas même une espionne. Il ne sait comment conclure. Bechara le relaie :

– J'ai de bonnes nouvelles à vous donner du colonel Valentin, en poste dans la cavalerie sur le front de Palestine, lui dit-il, sans se départir de son urbanité. Il m'a conseillé de faire appel à vous pour un petit service. Vous êtes, m'a-t-il assuré, grâce à votre charme auquel il est sensible, la seule à pouvoir intervenir avec diplomatie.

Lucia sursaute. Le colonel français ne manque pas d'audace ! Non seulement il l'a abandonnée en pays de Berne dans la gueule du loup, lui promettant de l'enlever aux Allemands, mais il n'est pas intervenu pour la tirer des griffes du docteur Curtius, un ancien archéologue de renom international devenu le maître redoutablement compétent du service allemand de renseignements dans les Balkans. C'est ce Curtius qui l'a entraînée en Allemagne de force, presque prisonnière. Il l'a ensuite remise aux chefs militaires et diplomatiques du Reich, en poste à Istanbul, Dieu sait pour quelle mission obscure, et sans rien lui préciser, à son habitude.

Elle se croyait au moins quitte envers les Français, auxquels elle avait remis, à ses risques et périls, et à l'instigation pressante de son amant russe Maslov, des documents concernant la mobilisation secrète de l'armée royaliste grecque dont elle ignorait bien sûr la teneur. Et voilà que ce Valentin reprend contact avec elle par personne interposée, dès son arrivée à Istanbul, pour la pousser dans quelque nouveau stratagème et sans lui garantir ni sécurité ni profit, comme si tout lui était dû. Merci, colonel Valentin ! Quant au séduisant Bechara, elle réalise enfin que ses dents éblouissantes sont d'un loup, que son sourire charmeur cache une résolution féroce.

Sa pratique d'aventurière lui permet de garder son sang-froid et de sourire à son tour.

– Le colonel Valentin est un charmant compagnon, je suis heureuse qu'il soit sauf, et qu'il pense toujours un peu à moi.

– Non seulement il y pense, mais il y compte, précise Bechara, intraitable. Au dîner qui suivra votre récital, vous serez placée entre le général Von Frankenberg et le ministre des Finances Djavid bey.

– Exaltante perspective, murmure Lucia.

– Rassurez-vous. Dès votre mission remplie (il se garde d'en préciser les termes), de beaux cavaliers turcs en uniforme vous inviteront à quelque valse lente. Au moindre danger, ils vous conduiront dans les monts du Liban, où vous serez accueillie par ma famille et sur mon honneur protégée. N'êtes-vous pas lasse d'entendre parler l'allemand ?

* *
*

La mission acceptée – comment s'y dérober sans encourir la colère des services alliés, omniprésents en

Orient[1] ? –, la cantatrice fait mine de retrouver sa bonne humeur, mais accable Bechara Chamoun de ses caprices. Refusant la voiture et le chauffeur, elle exige de monter dans le tramway électrique, installé en ville depuis peu de temps, pour redescendre la grande rue de Péra vers le port.

Heureusement, à deux heures de l'après-midi, il n'est pas bondé, mais les places assises sont prises, et les femmes ne sont pas admises à l'avant. Qu'importe, Bechara lui offre son bras, et Lucia pénètre d'un pas gracieux sur la plate-forme en tête du tram, une première loge d'où l'on peut assister à la descente impressionnante vers le pont de Karakoy, que les serviteurs du sultan, jadis, munissaient de chaînes solides durant la nuit pour parer aux raids des corsaires ennemis. Lucia se sent gênée d'être la seule femme présente à l'avant du véhicule. Tous les voyageurs ont les yeux fixés sur elle.

– Je croyais les femmes turques libérées par Enver Pacha.

– Pas dans les trams. Les isoler, c'est les protéger, ne croyez-vous pas ? L'avant-scène est ici réservée aux policiers et aux officiers. Vous êtes privilégiée.

Cette attention est censée la flatter. Bien sûr, la grande Lucia *da Milano* n'est pas une femme comme les autres. Les divas ont tous les droits.

À la première halte, sans demander son reste, Lucia se faufile vers la sortie, s'ouvrant un passage à force de sourires. Bechara a du mal à la suivre. Ils se retrouvent au cœur du quartier populeux de Galata, qui, par sa densité bariolée, décourage les filatures.

Elle presse le pas, sans plus s'occuper de son compagnon. Cherche-t-elle à se perdre dans la foule pour demander asile à quelque patron grec de caïque, puis le payer son poids d'or pour qu'il souque complaisam-

1. Lucia pense au 2e bureau français, mais aussi à l'Intelligence service britannique.

ment vers le sud, vers la liberté, et la reconduise jusqu'au Caire, en naufragée volontaire ? Bechara, lancé à sa poursuite, croit à un nouveau caprice de la *bellissima*. La connaissant à peine, comment pourrait-il deviner le désir irrépressible qui la pousse vers une fuite éperdue ?

Il ne peut l'empêcher de s'engager d'un pas vif et précis sur les dalles poussiéreuses de la rue du Pavé-Raide. Il la détourne de justesse des rues abominables des Cinq-Piastres et des Dix-Piastres, dans le quartier toujours dangereux des marins en mal d'amour. Sur la place de Kara Keuil, dernier caprice de la fausse diva : elle veut traverser le pont extérieur, le *Valideh Sultan Keuprisi*.

Bechara Chamoun saisit résolument la main de Lucia et l'oblige à marcher près de lui, repoussant avec autorité les collecteurs de péage en robes blanches. Elle avance vers Stamboul au milieu de soldats casqués à l'uniforme verdâtre, d'hommes coiffés de fez, de turbans rouges, jaunes, verts et blancs pour les prêtres et les imams, de melons et de canotiers pour les rares Levantins osant se risquer dans cette foule.

Ici les femmes sont voilées, accompagnées de leurs servantes noires ou circassiennes, même si elles portent des souliers français ou italiens. Les burnous immaculés des Bédouins venus de Syrie se mêlent aux pantalons bouffants des Albanais. Bechara protège généreusement de la convoitise des soldats trois sœurs catholiques poussant une voiturette chargée de nourriture pour les affamés.

– Place ! Place ! crient des porteurs titubant sous de lourdes cantines d'officiers.

– Des Arméniens ! Ils ne les ont pas tous assassinés, constate Bechara, non sans surprise. Nous les avons vus passer dans le désert par familles entières, décharnés, dénudés, proches de la fin. Les gardiens kurdes ont jeté les cadavres par centaines de milliers dans le Tigre et l'Euphrate. Les rescapés se sont cachés dans Istanbul.

Ils sont esclaves ou bien très riches, à l'abri provisoire de leurs palais.

Un religieux vêtu d'une robe grise, coiffé d'un cône de feutre, est photographié par des touristes bavarois en culottes de peau.

– Un derviche tourneur. Ces gens-là sont intouchables. Enver Pacha lui-même n'a pas réussi à les embrigader dans l'armée.

Lucia s'arrête au milieu du pont, immobile comme une mule. À ses pieds, sur la Corne d'Or, s'alignent les pontons qui protègent la mer intérieure contre les raids des sous-marins anglais. Elle contemple les grands navires de commerce échoués là à cause du blocus, aperçoit le yacht impérial du sultan, bord à bord avec celui du khédive d'Égypte, reconnaissable aux sphinx bleus peints à sa poupe. Des officiers allemands pressés rentrent dans leur quartier flottant, le vapeur *General*, arborant le pavillon maritime impérial.

Lucia s'en détourne pour embrasser d'un regard la rive d'Europe qu'elle ne reverra peut-être jamais. Au-delà du tournoiement incessant des caïques se dressent les mosquées éblouissantes et la sublime Sainte-Sophie, rêve fou de l'empereur grec de Byzance Justinien, surmontée après la conquête arabe du croissant d'Allah. Les merveilles se touchent presque – les mosquées du sultan Sélim, du sultan Achmet, de Bajazet et de Soliman le Magnifique – dont les colonels pachas voudraient retrouver la gloire perdue.

– Y aura-t-il, demain, un sultan à Constantinople ? murmure avec nostalgie le maronite.

Toujours impressionné par le faste de la capitale qui s'enfonce dans les flots comme Venise, Bechara Chamoun pense que la richesse de l'empire était de cultiver jadis comme un bienfait la tolérance pour les peuples conquis, laissés libres par l'autorité du sultan de s'entendre entre eux pour pratiquer la religion de leurs pères : ainsi du Liban. Les Ottomans deviennent oppresseurs dès qu'ils retrouvent l'islam comme ferment d'union dans le *djihad*.

Aux yeux d'un maronite, c'est un grand malheur que le sultan Mehmed V, si affaibli par les Jeunes-Turcs, se soit laissé aller à proclamer la guerre sainte, réveillant ainsi dans tout l'empire des passions religieuses oubliées, faisant croire au peuple que le Kaiser Guillaume est le protecteur de l'islam, et musulman lui-même.

Les colonels unionistes ont-ils tiré partie de leur propagande pro-islamiste ? Les Anglais ont fait alliance avec les Bédouins du désert et les intégristes wahhabites d'Arabie. Les Jeunes-Turcs ont donc renoncé en pure perte à la politique de tolérance qui assurait la force et la cohésion de l'ancien empire. Comment fera-t-il front face aux durs alliés allemands, dont il dépend pour les approvisionnements de l'armée et même pour le paiement mensuel de la solde des serviteurs de l'État ? Au moindre signe de faiblesse ou de division, la poigne du protecteur teuton se resserre, jusqu'à se saisir de tous les leviers de commande.

Absorbé par ses réflexions politiques, le beau capitaine a perdu Lucia. Il court à sa recherche. Elle est déjà de l'autre côté du pont, dans le grand bazar égyptien.

* *
*

Il peine à se frayer un chemin dans les ruelles. La cohue des mollahs, des porteurs, des marchands à la sauvette, des jeunes gens en civil partant à l'armée une boule de pain sous le bras, encadrés par des sergents recruteurs, l'empêche d'avancer. Une foule grinçante assiège une boulangerie où l'on distribue les vivres au compte-gouttes.

Les femmes brandissent des cartes d'alimentation pour être servies. Impossible désormais de toucher un quignon de pain sans être inscrit à la mairie. La police s'est ainsi donné le moyen de recenser la population. Elle impose la mention de la religion sur le document officiel, pour repérer les opposants chrétiens ou arabes.

Le blé d'Anatolie est distribué avec parcimonie. Les stocks sont réquisitionnés par les agents de Tal'at Pacha, et acheminés vers les casernes. Effaré par ce climat d'émeute, Bechara menace de son pistolet quelques enragés tentant d'arracher un drapeau turc hissé sur une maison lors d'une victoire allemande remportée sur le front russe.

– Nous n'avons rien à faire de leurs exploits ! crient les gens. Nous voulons du pain !

Comment retrouver Lucia au milieu de ces clameurs et de ces coups ? La police se charge de dégager la rue en tirant des salves au-dessus des têtes. Le capitaine peut ainsi progresser en direction du marché égyptien. À coup sûr, la fantasque jeune femme s'y est réfugiée.

Le bazar des drogues, comme disent les Stambouliotes, est encore approvisionné par des voies mystérieuses. Dans la pénombre, les parfums d'Arabie et de Perse créent une ambiance orientale qui n'a pas manqué de séduire l'Italienne : la voilà postée devant un étal de camphre, de haschisch et de poudre noire pour philtres d'amour.

Qui peut-elle espérer envoûter ? Son amant russe, disparu dans la tourmente ? Le jeune Rudolf, Prussien au col lisse et aux cheveux fins de poupée varsovienne ? Ce Duguet rencontré à Bucarest, revu à Berne l'espace d'un mauvais souvenir, a-t-il jamais eu besoin de philtre pour tomber fou amoureux de sa beauté florentine ? Il se serait volontiers sacrifié pour elle, mais, découragé, sans doute a-t-il regagné les montagnes du Pinde où il mourra pour la France. Non, Lucia n'a pas de chance. Elle croyait lire de l'inclination dans le regard velouté du Libanais, il ne pensait qu'à ses frères maronites.

Elle se fait expliquer par Youssouf, le marchand du bazar, les mystères des drogues. Le thé du sud de la Perse rend amoureux, assure-t-il, mais les huiles d'Aden et les poudres de rhinocéros d'Afrique ont des vertus plus subtiles encore. Une pincée dans son thé redonnerait ses forces au grand vizir le plus affaibli. Il vante les qualités de l'opium léger d'Anatolie que fument avec délices les officiers allemands, si aimés d'Allah. Plus léger que le chinois, il ne laisse aucun souvenir, mais n'empêche nullement le délire nocturne.

Elle en prend une dose à toutes fins utiles, sans discuter le prix, et la plonge dans son réticule. Bechara la retrouve enfin, occupée à acheter un stock de cigarettes montées sur des *chibouks* en bois rare. Youssouf a vanté la qualité de leur tabac, le meilleur du monde, qui pousse dans la province de Samsoum, sur la mer Noire. Les acheteurs anglais l'achetaient sur pied avant la guerre. Il en fournit les princesses russes chassées par les Bolcheviks de leurs palais, réfugiées depuis peu à Istanbul dans les beaux hôtels de la Corne d'Or.

– Je voudrais pouvoir entrer, ne serait-ce qu'un instant, dans un *tekké* de derviches hurleurs, exige Lucia d'un ton pressant.

– Vous n'y serez pas admise. D'ailleurs, il se fait tard. Ne devez-vous pas vous préparer pour votre soirée ?

– Êtes-vous mon imprésario ? lance-t-elle avec humeur. Je ne partirai pas sans avoir essayé ce collier d'ambre jaune de la Baltique.

– Il te protégera contre l'œil mauvais, intervient Youssouf. Une jolie femme a toujours besoin de protection. Je te laisse ce *chibouk* pour vingt piastres. Comme tu es chrétienne, je te fais en plus cadeau d'un chapelet de perles rares, pour ta prière du soir. Elles attirent l'attention de Dieu, par privilège particulier.

Il est courtois, empressé, mais dans ses yeux brille plus que le désir de vendre. La beauté de Lucia exerce son irrésistible séduction. Encore un sourire, il lui donnerait le souk, la mule et l'icône byzantine, un ange doré qui lui sert de porte-bonheur.

– *Salaam aleikoum*, susurre-t-il. *Dona tibi pace*, comme on chante dans ton église. Ma plus belle améthyste est pour toi. Elle vient d'un évêque de Trébizonde jadis massacré par les Turcs sauvages. Je la tiens d'un muezzin de la grande mosquée qui m'en a fait cadeau quand mes herbes magiques l'ont sauvé de la mort. Prends-la, elle te revient. Je n'ai jamais vu de femme plus belle que toi.

Près d'eux, des touristes allemands déballent sans vergogne un tapis persan. Youssouf ne leur accorde pas un regard.

– Ces gens-là sont les nouveaux barbares, glisse-t-il à Lucia en français. Des ingénieurs de chez Krupp. Ils me saluent à peine, parlent aux femmes voilées, entrent dans les mosquées le vendredi, jour de prière, et bousculent l'assistance des derviches. On nous raconte qu'ils sont musulmans, que leur empereur est notre protecteur, quel mensonge !

Lucia essaie la bague que Youssouf, avec délicatesse, lui glisse au doigt, comme un prêtre lors d'un mariage. Sans rien laisser paraître de son impatience, Bechara tend discrètement cinquante livres turques au marchand en lui faisant signe d'abandonner la partie.

– Nous sommes suivis, dit-il à l'oreille de Lucia. Il faut rentrer.

* *
*

La diva s'étonne. Il lui parle comme si elle était du complot, enrôlée contre son gré dans une affaire qui ne la regarde pas. Qui lui dit que le colonel Valentin couvre la manœuvre ? Le Libanais, qui s'est contenté d'une vague mise en garde, la compromet sans contrepartie. Il s'affirme plus en danger qu'elle, mais qui sait si son véritable dessein n'est pas de la discréditer, en plein accord avec ses chefs ? Il a réussi en partie à lui faire admettre qu'elle devait fuir et se cacher comme lui. De quoi est-elle donc coupable, sinon d'avoir manqué de vigilance ?

Pourquoi chercherait-elle à le couvrir ? Elle s'affiche au contraire en sa présence, feint de s'intéresser à des flacons d'essence de rose, donne la pièce aux derviches mendiants, caresse les joues d'un garçonnet à qui elle offre un paquet de chocolats puisé dans son sac. Elle s'exclame et rit très fort à chaque halte, prend Bechara par le bras, salue même les officiers turcs en patrouille, leur demandant le chemin de la mosquée de Bajazet.

Le chauffeur de la voiture, stationnée place du Tünel, ouvre la portière en soulevant sa casquette. Lucia fait alors brusquement volte-face et échappe au capitaine qui jure entre ses dents. Elle s'est mêlée au flot des passagers qui s'engouffrent dans le *Tünel,* funiculaire construit par des Français pour escalader commodément la colline de Péra. Impossible de rattraper la fugitive dans la foule compacte des hommes en complet veston qui se pressent dans la cabine. Furieux, Bechara reste à quai.

Il se garde de la suivre jusqu'à l'hôtel de Londres, où elle entre essoufflée, son chapeau de travers, ses bottines couvertes par la poussière du bazar égyptien. Qui reconnaîtrait la *diva* dans cette lorette en cavale ? Un seul homme la suit du regard, se lève pour l'aborder avec égards. Nullement intrigué par sa mise, il semble l'attendre depuis peu et ne pose aucune question sur sa fugue. Cela regarde la police spéciale des Turcs.

– Je viendrai vous prendre à huit heures, dit en s'inclinant le *Graf* Rudolf Von Hauser.

La femme de chambre a préparé avec soin sa tenue de scène, une robe noire pailletée et décolletée dans le dos, qui laisse une épaule découverte. La salle de bains de l'hôtel le plus luxueux d'Istanbul n'a pas d'eau chaude, faute de charbon. Des serviteurs font la chaîne pour remplir la vaste baignoire de marbre à l'aide de brocs de cuivre brûlants montés de la cuisine.

Il n'est pas d'usage que les gens du monde et les hôtes marquants de la politique et de la finance descendent dans des hôtels. Ils sont accueillis dans l'un des nombreux palais impériaux, dans les résidences officielles des ambassades, ou encore au domicile privé des notables, comme jadis Pierre Loti, idole des Turcs, chez la comtesse Ostrorog. Les comédiens ou les chanteuses venus d'Europe sont installés dans les deux ou trois hôtels de la capitale, qui n'offrent pas le confort du

Négresco de Nice ou du King George d'Athènes, surtout en temps de guerre.

De mauvaise humeur, Lucia demande à Jeanne Delorme, sa maquilleuse française, de lui préciser le lieu du concert.

– L'opéra est à deux pas. Bien sûr, les serviteurs du ministre Djemâl Pacha vous attendront en voiture.

– Pourquoi Djemâl ? Je le croyais à la tête de l'armée de Syrie ? Le dîner suivant le spectacle n'est-il pas donné par Djavid bey ?

Bechara est attaché au cabinet de Djemâl. Sans doute s'est-il proposé pour accompagner la cantatrice. Jeanne reconnaît sa faute et Lucia lui fait vivement reproche d'avoir renseigné et encouragé l'officier libanais. Elle croyait lui avoir échappé, voilà qu'il se prépare à l'enlever de nouveau.

Cet homme hardi n'a pas renoncé. Il a tous moyens de la rejoindre, et peut-être de la contraindre à jouer un rôle qu'elle refuse. Pourquoi entrerait-elle dans les intrigues ottomanes ? À la perspective de devenir la chèvre innocente, sacrifiée d'avance, de ce Bechara Chamoun, elle frémit d'indignation.

Qui peut l'aider, éclairer sa lanterne dans le dédale d'Istanbul ? Ceux qui la protègent, ses employeurs allemands, sont ses pires ennemis. Le *Graf* Rudolf guette le moindre faux pas de son regard bleu d'acier. Il a déjà dû signaler l'escapade libanaise, cent autres espions ont confirmé ses soupçons. À peine est-elle arrivée à son hôtel qu'un officier à la solde de Djemâl Pacha l'enlève. Quel démon l'a donc poussée à suivre ce bellâtre ? L'ennui ? Le désir de fuir les Teutons implacables, la tentation de renoncer, peut-être, à ces faux emplois dangereux qui lui rendent le quotidien insupportable, tout en lui fournissant les apparences d'une existence brillante ?

Que n'a-t-elle suivi avec modestie une carrière artistique en acceptant les galères des chanteuses débutantes ? Par protection du ministre Ghiberti, la Scala de Milan, c'est vrai, lui a offert un petit rôle, jamais plus.

Elle a dû accepter d'un imprésario douteux une tournée en Orient. La belle vie proposée par les services de renseignements a fait le reste. Ils ont profité d'elle sans vergogne, sachant la retenir par ces brillants récitals qu'ils ne manquent pas de lui organiser, comme si elle était une *diva* reconnue. Elle sait bien qu'il n'en est rien, malgré son physique de théâtre et ses indéniables qualités chorales, mais cette illusion la grise.

Elle a cru trouver l'amour avec le beau Maslov, cet officier russe qui l'avait introduite à la cour de Constantin de Grèce. Elle espérait toucher le port, échapper à l'infernal milieu du renseignement, s'installer paisiblement dans une maison royale en exil, renonçant à la magie des projecteurs pour un emploi de secrétaire particulière. Pouvait-elle deviner que Maslov était du métier, et qu'il lui faisait, lui aussi, jouer un rôle qui n'avait rien de lyrique ? Quand elle en a pris conscience, il était trop tard. Son bel amour envolé, elle était restée captive du docteur Curtius qui ne lâchait jamais ses proies. Cent fois abusée, elle se retrouve à Istanbul au centre d'un piège dans lequel l'ennemi doit tomber. Quel ennemi ? Il reste à découvrir. Autour d'elle, tous les agents spéciaux sont aux aguets.

* *
*

Djavid bey occupe la première loge de l'opéra européen d'Istanbul, applaudissant avec une insistance marquée aux vocalises de la sublime. Djemâl Pacha n'est pas de la partie, pas plus que le ténébreux Enver, retenu par les affaires russes. Des habits noirs aux plastrons immaculés entourent le ministre des Finances. Sans doute des banquiers allemands ou américains, mais aussi quelques représentants des intérêts français et britanniques, toujours présents dans la capitale en dépit de la guerre, parce qu'ils restent les gestionnaires de l'immense dette ottomane.

Djavid, lié aux grandes affaires européennes et familier des banques de Londres, de Paris et de Washington, vit difficilement la mainmise allemande sur la guerre turque. Cet israélite, affilié aux loges occidentales, croit au progrès et aux bienfaits de l'économie libérale. Il compte de nombreux amis dans les cabinets français et britanniques qu'il a tenté de persuader d'aider financièrement la Turquie pour qu'elle devienne un partenaire convenable de l'Europe capitaliste, sans avoir à recourir au soutien teuton.

Les exigences des marchands d'armes français, tenant en main leur ministère des Affaires étrangères entièrement à leur dévotion, ont fait échouer ses tentatives. Djavid a dû accepter, bien à contrecœur, l'alliance de Berlin, l'or et les canons du Kaiser, et composer avec l'insolent général Liman Von Sanders, son tout-puissant représentant à Istanbul, plus récemment avec le *Feldmarschall* Von Falkenhayn, chargé d'arrêter l'avance des Alliés vers Istanbul par la Syrie et l'Irak. Après la révolution russe, il n'est pas sûr que, malgré le soutien américain, les Alliés de l'Ouest remportent la partie contre une armée allemande renforcée de soixante divisions venues du front oriental. Non, il n'en est pas sûr et cependant il le souhaite.

Jamais peut-être Lucia n'a mis plus de chaleur dans son interprétation, comme si elle chantait pour la dernière fois et qu'elle dût expirer en scène. Elle réussit à troubler un instant Djavid bey, pourtant abîmé dans sa méditation politique.

Il rendrait volontiers visite à la divine dans sa loge à l'entracte, s'il n'était accaparé par le représentant en Orient de la firme Rockefeller. John H. Davidson, gros investisseur dans les chemins de fer de l'empire, est flanqué de son ami l'amiral Chester, patron du puissant consortium de banquiers et d'industriels américains très intéressé par un projet de ligne reliant les champs de pétrole de Mossoul au golfe d'Alexandrette, en Méditerranée orientale. Il double ainsi benoîtement ses amis britanniques qui avancent sur Mossoul par Bassora et la vallée de l'Euphrate, en Irak, attirés eux aussi par l'odeur irrésistible de l'or noir.

Djavid accueille les Yankees avec chaleur. Que refuser à ces Américains qui exploitent, contre honnête rétribution versée à l'État ottoman, les mines de cuivre turc et le pétrole de la région de Kirkuk, sur la rive gauche du Tigre ? L'amiral pèse à lui seul en dollars l'équivalent de deux cents millions de francs-or. Il a pris allègrement en charge la construction de trois mille kilomètres de lignes, et ne souhaite rien tant que le retour à la paix, après l'élimination du groupe allemand dominant du *Bagdadbahn* et l'éviction définitive des Russes de la région.

Davidson apporte à son ami Djavid des nouvelles d'Orient. Le banquier est informé plus vite que le ministre. Il a ses correspondants sur place, ainsi qu'un réseau indestructible d'intermédiaires qui lui communiquent des nouvelles jour et nuit : la paix de Brest-Litovsk, encore en négociation entre les Bolcheviks et les Allemands, crée un vide politique dangereux dans la région pétrolière de Batoum et sur les bords du Caucase. On dit que les Anglais ont déjà organisé une expédition pour s'emparer des champs pétrolifères.

– Je pense que notre ami Enver s'en occupe. Il mobilise une force d'intervention pour marcher sur Batoum et contenir les Anglais.

– Ignorez-vous que les Allemands s'y opposent ? Ils viennent d'accorder très officiellement leur protection à la nouvelle république de Transcaucasie, et prétendent occuper la Géorgie. Le chemin du pétrole risque d'être coupé par vos propres alliés.

Djavid apaise ses amis américains. S'il en avait le pouvoir, il leur livrerait le pétrole de Mossoul plutôt qu'aux Anglais, aux Allemands et aux Russes. Les États-Unis ne sont-ils pas les seuls à ne pas revendiquer une part des dépouilles de l'Empire ottoman ?

– Nous n'en sommes pas là, affirme-t-il. Les Allemands ne sont pas assez puissants pour conduire, avec les seules forces dont ils disposent dans la région, une expédition vers les pays du Caucase. Ils comptent encore sur nous. La parole est aux bataillons d'Anatolie menés par mon excellent ami Enver Pacha. Ils sauront déblayer le terrain.

Les Américains regagnent leur fauteuil, peu convaincus. À la reprise du récital, on peut apercevoir, au premier rang d'une loge proche de la scène, légèrement en retrait dans l'ombre, la lourde silhouette de Tal'at Pacha, responsable de l'ordre dans Istanbul, assis derrière le comte Bernstorff, ambassadeur d'Allemagne. Djavid est seul à remarquer l'arrivée tardive et imprévue de son dangereux rival. La lumière s'éteint, les projecteurs ajustent leurs faisceaux.

Une explosion fait sauter la scène, souffle l'orchestre. Le feu prend aux rideaux, gagne les décors.

– Les Arabes ! hurle Tal'at en se précipitant vers la sortie, sans se soucier de Von Bernstorff à qui Rudolf Von Hauser et deux de ses lieutenants doivent ouvrir la route à coups d'épaules, pistolet au poing, en direction de l'escalier de secours.

* *
*

Imperturbable, Djavid bey, encadré par des gardes du corps, s'est engouffré le premier dans sa voiture pour rejoindre son palais, où la fête doit continuer. Pourquoi décommander le souper, sous prétexte que les terroristes arabes ont encore frappé dans Istanbul ? Du travail d'amateurs qui a fait plus de bruit que de dégâts, assure Tal'at Pacha. Le public assez restreint a pu être évacué sans dommage. Qui aurait le front de manquer d'égards au ministre des Finances, au point de ne pas répondre à son invitation officielle ?

Tal'at Pacha se charge du rétablissement de l'ordre et de l'extinction de l'incendie. En deux ans, des sinistres d'une tout autre ampleur ont consumé des quartiers entiers de la ville. Au regard de ces catastrophes, l'affaire de l'opéra est une peccadille, un simple coup politique d'extrémistes.

Le ministre lâche la police secrète aux trousses des terroristes. Des officiers à cheval, cravache en main, dirigent des patrouilles de soldats qui quadrillent les rues avoisinantes, poursuivant les civils, arrêtés par dizaines et conduits à coups de crosse dans un camp d'internement pour vérification. S'ils sont arabes, ils sont immédiatement interrogés à la prison spéciale de la *Techkilât-i Mahsûsa*. Les Arméniens et autres étrangers sont naturellement les premières victimes de la gigantesque rafle. À l'intérieur de l'opéra où l'incendie a été rapidement maîtrisé, des soldats fouillent les coulisses, les caves, les magasins des décors, en scandant, pour se donner du courage, l'hymne patriotique des soldats d'Enver Pacha :

– Debout ! Le Touran nous attend. Du Caire à Batoum, de l'Inde à l'Afghanistan, on nous attend !

Le théâtre aux fauteuils défoncés est entièrement retourné, sans qu'on puisse se saisir du moindre suspect. Les loges sont évacuées, le personnel a disparu. Les musiciens de l'orchestre, seules victimes, sont chargés dans des ambulances. Les terroristes, à l'évidence, ont bénéficié de complicités. Ils se sont évanouis dans le quartier populeux de Galata et sans doute cachés dans le labyrinthe du bazar égyptien, entièrement cerné par la police et passé au peigne fin.

Djavid bey, toujours en tenue de soirée, accueille ses invités comme si cette affaire ne le concernait en rien. Il ne méconnaît nullement les dangers de l'opposition arabe dans l'empire. En vain le sultan a-t-il déclaré la guerre sainte. Les trente mille agents de la *Techkilât* se sont répandus dans les provinces musulmanes sans réussir à gagner les croyants à leur propagande, en particulier les Bédouins du désert et les Syriens jaloux de leur indépendance.

Les Anglais, par un travail obstiné, ont réussi à convaincre le chérif de La Mecque Hussein, prince des croyants, à engager ses guerriers contre les soldats de Djemâl Pacha, nommé gouverneur de la Syrie. Le chérif Hussein a appelé les Arabes à se soulever contre les Turcs. À Damas, à Beyrouth, à Istanbul même, la sécurité de l'empire est en jeu, et les attentats se multiplient.

Un des fils de Hussein, l'émir Fayçal, a entraîné ses cavaliers sur La Mecque, pris la ville sainte, coupé le chemin de fer qui la relie aux villes côtières. Il s'est ainsi rendu maître du premier pèlerinage de l'Islam. Le colonel anglais Lawrence a été repéré à la tête des rezzous. Les Turcs du Yémen sont isolés, le Hedjaz entièrement acquis à la révolte. Les cavaliers remontent vers Akaba, gagnant les portes de la Jordanie. Djavid connaît très bien Ibn Ali Hussein, natif d'Istanbul. Il sait que sa détermination anti-Jeunes-Turcs est sans limites.

Le chérif de La Mecque, héréditaire depuis le XIe siècle, était vassal de l'ancien sultan, bien qu'il descendît de Hassan, fils d'Ali et de Fatima, petit-fils de Mahomet. Âgé de soixante-cinq ans, il s'est fait proclamer roi des Arabes, ayant quelques titres à les réunir. Il comptait installer son fils Fayçal en Irak, et son autre descendant Abdullah en Jordanie. Les Syriens musulmans, heureusement surpris par cette entrée des Arabes dans la guerre, ont organisé des groupes armés d'intervention pour défendre leurs propres droits à l'indépendance.

Djavid bey est convaincu que l'attentat d'Istanbul est leur œuvre. Il se garde bien d'en parler à ses invités allemands : cet aveu reviendrait à confesser l'une des plus grandes faiblesses de l'empire éclaté. Il réprouve fort, pour sa part, cette manifestation violente de panarabisme. Elle augure la dissolution de l'Empire ottoman au profit de tribus incontrôlables et de populations aussi incertaines et fragiles que la bande côtière de la Syrie, du Liban et de la Palestine, où lord Balfour vient d'accréditer et de protéger la communauté juive des colons sionistes. Il sait que les musulmans de Syrie et de Palestine, comme ceux de Beyrouth, sont au bord du désespoir et de la révolte, parce que les alliés français et britanniques ont déjà conclu des accords pour se partager leur pays en cas de victoire.

Djavid bey, pris par ses réflexions moroses, s'étonne soudain de l'absence de son invitée principale. Il s'inquiète auprès de ses proches du retard inexplicable de la cantatrice italienne Lucia Benedetti, dont personne ne semble s'être soucié depuis l'attentat.

* *
*

Elle réapparaît quand toutes les tables sont déjà occupées, en compagnie d'un capitaine turc que Djavid croit reconnaître : un officier de l'état-major de Djemâl Pacha, son collègue, général et gouverneur de la Syrie.

Le ministre se lève pour l'accueillir, avec le sourire indulgent d'un maître de maison sachant pardonner le caprice d'une *diva*. Il la fait applaudir par les invités qui se lèvent et l'acclament. Elle est sublime de beauté dans sa robe de scène intacte, parsemée de paillettes. Son maquillage impeccable, sa coiffure soignée ne donnent nullement l'impression qu'elle vient d'échapper à un attentat. Elle ne fournit aucune explication sur son retard, et se borne à recevoir avec une satisfaction marquée les éloges de ses voisins sur la qualité exceptionnelle de son récital.

Elle cherche des yeux le capitaine Bechara Chamoun. S'est-il éclipsé ? Il vient de lui sauver la vie en l'enlevant alors qu'elle descendait de sa loge. Quand l'explosion a retenti, ils étaient déjà hors du théâtre, à l'abri dans la voiture du capitaine qui mettait aussitôt le cap, pour éviter contrôles et encombrements, en direction de l'hôtel de Londres. Il a attendu avec quelque impatience que la dévouée Jeanne Delorme remaquille et recoiffe à la hâte Lucia dans sa chambre, avant de la conduire à tombeau ouvert à la résidence du ministre.

L'ambassadeur d'Allemagne, fortement commotionné par l'explosion, s'est fait excuser. Franz Von Papen le remplace au pied levé, avantageux comme à l'accoutumée, et cependant un peu soucieux. Il n'a pas échappé à ce professionnel du renseignement et de l'action directe qu'un jeune officier vient de sauver la cantatrice et qu'il a pris grand soin de l'accompagner au dîner. Depuis lors, ce sauveteur semble s'être volatilisé. Le *Graf* Rudolf Von Hauser s'attendait à ce que Lucia Benedetti fût déchiquetée, la bombe ayant explosé sur scène au moment précis où elle devait faire son entrée.

Dans l'esprit du pseudo-diplomate Von Papen, ce sauvetage ne doit rien au hasard. La chèvre vient de démasquer un loup. Pour qui travaille l'étrange officier protecteur ? Pour Djemâl Pacha, l'ami des Alliés, suspect de rechercher une paix séparée ? Les Allemands en savent trop peu sur les menées des agents turcs de contre-espionnage. Ils hésitent à se prononcer. Chacun joue son jeu, et même l'avisé Von Papen peut s'y perdre.

Le colonel Von Frankenberg, voisin de gauche de Lucia, n'est pas moins surpris que Von Papen. Ancien chef d'état-major de Djemâl Pacha en 1915, il se pique de connaître le général malheureux. Il sait fort bien que la défaite de ce militaire d'occasion devant les Anglais, après l'expédition de Suez en juin 1915, a mis fin chez les Syriens et les Libanais au mythe de l'invincibilité turco-allemande.

Frankenberg a été dépêché depuis Berlin, avec les soixante membres de son état-major musclé, exclusivement composé de Prussiens, pour réparer les dégâts occasionnés par Djemâl, cet agitateur politique, et il n'ignore rien de l'hostilité des Arabes de Damas et de Beyrouth envers les Turcs. Djemâl Pacha, l'ancien ami des Français, pourrait fort bien faire leur jeu pour obtenir un arrangement épargnant l'empire.

Djavid bey a tenu à inviter à sa table son ami John Davidson. Frotté aux intrigues américaines et aux méthodes de leurs hommes d'affaires, Von Papen ne s'en étonne pas. Il sait combien les dirigeants turcs, dont la guerre ravage désormais le territoire, sont attentifs à toute possibilité de sortie.

L'habile Davidson est présent à Istanbul pendant qu'un autre représentant de la Standard Oil fait le siège des Saoudiens. Ibn Séoud, chef des wahhabites, des intégristes musulmans plus durs que les terroristes yéménites, a fait allégeance aux Alliés. Sans doute a-t-il assuré, contre un gros tas d'or, qu'il resterait neutre : un cadeau pour les Hussein boys, ces frères arabes si entreprenants qui veulent régner à Damas et à Beyrouth, réaliser le vieux rêve du rassemblement des terres d'Allah autour d'un descendant d'Ali, et qui distribuent de beaux fusils neufs en acier de Birmingham à leurs cavaliers antédiluviens.

Davidson soupire. Il s'attend sans doute à ce que les Turcs, si prompts à signer des concessions aux étrangers, laissent la place nette aux rois de paille arabes nommés par les Anglais et les Français leurs complices. Djavid bey n'est pas loin de partager son point de vue. L'avenir de l'empire est hélas colonial, il sera découpé en zones d'influence par les vainqueurs britanniques et français, sauf si ces brutes allemandes arrivent à gagner la guerre.

– Nos protecteurs viennent de mettre au point une machine bien huilée, confesse-t-il à voix basse à Davidson, comme si le secret ne devait pas sortir de ce dîner. Connaissez-vous Yildïrïm ?

Lucia, dont l'oreille est fine, sursaute. En turc, ce mot signifie « la force ».

– Les Teutons ont constitué une unité spéciale, capable de briser net les colonnes d'Indiens et d'Égyptiens laborieusement rassemblées au Caire par le général Allenby.

– Cela risque de prolonger la guerre.

– Et d'empêcher Enver Pacha de foncer sur le Caucase et le pétrole de Bakou, au nom de la nécessaire concentration de toutes les armées turques aux côtés de la force Yildïrïm sur le Taurus, pour le salut de l'empire.

– Je vois, dit avec tristesse l'envoyé de Rockefeller. Les Allemands aussi aiment l'odeur du pétrole.

* *
*

Si bas qu'ait parlé Djavid, la confidence n'a pas échappé à Lucia, encore moins au subtil Von Papen, qui doit savoir lire sur les lèvres. Il devient capital pour les belligérants des deux bords, et aussi pour les hommes d'affaires, d'évaluer au plus juste la capacité de résistance turque. La présence de la cantatrice au côté de John E. Davidson vient, au bénéfice de Von Papen, de lever un second lièvre.

L'Américain cherche visiblement à utiliser au mieux de ses intérêts son ami Djavid bey. La jeune femme ne tente rien, n'intervient pas dans la conversation. Elle est trop avisée pour s'emparer, en corsaire, de ce navire de coton yankee. Elle ne se sent nullement obligée de surprendre ses secrets partagés avec le ministre.

Elle se détourne au contraire avec une indifférence marquée de ce poussah d'outre-Atlantique pour s'adresser aux deux femmes turques présentes à la table. L'une, du meilleur monde, est l'amie de Pierre Loti, la comtesse Léon Ostrorog. L'autre ne porte ni chapeau ni voile, et ses cheveux bouclés et coupés court semblent lancer une mode nouvelle, celle des femmes turques libérées d'une longue tradition d'esclavage.

– Mon nom est Helide Edib, mes sœurs et moi remercions chaque jour avec effusion Djavid bey et ses amis jeunes-turcs, qui viennent d'édicter une loi permettant à l'épouse de demander le divorce si son mari a commis l'adultère ou pris une autre femme sans son consentement.

La comtesse Ostrorog s'extasie. Quel progrès vers l'égalité !

Elle cite la conférence faite par son cher Loti, le 11 mars 1914, quand il pouvait encore débarquer à Istanbul. Il y évoquait ces femmes « qui ont fait la grande révolution en Turquie ».

– Cette révolution reste à faire, affirme Helide. J'aimerais pouvoir écrire en toute tranquillité des romans courtois comme on filait jadis la laine au sérail. Je n'en ai plus le temps. Notre cher Ziya Gökalp, le plus bel écrivain d'Istanbul, nous a montré la voie : « Je suis simple soldat, écrit-il, il est mon commandant. J'obéis à chacun de ses ordres sans discuter, je ferme les yeux et je fais mon devoir. » Nous demandons des armes pour combattre à ses côtés, sortir du harem pour aller à la guerre, et montrer aux hommes que nous les valons, pour la défense de la patrie turque.

– Je vois beaucoup des vôtres, dans la rue, conduire des camions et des ambulances. Les femmes sont nombreuses au Croissant-Rouge, avance Lucia, qui ne s'imagine guère partant pour le front, Mauser en main.

– Elles sont bien plus utiles, insinue Von Papen, quand elles écrivent ces poèmes patriotiques que les héros des lignes du Taurus chantent avant de mourir. Notre ami Alexander Israël Helphand les collecte pour en faire des recueils. Vous le connaissez sons le nom de Parvus.

– Le meilleur de nous tous, s'extasie Helide.

Von Papen sourit : Parvus est un publiciste ex-social-démocrate allemand, recruté par la Wilhelmstrasse pour évangéliser les Turcs et les rallier à la cause du Kaiser.

Son regard ironique se fige. Un officier turc susurre une information dans l'oreille attentive de Djavid bey. Celui-ci quitte la table aussitôt, sans s'excuser. La *Tech-kilât* vient d'arrêter, au fond de la salle, un traître syrien de l'état-major de Djemâl Pacha, qui cherchait à disparaître. Son nom est Bechara Chamoun.

* *
*

– Votre rôle est terminé, ma chère. Nous rentrons, dit à Lucia Von Papen avec dépit.

Il ne la conduit pas à l'hôtel de Londres, mais à l'ambassade où il se fait une joie de l'interroger personnellement. Puisque les Turcs se sont réservé le loup, il lui reste la chèvre, maigre consolation.

Le beau gentilhomme a perdu son élégance raffinée. Ses yeux lancent des éclairs. Il veut savoir pourquoi Lucia a suivi le capitaine libanais. Il sait parfaitement qu'ils se sont rendus au lycée français d'Istanbul, repaire de comploteurs que les Jeunes-Turcs n'ont pas voulu boucler.

– Il est si joli garçon, dit-elle avec détachement. Je me sentais du vague à l'âme depuis que vous avez exécuté mon cher Maslov.

– Qui vous dit qu'il est mort ? Qui peut savoir ce que devient un Russe, par les temps qui courent ?

Von Papen parcourt son bureau de long en large, en proie à une vive exaspération qu'il ne songe plus à dissimuler.

– Pour suivre sans méfiance ce Libanais, vous le connaissiez déjà, à moins qu'il ne vous ait donné un signe de reconnaissance.

– Rien de tout cela, baron, dit-elle en se dressant avec détermination. Je n'ai pas à vous apprendre ce que complote ce capitaine turc. Je n'ai pas à le savoir. Il m'appartenait simplement de vous le faire découvrir, de le faire sortir de son antre. N'y ai-je pas réussi ? Je suis étonnée que vous osiez passer vos nerfs sur une femme telle que moi. Je ne suis pas un de vos agents, baron, mais seulement votre obligée. Vous n'êtes pas mon maître, à la rigueur mon imprésario. Je vous prie de me laisser reposer, ici ou ailleurs. Ces épreuves m'ont lassée.

Von Papen agite une sonnette.

– Tenez-vous prête à partir. Vous avez une heure pour boucler vos bagages. Le major Curtius s'ennuie de vous à Sofia.

Le *Graf* Rudof Von Hauser prend de nouveau en charge la cantatrice dans sa limousine gris fer et la raccompagne à son hôtel, toujours impassible. Lucia présume qu'il va la reconduire à la gare de l'Orient-Express et la faire escorter, telle une prisonnière. Von Papen doit considérer cette mission comme un échec et la soupçonne sans doute d'être entrée dans le jeu du Libanais. Il est temps de la retirer du circuit d'Istanbul, elle s'est brûlée au point de suivre l'adversaire au mépris des ordres, de se prêter à son intrigue.

Jeanne Delorme, sa maquilleuse originaire de Mulhouse, a vu et entendu dans le hall de l'hôtel le capitaine-comte donner des ordres à deux Allemands en civil. Ils doivent l'évacuer dans le quartier des anciens cimetières. Les autres n'ont pas demandé d'explication.

Mélancolique, Lucia entrevoit la fin du voyage. La phalène dorée a les ailes coupées. On l'étranglera dans les ruines d'un ancien harem, comme jadis les femmes infidèles des sultans, livrées au lacet de l'eunuque. Les Allemands sont impatients et nerveux. Ils haïssent les Turcs, prêts à toutes les sarabandes pour sauver leur misérable empire que les bouchers alliés ont déjà dépecé. Elle a compris que son voisin de table, le colonel Von Frankenberg, était chargé de diriger l'*Asien Korps*, dernière unité allemande à retarder l'agonie du vieux monstre ottoman, avec ses soldats d'élite et ses soixante officiers prussiens triés sur le volet.

Le sinistre baron Von Papen n'a pas supporté que le ministre Djavid bey, après avoir empoché les milliards de marks du Kaiser, soit prêt à traiter avec l'homme à tout faire de Rockefeller, un de ces Américains qui ont poussé Wilson à la guerre contre l'Allemagne. Les Anglais croient gagner la partie. Ils se saignent aux quatre veines pour leurs nouveaux alliés d'outre-Atlantique, frais et dispos, qui tireront les marrons du feu au nom des droits des peuples à disposer d'eux-mêmes.

En un instant, Lucia, dont la vie dépend de son habileté à traverser des lignes hérissées de poignards, comprend que chacun joue son jeu cruel et qu'elle ne peut plus virevolter, sans avoir l'air d'y toucher, d'une table à l'autre, d'un camp à l'autre, comme un simple intermédiaire non engagé.

À Istanbul, une guerre secrète, violente, se livre pour le dernier round, celui qui décidera de la victoire ou de la défaite de l'Allemagne dans cette partie du monde.

Aussi ses employeurs montrent-ils une nervosité particulière, et sa vie est-elle en danger.

Depuis l'affaire de Suisse où elle a trahi la confiance du roi Constantin, les Allemands la considèrent comme ayant pris clairement le parti des Alliés. Ils ont voulu se servir d'elle une fois encore, connaissant ses faiblesses et ses contacts dans le camp de l'ennemi, prêts à l'abandonner pour toujours, mannequin démodé dans une vitrine de confection. Ils ont parfaitement compris que les Turcs jouaient leur propre jeu, cherchaient à s'emparer du pétrole russe pour leur compte, prenaient des gages pour le jour du Jugement dernier et que les peuples dominés étaient tous prêts à la révolte : y compris les Libanais richissimes que l'on croyait dévoués à l'empire par crainte des Alliés et par haine des Hachémites, Hussein et ses fils.

Autant mourir en beauté. Lucia demande de nouveau un bain à sa chambrière. La noria des valets se met en marche et les brocs d'eau chaude se succèdent. Elle est presque nue dans son déshabillé de soie grège quand le dernier des porteurs se retourne et joint les mains, en signe de prière ou d'hommage.

– Je suis Marwan, le frère de Bechara. Ils l'ont torturé toute la nuit pour le faire avouer et fusillé à l'aube. J'ai reçu mission de vous mener à Beyrouth, en sécurité dans notre famille. Un costume d'infirmière du Croissant turc vous attend. Ne tardez pas. Je vous piloterai dans une ambulance qui stationne devant la porte des fournisseurs. Ne suivez pas les Allemands, nous savons de bonne source qu'ils vous conduisent à la mort.

Jeanne coupe très vite les longues mèches blondes de Lucia, l'aide à passer le costume vert sombre et un bonnet à ruban rouge. Une paire de lunettes dissimule l'éclat de son regard. L'ambulance démarre sur les chapeaux de roue en direction du nord. Elle fait mille détours pour revenir à la Kabatas Iskelesi, tête de ligne des ferry-boats conduisant à Uskudar, sur la rive d'Asie. L'ambulance embarque sans encombre sur le bac à vapeur, munie de tous les laissez-passer nécessaires.

Lucia suit du regard le rivage de Scutari, longe le sinistre cimetière de Karacaamet où sans doute on voulait l'ensevelir. Mais ce n'est qu'à bord du wagon plat, s'éloignant de la gare de Haydarparsa pour la Syrie, qu'elle se jette dans les bras de Marwan.

La longue marche vers Jérusalem

Le voyage en chemin de fer à travers l'Anatolie est une suite ininterrompue d'épreuves. Deux locomotives sont attelées pour franchir les fortes pentes des monts du Taurus. Les tunnels sont encombrés de convois exigeant le passage à coups de sifflet stridents. On donne la priorité aux wagons de blessés et les rames de renfort doivent patienter. Cloîtrée dans son ambulance montée sur plate-forme, Lucia tremble de froid, malgré la capote dont Marwan lui a recouvert les épaules.

Tout au long de la ligne, une armée de renfort se rassemble pour livrer bataille aux Anglais. À chaque halte, surtout dans l'Anatolie glacée, de nouvelles recrues s'entassent sur les wagons plats. Bien encadrés par des officiers allemands qui aboient leurs ordres, les bleus se présentent alignés sur le quai et grimpent en vitesse, sac au dos.

Ils immobilisent ainsi le train dans le blizzard givrant pendant près d'une heure, et retardent d'autant sa marche. Pour embarquer le gros du bataillon, un peu plus de mille hommes, il faut à chaque étape prendre le temps de charger aussi l'artillerie, les mules et les chevaux, sans compter les marmites énormes des cuistots et les vivres, les instruments de musique, les mitrailleuses et obusiers de tranchée, les caisses de munitions, les cantines des Prussiens et les chiens du régiment, sans oublier les tapis de prière des imams toujours présents dans les troupes.

À Izmit, au fond de la mer de Marmara, les ambulanciers ont pu se procurer des bonbonnes d'eau potable et des samovars pour le thé qui chantent une fois réchauffés au charbon de bois. Les hommes ont dû patienter une nuit entière à la station suivante d'Eskichéir, afin de laisser les trains en provenance de Constantinople filer vers Angora, la capitale de l'Anatolie que l'on dit assiégée, l'hiver, par les loups affamés.

Les interminables convois de troupes se succèdent, transportant les renforts d'Enver Pacha en direction du Caucase, ce front déserté par les patchoulis russes débandés. À l'évidence, les Turcs sont restés sourds aux exigences de l'état-major allemand, qui préconise le transfert rapide vers l'ouest des unités de l'ancien front tsariste pour les diriger aussitôt vers le front sud menacé par l'avance de l'Anglais Allenby.

Une partie de leurs troupes file toujours vers l'est, obéissant à Enver Pacha qui veut récupérer aussi loin que possible les territoires des peuples musulmans occupés par les Russes. La direction turque des chemins de fer leur accorde sans discuter la priorité absolue. À la tête du train où Marwan et Lucia ont pris place en passagers clandestins, se trouvent les officiers allemands responsables de la descente des renforts anatoliens vers le front du Sud. Ivres de colère, ils baissent les vitres de leur wagon pour invectiver ceux qui ont osé immobiliser leur convoi.

Autour de la gare d'Eskichéir, la population mendie des vivres. Des familles ont marché des heures dans la neige pour se procurer de la farine ou du sucre dans les trains militaires, les seuls à être provisionnés. Elles font la queue devant une popote qui leur délivre un bol de soupe chaude chichement relevée de lard. Les officiers allemands interdisent que l'on distribue les réserves destinées aux soldats. Un imam, dans un porte-voix, donne l'ordre aux civils de rentrer dans leurs masures. Un adolescent en colère proteste en montrant le poing aux Allemands. Il est aussitôt arrêté par les gendarmes, revêtu à la diable d'un uniforme militaire, et embarqué de force. Sa mère hurle de douleur. Son fils a tout juste quinze ans.

Quand le train s'ébranle enfin, avant l'aube, Lucia

trouve le sommeil, bercée par le bruit régulier des roues. Elle se réveille à l'approche de Konya, la première capitale des Turcs seldjoukides, la Mecque des derviches tourneurs et l'un des plus grands marchés du monde musulman, au pied des premières pentes du Taurus.

Le convoi s'arrête peu avant d'entrer en gare pour laisser partir celui qui précède. Lucia découvre autour d'elle, à la levée du soleil, une steppe glacée dont les pistes sont encombrées de charrois lourdement chargés. Marwan lui explique que cette capitale, où sont nés jadis les premiers derviches, personnages sacrés dans l'empire, tire de son sol le plomb et le magnésium, la soude et les sulfates, toutes matières stratégiques exploitées par les ingénieurs allemands dans leurs usines de guerre. Il faut libérer la voie unique pour le transport de minerais qui remontent vers le nord. Place aux fabricants d'obus !

Lucia est si lasse qu'elle se rendort. Elle sort de sa léthargie au bruit de la foule en gare de Konya. Les passagers militaires ont sauté à quai pour se ravitailler en eau. Les trompettes aiguës des bataillons rallient vivement les troupes. Il ne s'agit pas de perdre du temps pour les délices de Konya où les marchandes de melons, malgré leur voile, ont vite fait d'aguicher le petit bleu. Le froid est si vif que Marwan procure à sa compagne une peau de mouton et un passe-montagne. Le thé servi est glacé. Plus le moindre combustible pour réchauffer le samovar. Prostrée, le visage chiffonné, la *diva* méconnaissable n'est plus qu'une émigrante aux cheveux courts et ternes.

La traversée des tunnels du Taurus, une montagne qui domine la côte de ses trois mille mètres d'altitude, est une épreuve abominable pour les passagers. Le convoi chemine lentement, et la fumée des locomotives fait suffoquer les passagers dans les wagons, pendant que les escarbilles mettent le feu à la paille des plates-formes. Les Anatoliens trouvent l'énergie d'éteindre les foyers d'incendie à l'aide de couvertures mouillées.

Au bord de l'étouffement, Lucia s'enferme dans

l'ambulance. Marwan relève les vitres, ajuste la capote de son mieux et l'allonge sur un brancard. Elle tousse à perdre l'âme. Le jeune maronite, croyant bien faire, lui fait respirer de l'alcool camphré qui, loin de la soulager, provoque un arrêt brutal de sa respiration. Il tente un bouche-à-bouche fébrile tout en écartant ses vêtements pour lui masser le cœur. Un major indique à celui qu'il prend pour un ambulancier sans expérience les mouvements nécessaires : lever et abaisser les bras en cadence. Elle reprend vie.

L'air frais de la côte la rétablit tout à fait quand le convoi approche d'Adana. Marwan l'aide à sortir de la voiture aux vitres embuées. Le major, un médecin barbu venu de l'école de Constantinople, s'étonne du recrutement de cette infirmière étrangère, et si peu résistante, ne parlant pas le turc de surcroît. Marwan explique avec volubilité en arabe qu'elle est une volontaire suisse de la Croix-Rouge venue de Berne, fiancée à un riche ressortissant italien de Péra.

Le Libanais touche les mains de Lucia, glacées malgré ses moufles. Il lui retire ses bottines, ses chaussettes. Avec tendresse, il masse lentement à l'alcool ses pieds fragiles et bleuis par le froid. Éperdue de reconnaissance, reprenant ses forces, elle lui dépose un baiser sur le front.

* *
*

Adana est proche d'Alexandrette, à l'extrême nord-est de la Méditerranée orientale. En 1915, le maréchal Kitchener, mort en mer depuis, voulait y débarquer des divisions anglaises pour faire obstacle à la descente des Turcs vers Suez. Par malheur, au début de 1918, le port reste ottoman et les sous-marins allemands le protègent avec d'autant plus de vigilance que l'île anglaise de Chypre est assez proche.

– Nous entrons en Cilicie, prévient Marwan, la porte de la Syrie. On pourrait dire plutôt l'antichambre, car ce pays n'a rien à voir avec ses voisins. C'est une pauvre terre d'invasion, de souffrance, où rien ne pousse, où les troupeaux sont rares, où les villages en pisé fondent sous le déluge des pluies et se craquellent avec le gel. Vous ne verrez pas ici de *caghnis*, de charrettes de paysans chargées de melons d'eau ou de sacs de riz. Dieu a fait de ce pays un purgatoire. Alexandre lui-même a failli s'y noyer dans le Cydnos en colère.

Il annonce toutefois une bonne nouvelle. On approche du Liban. Le tunnel une fois franchi, une montagne impénétrable les isolera définitivement de la Turquie. Il fallait être allemand pour réussir à percer le front altier du Taurus alors que toutes les armées du monde s'étaient cassé le nez sur ce rempart.

Lucia découvre le paysage désolé, la plaine recouverte de neige glacée et ponctuée de touffes noires éparses soulevées par le vent.

– Les longs cheveux des Arméniennes. Les corps sont enneigés ; après décomposition, c'est tout ce qui subsiste des martyrs des Kurdes.

– Pourquoi des Kurdes ?

– Les Turcs les engageaient comme auxiliaires de police, hommes à tout faire de leur armée, toujours prêts à tuer à coups de trique les civils décharnés et sans défense. Ils ont convoyé dans cette plaine sinistre des centaines de milliers d'Arméniens, avec femmes et enfants, dont beaucoup sont morts sous la canicule, et ceux-là de froid l'hiver.

Dans la gare d'Adana, nouvel arrêt prolongé : des convois miniers chargés de chrome encombrent les voies. Ce métal rare, dont les industriels allemands sont friands, est exporté par mer depuis le port d'Alexandrette. Les mineurs, souvent déportés politiques, partent au travail dans cette Cilicie marécageuse où ils tombent comme des mouches, victimes des fièvres estivales.

Leurs familles exsangues assiègent la gare, quémandant du pain, vêtues de guenilles orientales. Les enfants nus ont la maigreur impressionnante des sous-alimentés, avec le ventre gonflé comme un ballon sur des jambes filiformes. Ils n'ont pas la force de gambader, pas même de mendier. Ils sont juifs, arméniens, grecs, arabes, syriens, tous enfants abandonnés de la Cilicie, l'antichambre de l'enfer. Leur regard exprime toute la détresse du monde.

Lucia, qui s'est recoiffée et poudré les pommettes, s'interroge sur la destination d'un train mitoyen, rangé juste à côté du sien. Ce convoi, particulièrement vétuste, charge des passagers coiffés du burnous arabe ou de la kippa des Israélites pratiquants, en partance pour le port. Elle a grande envie de passer subrepticement d'une rame à l'autre pour tenter sa chance et embarquer sur quelque bateau de pêche en direction de l'île anglaise de Chypre.

La locomotive pousse des sifflements sinistres, couvrant les plaintes et les murmures des affamés. Les soldats se hâtent de remonter dans les wagons. Adieu, Alexandrette ! Le prochain arrêt est Alep, sur la route antique des caravaniers de la soie.

– C'est ici qu'a été déporté, l'année dernière, explique Marwan, le meilleur général de l'armée turque, Mustafa Kemal, celui qui a repoussé les Anglais à la mer aux Dardanelles. Ses camarades, sortis comme lui de l'école des officiers Harbié, étaient jaloux de sa gloire. Il faut dire qu'il a son franc-parler et ne connaît pas que des amis.

Lucia a beau chercher, elle n'a jamais entendu parler de cet illustre militaire, plus révéré par ses soldats que le sultan Mehmet.

– Il a démissionné parce qu'il n'était pas d'accord sur le principe d'une attaque en direction de Bagdad, en Irak, ordonnée par Von Falkenhayn. Son ami Enver Pacha, qui partageait pourtant son point de vue, lui a fait comprendre qu'il serait plus utile au pays comme gouverneur d'Alep.

– Les Français diraient qu'il a été limogé.

– Depuis lors, notre foudre de guerre n'a pas de mots assez durs pour fustiger la politique du gouvernement Jeune-Turc. La population non combattante, affamée, accablée de tâches, est selon lui au bord de la révolte. Les femmes cachent dans leurs familles les déserteurs.

Personne n'a plus de vivres ni d'argent dans les plaines les plus riches. Seuls les Allemands sont luisants de bonne santé, et ils osent donner des ordres !

– Les habitants d'Alep sont-ils au courant de ces dispositions d'esprit du général ? demande le major, témoin des derniers propos de Marwan et méfiant : il se demande qui peut être ce jeune ambulancier incapable de parler d'autre chose que de la misère d'un peuple en lutte à une jeune étrangère qui ne l'écoute même pas.

– Mustafa Kemal ne se gêne pas pour parler de la détresse de nos villages, poursuit Marwan. Il veut regonfler le moral de la nation en se donnant les moyens de récompenser par la victoire les sacrifices imposés aux habitants de l'empire. Il exige pour le front de Syrie un commandement exclusivement turc, l'élimination des officiers allemands incompétents. Les soldats doivent savoir pour qui ils meurent, et pourquoi.

– Il est vrai que l'armée a besoin d'un vrai chef, opine le médecin sans se compromettre.

* *
*

Descendus du train, les mille cinq cents cavaliers circassiens d'Ali Fouad, campés sur des chevaux nerveux, la lance au poing, enturbannés et rasés de frais, défilent en chantant dans les rues d'Alep. La population les acclame, et ne donne pas cher de la peau des combattants hindous d'Allenby. Suivent, sous le drapeau rouge à croissant, les fantassins anatoliens de Kerasounde, la garde particulière du général Kemal Pacha.

Il veille de très près à leur tenue, soigne leur armement, prêt à les lancer dans la fournaise dès que son heure sera revenue. Ces gardes prétoriens, trois mille hommes taillés en hercules, portent le costume national tout noir, le turban noir, et leurs ceintures de cartouches croisées sur la poitrine montrent qu'ils sont prêts à en découdre, tous volontaires pour vaincre.

– Vous voyez défiler les futurs maîtres de l'empire, gronde Marwan. Ce Mustafa Kemal, un Rouméliеn né en Turquie d'Europe, est à peu près le seul chef ottoman à pouvoir tenir un front contre les Anglais et à récuser la prétention allemande à diriger la guerre. Pour nous autres, Libanais, c'est l'adversaire le plus dangereux. Il ne tolère pas nos aspirations à la liberté, plus facilement admises par son aîné, notre gouverneur de Beyrouth Djemâl Pacha, malheureux à la guerre mais habile en politique.

Lucia soupire d'ennui, mais comment manifester la moindre impatience devant ce jeune homme qui l'a sauvée de la mort, protégée du froid atroce ? Elle se remet à peine de sa fatigue et voilà qu'il ne peut s'empêcher de lui infliger son insupportable discours politique, exactement semblable à celui de son frère, le malheureux Bechara. Veut-il finir comme lui, fusillé par les gardes noirs de Kemal ?

Des attelages de buffles, tirant des *caghnis* aux roues pleines et conduits par des paysannes à la peau tannée par le soleil, attendent devant la gare le déchargement de plusieurs wagons de munitions destinées à renforcer les batteries du général qui ne semble pas résigné à l'inaction. Un roulement de tambours annonce son arrivée. Les soldats passent outre aux exhortations comminatoires de leurs chefs allemands et dévalent en trombe du train pour se ranger en ligne, sur la place, afin d'acclamer le héros des Dardanelles.

Dressé sur son grand cheval noir, un russe de pure race, salué par les notables de la ville en robe claire et coiffés du turban des hodjas, Mustafa Kemal les passe en revue, précédé d'un trompette et de son porte-étendard, comme s'ils étaient de sa troupe. Il salue à peine le colonel allemand chargé de la sécurité du convoi, qui s'époumone à rappeler les officiers turcs au devoir.

Il reconnaît dans les rangs des anciens de l'Achi Baba, qu'il a décorés de sa main quand ils pourchassaient les

Anglais sur les rochers de Gallipoli. La fanfare de la garde joue l'hymne national turc. Les femmes d'Alep sortent de leurs maisons pour ovationner le sauveur de l'empire.

– Voyez les Turcs, commente aigrement Marwan. Découragés dans la défaite, capables de se débander aussi vite que des Valaques, mais, comme les Français, sensibles au moindre coup de clairon qui les jette en masse vers la mort, pourvu qu'il leur insuffle l'amour de la patrie.

Le général passe. Les *Feldwebel* crient leurs ordres dans leur langue gutturale, que les soldats finissent par exécuter en haussant les épaules. Ils manifestent envers les maîtres allemands une hargne rentrée.

– S'ils sont battus, prophétise Marwan, ils les tueront à coups de bâton. Les Turcs sont un peuple fier, qui ne supporte pas le mépris. Ils n'ont pas envie d'attaquer au nom du calife ni du Kaiser, mais en criant, comme Mustafa, « Vive l'indépendance ! »

– Au fond, remarque Lucia souriante, vous les admirez, vous êtes comme eux.

– Sauf que notre indépendance n'est pas la leur.

– Je ne suis pas sûre que vous ne soyez prêt à mourir aussi sous les ordres de ce Mustafa Kemal s'il s'agit de vous débarrasser des colonisateurs anglais.

– La question ne se pose pas, tranche le maronite embarrassé. Nous avons assez souffert des Turcs pour songer à leur tresser des couronnes. Leur victoire signifierait notre sujétion.

Sur le quai, une petite fille, dressée sur la pointe des pieds, tente en vain de recueillir de l'eau de la fontaine dans un quart de fer-blanc. Lucia lui vient en aide.

– Quel est ton nom ? demande Marwan en turc.

– Fatma.

– Celui de ton père ?

– Je n'ai plus de père, il est mort pour la foi. Ma mère aussi est morte. Nous sommes seuls, avec mon petit frère de cinq ans.

La fillette grelotte, vêtue seulement d'une chemise. Une vieille femme la prend sous son aile.

– Êtes-vous sa grand-mère ?

– Non. Mais qui s'occupera d'eux ? J'avais quatre fils. Trois sont morts pour la foi. Le quatrième est ici, dans le train qui va chasser les *ghiaour* de Palestine.

– Que deviendront ces enfants ?

– Ils iront à l'école. Leurs institutrices, vêtues de noir, les attendent pour les nourrir et les soigner. Elles préparent déjà leurs couchettes. La patrie n'abandonne pas les enfants des héros tués pour la foi.

– On ne parle que de mort dans cette ville, lance Lucia, excédée. Vous évoquez l'indépendance. C'est un luxe de riche, Marwan. Vous pouvez vous le permettre, pas eux. L'indépendance, pour ces malheureux, c'est le pain, l'école, le travail et la paix. Rien d'autre ne vaut que l'on risque sa vie, ni la gloire d'Allah ni celle de Mustafa Kemal.

* *
*

La troupe change de train à Alep, pour emprunter la ligne de Syrie construite par les Français avant la guerre. En route pour Hama, Homs, et Damas.

– Ce n'est pas l'itinéraire pour le Liban, proteste Lucia. Ce train rejoint les lignes turques à quelques kilomètres au nord de Jérusalem.

– En effet ! Les Anglais en sont encore à guerroyer pour entrer dans Naplouse et les soldats anatoliens se défendent comme des lions. Allenby est encore très loin de Beyrouth et il avance lentement, soucieux du confort de ses troupes lors de la traversée du désert. Savez-vous que ce général a fait construire un pipeline pour l'eau potable, à partir de l'Égypte ? Les chantiers occupent une impressionnante main-d'œuvre de fellahs qui travaillent à la fois au chemin de fer et aux entrepôts alimentés par les caravanes du *Camel Corps*. Il n'est pas question pour eux d'attaquer les redoutables retranchements allemands de la crête du Taurus sans artillerie lourde, et leurs canons ne peuvent monter en ligne tant que la liaison n'est pas assurée par rail. La libération n'est pas pour demain. Nous devrons subir encore longtemps dans Beyrouth et Tripoli la tutelle policière des Jeunes-Turcs.

Le train doit s'arrêter brusquement en plein désert, cent kilomètres avant la gare de Homs. Il faut réparer la voie coupée par les terroristes. Marwan ne se sent nullement concerné par cet exploit des frères arabes. Il n'est pas dans les usages des opposants maronites de se rendre au désert pour faire sauter les voies. Ces rezzous sont lancés par des irréguliers bédouins à la solde des Britanniques du Caire qui fournissent les explosifs.

Le colonel Hermann Muller, responsable allemand du convoi, peste contre les cavaliers turcs incapables d'assurer la surveillance de la voie ferrée, encore moins de poursuivre les coupables. Il oblige plusieurs éclaireurs circassiens à descendre leurs montures des wagons et à se lancer au galop sur les traces des terroristes. Il exige qu'on les ramène morts ou vifs, sous peine de graves sanctions.

– Inutile, commente Marwan, ils se sont fondus dans une caravane pour repartir vers le Hedjaz.

Les Allemands veulent faire reculer la rame. Impossible : la locomotive est ensablée. Il faut commander un wagon-grue à Homs, et des rails de rechange. L'affaire prend quatre heures. Les policiers turcs en profitent pour arrêter les pacifiques âniers arabes qui gagnent le marché de Homs en longeant la voie ferrée. Ils les interrogent avec rudesse, les accusent de complicité, les menacent de leurs fusils.

Indigné, Marwan intervient, au risque d'être lui-même inquiété. Cet excès d'injustice le révolte.

– Comprenez, dit-il aux policiers, que ces jeunes gens sont des sédentaires inoffensifs. Ils apportent les fruits de leur village au souk.

Les âniers lèvent les mains, montrant qu'ils n'ont pas d'armes. On les oblige à se dévêtir, sous les lazzis des soldats turcs, et à grimper nus sur leurs ânes. Les policiers tirent des coups de feu pour faire prendre le galop aux montures apeurées qui se débarrassent en ruant de leur charge. Satisfaits de leur brimade, les Turcs remontent le train pour vérifier les papiers du conducteur de la locomotive, un Syrien catarrheux et barbu qu'ils soupçonnent de ne pas avoir freiné à temps. D'avoir, en somme, saboté à dessein sa machine. L'homme explique qu'il agit sous le contrôle d'un surveillant allemand, cheminot lui-même et employé de la ligne. Ils n'ont qu'à l'interroger.

Les soldats turcs descendent des wagons pour organiser des campements. Ils jubileraient de pouvoir tenir ces rebelles au bout du fusil, d'engager une vraie bataille contre les Bédouins chargeant sabre au clair. Pas le moindre tourbillon dans les lointains, indiquant la marche d'une troupe. Les officiers les obligent, pour les occuper, à démonter, nettoyer et remonter leurs armes. Ils s'exécutent en maugréant contre ces Allemands qui boivent de la bière à satiété pour se garder le gosier au frais.

Le soleil tape dur sur le sable, et la chaleur étouffante succède aux froidures du Taurus. Si l'on doit rester ici pendant des heures, autant dresser les tentes. Sans demander l'accord des chefs teutons, les soldats improvisent des popotes avec les vivres du bord. Les plus courageux se mettent en marche pour éclairer la position. Pas le moindre village à l'horizon. Ni source ni oued en crue. La troupe doit contingenter les réserves d'eau du bord. Parmi les jeunes recrues, quelques cas d'insolation. Les brancardiers conduisent les malades dans les ambulances, où l'air n'est pas plus respirable.

Marwan exhorte Lucia à la patience : dans quelques heures, ils arriveront dans la vaste oasis de la vallée de l'Oronte et pourront manger des fruits. Elle ne se plaint de rien, de crainte de se faire remarquer. Si la police turque lui demandait son passeport, elle serait bien incapable de le produire. Elle n'est plus qu'une fugitive recherchée par les hommes de Von Papen, signalée aux agents de la *Techkilât-i Mahsûsa*, dont une équipe est forcément à bord de ce train.

Ils peuvent la reconnaître, l'arrêter, la fusiller sur place. Qui la défendra ? Marwan est lui-même le frère d'un capitaine exécuté. Qu'il n'ait pas été inquiété relève de la négligence. Jamais elle ne s'est trouvée en plus grand péril.

* *
*

Les ordres claquent. Les officiers allemands remontent la voie le long du train, pistolet au poing. Les soldats turcs démontent les tentes, grimpent en râlant dans les wagons surchauffés. La voie est rétablie.

Nul autre incident jusqu'à Homs, pas même sur les ponts traversant l'Oronte, restés intacts, et que le train franchit à la vitesse d'un homme au pas, précédé d'éclaireurs vérifiant la voie. La gare est surveillée par une section de *feldgrauen.*

Dans ce secteur, le personnel dépend de la compagnie française d'exploitation et le commandement redoute une infiltration d'agents ennemis, d'autant qu'un embranchement conduit vers le port de Tripoli, fréquenté avant la guerre par les navires de commerce alliés. La ligne se poursuit vers Rayak, où une voie étroite relie Damas, capitale magique de la Syrie ; ici les raids de Bédouins sont à redouter.

Homs semble un paradis malgré le dur climat de guerre. Sur la place où des femmes aux voiles gracieux puisent l'eau à la fontaine dans des amphores de terre cuite, des eunuques noirs portant le fez les lorgnent par habitude, comme s'ils étaient chargés de rechercher une esclave enfuie d'un harem. Mais l'antique Émèse a perdu depuis longtemps son temple du soleil où Élagabal, l'empereur fou de Rome, rendait un culte à la pierre noire. Les sultans arabes de la belle époque n'y tiennent plus de sérails. Les femmes libérées travaillent aux ateliers de la soie ou à la cueillette des olives pour les huileries. Elles se coiffent le plus souvent d'un simple foulard noué sur leurs cheveux noirs et brillants.

Pas de vieux Turcs enturbannés, encore moins d'hommes d'affaires sur la place abritée de platanes centenaires, encombrée de voitures attelées et de quelques automobiles. Des paysannes aux jambes nues traînent des arabas chargées de melons verts et de *kavouns* parfumés jusque sur les quais où les soldats descendent pour se rafraîchir. Pendant qu'ils mordent à belles dents dans les fruits juteux des plaines de l'Oronte, elles leur lancent des regards fort engageants sous leurs voiles de gaze fine.

Des paysans aux pieds nus perclus de rhumatismes, portant en bandoulière des fusils à pierre du temps de Mehmet Ali, prétendent, sous l'œil ironique des soldats allemands, contribuer au service d'ordre, et gagnent ainsi le privilège de recevoir quelque nourriture des autorités.

Des Arabes au regard féroce, vêtus de burnous gris ou brun sombre, toisent sans aménité les *Feldwebel* qui traitent les soldats turcs de fils de porcs et leur demandent de courir – *Tchabouk!* – pour rejoindre leurs wagons. Habitants de Homs, les Arabes méprisent autant les soldats turcs soumis que leurs maîtres brutaux et incroyants. Ils sont nombreux sur la place, et surveillent à l'évidence le rembarquement de la troupe, sans qu'aucun policier s'avise de les interpeller. Les ordres sont sans doute d'éviter toute émeute dans les villes du Sud.

Lucia repère une automobile Mercedes stationnée à l'entrée de la gare. Un agent consulaire coiffé d'un casque colonial en descend, accompagné d'une femme élégante qui porte une capeline dont la fine voilette dissimule le visage. Deux officiers prussiens se précipitent pour l'accueillir et la conduire dans un compartiment du train en partance pour Tripoli. Lucia tressaille.

Elle donnerait tous ses bijoux cousus dans la doublure de son sac pour l'accompagner. Marwan l'en dissuade.

– C'est *Fräulein* Von Boëm, l'épouse de l'homme le plus puissant de Homs. Il s'est fait attribuer par Djemâl Pacha la concession des terres fertiles de l'Oronte qui déborde, comme le Nil, une fois par an. Il l'a fait irriguer, planter de milliers de pousses de coton jumel importé d'Égypte en faisant travailler des centaines de familles de paysans. Les filles sont ensuite engagées dans la fabrique de poudre, pendant que les mères s'activent aux champs. Aux yeux des Jeunes-Turcs, Von Boëm passe pour un génie que les autorités doivent protéger de tous les dangers. Il a en effet solidement clôturé ses plantations, et barre ainsi sans vergogne le fleuve aux troupeaux bédouins. Plusieurs fois, il a échappé à des attentats. Aussi tout ce qui l'entoure est-il surveillé de très près. Si tu approches son épouse, tu seras immédiatement arrêtée.

Le train repart pour Rayak, longeant les plantations de Von Boëm hérissées de barbelés, cernées de patrouilles automobiles de gendarmes qui en surveillent les abords, particulièrement les accès de la poudrerie, gardée nuit et jour. Au soir tombant, Lucia surprend Marwan agenouillé sur un tapis, priant en direction de La Mecque.

– Je vous croyais maronite et chrétien ?

– Ma mère croit au dieu de Rome, mon père à celui du Coran. Il a tenu à ce que son second fils pratique sa religion et m'a choisi lui-même mon prénom. Le cas est rarissime dans les familles libanaises. Il arrive que les communautés druzes et maronites se rencontrent. Quelle que soit notre religion, nous partageons tous le culte de la liberté de notre cher Liban, le plus petit pays du Proche-Orient, mais aussi le plus fier. Il faut remarquer que nous avons le même dieu, les juifs, les chrétiens et nous. Les musulmans sont tout prêts à reconnaître Jésus comme un prophète, au même titre que Mahomet. Ma mère m'a chapitré en m'expliquant que le fils de son dieu était dieu lui-même. Je ne l'ai jamais contrariée.

– Comment a-t-elle pu accepter que tu sois musulman ?

– Mon père, un notable de Beyrouth, lui a démontré patiemment qu'il devait donner à ses concitoyens l'exemple de la tolérance, et ne récuser aucune religion, sous peine de rendre le pays ingouvernable. Il n'admet pas l'idée que les hommes puissent s'entretuer pour des affaires de culte, comme ils l'ont fait trop longtemps au Liban. Tu es catholique. Suppose que tu me prennes pour époux. Ne serait-il pas juste que notre premier fils soit de ta religion, et le second de la mienne ? Tu n'as pas à t'en formaliser. Mon prophète est venu au monde quelque six cents ans après le tien. Il est normal qu'il n'ait pas la priorité, mais qu'il soit aussi présent au sein des familles qui le désirent, en bonne entente avec Jésus-Christ, cet autre prophète.

– Voilà que tu blasphèmes. Je vais te gronder comme ta mère.

– Et moi t'aimer comme mon père, murmure-t-il, en la prenant dans ses bras.

* *
*

À la petite gare de Rayak, ils conviennent de quitter le train militaire qui poursuit sa route vers Damas, pour grimper discrètement dans celui de Beyrouth et franchir cahin-caha les monts du Liban sur une voie à crémaillère. Des avions allemands marqués aux couleurs turques survolent la région, car Rayak est une base aérienne importante à l'arrière du front et les Albatros volent en patrouilles serrées pour piquer sur les convois anglais et abattre les hydravions alliés en mer.

Marwan descend le premier du wagon pour repérer le quai où la rame du petit train à voie étroite est attendue. À peine a-t-il mis le pied à terre que deux inspecteurs de la *Techkilât* le ceinturent pour le conduire, menottes aux mains, au poste de police de la gare.

De la fenêtre du wagon, Lucia a vu la scène. Elle sait qu'ils vont le torturer jusqu'à ce qu'il parle. Il la dénoncera. Qui résisterait à la torture ? Perdant tout sang-froid, elle ouvre la portière pour se mêler à la foule, et trouver un abri discret qui lui permette de s'échapper plus tard et de sauter dans le train de Beyrouth.

– Ils seront là dans un quart d'heure, l'arrête d'un geste le major Ahmed Chekif. Tu dois te vêtir à l'arabe. Enfile une gandoura et cache tes cheveux sous un turban. Je vais te foncer le visage à la teinture d'iode. Mets ton bagage dans un sac et porte-le au bout d'un bâton. La foule remplit la place de la gare. Il sera facile de t'y perdre. Si un Arabe t'adresse la parole, ne réponds pas, ou dis seulement, en courbant la tête et en égrenant ton chapelet, « *Salaam* ou *Salaam aleikoum* ». Ne regarde personne, tes beaux yeux verts te trahiraient. Et surveille bien les voies, le train de Beyrouth arrive souvent en retard. Tu n'auras qu'à me suivre, le moment voulu. Je te ferai signe dès qu'il sera à quai.

Lucia marche lentement vers la place, les yeux baissés, drapée dans sa gandoura grise. Elle aperçoit, sortant du poste sur une civière, Marwan évacué par deux policiers vers un convoi qui regagne Istanbul. Identifié comme le frère de l'officier terroriste Bechara Chamoun, il a été réclamé au téléphone par l'ambassade d'Allemagne, aux fins d'interrogatoire dans l'enquête sur l'attentat de l'opéra. Il ne reverra jamais sa mère.

Les Arabes sont plus nombreux à Rayak qu'à Homs. Beaucoup se rendent à la mosquée, appelés par le muezzin à l'heure de la prière. Si Lucia s'y enferme, elle perdra de vue la gare et l'arrivée du train de Beyrouth, sa seule chance d'évasion. À l'évidence, Marwan n'a pas parlé, n'a pas révélé son identité à ses tortionnaires, sinon, ils auraient aussitôt bondi vers le wagon. Elle décide de se fondre dans la foule des voyageurs se rendant à Beyrouth, dont beaucoup portent le turban du Prophète.

– *Salaam aleikoum.*

Un Arabe au teint pâle et au visage finement ridé l'aborde en joignant devant elle ses mains fines. Il lui glisse, à voix basse, quelques mots de français.

– Mon nom est Mahmoud Bakri. Je suis l'ancien portier de l'ambassade de France à Beyrouth. Le frère Ahmed m'a dit de vous venir en aide. Suivez-moi en confiance, je vous prie, si vous voulez revoir la Méditerranée. Elle est si belle à l'ombre des cèdres du Liban ! Nous voyagerons ensemble, comme deux frères pèlerins.

Il termine son discours en arabe, car les voyageurs en gandoura affluent sur le quai et il doit donner le change. La promiscuité est telle qu'on ne peut filtrer la foule ni demander des papiers d'identité à chacun. Les wagons minuscules sont immédiatement pris d'assaut. Lucia, d'instinct, sent qu'elle peut faire confiance au portier déguisé en pèlerin. Il s'interpose en répondant pour elle à ceux qui lui adressent la parole. Peut-être explique-t-il aux curieux que son compagnon est sourd-muet, ou abîmé de douleur après la perte d'un frère, mort pour la foi au front. Il recommande à Lucia de garder les yeux baissés et d'égrener sans arrêt son chapelet en murmurant des paroles inaudibles.

Beaucoup de passagers doivent voyager debout. Lucia et son guide trouvent une place assise. La jeune femme n'ose admirer les pentes boisées du Liban. Après le gros bourg de Zablah, le parcours, moins accidenté, suit une vallée riante et encaissée pour aborder enfin, après plusieurs de courbes, la plaine côtière de Beyrouth.

– Vous pouvez vous fier au major Ahmed Chekif, assure Mahmoud Bakri en descendant du train. Ne vous laissez pas intimider par ses airs soupçonneux. C'est un ancien interne de l'hôpital militaire français de Lyon et il déteste les Allemands. Il ne vous dénoncera pas pour une bonne raison : il est des nôtres. Il travaille comme moi pour le service de renseignements du colonel Valentin.

Lucia devient soudain méfiante. Cet Arabe ignore-t-il que le colonel vient d'être écarté par le général Guillaumat de la direction du 2e bureau à l'état-major français de Salonique ? N'importe quel agent allemand d'Istanbul, de Bucarest ou de Sofia le sait depuis longtemps.

– Le colonel Valentin vient d'organiser un nouveau service pour l'Orient, précise Mahmoud qui a perçu l'hésitation de Lucia. Les succès de l'Anglais Lawrence chez les Arabes empêchent vos généraux de dormir.

* *
*

Ainsi Valentin a-t-il réussi à la retrouver, et peut-être même à la faire suivre depuis Istanbul où il a certainement ses informateurs, ne serait-ce qu'au lycée français de Galata Saraï. Est-elle pour autant en sécurité ? Elle en doute. Le port de Beyrouth est à coup sûr l'objet d'une surveillance incessante de la part de la sécurité militaire allemande et de la police secrète turque. Elle peut être démasquée à chaque coin de rue, même coiffée de ce turban qui n'atténue en rien l'éclat de ses yeux verts. Jusqu'à quand devra-t-elle marcher en fixant ses chaussures ?

Pour la première fois dans sa vie d'aventurière, dont elle a souvent tiré quelque orgueil, elle entre dans une ville par la petite porte, la tête basse, déguisée en pèlerin de l'islam de retour de La Mecque et asexuée sous sa gandoura informe. À tout prendre, elle préférerait s'habiller en femme, voiler ses traits d'un tulle léger, à l'ottomane, et se glisser dans les soieries précieuses du Liban. Mahmoud Bakri semble répondre à son désir quand il l'introduit dans l'une des plus somptueuses villas de la côte, ombragée de cèdres, de pins maritimes, et embaumée de myosotis en fleur.

– Hélas ! gémit Mme Chamoun entre sourire et larmes, on m'a pris mes fils, mais voilà qu'il m'arrive une fille. Vous êtes ici chez vous, mon enfant, lui dit-elle. Ne craignez rien, notre maison est un refuge. Aucun de vos persécuteurs n'osera s'y risquer. Nul n'ignorc quc jc suis cn grand dcuil ct, dans notrc pays, chacun respecte la mort. Je ne reçois personne. Votre venue me comble. Nous allons pouvoir parler ensemble de mes chers enfants.

Pour tenter de lui rendre espoir, Lucia laisse entrevoir que la mort de Marwan n'est pas certaine. Les policiers l'ont évacué par chemin de fer sur Constantinople.

– Malheureusement, nos amis ont attaqué le train au départ, après l'avoir fait dérailler. Ils n'ont réussi qu'à déclencher une fusillade où mon cher Marwan a perdu la vie. Ces gens-là sont impitoyables, aveugles et fous. Qui nous rendra le Liban de nos pères ?

Une jeune fille d'à peine quatorze ans rentre de l'école, cartable en bandoulière, accompagnée d'un adolescent mince et blond, élégamment vêtu. Elle plie le genou devant sa mère qui la présente en lui prenant la main :

– Marie. Elle est pensionnaire aux dames de Nazareth et voici son grand frère William, que son père destine à faire carrière aux États-Unis. Il est du reste étudiant à l'Université américaine de Beyrouth, où il est très difficile d'entrer tant les demandes sont nombreuses. Henry, mon mari, ne croit plus à l'avenir de l'Europe. Il a payé fort cher l'administration turque pour dispenser William du service militaire, et a réservé son emploi dans une banque libanaise de New York.

La gouvernante conduit Lucia à son appartement, pourvu d'une large baie d'où elle peut suivre le mouvement incessant des bateaux dans la rade. Une femme de chambre italienne lui fait couler un bain et dispose sur le lit un ensemble deux pièces à la jupe coupée plus courte, selon la mode. Une coiffeuse spécialement gagée tente de discipliner le désordre de ses boucles après un massage aux huiles parfumées. Un léger maquillage rend ses couleurs à la jeune femme, qui prend un plaisir infini à paraître discrètement au sein de cette famille meurtrie.

Le mari est absent, retenu pour la soirée, lui explique-t-on, dans une réception de Djemâl Pacha, à Damas.

– Monsieur a fait préparer pour vous par le consul un passeport américain, l'informe Mahmoud Bakri. Au Liban, ces papiers sont les plus sûrs pour une étrangère.

Lucia s'inquiète, elle soupçonne toujours l'invisible présence d'agents étrangers dans les milieux les plus sympathiques. Les Chamoun sont-ils liés aux services américains ? Se peut-il que ce John E. Davidson, l'obèse de la Standard Oil, convive de Djavid bey à Constantinople, l'ait remarquée au dîner au point de faire jouer le téléphone arabe pour l'engager dans la légion de ses correspondants secrets en Orient ?

– Nous fournissons toujours aux personnes en difficulté des papiers américains, lui explique son hôtesse. Ils sont plus faciles à obtenir que les suisses et offrent les mêmes garanties. Ils ne vous permettront malheureusement pas d'embarquer pour les États-Unis. Les lignes de navigation ont interrompu leur trafic régulier à cause des sous-marins. Les Allemands, furieux de la neutralité des Turcs à l'égard de l'Amérique, ne laissent passer aucun navire.

Une surprise au dessert : Henry rentre précipitamment de Damas. La ville est menacée par l'avance des tribus bédouines et par la cavalerie anglaise du général Milne. Djemâl Pacha s'est replié sur Beyrouth pour organiser la résistance. La police politique va rechercher les étrangers de passage.

– Je suis trop surveillé pour assurer votre sécurité sous mon toit, déclare-t-il tout de go à Lucia. Djemâl m'a reproché à mots couverts l'engagement de mes deux fils aînés dans les rangs des partisans indépendantistes du Liban. Au lieu de me présenter ses condoléances, il m'a presque fait grief de leur assassinat, qui jette, me dit-il, le discrédit sur ma famille. Il est atteint d'une crise insensée de nationalisme aigu, sans doute inspirée par Enver et Tal'at Pacha. Notre ami Bakri vous conduira dès l'aube à l'Université américaine, encore protégée, je pense, par le privilège de l'exterritorialité. Je vais réfléchir au moyen de vous faire quitter le Liban au plus vite.

* *
*

La faculté américaine de Beyrouth se dresse face à la mer, dans un quartier d'immeubles neufs. Des policiers turcs en surveillent l'entrée, sans intervenir. Ils restent à l'abri dans leurs voitures, se détournant seulement de leur tâche pour assister aux matchs de base-ball organisés chaque jour sur les terrains de sport. Ils ont appris à reconnaître les équipes de jeunes Libanais et prennent peut-être des paris. Le prestige de l'Amérique est si fort chez les Ottomans, grâce aux récits des émigrés rentrés au pays, qu'ils considèrent presque comme un honneur d'être choisis pour garder la sublime porte de cette antichambre du monde moderne.

Il est donc facile d'y pénétrer sans trop attirer l'attention. Simplement vêtue, coiffée d'un chapeau cloche dissimulant ses cheveux courts, Lucia se laisse conduire par Bakri chez le directeur Dodge, à la fois l'ami de la France et le rival des jésuites qui offrent à la jeunesse étudiante des facultés de droit et de médecine, une école d'ingénieurs, toutes situées dans la vieille ville. Avec les fonds privés importants dont il dispose, Dodge propose des enseignements tout aussi attrayants en anglais et en arabe, et une cité universitaire mieux aménagée que les plus luxueux hôtels de la ville. Lucia y est aussitôt installée dans une chambre qu'elle partage avec une Libanaise de bonne famille.

Elle parle mal l'anglais, ce qui la singularise. Mais Mahmoud Bakri a prévenu Dodge qu'elle séjournera peu de jours à l'université, étant appelée à voyager. Le directeur ne lui a posé aucune question, doutant seulement que la jeune femme puisse sortir facilement de Beyrouth, à cause du renforcement de la surveillance militaire du port et de la présence d'une flottille de sous-marins à proximité.

A-t-il été informé par les services américains que Lucia est un agent de renseignements dont on souhaite utiliser les services ? Un des devoirs du directeur est de ficher soigneusement les étudiants arabes et libanais suspectés de menées politiques, pour éviter de les voir se compromettre dans des attentats terroristes ou des complots antiturcs. Il s'acquitte de cette tâche avec une louable discrétion. Ainsi a-t-il vite repéré – ou appris – que Lucia Benedetti est en réalité italienne, et qu'elle vient de Constantinople où les Allemands la recherchent pour complicité d'attentat.

Il n'en souhaite que plus vivement son départ, redoutant fort de faire courir à son honorable établissement le risque d'être accusé d'héberger des espionnes. Mais la caution d'Henry Chamoun, généreux donateur de la fondation, vaut de l'or. Le notable libanais a précisé que la sauvegarde de cette jeune femme est pour lui une affaire d'honneur.

Lucia ne manque pas les cours d'anglais, et travaille avec ardeur, sous le contrôle de son professeur, les règles rebutantes de la grammaire. Elle n'a pas fait d'études en Italie, faute de moyens, et le bonheur d'apprendre est tout nouveau pour elle. Sa mémoire exceptionnelle lui permet de réciter la longue liste des verbes irréguliers aussi facilement que le livret de *Tosca*. Mais quand le professeur requiert, en classe, des volontaires pour la chorale de la fête de Pâques, elle se récuse, prétendant qu'elle ne sait pas chanter. Elle suit en tous points les consignes de discrétion données par Bakri, repousse en douceur les avances des étudiants et évite même de parler aux jeunes filles.

Peine perdue. Un attentat en ville, près du petit sérail, met le feu aux poudres. Le général Von Frankenberg vient en personne au grand sérail exiger des autorités les mesures de police les plus sévères. Un étudiant a été arrêté. L'Allemand exige que les milieux universitaires fassent l'objet d'une rafle avec vérification d'identité. Il veut assurer à tout prix la sécurité dans le port et entend que les trains de troupes cessent de dérailler. Qu'on pende au besoin les suspects, qu'on les laisse trois jours exposés sur la place du Petit-Sérail. La terreur est un bon moyen de séparer la population des terroristes.

Bakri est averti de ces dispositions de rigueur. Il se précipite à l'Université américaine, explique au directeur que son établissement n'est plus protégé. Les collèges de jésuites ne sont pas davantage à l'abri des rafles. Les Allemands sont sûrs que les groupes de résistants proviennent des meilleurs milieux de Beyrouth et de Damas. Ils veulent faire place nette et Djemâl Pacha est obligé de s'incliner. Déjà, les groupes de police prennent position dans le vieux quartier, autour des collèges. La ville est en état de siège.

Pas question de fuir en automobile vers les ports du Liban, les routes sont contrôlées, des piquets de soldats surveillent l'accès de la gare. Il faut partir très vite à pied dans la montagne, par des sentiers inconnus des policiers venus d'Istanbul. Il est conseillé de trouver plutôt refuge chez les maronites. Les réseaux chrétiens sont de loin les plus sûrs.

* *
*

La route est longue. De solides chaussures de montagne aux pieds, un sac contenant des provisions sur le dos, Lucia suit l'infatigable Bakri équipé en randonneur, piolet en main. Ils franchissent le Nahr avant l'aube, sur le plus vieux pont de Beyrouth, datant de l'époque de l'émir Fakhreddin, où les camions n'osent pas se risquer.

Ils longent la mer avant d'aborder les rochers des carrières antiques, où Bakri signale à Lucia, en lui recommandant de ne pas s'attarder, les inscriptions égyptiennes gravées dans la pierre, curiosités pour les touristes allemands. Avant de traverser la ligne de chemin de fer, ils doivent se cacher dans les fourrés épineux. Impossible de continuer la grimpette avant le passage de la patrouille des gardes-voies.

Dans la gorge du Nahr el-Kadi, la jeune femme, déjà

épuisée, se croit arrivée au port en découvrant le couvent des lazaristes.

– Trop en vue, dit Bakri. Il faut aller plus loin. Vous figurez sans aucun doute en bonne place sur le fichier du chef régional de la *Techkilât*. Ils fouilleront aussi les monastères. Rien ne les arrête.

Ils grimpent encore à travers les bois de pins, en évitant soigneusement les abords de la route en lacet où passent les nombreux convois militaires. Bakri se demande s'il ne doit pas porter la jeune femme dans les gorges escarpées, tant elle a le souffle court et les jambes égratignées. Heureusement, des filets d'eau de source suintent où ils font halte pour se désaltérer. Lucia retient son compagnon prêt à repartir. À contempler les pentes raides de cette montagne libanaise, ses précipices profonds et ses torrents fougueux, elle se croit presque dans les Alpes Juliennes, qu'elle a connues enfant.

– Ma mère travaillait dur dans une usine de chaussures de Vérone, confesse-t-elle. Elle m'expédiait l'été chez sa sœur, dans un village de montagne où je coupais les foins à la faucille, avec mes cousines.

– Votre père était absent ?

– Il était infirme, amputé d'une jambe après la campagne d'Éthiopie, où les Italiens avaient subi une défaite cruelle à l'Adoua. Il est parti pour l'armée juste après ma naissance, en 1895. Ma mère m'a élevée seule, à la diable. J'ai vécu une adolescence heureuse chez ma tante où la nourriture était abondante. Nous dansions le dimanche avec les garçons du village en chantant pour accompagner les joueurs de flûtiaux.

Un voile de mélancolie assombrit son regard, ôte à son teint tout éclat. Il n'est pas bon de s'attarder à des souvenirs qui l'attristent et creusent des cernes sous ses yeux. Sa beauté fait sa force, elle ne l'oublie jamais. Pour se tirer de ce mauvais pas, la nostalgie des doux paradis enfantins n'est d'aucune utilité. Elle s'asperge le visage de l'eau jaillissante et fraîche du torrent et reprend ainsi des couleurs. Elle sourit bientôt à Bakri, se dit prête à repartir d'un pas léger.

– Nous sommes à Deïr el-Kamar, annonce le dévoué Libanais avec soulagement, le couvent de la Lune. Ici, tous les villages de montagne sont peuplés de maronites. Nous serons pris en charge par le réseau de la résistance chrétienne, très actif.

Le bourg est une petite ville ombragée de mûriers, dominant une vallée où s'étagent les cultures en terrasses. Lucia est introduite à pas de loup dans une ferme isolée, dont les murs d'une absolue blancheur étincellent au soleil levant. La famille lui offre du pain et du lait. Pendant que les hommes partent au travail vers les jardins escarpés, elle reste seule avec une vieille dame qui lui conseille de se tenir à l'abri dans sa chambre. Elle changera chaque nuit de refuge, par prudence.

Toujours attirée par le luxe, Lucia se risque pourtant dans les parages du palais de Beit ed-Din. Elle s'approche avec précaution de la bâtisse aux fenêtres délicatement sculptées, à coup sûr l'ancien palais d'un émir. Au pied des hautes murailles, un tombeau délabré, pillé peut-être, l'intrigue. Il est surmonté d'une croix chrétienne et couvert d'inscriptions arabes qu'elle ne peut déchiffrer.

Une voix derrière elle. Bakri, qui s'est aperçu de sa fugue et l'a pistée à distance, surgit à ses côtés :

– La femme de l'émir druze Béchir a été enterrée en dehors des murs, lui dit-il. Ce potentat avait épousé une chrétienne dont il était fort épris. Il l'a fait ensevelir dignement, mais hors du palais. Et puisque vous poussez la curiosité jusqu'à l'imprudence, approchons-nous des caves. Vous comprendrez !

Elle recule, effrayée. Des cris atroces, des lamentations insoutenables montent des anciennes écuries.

– On y torture les prisonniers de la *Techkilât*. Voulez-vous être du nombre ?

Ils repartent dans la montagne, et Lucia ne se fait pas prier pour gagner un autre village maronite, où elle se terre une nuit entière dans une grange, car la police turque fouille aussi les fermes. Ils redescendent vers la vallée de la Bekaa, après une marche exténuante de huit kilomètres.

– Si nous pouvions poursuivre vers le sud, explique Bakri, nous atteindrions à coup sûr la vallée du Jourdain et la mer Morte, en Palestine. Mais les Allemands tiennent solidement ce front et la vallée de la Bekaa est sillonnée par des colonnes militaires turques.

Les deux fugitifs doivent se résoudre à cheminer sur des sentiers étroits en direction de la côte, tout en se réfugiant dans les roseaux à la moindre alerte.

– Il ne vous reste qu'une issue, une seule chance de salut, la mer !

* *
*

Mahmoud Bakri veille à son embarquement, arrosant de livres anglaises un patron de pêche. Il ne part pas lui-même, et se contente d'aider Lucia à trouver des vêtements et des bottes de marin. Elle se change dans une baraque de bois tout près du rivage, aidée par une vieille femme qui lui sert du café chaud dans une tasse ébréchée. Les deux hommes d'équipage lui apprennent les gestes essentiels, ceux qui la feront passer pour un vrai pêcheur. Tirer les cordages lui écorche les mains, elle tient à peine debout sur le pont où s'entassent les filets et les harpons, mais elle ne flancherait pour rien au monde.

Les marins sortent de la grève sans difficulté, en flottille. De la capitainerie de Beyrouth, on ne peut les apercevoir : une échancrure de la côte plantée d'un bois de pins les dissimule. Ils mettent la voile, pour profiter du noroît qui les pousse vers le sud, en prenant soin de garder le cap sur la pleine mer tout en naviguant à la limite des eaux territoriales. Ils ne tiennent pas à recevoir la visite d'une vedette de la douane turque et larguent les filets en même temps que les autres barques. Lucia doit se prêter à la manœuvre. Le capitaine lui explique dans un anglais sommaire qu'ils prendront le large à la nuit, non sans relever les prises.

Ils suivent la côte, toujours en zigzag, passant d'une flotte de pêche à l'autre. Il est impossible à un bateau, même minuscule, de naviguer seul sans éveiller les soupçons. Un hydravion anglais survole la flottille, sans doute à la recherche d'un sous-marin. Les matelots saluent de la main l'aviateur. Va-t-il amerrir, recueillir Lucia pour l'enlever vers la base d'Alexandrie ? Elle nourrit cet espoir fou, mais l'appareil s'éloigne, reprend de l'altitude pour plonger à quelques milles, toujours en quête d'un gros poisson.

À la nuit tombée, le petit bateau prend franchement la haute mer pour profiter du vent fort et s'éloigner au plus vite, tous feux éteints. Le capitaine n'a pas besoin d'indiquer les manœuvres à son second, il les connaît par cœur. Lucia, transie de froid, s'est enroulée dans une couverture rugueuse et ne sort plus de la minuscule cabine. Le voyage se poursuit, monotone, pendant trois jours et trois nuits, droit vers le sud, sans rencontres désagréables ou dangereuses.

Le petit jour leur fait découvrir la côte de Palestine, au large d'Haïfa. Vont-ils débarquer là ? Il n'est pas question d'approcher du port, dont on ne sait quelles forces l'occupent. La manœuvre habituelle de ces passeurs d'hommes est de rejoindre une autre flottille de pêcheurs, et d'opérer le transbordement d'un bord à l'autre. Lucia se retrouve balancée comme un paquet au creux d'une barque arabe qui se dirige à pleine voile vers la crique de Tel-Aviv. Les couleurs hissées sur le petit port sont britanniques. Elle est sauvée.

Le nouveau capitaine a reçu des ordres, suivis à la lettre. Il n'est pas question que Lucia tombe entre les mains des militaires anglais. Elle doit rejoindre Jérusalem où un nouveau mentor, un colon israélite venu d'un kibboutz de l'intérieur, l'acheminera avec sa caravane d'ânes.

Un kibboutz ? Lucia s'étonne d'entendre pour la première fois ce mot. Le plus ancien des pêcheurs s'assied près d'elle pour lui raconter comment les juifs venus de Russie, de Bulgarie, d'Ukraine, de tous les pays où ils sont persécutés, se sont regroupés pour vivre ensemble dans la paix sur la terre aride de leurs lointains ancêtres, en partageant leurs biens et les fruits de leur travail. Ils ont irrigué le désert depuis bientôt dix ans. Une communauté de familles prospère au sud du lac de Tibériade, à Deganya. Ils produisent des oranges et des légumes qu'ils vendent dans les villes.

– Pas de kibboutz à Tel-Aviv ? demande-t-elle.

– Non. Tel-Aviv, une simple bourgade, a été construite de toutes pièces par les fondateurs pour accueillir les immigrants dans l'environnement proche de Jaffa, la ville arabe. Ainsi, depuis 1909 et en plein accord avec les autorités, les israélites disposent d'une zone indépendante où peuvent s'installer leurs commerçants, leurs services, leur hôpital et leurs écoles.

L'envoyé du kibboutz tarde. Jaffa se trouve encore sur la ligne du front et la circulation sur les routes est difficile. Lucia se sent libre de flâner dans le petit port de pêche assez fréquenté, où les baraques sont nombreuses sur la grève. Les pêcheurs, juifs et arabes, échangent entre eux des propos amicaux. Ils font griller des sardines sur des sarments de vigne et Lucia ne se fait pas prier pour s'asseoir en tailleur parmi eux.

La mer est si calme que le Christ aurait pu y marcher aussi bien que sur le lac de Tibériade. Le canon anglais est assez éloigné pour ne pas troubler la pureté du ciel. Enthousiasmée par l'idée d'une ville neuve, Lucia demande si elle peut la visiter. Les pêcheurs gardent le silence. L'un d'eux finit par confesser qu'il est inutile de se risquer dans les avenues rectilignes. Les Jeunes-Turcs ont évacué de force de la cité vers le nord les habitants israélites. Quand les Anglais sont arrivés, celle-ci était vide.

* *
*

Le caravanier la rejoint à la tombée du jour et propose de dormir dans une cabane de pêcheur pour se mettre en route le lendemain. Il débâte les ânes et les fait entrer dans une écurie dont il ferme la porte au cadenas. Il s'appelle David Meir et sort de son sac un repas frugal qu'il partage avec sa passagère.

– Il faut se méfier des Bédouins, lui dit-il. Ils cherchent à s'infiltrer dans la ville abandonnée, heureusement protégée par les Anglais. Nous avons eu beaucoup de mal à leur faire admettre que nous avions acheté nos terres très officiellement au prix fixé par le gouvernement turc. Ces nomades ne tolèrent pas l'installation des communautés agricoles. Ils ont planté leurs tentes dans la ville construite de nos mains, et n'ont consenti à partir qu'en échange d'un *bakchich* énorme de trente-cinq mille francs-or pour des dunes sans aucune végétation. Nos familles, depuis leur départ, ont toujours peur d'un rezzou.

La route est longue jusqu'à Jérusalem où David doit remettre Lucia au commissariat français, mais il a reçu l'ordre de ne pas lui révéler sa véritable destination. Ne voyant autour d'elle que des soldats britanniques, elle s'imagine qu'elle sera accueillie dans quelque état-major anglais. Son guide répond évasivement à ses questions.

Il explique, chemin faisant, que cette guerre est une catastrophe pour sa communauté, même si un ministre de Londres, lord Balfour, a reconnu et garanti leur existence sur ce sol. Ses enfants étudiaient au lycée israélite Herzliya, mais ils sont partis avec la mère, habitante de Tel-Aviv, poussés par les Turcs au nord du lac de Tibériade, et sont séparés de lui par la ligne du front.

Il est resté au kibboutz pour fournir des vivres aux combattants d'Allenby et défendre les biens de la communauté contre les pillards, avant de s'engager dans le bataillon juif de l'armée anglaise. Il s'est porté volontaire, avec trois mille de ses amis, pour revêtir l'uniforme des *tommies* et contribuer à la libération de la Palestine, où cent mille des siens se sont déjà installés.

Lucia s'étonne de la prospérité de la vallée du Yarkon. « L'irrigation ! » s'exclame David, qui tient à lui raconter comment les dunes désertiques, appelées en arabe *Karm Jabali*, ont été peu à peu transformées en jardins et en vergers. L'endroit a reçu le nom de Tel-Aviv, qui signifie en hébreu « la colline du printemps », quand on a commencé à y ériger des maisons blanches habitées par les émigrants. David attend la rage au cœur le retour des siens, après la victoire alliée, et s'impatiente des lenteurs de l'armée du général Allenby où il doit prendre rang incessamment.

Lucia, montée à dos d'âne, ne songe plus aux périls de Constantinople où l'on tue dans l'ombre, comme au temps des janissaires. La longue route vers le sud lui paraît un enchantement, dans le bruissement des feuilles d'oliviers et d'orangers. Les kibboutz épargnés par la guerre se succèdent, autour de villages crépis de blanc dont la population, hommes et femmes, travaille aux champs. La caravane entre dans Jérusalem par la porte Neuve, ouverte dans les remparts. David prend le temps d'expliquer à Lucia l'entrée des Alliés dans Jérusalem. Il en était témoin.

– C'était le 11 décembre 1917, sur les marches de la tour de David. Le général Allenby, jovial et rubicond, y trônait. Ayant pris la ville, il s'adressait à la population.

– En anglais ?

– En six autres langues, français, italien, grec, russe, arabe, hébreu. Il établissait la loi martiale dans la ville, ne tolérait pas le moindre affrontement entre nations, mais surtout garantissait la protection des citoyens et le libre exercice des cultes.

Devant la tour de David et l'enceinte ocre foncé de Jérusalem, il raconte à sa manière la parade militaire des forces alliées.

– Ni fanfares, ni trompettes, ni salves d'honneur, précise-t-il. Un simple défilé dans le quartier du mont Sion. Pas de drapeaux de la victoire hissés en haut des mâts, comme pour prendre possession d'un territoire colonial. Les cloches n'ont pas sonné dans les églises chrétiennes pour célébrer le départ définitif des Ottomans. Le général a voulu faire de la cérémonie un acte d'union, de paix. Tous les responsables religieux étaient présents, les musulmans d'abord et naturellement nos rabbins, aux côtés des quelque quarante sectes chrétiennes qui se disputent Jérusalem.

– Les Arabes étaient-il satisfaits ? Les Anglais ont-ils réussi à leur faire oublier que lord Balfour venait d'établir officiellement les juifs en Palestine alors qu'ils soutenaient et armaient la révolte de Fayçal, fils de Hussein, contre les Turcs, lui promettant monts et merveilles ?

– Je vous assure que le maire musulman de Jérusalem était présent. Il appartient, comme le grand mufti, à la famille des Husseiny qui descendent directement du Prophète par la fille de Mahomet. Oui, les musulmans étaient là, dans leurs gandouras claires, aux côtés des Arméniens et des Grecs vêtus de sombre. La joie éclatait dans les rues, les filles lançaient des fleurs aux soldats.

– Les Français participaient-ils à la fête ? demande Lucia avec une certaine inquiétude.

– Un beau cavalier couvert de décorations les représentait : le colonel de Piépape, entouré d'une vingtaine de poilus et de chasseurs d'Afrique. À peu près autant d'Italiens. Les Anglais, les Écossais, les Irlandais et les Gallois étaient évidemment les plus nombreux, avec les cavaliers d'Australie et de Nouvelle-Zélande. Les Français sont restés en place, car la ligne du front est toute proche. Les Turcs ont creusé des tranchées, sous la direction de leurs officiers allemands. J'ai reçu l'ordre de vous conduire directement à la maison de France. Les officiers français vous y attendent.

* *
*

Furieuse, Lucia reconnaît, derrière le colonel de Piépape, Valentin, son officier traitant, qui la présente au commissaire de la République française en Orient, Charles François Georges-Picot. Elle retombe entre les griffes de l'ancien chef des services secrets du général Sarrail, devenu le collaborateur de cet homme du monde élégant dans son uniforme militaire.

Comme elle l'apprendra un peu plus tard, ce personnage très officiel est en réalité le négociateur des traités franco-britanniques concernant tout le Proche-Orient, le signataire des accords Sykes-Georges-Picot de 1916, qu'elle a très vaguement entendu évoquer par les Américains à Istanbul comme un exemple entre tant d'autres du *bloody colonialism* des Européens.

Lucia, dont la mémoire est sans faille, ne peut cependant réaliser, au souvenir des propos tenus devant elle à Istanbul, qu'en vertu de cet accord franco-britannique, très antérieur aux opérations de guerre dans la région, Clemenceau a délégué en Orient le colonel de Piépape avec une poignée d'hommes, pour prendre position et assurer l'exécution du partage prévoyant de laisser à la France le Liban et la Syrie, et au moins la Palestine, la Jordanie et l'Irak aux Anglais. Il s'agit donc d'une opération politique de première importance pour le gouvernement français. Elle devine que la présence à Jérusalem de ce Georges-Picot répond à une exigence profonde du Quai d'Orsay.

Charles Georges-Picot, d'une exquise affabilité, la reçoit comme si elle était de la petite famille française de Jérusalem. Nullement diplomate de métier mais banquier et actionnaire de Suez, ce fils d'académicien appartient à l'une des familles catholiques les plus attentives à l'évolution politique de l'Orient.

Il entraîne tous ses collaborateurs, civils et militaires, à un office de la basilique du Saint-Sépulcre où fut, croit-on, enterré Jésus-Christ. Protecteur, de par ses fonctions, des intérêts religieux de la France en Orient et tout spécialement des Lieux saints, le haut-commissaire, précédé de ses *cawas* en grande tenue, catholiques arabes en fez et pantalons bouffants, tous porteurs de cierges allumés, reçoit du vicaire custodial les honneurs de l'encensement, de la patène[1], et s'installe devant l'autel dressé près du tombeau du Christ. Impressionnée, Lucia retrouve les mots des prières de son enfance, se signant d'abondance par-dessus son voile noir.

Elle ne manque pas d'admirer la piété de son voisin, Piépape, qui récite en latin toutes les prières et chante l'office de sa voix de stentor, habituée à commander la charge. Valentin, placé en retrait, est beaucoup plus discret, mais il ne quitte pas Lucia des yeux, comme s'il récupérait par miracle son bien propre, sa créature, son agent favori.

Elle n'est pas fâchée de le retrouver en position amoindrie, chassé de son poste souverain de Salonique où il faisait la pluie et le beau temps, pour être attaché au service de ce très croyant haut-commissaire de la République laïque, nommé par Clemenceau, le bouffeur de curés. Voilà son colonel Valentin agenouillé comme son nouveau patron devant l'autel du Saint-Sépulcre, imitant ses gestes de contrition, communiant sans vergogne des mains du custodial, alors qu'il est socialiste, incroyant, et ancien collaborateur du diabolique Sarrail.

Le voyant dans cette position pour lui humiliante, et non sans garder au cœur le souvenir des circonstances où il l'a lâchement abandonnée aux sbires du docteur Curtius, le maître du renseignement allemand, elle se félicite de n'avoir plus à suivre ses ordres et d'échapper à son chantage permanent. Il n'est désormais rien d'autre qu'un agent régional, à disposition d'un Georges-Picot dont les actions tortueuses ne sont pas la spécialité.

À la maison de France, le haut-commissaire obtient pourtant d'elle, sans trop de difficulté, tous les renseignements en sa connaissance sur les relations des militaires allemands avec les officiers turcs, mais aussi sur

1. La patène est un vase sacré servant à l'élévation de l'hostie ou à l'offrande de l'eau bénite.

les entretiens particuliers du ministre des Finances Djavid bey avec les représentants du milliardaire américain du pétrole Rockefeller qui sont pour lui d'un intérêt signalé. Il se fait aussi confirmer l'entrée en ligne d'une nouvelle force ennemie juste contre le front de Jérusalem, dont on ignore encore si le général en chef sera turc ou allemand.

Georges-Picot juge cet entretien d'un si grand intérêt qu'il renverrait bien Lucia Benedetti en mission sur-le-champ, si elle ne lui apprenait que Von Papen a ordonné son exécution et qu'elle est recherchée par la police secrète de Tal'at Pacha. Quand elle lui assure qu'elle doit la vie au sacrifice d'un jeune maronite et qu'elle a été protégée, hébergée par la famille Chamoun qu'il connaît au mieux, il commande le thé pour elle, attend impatiemment des nouvelles de ses amis de Beyrouth, apprend avec tristesse qu'ils ont perdu deux fils à la suite d'actes terroristes.

– Notre grande famille française, confesse-t-il, est plus à l'aise à Beyrouth qu'au Caire, où pourtant l'un des nôtres, Ferdinand de Lesseps, a construit le canal. Vous n'imaginez pas l'importance des intérêts spirituels français dans cette ville bénie du Ciel, dont je souhaite la libération proche. Avez-vous rencontré Sa Béatitude, le patriarche Hoyek, à qui M. Clemenceau daigne envoyer ses respects ? Et Mgr Abdallah Khoury son vicaire général, dont vous savez peut-être qu'il a fait ses études au grand séminaire de Paris ? Mais oui, ma chère, à Saint-Sulpice !

Comme Lucia avoue qu'elle était au Liban en passagère clandestine, et qu'elle n'a pas eu le temps de rencontrer d'aussi hautes personnalités, Georges-Picot l'interrompt :

– Je crois savoir, ma chère amie, que Dieu vous a fait la grâce d'une voix divine. Que diriez-vous de chanter le magnificat à l'église de l'Assomption où le corps de la Vierge a reposé pendant quelques heures ? Lieu miraculeux s'il en est. Mieux encore, au couvent des Pères blancs, donné jadis à la France par un sultan magnanime. Ses nefs romanes accueilleraient votre voix admirable comme dans l'antichambre du paradis. Ne me dites pas que vous refusez. Je vais vous faire loger au couvent des dames de Sion, c'est le plus beau lieu de Jérusalem. Vous y serez soignée avec dévotion, comme une jeune novice, et nul n'y retrouvera votre trace. Vous êtes ici en sécurité, sous ma protection. Et sachez que je songe déjà à votre avenir.

* *
*

Le colonel de Piépape est à son affaire. Le commissaire de la République vient de lui faire savoir, provenant directement d'une dépêche de Paris approuvée par Foch, qu'il recevra sous peu un régiment d'infanterie, des renforts de chasseurs d'Afrique, et qu'il a l'autorisation de lever des contingents indigènes. Clemenceau veut que les Français participent à la prochaine offensive anglaise contre les Turcs, et tient à ce que le général Allenby ne puisse se targuer d'avoir gagné cette guerre sans le secours des alliés français.

Trois mille biffins vont donc débarquer. Piépape aura autant de Français sous ses ordres qu'il y a de juifs dans l'armée d'Allenby. Une présence significative dont il doit faire son profit. Mais Clemenceau a prévu de porter ce corps expéditionnaire à dix mille hommes, soit une brigade et demie d'infanterie et des forces suffisantes de cavalerie, d'artillerie et du génie.

Piépape, ce vieux baroudeur jusqu'alors impuissant, réduit à un simple rôle de figuration, ne se sent plus de joie. Il est prévu de lui expédier dès que possible le 1er régiment de marche des tirailleurs algériens. Il est autorisé à lever deux bataillons de marche d'une légion d'Orient, parmi lesquels deux mille Arméniens heureux d'en découdre avec les Turcs, et peut-être des volontaires syriens et libanais, s'il en trouve.

Il convoque le capitaine Lanier, des chasseurs d'Afrique, son plus ancien compagnon au Levant, tout heureux d'avoir abandonné les marécages de Macédoine.

– Songez que la décision dépendra de la cavalerie. Nous disposerons d'un régiment mixte constitué de spahis et du 4ᵉ de chasseurs, avec un peloton de mitrailleuses. Nous aurons là de quoi surprendre les Australiens, les meilleurs cavaliers de l'armée britannique. Songez dès maintenant à former à la bataille les cadres dont nous disposons sur place et veillez à la remonte. Nous aurons deux batteries d'artillerie montée, dont une de montagne. Sans tarder, nous serons dotés d'un régiment de territoriaux, le 115ᵉ, levé à Marseille, pour assurer l'occupation des positions prises et veiller à la logistique. Le capitaine Frayssigné m'a fait savoir que ses briscards étaient déjà prêts pour l'embarquement sur les quais de la Joliette.

Piépape se rend sur-le-champ dans le bureau du haut-commissaire pour lui faire part du plan d'opérations hardi qu'il entrevoit déjà pour le contingent français, dont il souhaite que l'action soit de préférence éclatante, et aussi distincte que possible de l'attaque prévisible des gros bataillons de l'armée d'Allenby.

L'accueil de Georges-Picot est toujours chaleureux, mais modérateur. Il a sous les yeux le double d'un courrier expédié par le Quai d'Orsay à Paul Cambon, ambassadeur de France à Londres. Si Clemenceau s'est décidé avec précipitation, à son habitude, il ne faut pas perdre de vue qu'il ne jetterait pas dix mille hommes dans le désert d'Orient sans raison politique précise.

Georges-Picot est le seul à savoir que Clemenceau aurait souhaité une opération jumelée avec la Syrie, pas seulement en Palestine, et ce pour concrétiser l'exécution des accords que Georges-Picot a lui-même signés avec le Britannique Sykes deux ans auparavant. C'est un fait que la France ne peut guère intervenir qu'en Palestine, avec dix mille hommes contre cent mille Britanniques.

Il faut donc rester modeste, et ne pas risquer la moindre brouille avec Allenby. Il tente d'en convaincre le fougueux colonel de Piépape. Il convient surtout d'éviter les intrigues des moines italiens de la custodie[1], qui veulent supplanter la France dans la protection des Lieux saints. « Il convient aussi, grâce à la présence de nos troupes, de rappeler à nos amis anglais que notre présence à l'est d'une ligne partant du mont Carmel pour aboutir au lac de Tibériade est comprise dans notre zone d'influence. Il n'est pas question que des troupes italiennes s'y infiltrent, alors que les divisions franco-britanniques sauvent l'Italie du désastre sur le front du Piave. Toute intervention italienne en Orient serait, écrit le Quai d'Orsay, *déplacée.* »

Le renfort français est donc présenté comme un appoint dont le général Allenby fera certainement son profit au moment où ses troupes sont menacées par la redoutable force turco-allemande Vilderim. Il appartient aux escadrons français de veiller à déployer le drapeau, quand l'avance militaire sera sensible, dans la zone qui nous est réservée.

Il n'est nullement exclu, bien entendu, que le gouverneur anglais du Caire ait sa propre idée sur les modalités du partage de l'Orient et qu'il tente des manœuvres non conformes au traité. Dans l'esprit avisé et attentif de Georges-Picot, il serait bon d'envoyer au Caire un agent de renseignements adroit, qui puisse s'introduire à la Résidence et surprendre les intentions exactes des Britanniques dans la zone, si, par quelque inexplicable égarement des responsables de la politique arabe, si fluctuante, elles tournaient en notre défaveur.

– Faites entrer le colonel Valentin, demande-t-il à son aide de camp.

* *
*

Le moins qu'on puisse dire de la politique anglaise en

1. Administration de la province religieuse des Lieux saints.

Orient est qu'elle n'est ni simple ni cohérente. Valentin, pourtant frotté aux renseignements depuis plus de quatre ans, y perd son latin. Sarrail s'y égarait, jusqu'à rendre les Anglais capables de toutes les manœuvres pour suivre une ligne politique demeurant obscure aux yeux de leurs propres généraux.

Guillaumat, son successeur à Salonique, n'y voit sans doute pas plus clair, mais Georges-Picot, intéressé au premier chef par le règlement des accords franco-britanniques, entend ne pas laisser tourner ses positions.

Il a besoin de connaître au juste les intentions du Caire à l'égard des Arabes, et de suivre l'évolution au jour le jour des réceptions de la résidence où siège le second gouvernement britannique, dirigé depuis peu par le nouveau haut-commissaire en Égypte, sir Reginald Wingate, chaud partisan de la révolte arabe. On dit que le représentant de Londres a été choisi pour travailler en bonne entente avec le colonel Lawrence, si longtemps méprisé et tenu à l'écart, et celui-ci vient de choisir Fayçal comme chef suprême de la coalition des tribus bédouines, renforcées de volontaires syriens, libanais, palestiniens, et même des Nord-Africains et des Irakiens.

Georges-Picot demande donc instamment à Valentin d'envoyer sur place un informateur qui sera reçu dans la bonne société et pourra adresser des comptes rendus de rencontres : une simple mise en surveillance des responsables et des hôtes de passage sera des plus éclairantes. Les Allemands ont depuis longtemps été chassés du Caire, mais les Américains y ont pris pied. Ils semblent ralliés à l'idée de la création d'un grand royaume arabe. L'avenir du Proche et du Moyen-Orient se prépare sur les bords du Nil, et nul ne peut affirmer que les accords conclus avec sir Mark Sykes seront respectés.

Valentin se plaint auprès de Georges-Picot du mauvais traitement réservé par les Britanniques au colonel français Brémond, qui a débarqué avec une petite troupe au Hedjaz pour participer à la reconquête de la Syrie.

– L'agent anglais expédié dans les tribus du Hedjaz

s'appelle Lawrence, explique-t-il, comme si le patron l'ignorait. Ce bouillant colonel accuse Brémond de fomenter des intrigues antibritanniques et ne veut pas entendre parler d'une présence militaire française dans l'opération lancée contre Damas. Il aurait même obtenu que les Britanniques retirent leurs troupes du port de Rabigh, pour laisser les Arabes seuls maîtres de la reconquête.

– C'est très grave, l'interrompt Georges-Picot. Si les tribus de Fayçal prennent Damas, nos accords avec Sykes deviennent un chiffon de papier. Nous ne pourrons pas mettre les pieds en Syrie.

– C'est aussi l'avis du colonel Brémond, assure Valentin.

– Que proposez-vous ? Nous ne pouvons pas débarquer un corps expéditionnaire dans le Hedjaz, nous n'en avons pas les moyens.

– Du moins pouvons-nous nous informer des intentions du nouveau gouverneur Reginald Wingate, qui appliquera à coup sûr les consignes de son gouvernement. Ainsi pourrez-vous faire agir le Quai d'Orsay.

– Il est impossible d'envoyer des militaires au Caire, constate le commissaire de la République. Ils seraient immédiatement suspects et surveillés, comme Brémond. À moins que cette Italienne si charmante ne consente à nous rendre un dernier service.

– Lucia Benedetti ? Je ne suis pas sûr qu'elle accepte. Elle connaît Le Caire, où elle était en mission en 1916. Je l'avais moi-même formée et introduite auprès des Britanniques, alors tout à fait hostiles à la révolte arabe.

– Vous voyez bien qu'elle est notre meilleur agent, puisqu'elle connaît déjà les lieux et les personnes.

– Les Allemands l'ont retournée. Elle s'est amourachée d'un officier russe des plus suspects qui l'a introduite à la cour du roi des Grecs exilé. Nous avons alors réussi à l'utiliser et à la récupérer, mais j'avoue mon impuissance : je n'ai pas su la tirer des griffes du docteur Curtius. Elle m'en veut terriblement de l'avoir abandonnée, j'en ai peur. Nos ennemis l'ont reprise en main, sous la menace, pour l'envoyer en mission dangereuse à Istanbul. Elle est tombée dans un piège de résistants maronites, qui l'ont compromise au point que Von Papen a décidé son élimination définitive.

– Ils l'ont épargnée puisqu'elle est revenue parmi nous.

– Certes, mais je n'y suis pour rien. Elle n'a pas à me remercier, bien au contraire. Je crois savoir qu'elle entend renoncer à toute mission secrète. Elle a pris conscience de sa fragilité, épuisé toutes les joies d'une existence de *pseudo-diva*. Vous ne la persuaderez pas de reprendre du service. La mort l'a frôlée de peu. Elle y a laissé ses longs cheveux, sa voix d'or, sa joie de vivre. Elle ne voudra plus repartir.

– Même pour se rendre au Caire ? Laissez-moi, je vous prie, tenter de la convaincre.

* *
*

Georges-Picot a réuni le ban et l'arrière-ban de la colonie française de Jérusalem pour le concert de musique sacrée donné par Lucia Benedetti, sous les nefs romanes du couvent des Pères blancs. Sont présents les officiers de la mission, les religieux de toutes les confessions chrétiennes, y compris les arméniens et les coptes, les syriens et les chaldéens.

La grande nef est remplie, et les Pères blancs se chargent de présenter Lucia dans les termes les plus simples : une jeune chrétienne venue d'Italie en pèlerinage sur les Lieux saints enfin libérés et qui chante comme les anges du firmament, pour le bonheur de tous les croyants ici rassemblés.

Lucia, les yeux baissés, est introduite par le supérieur jusqu'à la tribune où les orgues l'accompagnent. Inspirée par la solennité du lieu, elle chante d'une voix ample et pure, bouleversant le cœur de ses amis maronites et donnant mauvaise conscience au colonel Valentin, un peu honteux d'utiliser à des fins patriotiques mais tortueuses une jeune femme dotée d'un talent aussi exceptionnel. Dieu merci, Georges-Picot lui a recommandé de ne pas l'approcher. Il se sentirait bien incapable de l'entraîner de nouveau dans un de ces combats douteux où elle a déjà failli trouver la mort.

Les religieux s'en chargent. Après le concert où elle reçoit avec humilité les compliments des communautés, le supérieur des Pères blancs la présente à la délégation copte, lors d'une réception à la maison de France dont elle est l'invitée privilégiée.

Valentin a disparu, parti à cheval à la tête d'un escadron de chasseurs d'Afrique pour inspecter le dispositif français dans la ligne de retranchements creusée par Allenby. Il ne se considère plus comme un officier du 2e bureau et rend seulement des services à l'occasion, quand le commissaire de la République veut bien faire appel à ses lumières. Il se plaît à penser qu'il est un officier de cavalerie comme un autre, prêt à mener la charge vers Istanbul et heureux de ne pas intervenir dans le recrutement de Lucia Benedetti.

Les responsables français savent parfaitement que les coptes sont des chrétiens d'un genre particulier. Ils ont, comme toutes les obédiences, une représentation à Jérusalem, mais leurs fidèles habitent les villages égyptiens où ils ont presque constamment bénéficié d'une liberté de culte en pays musulman. Leur patriarche a sa résidence au Caire. Il est l'héritier de saint Athanase, le fondateur de l'ancienne Église, grand défenseur de la foi chrétienne contre les hérétiques et des ermites du désert. Son successeur Dioscore s'est séparé de la foi romaine au Ve siècle et les coptes l'ont suivi, contre les Grecs orthodoxes.

En embarquant sur le bateau d'Alexandrie dans la suite du patriarche des chrétiens de rite copte, Lucia Benedetti semble résignée à dormir dans des couvents et à chanter dans les nombreuses églises de cette religion antique, pratiquée par des hommes et des femmes qui ressemblent aux peintures des tombeaux de la Vallée des Reines. Elle y trouve une paix intérieure, et ne souhaite rien d'autre après les épreuves qu'elle a subies. Elle se surprend même à redécouvrir la foi de son enfance.

Ces visages ronds, ovales chez les épouses, teintés de bistre, au nez large et droit, aux lèvres fortes, ces cheveux noirs et frisés, sont ceux des anciens adeptes d'Isis et d'Ibis. Ils n'ont pas changé depuis des millénaires et la jeune femme se sent en sécurité parmi eux, retirée du monde, émigrée dans une contrée oubliée de l'histoire depuis si longtemps, plus ignorée des Allemands, ses persécuteurs, que les steppes de Patagonie.

De son fiacre, elle n'a pas un regard pour l'hôtel Shepheards, le palace connu du monde entier. Elle est convaincue que le haut-commissaire de la République a voulu la protéger en l'excluant du monde. Elle restera dans cette communauté le temps qu'il faudra, chantant à la messe et aux offices, constituant des chorales d'enfants, aidant de toutes ses forces cette communauté peu fortunée.

Elle est redevenue l'enfant de Vérone, placée à l'école des sœurs pendant que sa mère allait au travail. Une Église se charge de nouveau de sa protection. Pressent-elle au fond de son cœur qu'il n'en sera pas toujours ainsi et qu'un jour, un messager de Jérusalem viendra lui demander, certifiant qu'il ne la met pas en danger, quelque menu service dont les Français, si démunis dans cette partie du monde, ont le plus urgent besoin ? Pour le colonel Valentin, elle est seulement tapie en taupe au pays des coptes. Elle sortira de terre le moment venu.

Edmond le rebelle

Depuis l'arrivée du général Guillaumat à Salonique, en décembre 1917, rien ne se passe sur le front d'Orient. Edmond Vigouroux, le zouave belliqueux de Limoux, s'en indigne. Le seul des quatre copains du bataillon à être vraiment convaincu de la légitimité d'une guerre de libération des Balkans a été rappelé, avec ses camarades de secteur de montagne, dans le lamentable camp de Zeitenlik, afin d'apprendre aux recrues de l'armée grecque à se battre. Au lieu d'attaquer les Bulgares calfeutrés à la diable dans leurs blockhaus enneigés, il en est réduit à enseigner à des bleus venus des îles de la mer Égée l'art subtil du lancer de grenades ou de l'attaque à la baïonnette.

Le temps semble immobile en Grèce. N'étaient les trente ou quarante morts quotidiens, la guerre ne paraîtrait pas. Les lignes somnolent dans la couronne ouatée des cimes qui bordent, au nord, le territoire hellène, de l'Olympe au Pinde. Les camarades en section dans ces rochers glacés restent inoccupés et transis. Ils surveillent le front comme des douaniers une frontière.

On ne leur demande rien d'autre que d'être sur place. Sans poser de questions sur la suite des événements. En France, ils sont oubliés depuis longtemps dans les communiqués publiés par les journaux pour les lecteurs du *Matin* ou de *La Dépêche de Toulouse*. Il n'y a rien à signaler sur le front d'Orient.

Edmond Vigouroux ne supporte plus son rôle de professeur de guerre pour des îliens ilotes, parlant – quand ils parlent – un patois proche du crétois.

– Les Français sont plus de deux cent mille en Grèce, calcule le zouave Ben Soussan, de Mostaganem, le meilleur ami de Vigouroux. Autant pour les Britanniques. Sans compter les Serbes et les Grecs, hors d'état de combattre pour l'instant. En face, près de trois cent mille Bulgares, auxquels il faut ajouter les Autrichiens et les irréguliers d'Albanie. Depuis le temps qu'on nous prépare à une offensive pour tendre la main, vers l'ouest, aux Italiens de Valona, sur la route de Santi Quaranta, nous prenons racine et rien ne se passe.

– Si fait ! intervient le commandant Coustou, toujours à l'écoute de ses zouaves. On a limogé le colonel Valentin, chargé du 2e bureau auprès de Sarrail. Les nouveaux venus ont dû s'apercevoir que les renseignements du service secret, soi-disant confirmés par une mission à Berne, étaient faux et archifaux. Il n'y a pas eu de *Drang nach Saloniki*. Les Allemands nous ont bernés. Aucune offensive n'était prévue par Mackensen en Macédoine. Le bon Valentin y a perdu son poste.

– Ne le plaignez pas trop, bougonne Vigouroux. Il chevauche dans le désert de Palestine et charge avec les cavaliers anglais. Là-bas, ils font la guerre ! Ils sont entrés dans Jérusalem. Ils seront bientôt à Constantinople que nous jouerons encore à la manille coinchée dans ce foutu camp où nous perdons notre temps à entraîner des Grecs qui n'ont pas la moindre envie de se battre, du moins à nos côtés.

– Les Allemands n'ont pas besoin de bouger pour l'emporter, augure froidement le viticulteur de Mostaganem, comme s'il évaluait sa prochaine récolte de raisin noir. En signant l'armistice avec les Russes, ils ont gagné, sans bouger un orteil, la moitié de la guerre. Il leur a suffi d'acheter les Bolcheviks. Ils ont libéré soixante-quinze divisions sur le front de l'Est pour nous liquider. Les *feldgrauen* ont déjà pris le train pour débarquer par bataillons entiers à Bruxelles, à Maubeuge, à Saint-Quentin. Ils viennent d'anéantir le front roumain où le malheureux général Berthelot devra monter à cheval s'il veut échapper aux camps de prisonniers de Silésie. Vous savez combien il nous reste de divisions françaises si nous voulons terminer la guerre en beauté ?

– Cent, tout juste, pour l'ensemble des fronts, précise Coustou qui répugne à dissimuler la vérité à ses hommes. Et chaque unité n'a que neuf bataillons, soit neuf mille fusils. Faites le compte, et vous comprendrez pourquoi nous ne recevons pas de renforts. Nous disposons, pour défendre notre sol national, de neuf cent mille hommes au plus, sans les six divisions expédiées en Italie, et les cinq qui nous restent ici. Bientôt, les Américains seront deux fois plus nombreux que nous sur le front occidental.

– Des renforts, pour quoi faire ? explose Vigouroux. Pour les voir eux aussi crever de froid à Zeitenlik ? Nous n'avons même pas les moyens d'assurer la sécurité du voyage. Le *Châteaurenault*, transportant mille marsouins, vient de couler au nord du canal d'Ithaque. Aucun survivant. Mille familles françaises pleurent des morts qui n'ont jamais combattu. Les sous-marins boches grouillent le long des côtes, embusqués dans les indentations de rochers, d'Istanbul à Chypre, de l'Adriatique aux Cyclades.

– Si nous partons, dit Coustou, ils installeront leurs bases dans le Péloponnèse, nous aurons perdu l'Orient. Si les Italiens abandonnent Valona, les sous-marins seront maîtres de l'Adriatique et pourront attaquer les transports au sortir de Bizerte. Les Détroits seront bloqués. Tout se tient. Nous sommes les sentinelles de l'Orient, même si nous n'avons pas les moyens d'avancer, comme l'heureux Allenby en Palestine.

– Il a cent mille hommes, deux fois moins que nous, mais il sait s'en servir, grince Vigouroux.

– Qui n'ont devant eux que des dunes, et pas des montagnes. D'ailleurs, l'Anglais commence à renâcler en approchant des crêtes du Taurus.

– Qu'avons-nous fait de nos Russes ? demande Ben Soussan. Sont-ils si impatients d'être bolchevisés ?

– Moins impatients, en tout cas, jette Vigouroux, de

retrouver leurs anciens maîtres, les boyards aux manteaux de zibeline, le knout au poing, et les popes barbus priant pour le salut du tsar.

– Nous avons proposé un choix aux Russes : rester à nos côtés dans une légion spécialement constituée de sept cents hommes environ, destinée à combattre en France. Ils peuvent aussi participer aux travaux des équipes, mais il faudra vite s'en débarrasser pour cause de propagande pacifiste.

– S'ils sont aussi mal traités que les travailleurs indochinois, rien d'étonnant !

– On envisage l'évacuation de ceux qui ne veulent ni combattre ni travailler vers le Sud tunisien, poursuit Coustou, et peut-être, comme le souhaite Guillaumat, leur renvoi pur et simple en Russie. À l'heure qu'il est, il n'y a plus un seul soldat russe sur le front. Ceux qui subsistent sont retirés et isolés à l'arrière dans des camps spéciaux.

* *
*

Le climat a changé à l'état-major de Salonique depuis le départ de Sarrail. Guillaumat, calme et strict, n'a jamais le moindre écart d'humeur, et parle à ses proches du ton uni dont il usait pour faire le compte rendu, devant le général en chef Pétain, des opérations du front de Verdun quand il en avait la charge en 1917.

Tous ses officiers de Salonique viennent directement du front français. Ils ne connaissent pas plus les intrigues des états-majors de l'expédition interalliée en Orient que le patron. Guillaumat a hérité du poste à haut risque de commandant en chef de toutes les armées, et pas seulement de la française. Il succède dans cette besogne ingrate à Sarrail, et doit s'efforcer en premier lieu d'établir de bons rapports avec les Britanniques, dont chacun sait qu'ils souhaitent plus que jamais demeurer immobiles.

Son proche collaborateur, le lieutenant-colonel Charles Huntziger, est un officier svelte, infatigable, toujours informé des réactions des contingents alliés et de l'état d'esprit des chefs. Il est appelé par Guillaumat dans le bureau des opérations, aux murs couverts de cartes des trois principaux secteurs de la zone[1]. Le général en chef veut dresser aussi minutieusement que possible le bilan provisoire d'un hiver sinistre. Il sait que Paris et le Conseil de guerre interallié demandent à être exactement informés.

Huntziger commence son exposé en regrettant la faiblesse des effectifs grecs de remplacement. Il se félicite pourtant du début d'un processus de mise en place, dans les anciens secteurs russes, d'unités grecques constituées et renforcées par les nouveaux canons lourds de 155 à tir rapide. Il constate sobrement, chiffres à l'appui, qu'il est utopique de préparer, comme le souhaitait Sarrail, une offensive dans la région de Monastir ou de la boucle de la Cerna. Il sait qu'il ne peut compter, comme troupes d'attaque, ni sur les Britanniques ni sur les Italiens.

– Une bataille se gagne ou se perd avec les chemins de fer, affirme-t-il. Pour atteindre cette région, nous n'avons qu'une voie ferrée unique, menacée par les saboteurs *comitadji* toujours actifs, et une seule route viable, mais de faible rendement. Il faut renoncer à toute idée d'offensive à l'ouest, même si Monastir est un symbole de victoire pour l'armée d'Orient, comme l'était Douaumont pour l'armée allemande de Verdun. Au reste, les Bulgares ont été renforcés dans ces secteurs par des unités venues de Roumanie.

– Ce qui compense un nouveau retrait des régiments allemands, précise le commandant Cartier, récemment nommé au 2e bureau de l'état-major en remplacement de Valentin.

Cartier n'a ni la souplesse ni l'intense activité de son

1. D'ouest en est, le secteur albanais, la vallée du Vardar, la Strouma.

prédécesseur. Il est vrai que son patron ne croit guère à l'efficacité de l'espionnage pour dresser la carte de guerre de l'adversaire, unité par unité. Il ne se fie qu'aux reconnaissances par avion ou aux coups de main. Une certaine incertitude plane sur la réalité des effectifs ennemis, en pleine mutation, et l'esprit rationnel du général en chef en est fort incommodé.

– Dans l'état actuel de nos moyens, intervient Guillaumat après réflexion, une éventuelle offensive, d'ailleurs très risquée, ne peut être en aucune manière une opération à longue portée telle que, par exemple, la reconquête du territoire serbe ou la mise hors de cause de l'armée bulgare. Je pense que vous en êtes tous bien persuadés.

Cette évidence pompeusement déployée cache le fond de sa pensée. Le général attend visiblement qu'on lui apporte sur un plateau tous les éléments négatifs lui permettant de renoncer à une offensive d'envergure.

Charles Huntziger ne manque pas de faire état de la très mauvaise situation sanitaire de l'armée, qui exige au moins l'envoi sur place d'un nouveau navire-hôpital. Il faut en outre prévoir l'offensive prochaine du paludisme qui s'annonce au retour des chaleurs, dès la fin du printemps.

– Je pense surtout au moral des soldats, français ou alliés, indique le général en chef qui s'apprête enfin à livrer ses véritables préoccupations. J'ai parcouru les premières lignes. Nos bataillons restent solides, mais ils sont, à l'évidence, désorientés par l'inaction et transis de froid. Nous avons des alliés douteux. Les seuls capables d'attaquer les Bulgares avec une vraie passion patriotique sont, nous le savons bien, les Grecs des îles et les Serbes. Les premiers ne sont pas prêts, les autres se morfondent, plus pénétrés qu'on ne le dit par l'exemple de la défection des Russes, leurs frères slaves. Les Italiens et les Anglais poursuivent des buts politiques qui ne sont pas les nôtres, et ne soutiennent nos plans que du bout des lèvres.

Le général allume l'unique cigarette qu'il s'autorise dans la matinée, en tire une bouffée et fait attendre sa conclusion.

– Ce sont nos Serbes et nos Grecs que nous devons à tout prix motiver, pour transformer leurs bataillons en fers de lance de l'attaque française. J'ai vu longuement le voïvode Boyovitch. Pour l'instant, je ne suis pas sûr de connaître ses intentions. Il est prudent de n'engager ses troupes qu'en diversion. J'ai le sentiment qu'il n'en répond pas lui-même.

– Les réticences des Serbes sont inexplicables, explique en termes mesurés, presque diplomatiques, Charles Huntziger. Ils refusent de morceler leur armée, tout comme les Italiens. Nous avons besoin de retirer une division serbe de la Moglena pour la placer en réserve générale, en vue d'une éventuelle offensive. Il a été impossible de fléchir le prince Alexandre. Il nous a rappelé presque solennellement, comme un principe intangible, que son armée de cent trente mille soldats était la plus combative sur ce front et qu'elle n'avait qu'un ressort : la libération de la patrie occupée. Pas question de la morceler, elle doit combattre comme un seul homme, sous un seul drapeau.

– Il est pourtant essentiel, estime Guillaumat, que les dix mille Yougoslaves libérés des camps russes, arrivés chez nous par l'océan Indien et Port-Saïd en ayant parcouru la moitié du tour du monde, soient initiés dans nos centres aux méthodes de la guerre moderne. Il faut discipliner les Serbes, leur apprendre à utiliser au mieux le soutien de l'artillerie, de l'aviation, former parmi eux des spécialistes des grenades VB et des fusils-mitrailleurs. Le général Boyovitch doit s'adapter à la nouvelle technique d'attaque, sous peine de multiplier dans ses rangs les pertes inutiles.

– Il n'est pas seulement question de technique, affirme le commandant Cartier. Le moral de nos alliés, surtout, est atteint. Les Serbes le retrouveront si on leur donne pour objectif la reconquête de leur pays, plutôt que de jouer le rôle d'appoint dans une guerre immobile.

Quant aux Grecs, qui haïssent autant les Serbes que les Italiens, ils sont des partenaires difficiles dans une coalition. Mêler leurs unités à celles de ces peuples qu'ils ont appris à détester est hors de question. Ils ne peuvent marcher au combat qu'encadrés par des régiments français.

– Ils souffrent d'une sorte de frustration, risque Huntziger, surpris lui-même de la hardiesse de cette notation psychologique, peu courante dans le discours d'état-major.

Il parcourt depuis longtemps les centres de formation des divisions grecques, avec la conscience aiguë de la nécessité d'une motivation des troupes. Frotté de démotique, il s'attache à étudier, en parlant dans leur langue avec les officiers grecs, les meilleurs moyens de faire entrer au plus vite dans la guerre ces divisions hellènes dont Guillaumat a le plus urgent besoin. Il est sûr d'employer la bonne méthode, celle qui sera approuvée par son chef : ainsi faisait Pétain, à Verdun, avec les mutins ralliés.

Ni le lieutenant-colonel Huntziger ni son patron, ancien commandant de la IIe armée de Verdun, n'ont oublié la leçon des mutineries. Après ces événements tragiques, Guillaumat s'est distingué, reprenant avec ses poilus, en 1917, le Mort-Homme et la Cote 304, en appliquant strictement les méthodes utilisées par Pétain dans l'affaire de la Malmaison.

Ce cyrard, qui fut directeur de l'infanterie au ministère, est devenu le spécialiste du combat rapproché et de la synchronisation des armes. Quant à Charles Huntziger, il est issu, comme son patron, de l'infanterie coloniale, troupe d'élite, ou encore comme le regretté général Grossetti, une des gloires éteintes de l'armée d'Orient. Ils sont convaincus l'un et l'autre que le moral du poilu est essentiel. Ils bénéficient tous les deux de l'entière confiance de Foch, major général, et du général en chef des armées françaises, Philippe Pétain, dont ils appliquent sur le front d'Orient les directives les yeux fermés, s'efforçant d'éviter toute surprise ou tout engagement inconsidéré impliquant des pertes inutiles en hommes.

– Jetons les Grecs en état de combattre avec des divisions françaises expérimentées sur un objectif précis où ils pourront, grâce à la concentration de l'artillerie, obtenir la victoire, et ils nous suivront jusqu'à l'Olympe. Surtout si on leur en laisse le bénéfice moral, conclut Huntziger.

Et Guillaumat, si prudent soit-il, n'est pas loin de l'approuver.

* *
*

Émile Duguet a été appelé au camp de Zeitenlik pour assurer la formation des artilleurs grecs des nouvelles divisions auxquelles Guillaumat songe d'abord à confier des batteries de 65 de montagne. Il y retrouve le sergent-chef Vigouroux, chargé avec le lieutenant Benjamin Leleu d'apprendre aux Grecs insulaires le maniement du nouveau fusil-mitrailleur Chauchat et des engins lance-grenades VB (Viven-Bessières), désormais considérés comme indispensables à un assaut d'infanterie.

Le bataillon de zouaves du commandant Coustou a abandonné le front de Monastir pour se rassembler et s'entraîner sur la rive droite de la rivière Vardar, au sud-ouest de Guevgueli. La section commandée par Benjamin Leleu est donc séparée des camarades du bataillon, affectés à la zone de rassemblement pour les futurs combats.

Vigouroux peste d'être isolé avec les siens dans le camp maudit de Zeitenlik dont les conditions de vie n'ont pas été vraiment améliorées, même si l'on a drainé le marécage et planté des légumes. Le borée, ce vent soufflant du nord, est toujours insupportable et les baraquements réservés aux zouaves ressemblent plus que jamais à ceux d'un camp de prisonniers. Depuis la mort d'Alexandra, le zouave brûle d'en découdre et se sent à l'étroit dans son rôle d'instructeur.

Pourtant, les Crétois ne sont ni des brutes ni des illettrés et leur ardeur à la tâche ne se dément pas. Ils sont tous de fanatiques partisans du leader démocrate Vénizélos, crétois lui-même, au pouvoir depuis le départ forcé du roi Constantin. Ils veulent faire la preuve de leur valeur au feu. Leleu a pu constituer facilement deux compagnies de mitrailleuses, instruites chacune par un zouave et capables d'entrer en ligne rapidement. À une vitesse de compétition, les Crétois chargent leur matériel sur des arabas conduites par des poneys Pindos parfaitement dressés aux manœuvres.

Bien qu'insulaires, ces soldats se révèlent d'excellents montagnards. Leleu leur fait confiance pour placer leurs engins sur les pentes rocheuses qui dominent le cours du Vardar. Ils savent construire des abris pour organiser des tirs de flanquement et ils ont déjà appris, depuis leur instruction à la caserne d'Hérakléion, à prendre en charge les Hotchkiss défectueuses pour les remettre en état. Le lieutenant Leleu n'a pas grand-chose à leur enseigner.

Nikos Makarios, un sous-lieutenant d'à peine plus de vingt ans tout juste sorti de l'école des officiers, est très vite capable d'assumer le commandement de la première compagnie, dont les hommes savent démonter en un temps record les mille pièces de l'engin les yeux bandés. Il est mince et renfermé comme un marin, tendu et silencieux. Un animal à sang froid. Il s'exprime en termes rares et précis appris du français.

– Nous savons déjà tout de la Hotchkiss, s'impatiente-t-il. Il est inutile de s y attarder.

Mais il est fasciné, comme ses camarades, par le fusil-mitrailleur, arme d'assaut nouvelle dont les Français eux-mêmes connaissent mal le maniement. Rien de plus délicat que le Chauchat. Une fois à pied d'œuvre, il produit des effets dévastateurs. Inutile de l'abriter sous une construction en dur à l'épreuve des obus, mais deux servants au moins doivent assurer son transport d'un trou à l'autre, et deux autres son utilisation, sous les ordres d'un gradé. Ceux qui sont aptes à tirer doivent toujours se garder de l'effet dit « de la gifle », qui les jette à terre assommés s'ils s'en servent comme d'un Lebel, en plaçant la crosse contre leur joue.

Robustes et résistants, les volontaires crétois sont nombreux pour constituer des équipes de fusils-mitrailleurs, dont ils mesurent immédiatement l'intérêt en campagne : ils peuvent tirer trois cents balles à la suite, à condition de changer constamment les magasins qui n'en contiennent que dix-huit. Les tireurs sont donc toujours accompagnés de deux pourvoyeurs spécialement instruits, sans compter les porteurs.

Ils veillent au refroidissement de l'engin et s'efforcent de le tenir au sec, car la boue lui est fatale. Leleu explique à Nikos que le fusil-mitrailleur a donné les meilleurs résultats à la bataille de Verdun. Le 4e régiment de zouaves, qui en a utilisé deux cent quatre-vingt-huit lors d'une attaque, en a tout de même perdu quatre-vingt-quatorze, en raison de son maniement délicat. On peut le monter à dos de mulet, en l'ajustant soigneusement et sans jamais oublier la trousse à outils, qui permet de tenir propres ses organes vitaux.

– Le fusil de l'ingénieur Chauchat n'est pas un joujou, avertit Leleu, mais une arme lourde. Nous avons dû ouvrir à l'arrière du front français douze centres d'instruction pour parer à toute éventualité de fausses manœuvres.

Vigouroux, peu familier de l'engin, prend le premier la *gifle* du mauvais tireur à l'exercice, ce qui suscite l'hilarité des Crétois. Impeccable, Nikos Makarios réussit un tir groupé qui lui vaut les encouragements de Leleu, lui-même assez peu expérimenté mais qui ne se risque pas, comme le fougueux Limouxin, à faire des démonstrations.

Edmond ne s'entête pas moins et réussit très vite à devenir un tireur d'élite, avec l'aide d'une équipe Crétoise qu'il soude autour de lui. Étant le seul Français à parler quelques phrases de démotique, il est d'autant apprécié, même si ses élèves communiquent, non pas en grec moderne, mais dans le rude langage archaïque des montagnards du mont Ida, qui culmine à deux mille cinq cents mètres dans les Psiloriti.

Les Crétois passent pour les plus braves des soldats hellènes et tiennent à cette réputation. Les lancers de grenades, où Vigouroux est plus à l'aise, leur donnent l'occasion de montrer leur force et leur adresse. Le matériel mis au point par les ingénieurs Viven et Bessières est à peine moins délicat que le Chauchat. Mais les fusils à grenades n'ont bientôt plus de secrets pour eux. Leleu ne se risque pas à leur décomposer les manœuvres de mise en place et de maniement du crapouillot, ce mortier de tranchée. Il considère que c'est l'affaire des artilleurs et compte pour cela sur le Niçois Duguet, qui pourtant ne connaît guère que le 65 de montagne.

Edmond Vigouroux, d'abord rétif et boudeur, apprend vite à tirer le meilleur parti de ses élèves, qui deviennent des camarades, et il retrouve chez eux l'enthousiasme des *andartès*, les compagnons de combat de sa chère Alexandra. Il considère bientôt comme un honneur d'avoir à instruire des gens de si bonne volonté, grecs depuis peu de temps[1]. Il ne manque pas de leur enseigner les moyens de donner l'assaut en sautant d'un abri à l'autre, et de ne pas négliger la baïonnette pour les combats au corps à corps avec les Bulgares.

Au bout d'un mois de ces exercices continus, il accorde aux hommes de Nikos la même confiance qu'à ses camarades zouaves. Il estime qu'avec eux on peut retourner à la guerre.

* *
*

1. L'île de Crète, longtemps possédée par les Byzantins, occupée cent ans par les musulmans puis par les Vénitiens et pendant deux siècles par les Turcs, n'a été rattachée officiellement à la Grèce qu'en 1913, grâce à Venizélos.

Il n'empêche. Il trouve le temps long et fulmine d'entendre Leleu supputer qu'une offensive est impossible avant l'automne. Il croise souvent Duguet, occupé à enseigner le tir du 65 à des artilleurs venus de Serrès, en Macédoine orientale, tout à fait au nord-est de la Grèce. Ceux-là ont appris les rudiments du métier sous la férule d'officiers grecs royalistes, passés à la clandestinité depuis l'exil de Constantin. L'artilleur niçois, peu au courant de l'histoire grecque récente, ignore que les habitants de Serrès, descendants d'Alexandre le Grand, se sentent plus grecs que les Grecs et méprisent leurs officiers qui, par soumission au roi bochophile, ont fait le jeu des Buls.

Un sergent du régiment de Serrès, Socratès Kastopoulos, lui explique brièvement que sa cité, forte de trente mille habitants et capitale de la province de recrutement de la division, a défendu, pendant toute son histoire, la route de Byzance – l'antique via Egnatia – contre les Bulgares. Longtemps aux mains des Turcs, elle a été malheureusement envahie et pillée de fond en comble par les Buls qui, en 1913, ont incendié jusqu'à sa basilique et sont revenus trois ans plus tard.

Dans le port proche de Kavalla, devenu grec en 1913, leurs troupes ont surgi en août 1916 sans que le roi des Hellènes Constantin proteste le moins du monde. Les occupants ont alors multiplié les atrocités, traitant les habitants comme des esclaves. Les réfugiés de Kavalla et les habitants de Serrès sont donc particulièrement motivés pour faire une guerre acharnée à leurs tortionnaires. En prêchant la neutralité, les officiers royalistes ont fait de Kavalla une ville martyre. Les soldats sont désormais ralliés corps et âme à Venizélos et aussi ardents que les Crétois à partir en guerre.

Le sous-lieutenant Émile Duguet parvient rapidement à leur apprendre les manœuvres du 65 de montagne. Le plus difficile est de former des cavaliers pour atteler et dételer les pièces. Il est presque arrivé à constituer de solides équipes quand il reçoit l'ordre d'abandonner. On s'est aperçu soudain en haut lieu, en faisant les inventaires de l'artillerie, qu'on avait besoin de ses canons en France. L'état-major, après trois ans de campagne, n'a provisoirement à sa disposition que huit batteries de 65, soit trente-deux pièces, qu'il entend réserver aux lignes françaises. On expédie des crapouillots à Duguet. Qu'il s'en arrange ! C'est la seule artillerie disponible pour les gens de Serrès. Qu'ils se gardent de la mépriser : elle est plus utile au front que les batteries lourdes de 120.

Il s'initie donc lui-même, sous la férule du camarade breton Cadiou, au maniement du mortier d'infanterie. Cadiou a tout vu, tout appris, et tient à le mettre en garde :

– Attention à la patate, elle peut te sauter dans les mains si tu ne sais pas t'y prendre. Pour balancer ses cinquante kilos d'explosifs chez les Buls, à deux cents mètres, il faut choisir un emplacement qui te mette à l'abri des *Minenwerfer*, leurs redoutables mortiers allemands, qui crachent le feu dès qu'ils t'ont repéré. Les Buls s'enterrent, ne laissant dépasser que la gueule de leurs foutus engins. Nos crapouillots sont capables de bousiller n'importe quelle tranchée mais fais gaffe à la mise à feu. Les accidents sont nombreux. La charge placée dans la gueule en équilibre instable peut retomber dans nos lignes et faire des dégâts. L'amorce mal réglée peut te la faire péter au nez. Les morts par crapouillots ne se comptent plus.

À la surprise de Duguet, les volontaires de la division de Serrès ne boudent pas les brancards transportant les lourds engins, et apprennent avec zèle à s'en servir. Cadiou les observe d'un œil critique. Il doit convenir qu'ils soutiennent la comparaison avec les servants de pièces qu'il a hérités dans la première campagne, la plus dure, celle d'octobre 1915 où il devait, par tous les moyens, soutenir la malheureuse infanterie de Sarrail, en retraite sur les routes glacées.

– Quand partons-nous au front ? s'impatiente Socratès, devenu crapouilloteur d'élite.

Et Nikos Makarios pose à Vigouroux la même question, non dépourvue d'arguments :

– Nous n'allons pas tirer au Chauchat dans ce camp durant six mois ! Nous voulons en découdre avec les Bulgares. D'ici quelques semaines, peut-être, il sera trop tard. Vous savez que les Boches ont percé votre front le 21 mars en Picardie, entre les Anglais et vous. Ils sont près d'aboutir et nous restons ici l'arme à la bretelle ! Quand Ludendorff sera vainqueur en France, il ne fera qu'une bouchée de la Grèce. Il n'a pas daigné laisser ses batteries à la disposition des Bulgares, tant il nous tient pour négligeables. N'allez-vous pas lui montrer, vous les Français de Salonique, que vous pouvez rosser ses amis bulgares ? En êtes-vous incapables ?

Vigouroux demande à Leleu qui s'informe auprès de Coustou. Les zouaves se sentent mal dans leur peau. Ils tenaient les Grecs pour une mauvaise troupe, peu désireuse de combattre, et voilà que ces bons soldats exigent d'eux des réponses précises, immédiates : qu'attendent-ils pour partir en guerre ? Qu'on les rapatrie sur leur front enfoncé, défoncé, de leur province de Picardie ?

Coustou ne peut que répéter les informations glanées auprès des officiers d'état-major : le général Guillaumat considère la vallée du Vardar comme le seul terrain possible pour une offensive, mais la concentration des troupes et la préparation des emplacements de l'artillerie demandent de longs délais. Il a fait préparer par Charles Huntziger le rassemblement des sept divisions d'attaque, deux britanniques à l'est, deux helléniques et trois françaises. La réunion de ces cent mille hommes n'exige pas moins de quatre mois d'instruction et de mise en place.

Comme Coustou proteste, estimant ces délais beaucoup trop longs, Huntziger lui rappelle que le général Guillaumat a prévu la concentration de cent quarante-quatre pièces de campagne et de cent vingt d'artillerie lourde, sans compter une soixantaine de mortiers de tranchée. En France, cette mise en place serait l'affaire d'une semaine de transport au maximum.

– Ici, avec l'état des routes, la lenteur et la complication des liaisons, le faible débit des trains, assure Huntziger de sa voix tranchante, les délais sont beaucoup plus longs, et le général Guillaumat, dont les réserves sont très faibles, ne veut prendre aucun risque.

* *
*

– Puisqu'il en est ainsi, s'insurge le sergent Vigouroux, qu'on me donne un corps franc ! Je veux me battre tout de suite, sans passer encore un été dans l'enfer de Zeitenlik. Je préfère mourir d'une balle bulgare plutôt que d'une trompe de moustique.

Le commandement encourage la formation d'unités spéciales chargées d'actions ponctuelles. Depuis le 26 mars 1918, l'armée roumaine a définitivement capitulé. Le général Berthelot a déjà quitté son quartier général de Jassy avec une cinquantaine d'officiers et quelque cinq cents poilus, cabots et juteux. Ils doivent regagner la France par Mourmansk, après avoir traversé toute la Russie.

Les Buls occupés sur le front roumain vont être affectés à celui de Salonique. Il devient indispensable de localiser les nouveaux arrivants. Pour le repérage des unités ennemies, Guillaumat ne croit qu'aux corps francs. Il multiplie les consignes d'action par « coups de poing », parce qu'il s'estime en danger d'invasion, même si le 2e bureau lui confirme qu'il n'a devant lui que cinq bataillons allemands au lieu de vingt-sept. Il sait que deux divisions bulgares ont été ramenées du front roumain. D'autres renforts peuvent surgir.

– Nous avons la supériorité des effectifs, mon général, lui fait observer Huntziger. Il nous arrive régulièrement cinq mille hommes de renfort par mois, pour la seule armée française qui compte désormais plus de deux cent dix mille combattants.

– Vous oubliez le moral défectueux de nombreuses unités et l'inexpérience des bleus venus des dépôts qui nous tombent sur les bras. Il faut aussi les instruire – pas seulement les Grecs – quand ils débarquent des casernes de Montpellier ou de Bergerac. Ils n'ont aucune idée de la guerre en Orient.

Coustou transmet à ses zouaves des consignes de patience. Elles sont assez mal reçues. L'idée de passer un nouvel été à se protéger du palu dans la plaine ne les enchante pas. Depuis le temps qu'il défie la mort, Vigouroux tient sa chance quand il apprend qu'on recrute dans les corps francs. Il partira.

Ben Soussan, lui, ne veut rien entendre.

– Tu n'as pas le droit de disposer de toi ! Ta vie t'appartient, c'est vrai, et tu peux te flinguer, comme tant de camarades l'ont fait. Par désespoir, parce que tu n'as pas la force d'aller plus loin. Mais il est honteux de chercher la mort pour rejoindre ton Alexandra, sans avoir le courage de t'expédier toi-même. Tu comptes sur les Buls pour te faire entrer au paradis des amoureux. Après quatre ans de guerre, tu y crois, toi, au paradis ? Quelle niaiserie ! Ils te balanceront dans la fosse commune avec les copains qui n'avaient pas demandé à mourir, qui n'ont pas eu le choix, comme toi ! Bourgeois ! Tu as de la chance de pouvoir ainsi mépriser la vie. Les Sénégalais, eux, tiennent à la leur et ils ont raison ! C'est le seul bien dont ils disposent. Tu n'oses pas le dire tout haut, même à ton vieux copain, mais je sais que tu penses : « Tiens, je m'ennuie ! Et si j'allais mourir au front pour retrouver ma fiancée ? »

Edmond s'indigne, mais rien n'arrête Ben Soussan :

– Ils te couperont les couilles et te trancheront la gorge, les Buls. Elle ne pourra plus te reconnaître, ta chérie. Comment pourrait-elle accueillir un lâche, mort avant d'avoir ouvert les yeux ? Elle veut que tu vives, pas que tu meures comme un guignol de mélodrame. Que tu gagnes la bataille pour porter plus loin son idée. Avec les tiens, avec les siens. Comprends-tu cela ? On a le droit de haïr la guerre, de se tirer une balle dans la main, et même d'y mourir pour un chagrin d'amour. On peut se suicider, tel le général Boulanger sur la tombe de sa maîtresse, Mme de Bonnemains. « Comme un sous-lieutenant », disait Clemenceau, féroce. C'est absurde, démodé, minable, mais acceptable. Tu peux te zigouiller n'importe où, te jeter dans le Vardar, te tirer une balle dans le caisson. Mais te faire tuer stupidement au front, dans une action condamnée d'avance, c'est donner pour pas cher ta peau aux Buls !

Edmond reste silencieux. Il sent bien qu'une fois de plus Ben Soussan a raison. Non pas qu'il partage son scepticisme, sa résignation. Son copain ne demande qu'à faire pousser ses plants de tomates à Zeitenlik, et à attendre ainsi la fin de la guerre, puisqu'on n'a pas besoin d'eux et qu'ils sont les oubliés de l'Orient.

Pour Ben, l'héroïsme dans cette guerre pourrie n'a pas de sens. À quoi bon dire : « Et nous ? Nous n'avons pas le droit de mourir ? » quand le général lui-même affirme qu'on ne peut partir au baroud avant l'automne ! Faut-il être plus royaliste que le roi ? Patriote, Ben, mais pas martyr ! À quoi bon ?

Voilà qu'Edmond, son meilleur camarade, qu'il aime comme un frère, se met à faire du zèle. Il veut s'exposer avant les autres, aux endroits les plus dangereux, pour être sûr de n'en pas revenir ! Il croyait avoir trouvé, sous la douce férule d'Alexandra, un sens à cette guerre. Pourquoi pas ? Ben Soussan pouvait l'admettre. Mais Edmond oublie jusqu'à ses belles convictions, insufflées par la jeune Grecque. Puisqu'il est ici pour rien, doit-il penser sottement, autant la rejoindre et disparaître. Bon Dieu d'aveugle ! Croit-il donc qu'elle attende, dans sa retraite céleste, un amant suicidaire ?

– Viens avec moi, à nous deux, nous nous en sortirons.

Edmond a trouvé les mots pour entraîner son compagnon dans l'aventure. Ben Soussan l'aime trop pour le laisser seul dans l'épreuve qu'il s'impose. Il comprend soudain que son ami a dépassé l'étape de l'amoureux désespéré. Il est devenu un guerrier, un vrai, qui ne supporte pas l'inaction, qui refuse d'être condamné à une guerre inutile par un général galonné récemment venu de France. Il prendra les plus grands risques, sans aucun doute, mais pour gagner.

– C'est bon, je prépare mon paquetage. C'est vrai qu'en passant l'été dans ce marigot, on risque sa vie plus bêtement qu'ailleurs. Je déteste autant que toi l'idée d'être tué par un moustique.

* *
*

À le voir rassembler son fourniment, Nikos le Crétois supplie Vigouroux de le recruter dans son équipe. Il a trop envie de se battre pour patienter jusqu'à l'automne. Ils sont tout près de quitter le cantonnement sous l'œil narquois des copains quand un cavalier botté et crotté déboule, la mine défaite. Paul Raynal revient du port, où il n'a pas trouvé trace du moindre navire-hôpital en provenance de Marseille. On lui avait pourtant affirmé que Carla était du dernier convoi, et que son arrivée était incessante. Pas de Carla.

– Ce n'est pas la saison des morts, le tance Ben Soussan. Nous en avons trop qui tombent entre Arras et Noyon. Les hôpitaux de Marseille voient arriver des milliers de blessés chaque semaine. Pourquoi veux-tu qu'ils envoient des renforts sanitaires sur un front où rien ne se passe, où seuls rôdent la malaria, le typhus et la dengue ?

– C'est bon, décide Paul, je pars avec vous. Vous avez besoin d'un artificier. Mazière me laissera partir.

– Mais tu es margis-chef !

– La belle affaire. Crois-tu que les grades comptent dans les coups durs ? D'ailleurs, le lieutenant Leleu vient de m'assurer qu'il partait avec nous. C'est lui qui prendra la tête. Il a demandé comme une grâce qu'on le laisse engager un Serbe héroïque de la Choumadia, qui devait être fusillé pour découragement et rébellion, et quatre têtes carrées de la 57e de Belfort, tenus au mitard sous la tôle ondulée d'un abri gardé par les pandores pour refus d'obéissance. Nous aurons une fameuse troupe.

– Il ne manque plus que Duguet pour rejoindre la

colonne des amoureux transis, nasille Ben Soussan dans sa pipe bourrée de gris.

Benjamin Leleu, isolé sous sa tente, consulte une carte d'état-major. Il a reçu des ordres précis de Coustou, le renfort de tirailleurs malgaches volontaires et d'un coureur de Djibouti qui voit clair la nuit, même sans lune.

Les dix volontaires prennent sans mot dire le train à Salonique, remontent la vallée du Vardar par la rive gauche, jusqu'à la station d'Orovitza où sont installés les coloniaux du premier groupe de divisions d'infanterie. Ils y retrouvent, en ligne, leur bataillon de zouaves, au contact, vers l'est, d'une division britannique.

– Le secteur doit être tranquille, ricane Ben Soussan. Voilà les Anglais !

De l'autre côté du Vardar s'alignent en effet les *tommies* de la 26e division britannique du major général Gay, dont la 77e brigade est entièrement composée de Highlanders. Ces soldats sont trop heureux, sur leur front calme, au grand air de la montagne, d'oublier les bords marécageux de la Strouma.

Les légionnaires débarquent en gare, coiffés du képi blanc, en uniforme kaki. Des Belges et des Espagnols, pour la plupart, mais aussi l'Américain Johnny Mac Gregor, de Detroit dans le Michigan, et ses copains, André Logie le Wallon et Alfredo Corta l'Andalou, attablés au seul *caféion* de cette ville dévastée par la guerre. Ben Soussan décide Edmond à se joindre à eux pour prendre un verre. Il comprendra peut-être ce qui trotte dans la cervelle d'un légionnaire de vingt ans qui a choisi la guerre pour la guerre.

Il faut une dispute autour d'une chope de bière tiède pour que les légionnaires daignent adresser la parole à Vigouroux. À l'ordinaire, ils n'aiment parler qu'entre eux. Une rasade de blanquette, dont la gourde du zouave est toujours pleine, rétablit la paix. La présence de ce bataillon d'élite du régiment de marche d'Afrique signifie qu'un sale coup se mijote dans le secteur. Johnny Mac Gregor, un Irlandais de la mafia new-yorkaise, ne manque pas d'en avertir un Highlander égaré loin des siens.

– Si tu peux te faire porter pâle, n'hésite pas ! Demain, les pruneaux vont tomber de la montagne, drus comme neige en hiver. Nous y grimpons dans la nuit.

Il montre du doigt la barre rocheuse où se tient terrée la première armée bulgare, avec ses soixante-cinq bataillons, dont trois Allemands, occupant une ligne entièrement bétonnée qu'ils ont eu le temps de peaufiner.

– Ils bétonnent tellement qu'ils se sont bétonnés eux-mêmes, raille l'Irlandais. J'ai beau ouvrir grand mes yeux, le matin à jeun, je n'en vois pas circuler sur les crêtes, ils ont les jambes prises dans le ciment sec.

– Que fais-tu chez nous ? lui demande Edmond. Plus de jobs sur les quais de New York ?

– *My dear boy*, pour nous engager, l'officier de la Légion de Marseille ne nous pose aucune question sur notre passé. Crois-tu que je vais te répondre à toi, ballot ? Je préfère te laisser croire que je suis recherché par les fédéraux, ce qui fait toujours plaisir. Le seul assassin que je connaisse parmi nous, c'est Fredo de Séville. Il tue son kil de rouge régulièrement tous les matins, et sans reprendre haleine.

– Je me demande bien ce qu'un Belge peut faire à la Légion, risque Ben Soussan. J'ai entendu parler d'une armée belge régulière, sur le front de France, avec son Roi-Chevalier Albert à sa tête.

– Oui, mais Dédé de Mons n'aime pas les Belges, dit encore Johnny. Je peux vous l'avouer, toute la Légion est au courant, ce sont plutôt les Belges qui ne l'aiment pas. Il est coureur cycliste et il a cassé la gueule du champion favori de l'équipe avant l'arrivée du Tour de France de 1913. Depuis, il ne peut plus sortir dans les rues de son bled sans se faire lyncher. Il a préféré s'engager dans la Légion. Il s'est bien calmé, et les Belges l'ont oublié. La seule course qu'il ait gagnée jusqu'ici, c'est à la chicorne. Une course contre la montre. Il ne la porte pas, mais il a la croix de guerre avec deux citations, dont une à l'ordre de l'armée.

* *
*

Ils n'ont pas le temps de s'attarder. D'autres escouades débarquées du train – les gars du Nord de la 122e – les bousculent pour boire. Le canon tonne dans la montagne. La troupe grimpe dans les arabas et se fait conduire par les mulets dans le bourg de Lioumitsa, encombré d'artilleurs qui se préparent à l'offensive en cherchant des emplacements pour leurs batteries de montagne véhiculées sur des wagons plats, puis sur un chemin de fer à voie étroite.

Lioumitsa, dont l'église est détruite par le canon adverse, est encore habitée par ses paysans, qui tiennent leurs vaches à l'étable de peur qu'elles ne prennent des giclées de 77 dans les prés. À quatre cents mètres d'altitude, l'air est vif sans être froid, et les rus qui descendent en cascade de la montagne sont gonflés d'eau glacée. On atteint tout de suite les mille mètres en parcourant trois ou quatre kilomètres. La montagne est une barrière impénétrable, sauf par quelques ravins encaissés, envahis de ronciers géants. Leurs tiges sont si denses et enchevêtrées, jusqu'aux sommets, que les cartographes français ont baptisé une des hauteurs la croupe des Ronces.

– Imaginez, dit Leleu, si elle est impénétrable !

Les neiges commencent à peine à fondre et les cimes restent blanches. Les ravins et les fourrés sont l'essentiel du paysage, difficile à restituer pour les dessinateurs des panoramas d'artillerie, faute d'arbres ou de clochers pour points d'ancrage. Impossible d'apercevoir la moindre ligne de tranchées, à croire qu'elles ont été recouvertes de ronces. Les ravineaux, les pitons alternent. Dans les lointains, des corniches calcaires abruptes sont surmontées de mamelons blancs. Quand la neige a fondu, la roche grise sans grande végétation se fait jour. Les vignes et les figuiers ne poussent plus au-delà de trois cents mètres.

– Ces hauteurs sont impossibles à prendre, estime Ben Soussan. Les légionnaires vont y laisser leur peau.

– Les Buls y ont pourtant hissé leurs canons. Nous avons nous-mêmes installé des 120 longs à deux mille trois cent vingt mètres, grâce aux efforts inouïs des artilleurs du 104e régiment.

Le lieutenant Leleu, qui a décrypté soigneusement sa carte, signale à Vigouroux et à Ben Soussan les positions des Bulgares : à l'ouest de Lioumitsa, la ligne de défense s'accroche à une position dominante, dite des Ouvrages blancs, juste devant le Srka di Legen. Un bastion central occupe la pointe d'un piton, face aux Français, relié par une série d'ouvrages maçonnés du Cerf-Volant, appuyés sur la croupe dite de la Rondelle. Les noms proviennent en droite ligne de l'imagination de nos topographes. Ils sont ainsi désignés aux artilleurs.

– Par où voulez-vous passer ? s'inquiète Vigouroux, tout est bétonné.

– On a essayé par l'ouest. Les Serbes se sont risqués l'année dernière dans ce bois des Bulgares et sur la croupe des Voltigeurs. Impossible de s'y maintenir, on a dû les redescendre. Beaucoup des leurs ont été enterrés sur place, dans des fosses communes. Heureusement, nos amis serbes nous ont cédé la croupe des Bergeries où les coloniaux se sont embusqués, soumis au tir des montagnes de l'avant. Notre seule chance est de nous infiltrer dès l'aube par le chemin jaune et de suivre le cours sinueux de la rivière Lioumitsa, qui nous conduira droit sur le saillant de Houma.

– Infranchissable, grogne Ben qui sait lire les cotes.

– Certes, mais en obliquant à droite, nous pouvons gagner, en neutralisant les défenseurs de la ligne longeant le Piton gris, puis en marchant droit vers l'est, jusqu'aux flancs de l'observatoire allemand bien gardé vers le sud, plus faiblement vers le nord. Nous avons accepté de mener à bien une opération très spéciale. À nous de manœuvrer pour nous infiltrer sans casse, et pour surprendre les deux observateurs saxons avant l'heure du café, sur la cote de six cent trente mètres.

L'idée de tomber sur le dos des Allemands réjouit Nikos le Crétois, qui se hâte d'aiguiser sa baïonnette sur une pierre à feu et de vérifier son sac de grenades. Une surprise pour Vigouroux : le guide chargé de les diriger dans les ravins n'est autre que Mikaël, le chef *andartès* d'Alexandra. Ils s'étreignent sans pouvoir se parler, tant leur émotion est forte. Ils ne verront plus jamais leur chère héroïne, habillée en guerrier, cagoulée de noir. Elle ne gravira pas avec eux les pentes de la croupe des Ronces.

– Nous partons trop tard, explique le Serbe Nicolas Guedj. Le soleil se lève plus tôt sur le piton. Ils nous verront venir.

– Pas avec cette brume, tranche Mikaël.

Ses hommes ont déjà dégagé à la machette un chemin d'accès vers la brèche dite du Champ Jaune. Ils découvrent la ligne sinueuse des tranchées ennemies par hasard, les barbelés les arrêtent. Impossible de poursuivre. Mikaël leur désigne un passage étroit, où il suffit de ramper sur une vingtaine de mètres pour tomber sur les Bulgares endormis. Ils partent aussitôt. En face, une sentinelle bouge. Nicolas bondit, son poignard en main. L'homme est aussitôt égorgé.

Les dix volontaires du groupe avancent aussi vite que possible avant de sauter dans le trou noir, entièrement maçonné, de la tranchée bulgare.

– Pas de quartier ! recommande l'*andartès*.

* *
*

Ils ont réussi leur percée juste à l'est du Piton gris, au sommet d'un ravin creux où les Bulgares, qui n'avaient pas touché à leur fusil depuis plus de trois semaines, viennent de manquer l'occasion de s'en servir. Aucun coup de feu n'a été nécessaire pour s'emparer de cette portion de tranchée tenue par une trentaine de soldats.

Les grenades aussi sont restées dans les sacs. Aidés par les *andartès*, les Français ont tué à l'arme blanche, sans hésiter. Réveillé au dernier moment, l'ennemi a tout juste eu le temps de se voir mourir, une baïonnette dans le ventre, sans pouvoir donner l'alerte. La première ligne a été franchie.

À cinq cents mètres de là, sur la hauteur, les guetteurs auraient pu les entendre approcher, bien que les attaquants aient pris la précaution d'envelopper leurs chaussures de linges. Mais Mikaël a convaincu Leleu d'emprunter un coude moins bien défendu et soigneusement repéré. Vigouroux en a profité pour arracher au passage tous les fils du téléphone, reliant une position à l'autre, sur lesquels il trébuchait. Il fallait à tout prix surprendre au gîte les Bulgares du 20e régiment et leur faire passer l'arme à gauche sans leur laisser le temps de se retourner.

Un des Belfortins engagés dans l'expédition prend peur subitement, claque des dents, refuse d'avancer. Recroquevillé à terre, il dégobille à grandes quintes déchirantes. Ses camarades angoissés se regardent. Il va rameuter l'ennemi, mettre la sécurité de l'équipe en péril. Faut-il l'estourbir, le tuer ? Nicolas bondit sur lui, poignard en main. Leleu l'arrête d'un geste. Il a reconnu Jules Touranes, le mutin de Belfort, condamné malgré sa médaille militaire, et qu'il a sauvé du peloton grâce à sa déposition. Va-t-il le laisser achever comme une bête malade ? Il le relève, lui tend la gourde de gnôle. Jules reprend ses forces. Il ne voit pas les copains, il les sent tout près de lui, haletants, dans l'obscurité.

– Je peux marcher, murmure Jules. Désolé, s'excuse-t-il en essuyant son front moite.

Mikaël fait observer au lieutenant que la brume est trop forte pour repérer la passe. Il se déclare impuissant, ne répond plus de rien. Que faire, si près du but ?

Leleu compte ses hommes. Pas un ne manque à l'appel, Vigouroux, Ben Soussan et Rasario, les zouaves de tous les coups durs, Nikos le Crétois, impatient de repartir, Nicolas le Serbe qui garde son poignard en main, Dolfus et Jules Touranes, les mutins récupérés de Salonique, Jean le Malgache, rapide au tir et habile à la pioche, et Omar, le coureur somalien à la vue perçante.

Leleu le pousse en avant, suivi par Mikaël. Ses pupilles dilatées voient la nuit, comme celles des chats, et se jouent même de la brume. Mikaël lui demande de décrire à voix basse le paysage. Un calvaire abandonné, un tronc de chêne mort, un champ de barbelés, sans herbes, dépourvu de ronces, bien dégagé. C'est là qu'il faut ramper.

Exécution. Les hommes s'alignent derrière Omar et Mikaël. On entend le bruit amorti des cisailles du Grec qui tranchent les barbelés, pendant qu'Omar décroche doucement les boîtes de conserve servant à donner l'alerte. Les zouaves roulent les premiers dans la tranchée pierreuse, suivis par Jean le Malgache qui assomme à la pelle un veilleur endormi.

Il n'est pas question de tenir la position, mais de la franchir en évitant toute fausse manœuvre. Une fois encore, un massacre silencieux, à l'arme blanche, permet de dégager le tronçon pour filer en vitesse de l'autre côté. L'*andartès* égorge les victimes, froidement, pour faire croire à un coup de main de partisans et éviter toutes recherches vers l'arrière.

Un instant de panique pour Edmond Vigouroux : un Bulgare haut de taille comme un cuirassier lui serre le cou de ses mains puissantes en s'apprêtant à hurler pour demander du secours. Son cri lui reste dans le gosier. Ben Soussan lui a planté son poignard entre les vertèbres. Il tombe comme une masse sur un poste de mitrailleurs endormis dont les deux servants sont décapités par Jean le Malgache, alors qu'ils ont à peine ouvert les yeux.

Leleu laisse la mitrailleuse en place. Il se contente de la neutraliser en tordant son tube et en sabotant sa culasse. Il faut repartir, quitter la tranchée à la minute pour se retrouver sur le sentier de la croupe de l'observatoire. Nicolas Guedj avait raison, les premières lueurs du jour percent à l'est. Ils risquent d'être repérés par les guetteurs, hachés par les mitrailleuses postées autour du sommet.

Ils se jettent tous à terre. Un grondement inquiétant monte du bas du ravin. Mikaël dévale la pente, aux aguets : sur la piste aménagée, des convoyeurs bulgares charrient l'eau du café pour le déjeuner des hommes du poste d'observation, et les roues de leurs arabas cahotent bruyamment sur les cailloux.

Nicolas et Edmond bondissent sans crier gare, assomment rudement les Buls qu'ils balancent dans le fossé. Suivi par Rasario qui s'assied à son côté, Ben Soussan, sans perdre son sang-froid, saisit les rênes de la mule qui reprend sa trotte fracassante. D'un pas naturel, les autres marchent de part et d'autre, comme s'ils accompagnaient le convoi de vivres. Dans la pénombre, on peut s'y tromper.

Les guetteurs du piton sont réveillés à la grenade. Il n'y a plus de raisons de travailler en silence. Les rafales de mitrailleuses crépitent. Nicolas Guedj tombe, frappé en pleine poitrine. Vigouroux entraîne avec lui Jean le Malgache et le coureur Omar, qui l'aident à contourner la mitrailleuse et à neutraliser son tir tout en balançant des grenades.

Leleu regrette d'avoir décliné les offres de Paul Raynal, qui proposait ses talents de dynamiteur. Il n'a pas davantage incorporé à son équipe le Breton Merel, spécialiste de radio. Quand le poste est pris, quasiment par surprise, les Français ne savent qu'en faire. Ils ont face à eux un groupe d'observateurs en uniformes allemands, disposant d'un poste émetteur et de jumelles à longue portée. Peuvent-ils s'embarrasser de prisonniers, pour rentrer dans leurs lignes ? Leleu hésite. Les officiers ont levé les mains, jeté leurs armes. Ce serait un crime de guerre que de les abattre.

– C'est aussi un crime de les laisser sur place, proteste Mikaël. Ces gens-là sont des spécialistes d'une rare compétence. L'armée ennemie ne les compte pas par milliers. Par dizaines, peut-être. L'efficacité de leurs observations permet à l'artillerie lourde de massacrer les nôtres en contrebas. Je ne vois pas de raison de les ménager.

– Moi, si, affirme le lieutenant Leleu, qui ordonne de détruire le poste émetteur et distribue aux camarades les jumelles d'observation. Je suis un officier français, tenu de respecter les lois de la guerre.

– Étrangler un ennemi endormi vous paraît conforme à cet idéal ?

– La sentinelle pouvait et devait se réveiller, affirme Leleu. Aucun des combattants bulgares des tranchées n'a eu le temps de se rendre. Nous les avons tués avant. Mais ceux-là se sont rendus, ils sont mes prisonniers personnels. D'ailleurs, ils doivent en savoir long sur l'état du front, et je compte les interroger moi-même. Liez-leur les mains au bout d'une longe. Je m'en charge. S'ils tombent, ils mourront de balles allemandes.

* *
*

Ils repartent au soir tombé, sans être inquiétés, comme si les artilleurs allemands postés à l'arrière ne s'étaient pas aperçus de la disparition de leurs observateurs. Sans doute croient-ils à une défaillance du matériel de transmission.

Sur le chemin du retour, Omar le Somalien est le sauveur du corps franc. Il a pris spontanément la tête de la colonne, méconnaissable : Benjamin Leleu, avant de redescendre, a ordonné à ses hommes de revêtir des vêtements civils trouvés dans les baraques dressées autour de l'observatoire, destinées aux travailleurs turcs chargés de construire la position en contrebas.

Leleu oblige aussi ses prisonniers exaspérés à enlever leurs uniformes d'officiers pour revêtir des hardes de terrassiers. Pour plus de sûreté, ils sont attachés et bâillonnés, introduits dans la tonne à café vidée au préalable, et dissimulés sous une couverture. Le passage du convoi sur la croupe des Ronces n'attire pas l'attention des sentinelles de la deuxième ligne allemande, qui ont l'habitude de laisser passer, au matin, les compagnies de travailleurs coulant le béton à deux cents mètres des lignes.

Le lieutenant ordonne d'abandonner l'araba et sa mule aussitôt les abords du chantier franchis. Les faux travailleurs s'engagent, sous la conduite de Mikaël, qui a retrouvé son sens de l'orientation, dans les fourrés compacts de la croupe de l'Entonnoir.

La progression est pénible. Jean le Malgache, aidé par l'Alsacien Dolfus, se taille la route à coups de machette. Les Allemands enchaînés et bâillonnés sont sous la surveillance constante de Nikos le Crétois qui n'attend qu'une occasion de leur trancher la gorge, pour tentative de fuite, par exemple. Le plus difficile est de franchir la Lioumitsa sur son cours supérieur. Elle est gardée par une série de nids de mitrailleuses sous abris bétonnés et par une tranchée continue de communications.

– La technique est toujours la même, affirme le lieutenant Leleu. Ils maintiennent un petit nombre de guetteurs sur la ligne, prêts à donner l'alerte. Les autres dorment dans des grottes aménagées, à l'abri du canon. Il suffit de neutraliser deux postes de mitrailleuses, et nous passons.

D'abord, les repérer dans la nuit sans faire de bruit. Le Somalien s'en charge. Omar a vite fait de dénicher les Buls, camouflés derrière leurs dalles en ciment gris. Il ne dérange pas les camarades. Les deux servants somnolents de la première mitrailleuse sont égorgés sans avoir eu le temps de réagir. Le deuxième poste est plus difficile à neutraliser. Omar distingue parfaitement quatre hommes de faction, deux sentinelles dans le boyau et deux mitrailleurs.

Vigouroux se porte volontaire pour l'attaque. Ben Soussan l'accompagne. Jean le Malgache et Jules Touranes forment la deuxième équipe. Leleu leur recommande d'éviter à tout prix de faire feu. Au premier coup de Mauser, les renforts sortiraient en catastrophe des abris et ils seraient perdus. À quoi bon ces conseils, ils connaissent tous le sale boulot ! Ils ne prennent pas la peine de ramper pour réussir leur approche dans la nuit noire. Ils n'en ont pas besoin, il leur suffit de suivre Omar le véloce !

L'affaire ne dure que quelques minutes. Vigouroux craint le pire quand le casque d'une sentinelle étranglée roule sur les pierres du ravin du haut de la tranchée. Ben Soussan comprend que chaque seconde joue pour eux, il assomme son adversaire pendant que les hommes de l'autre groupe plongent de tout leur élan sur le dos des mitrailleurs, qu'ils étendent pour le compte.

Les Bulgares tentent de se servir de leurs armes de tranchée. Ils n'en ont pas le temps. Jean le Malgache fait mouliner sa pelle aux bords tranchants, qu'il a affûtée avant l'assaut pour qu'elle coupe comme une faux. La sentinelle est décapitée. Un Bulgare détale, que Jules Touranes plaque prestement au sol alors qu'il ouvrait la bouche pour hurler.

Leleu, chouette discrète, hulule pour être reconnu d'Omar qui rassemble les hommes et dirige la caravane vers l'eau glacée de la Lioumitsa.

– Trouve une barque pour les prisonniers, chuchote-t-il, une autre pour les camarades.

Pas la moindre embarcation sur les rives, sans doute sont-elles cachées dans des abris par les Buls. Qui sait nager ? Omar, plongeur de son métier, et Vigouroux de Limoux, familier des bains de plage. Les autres n'ont jamais appris, pas même Nikos le Crétois, un montagnard.

Courageusement, Edmond retire sa capote et se jette à l'eau, une longue corde roulée autour du torse. Omar le suit de près. Ils font quelques brasses sur le lit caillouteux de la rivière, peu profonde en cet endroit, mais sont brusquement surpris par un tourbillon meurtrier.

Ils s'en dégagent à grand-peine, barbotant dans l'eau glacée. Le cordage est arrimé des dcux côtés à des pointes de rocher et les soldats peuvent franchir l'obstacle sur ce pont de singe improvisé. Benjamin Leleu fait délier les poignets des officiers boches pour qu'ils soient en mesure de suivre la manœuvre, sous la menace du poignard.

Le premier, un *Hauptmann*, tente de se dérober en sautant dans le tourbillon. Omar plonge, le rattrape en quelques secondes et l'égorge. Le second se résigne à se cramponner des deux mains au cordage, bien obligé d'obéir à la cadence imposée par Leleu et Jules Touranes.

Ils sont accueillis, sur la rive sud, par une salve de mitrailleuses tirée des Pitons blancs. Vont-ils se faire massacrer par les leurs ? Leleu allume aussitôt une fusée, et le feu français cesse. La petite troupe rejoint le cantonnement des zouaves.

Dans l'abri de Benjamin Leleu, l'*Oberleutnant* Schuler, un ingénieur de Leipzig, est prêt à passer à confesse.

* *
*

Cet honnête diplômé de physique de l'université commence par affirmer d'un air candide qu'il vient de prendre son poste et qu'il ignore tout du dispositif militaire bulgare, ne parlant pas, de plus, la langue de ces ilotes. Il connaît beaucoup mieux l'emplacement des unités françaises, et peut, par exemple, préciser la date de la montée en ligne du bataillon de zouaves du lieutenant, pour peu qu'il le lui demande.

Leleu ne pipe mot. Il a remarqué, lors des interrogatoires, l'efficacité du silence qui trouble l'adversaire, le déconcerte, le place en état d'infériorité. Il feuillette le livret militaire du lieutenant, découvre qu'il est à ce poste depuis plus de trois mois. Il le lui fait remarquer poliment, dans un parfait allemand.

L'officier devient alors bavard. Il cherche à décourager le Français, à lui démontrer que sa capture n'a aucune importance, parce que les Allemands sont les plus forts. Leleu lui demande pourquoi ils ont pris tant de peine à bétonner une forteresse dans ce désert inaccessible.

Le prisonnier ne fait alors aucune difficulté pour convenir que ce secteur est en effet désertique, sans villages ni alpages. Pour cette raison géographique, il est resté assez démuni de troupes, sa position étant jugée inabordable. Il est de plus tenu sous le feu de la forteresse très bien agencée du Srka di Legen, renforcée depuis que les Serbes ont failli s'y installer. Les compagnies de mitrailleuses et l'artillerie de tranchée doivent suffire largement à décourager tous les assauts.

– Avec le bastion central, elle fait partie d'un ensemble quasiment imprenable qui couvre l'accès de la ville d'Houma, précise-t-il, et de la vallée remontant vers le gros bourg de Demir-Kapou, sur le haut Vardar.

– La place du Srka di Legen est-elle unique ?

– Nullement, répond fièrement l'*Oberleutnant*. Elle fait partie d'un ensemble rationnel dont les ouvrages blancs sont le bastion central.

– Quel luxe de constructions pour aussi peu de troupes ! Dix mille hommes à peine.

– Vous oubliez que ces soldats sont des Bulgares. S'ils ne sont pas constamment soutenus et protégés par des positions imprenables, ils décampent. Nous avons dû aménager les pièces d'artillerie pour pouvoir tirer sur les fuyards. Nous avons de curieux alliés.

– On dit que vous les maltraitez.

– Quelle plaisanterie ! En vérité, ils ne songent qu'à déserter. Il faut les tenir en secteur sous la menace continuelle. J'ai dû donner moi-même à l'artillerie, à plusieurs reprises, la position d'une troupe en débandade qui avait massacré les officiers allemands chargés de la reprendre en main. Il me semble, à la longue, grince-t-il d'un sourire froid, que nous tuons plus de Bulgares que vous.

– Ne dites pas cela aux Serbes. Ils les jugent redoutables et acharnés au combat.

– Contre les Serbes, peut-être, mais vous les avez retirés de ce secteur, nul n'a compris pourquoi. Voulez-vous que je vous donne quelques exemples de l'ignominie de la *Bulgarische Schweinerei* : chaque jour, nos camionneurs allemands doivent se battre contre leurs colonnes qui barrent le passage avec des chars à bœufs. Ils installent leurs feuillées près des rus pour dégager la merde et rendent ainsi l'eau imbuvable. Ils pillent nos convois de ravitaillement, prétendant qu'ils doivent être aussi bien nourris que nos soldats.

– Revendication légitime ! jette Leleu.

– Croyez-vous vraiment ? Leurs unités se sont attribué des fermes et des villages entiers qu'elles pillent méthodiquement, sans indemniser les paysans.

– Et leurs officiers ?

– Nous ne pouvons parler avec eux. Aucun ne comprend notre langue. Leur général en chef Jekov est le premier à s'en désespérer. Ceux qui partent en permission ne reviennent plus. Les divisions comptaient, en 1915, trente mille soldats. Beaucoup ont été détachés à l'arrière pour assurer le travail des mines ou les travaux agricoles. Le ministre Draganov fait la chasse aux embusqués. Jekov, en inspection dans un régiment d'infanterie, a déclaré : « Il n'y a plus ici que des bergers. » Tous les autres ont disparu. Nous avons des bataillons de quatre cents fusils, des compagnies réduites des deux tiers. Les *granatovrgatchki* [1], si utiles au front, sont les premiers à se volatiliser.

– Qui commande la 1re armée bulgare ?

– Le général Nerezov, sous le contrôle de notre général de groupe d'armées Von Schotz, basé à Usküb [2]. Il se désole des désertions. Les effectifs bulgares fondent au soleil du printemps. Les divisions ne comptent plus que dix mille hommes, et parfois moins. *Auf die Bulgaren ist kein Verlass zu haben* [3] ! conclut *l'Oberleutnant* désabusé.

1. Grenadiers bulgares.
2. Skopje, capitale de l'actuelle Macédoine.
3. Il est impossible de se fier aux Bulgares !

* *
*

Cuisiné durant deux heures, ses aveux confrontés aux renseignements déjà recueillis par le 2e bureau, l'officier observateur allemand finit par révéler le positionnement des unités bulgares sur le front étroit du Srka di Legen, celui qui intéresse les zouaves et les légionnaires chargés de l'assaut.

Leleu ne se fie pas trop au discours défaitiste sur le moral des Buls. Il sait que leur armée compte encore dans ses rangs des Macédoniens fanatiques, anti-Serbes et anti-Grecs, prêts à mourir pour récupérer leurs terres, et de nombreux volontaires albanais ennemis des Serbes. Tous ceux-là n'ont pas envie de déserter pour rentrer chez eux, puisqu'on leur a pris leurs biens. Ils entendent combattre jusqu'à la victoire et dénoncent aux officiers les Bulgares prêts à déserter.

Sur dix-huit kilomètres vers l'ouest à partir du Vardar, les Bulgares alignent leur 5e division, composée de sept ou huit régiments dont on ignore les effectifs exacts. On sait que chaque unité est dotée de mitrailleuses Maxim et d'une section de lance-grenades qui sont de petites torpilles très redoutables. Une quatrième compagnie de mitrailleuses peut renforcer encore le régiment, ce qui le porte à une puissance de feu assez redoutable de trente-deux mitrailleuses et de vingt-quatre lance-grenades. Les *Minenwerfer* obéissent à une direction spéciale, en dehors des régiments ordinaires.

Le commandant Coustou félicite Leleu et ses hommes, déçus de n'avoir pu dynamiter l'observatoire. Ils ont ramené avec l'officier observateur une prise de choix, aussitôt expédiée à l'état-major de Salonique où les spécialistes pourront peaufiner la recherche du renseignement. Ce genre de capture correspond exactement aux vœux du général Guillaumat.

C'est tout juste si le prisonnier allemand, pour impressionner ses adversaires et leur démontrer leur infériorité, ne leur précise pas les emplacements exacts de ses batteries, parfaitement hors d'atteinte. Même si les Bulgares sont défaillants, l'artillerie et les armes automatiques suffisent à décourager tout assaut.

Ses révélations très détaillées surprennent Coustou sur un point : l'importance des canons français Schneider en position dans la montagne. Il se rend au PC du général Henrys, responsable des troupes françaises, où il est reçu par le chef d'état-major Expert-Bezançon qui ne se montre pas autrement surpris :

– Nos anciens venus du front français, lui explique-t-il, sont véritablement incommodés par les tirs d'artillerie. Leurs oreilles avaient pris l'habitude, dans les Vosges, d'entendre arriver les projectiles des 150 et des 77 de la maison Krupp. Sur notre front, ils distinguent parfaitement les 120 français (laissés aux Bulgares en héritage après leur douloureuse retraite), mais surtout les 75 de campagne et de montagne. Il faut dire à vos zouaves de se méfier : quatre-vingt-seize pièces, dont beaucoup sont françaises, sont embusquées dans le Srka di Legen. Vous devez savoir que le tsar Ferdinand de Bulgarie s'est rendu personnellement chez les Schneider avec ses deux fils pour y faire une commande ferme de quatre-vingts batteries de notre 75, avec six mille obus pour chacune.

– Les 75 sont difficiles à utiliser en montagne.

– Pas pour les Bulgares, qui les portent jusqu'à des altitudes inouïes. Dans votre secteur, prenez garde à l'artillerie de montagne. Elle est pratiquement toute concentrée devant vos unités, et ces canons-là ne sont pas français, ils sortent de chez Skoda et sont commandés par des Allemands. Vous aurez principalement à subir leur feu, combiné à celui des *Minenwerfer* et des pièces lourdes de 150. Nos adversaires réels sont les artilleurs, et non les fantassins bulgares qui se terrent dans leurs trous. Pourtant, leurs casemates fortifiées disposent d'un grand nombre de mitrailleuses.

Coustou, pour une fois, se garde de faire ces révélations à ses zouaves. Ils estimeraient insupportable qu'un fabricant d'armes français ait fourni aux Bulgares les moyens de canarder les poilus. Il est vrai que les marchés ont été passés bien avant la guerre. Mais comment l'expliquer aux têtes carrées de Belfort, aux zouaves et aux légionnaires se préparant à l'assaut ?

Ils n'ont que trop de motifs de se plaindre. Vigouroux a rencontré par hasard à l'arrière du front, dans un *caféion* de Lioumitsa, Marceau Delage, devenu conducteur de camion, qui vient de livrer des munitions pour la mini-offensive prévue par Guillaumat. Delage, pipelette de l'armée d'Orient, a conservé des copains dans l'état-major de Salonique. Il a expliqué au zouave que sur les deux cent mille fantassins présents en Orient, cent cinquante mille seulement étaient classés comme combattants, et cent vingt mille affectés aux tranchées. Un homme sur deux, presque, échappe au feu.

Vigouroux l'a insulté, traité de dégonflé et de débineur.

– Avec ton camion, lui a-t-il jeté à la figure, tu fais partie des non-combattants, des planqués, des pékins en uniforme. De quoi te plains-tu ? Si vous êtes trop nombreux, engagez-vous dans les zouaves. Nous avons pas mal de trous à combler. Et nous en aurons encore beaucoup plus parce que les Bulgares, dans le Srka, ne bayent pas aux corneilles. Ils construisent sans arrêt des galeries souterraines et des caponnières cimentées pour nous accueillir. Tu es invité cordialement à l'assaut.

Marceau avale le sermon de travers. Il a risqué cent fois la mort sur les routes, sous les bombes d'avions ou les obus, il n'a pas à se faire traiter de planqué par un zouave. Mais il connaît Vigouroux de longue date. Il sait que le Limouxin a changé depuis la mort de son amoureuse, qu'il ne supporte plus les propos défaitistes et devient féroce dès qu'on critique devant lui l'armée d'Orient. Ce que dit Delage, les galonnés doivent le répéter tous les jours dans les états-majors parisiens et cette perspective rend Vigouroux fou de colère.

– Dis-toi bien, tête de mule, que notre devoir à nous,

les anciens *dardas*, consiste à encourager les bleus dans l'esprit d'offensive. Arrête de rabâcher éternellement les bêtises que l'on entend dans les popotes ! Bien sûr, que tu es un brave. Je sais que tu as sauvé Raynal perdu sur les routes de Macédoine. Et que ferait l'armée sans tes camions ? Nous n'avons plus de chevaux pour traîner nos canons. Le général a demandé des tracteurs à Paris. On doit charger les pièces sur chemin de fer et les montures à part. Elles ne supportent plus la route. Pourtant, il faut tenir, et même attaquer. C'est le seul moyen de soulager les camarades du front de France, alors que les Allemands ont rasé Arras et menacent Amiens.

– Vas te faire tuer, zozo ! grimace Delage agacé. Tant que tu voudras ! Mais n'accuse pas les tringlots de lâcheté ! Ils font leur boulot comme toi ! Et tâche quand même de voir où tu mets les pieds. Nous ne sommes plus si nombreux, les *dardas* !

* *
*

Accablé de directives par l'état-major de Sarcus où trône Foch, Guillaumat se rend chez Henrys pour étudier avec lui les moyens de lancer une offensive sur un point significatif du front. Il est tout de suite question du Srka di Legen.

Henrys fait toutes les réserves d'usage : qualité des défenses allemandes, renforts importants d'artillerie de montagne, terrain difficile. Rien n'y fait, Guillaumat veut s'emparer de la position forte sans trop de pertes, et il est têtu. Il promet à Henrys un renforcement considérable en canons dans un délai d'un mois, en particulier deux groupes d'artillerie lourde pour marteler la position.

L'opération est confiée au général Jérôme qui doit disposer, outre les unités françaises, de trois divisions grecques. Il est également convié à cette réunion d'état-major.

– Je ne vous cache pas, lui dit Guillaumat, tous les

espoirs que le général Foch met en vous. Il s'agit naturellement d'une opération tactique sur un secteur réputé imprenable.

– Que nous avons pris et perdu avec un nombre de morts considérable ! précise Jérôme, un fantassin tout d'une pièce, qui préfère user de précautions pour obtenir des moyens suffisants.

– Mais je ne vous cacherai pas, ajoute le chef de l'armée française en Orient, que l'intérêt de l'affaire du Srka est surtout politique. Vous n'ignorez pas que nos soldats manquent actuellement de ravitaillement parce que Venizélos lui-même, notre très cher ami, bloque les trains et les entrepôts pour tout réserver à ses Grecs.

Guillaumat vient d'écrire à Foch une lettre indignée à ce sujet. Il sait bien que la seule manière de conforter Venizélos dans son amitié pour la France est de lui offrir une victoire. Il affirme à Henrys qu'il lui confie la première opération où des soldats grecs auront l'occasion de montrer leur valeur.

– Nous nous arrangerons, explique-t-il clairement, pour qu'ils soient présentés dans la presse comme les conquérants du Srka.

– De quelles divisions s'agit-il ?

– Des meilleures : celle de Crète, composée de robustes montagnards, celle de l'Archipel, partisans fanatiques de la reconquête des terres grecques, et enfin la division de Serrès, celle qui déteste le plus les Bulgares. Il y a tout lieu de penser que ces soldats, entraînés par les nôtres, se comporteront au mieux sous le feu. Ils seront naturellement appuyés par nos zouaves, nos marsouins et nos légionnaires, mais j'insiste sur l'importance de l'artillerie mise à votre disposition. Elle vient d'être encore renforcée parce que je veux obtenir à tout prix une victoire spectaculaire des Grecs.

– Pas de Serbes dans le secteur ?

– Naturellement pas. Ils sont à l'ouest, en position défensive. Ils ne verront pas un seul soldat grec.

– Alors, tout est pour le mieux, sourit Jérôme dans sa moustache.

Il n'ignore pas que les Grecs, même ceux des îles, haïssent encore plus les Serbes que les Bulgares.

– Il me semble toutefois que la concentration de tant d'unités risque de provoquer des embouteillages sérieux dans le secteur d'attaque, et d'empêcher la montée des renforts et des convois de munitions, observe-t-il.

– C'est pourquoi l'affaire n'est pas seulement un coup de poing contre une position forte. Il s'agit d'enlever toute la ligne du Tumulus au Cerf-Volant, la hernie bulgare sur le front de la Lioumitsa. C'est un peu comme si nous voulions réduire en France le saillant de Saint-Mihiel. Ne craignez rien, vous n'allez pas au casse-pipe : méthode Pétain, occupation du terrain par le canon.

– Mais quel terrain, mon général ! Nous ne sommes pas sur les bords de la Meuse. Avez-vous déjà observé la croupe des Ronces ? Il faudrait au moins une compagnie de lance-flammes, ne serait-ce que pour avancer.

– Vous aurez des lance-flammes et des avions de bombardement, et le train blindé avec un groupe de 155 longs pour empêcher l'arrivée des renforts, et quatre groupes de 75 au lieu de trois, des 155 à profusion.

– Et les canons de montagne ? Ils sont les plus utiles dans ce genre d'assaut. Il me faut des pièces que je puisse déplacer dans les ravins, au besoin à dos d'homme, et des renforts de porteurs malgaches, sans parler des tirailleurs. Les Malgaches savent tout faire, même la guerre. Ils tirent les 65 comme des mules, et naturellement les 58. Combien me donnez-vous de pièces ?

– Vous en aurez douze au lieu des six que vous attendiez. Êtes-vous satisfait ?

– Ces promesses sont-elles fermes ?

– Les convois sont partis par chemin de fer, et peut-être déjà débarqués. Allez vous en assurer ! Je veux que l'attaque soit engagée le 15 mai au plus tard, précise Guillaumat. Les nouvelles du front français sont exécrables. Ludendorff enchaîne offensive sur offensive. Il faut remonter le moral des poilus de Salonique. Ils ont l'impression, à lire les journaux, même rares dans les tranchées, qu'ils ne servent à rien ici, quand la patrie est dans le plus grand danger.

– Je vois que vous soignez les Grecs mieux que nous, si vous le permettez, mon général. En tout cas mieux que les Serbes !

– Rassurez-vous, leur tour viendra, dès qu'ils auront retrouvé leur moral. Dans l'immédiat, nous devons faire des Grecs de vrais alliés. Rien de tel que de leur offrir une victoire pour y parvenir.

* *
*

Sur la place de Lioumitsa, le sous-lieutenant Émile Duguet vérifie l'état de sa batterie de 65 de montagne et s'inquiète des routes disponibles pour l'accès au front. Il accuse déjà vingt-quatre heures de retard, à cause de la fatigue extrême de ses mulets transportant les canons en pièces détachées. Un sous-officier du génie à cheval conduit les travaux de réfection d'un pont qui empêche ses bêtes de passer sur l'autre rive. Quel que soit le zèle des sapeurs, les travaux ne sont pas achevés et Duguet s'en indigne.

Le margis du génie saute alors à terre pour l'embrasser, c'est Paul Raynal.

– Je te croyais perdu dans les montagnes de Monastir !

– Rappel immédiat, concentration d'artillerie jamais vue devant ces pitons. Et les routes ne sont pas en état !

– On travaille des deux côtés du front, s'excuse Paul. Le printemps arrive à peine. Les Bulgares creusent une deuxième ligne devant le Srka. Nous coulons aussi le béton des ponts. Un peu de patience. Nous avons déjà triplé la voie ferroviaire. Dans ce pays, il n'y a jamais eu de routes ni de ponts, même au temps des Romains. Nous travaillons dans le sauvage. Ainsi était ce site au commencement des temps.

– Il serait resté en l'état si nous n'avions pas jugé bon d'y porter la guerre. En trois jours de tirs d'artillerie, rien ne subsistera. La lourde tonne déjà sur le Srka. Le bal va commencer, je ne voudrais pas être en retard. Je dois grimper sur la croupe des Bergeries. Je suppose qu'aucun emplacement de batterie n'a été creusé.

– Je les ai tracés moi-même et les travailleurs malgaches n'ont pas traîné. Les baignoires de monsieur sont prêtes. Il ne reste que le bain à faire couler.

Devant eux défile un bataillon de la division Serrès, en route pour se joindre aux colonnes d'assaut de l'extrême ouest du dispositif d'attaque du Srka. Le sergent Socratès Kastopoulos, de la section de l'avant, ôte son casque et lève le bras pour signifier que la colonne doit s'arrêter. Un officier supérieur grec apostrophe du haut de son cheval le lieutenant Layné, venu en renfort de Raynal pour accélérer les travaux du génie.

– Je suis le général Zymbrakakis, commandant de la Serrès. Pouvez-vous m'expliquer pourquoi ma colonne est bloquée ? Le temps compte et nous devons passer.

Hervé Layné fait signe aux Malgaches de s'écarter du chantier dont la masse est en place et les tabliers métalliques déjà rivés. Seules les finitions manquent, par exemple les garde-fous qui évitent de tomber dans le vide.

– La route est libre, mon général !

– Tu laisses passer les Grecs, et nous devons attendre, proteste Émile Duguet.

– Je suis surpris que tu l'ignores. Cela prouve que les consignes de silence de Guillaumat sont respectées. Ce sont les Grecs qui donnent les premiers l'assaut sur le Srka.

– Mais ils n'ont jamais fait la guerre !

– Contre les Bulgares, depuis mille ans.

Layné, qui a gardé des amitiés à l'état-major de Salonique, lui dit encore qu'il croit savoir qu'en France, la situation est des plus tragiques. L'armée anglaise vient de perdre deux cent cinquante mille hommes. Les Allemands sont à seize kilomètres d'Amiens. Les Français, qui accusent cent mille morts, n'ont plus qu'une seule liaison, très incommode, avec les Britanniques, la ligne Paris-Beauvais-Abbeville-Calais. Et les *Stosstruppen*[1] de Ludendorff sont à soixante kilomètres d'Abbeville. Les deux armées alliées vont être séparées. « Nous risquons de perdre la guerre », conclut le démineur.

– Alors pourquoi rester ici ? interroge Raynal. Nos deux cent mille hommes seraient plus utiles en France.

– Il faut croire que non. Clemenceau lui-même vient de protester à Londres, parce que les Anglais retiraient une division de notre front. Ils ont répondu qu'ils récupéraient des hommes en réduisant les effectifs de leurs bataillons. Ils les remplacent par des Hindous. Sais-tu ce que Clemenceau vient de demander à Guillaumat ?

– Si les Grecs pouvaient remplacer les contingents français ?

– Exactement ! Et Guillaumat a répondu que trois divisions hellènes seulement pouvaient entrer en ligne. Et encore, avec le soutien de l'artillerie et de l'aviation françaises. Il faut du temps pour former de nouvelles troupes, et les divisions de la Grèce royaliste ne sont pas sûres. Par exemple, les régiments du Péloponnèse. Aussi devons-nous tout faire pour le succès des Grecs dans l'assaut du Srka. Qu'ils soient vainqueurs, et tous voudront rivaliser de courage contre les Bulgares. Leurs officiers royalistes les premiers. Ils seront dépassés par leur propre victoire.

– Je vois que tu es un instructeur politique de premier ordre, raille Duguet. Il n'empêche que ma batterie aussi doit passer, sinon je ne donne pas cher de la peau des Grecs.

– Allez, monseigneur ! Et ne perdez plus de temps. Votre voix manquerait au concert des deux cents

1. Troupes d'assaut spéciales formées par les Allemands en vue des opérations de percée, et dotées du matériel le plus récent.

bouches à feu rassemblées au parc de Gumendzé qui vont transformer en ruines les défenses du Srka.

* *
*

Les zouaves, de jour en jour, attendent l'heure du grand départ dans les tranchées creusées au sud-est du saillant. Le renforcement d'artillerie laisse présager un assaut imminent, mais Coustou, durant tout le mois de mai, est tenu en haleine. Rien ne vient. À croire que les divisions grecques sont les seules prévues pour le baroud.

Au matin du 28 mai 1918, Vigouroux, scandalisé par les reports incessants du départ, demande la permission de se rendre à l'arrière, sur la route de Lioumitsa, sous prétexte de vérifier la filière d'acheminement des munitions. Coustou refuse.

– C'est pour demain, ce n'est pas le moment de partir.

Le 29 mai, à l'aube, avec quinze jours de retard, la préparation d'artillerie commence. Elle est si violente que les zouaves escomptent un assaut immédiat. Les réserves d'obus des batteries ne pourront pas faire face longtemps à cette cadence.

Le tir est-il efficace ? Coustou en doute. Le temps est mauvais, pas un vrombissement de coucou d'observation dans le ciel. L'ordre de marche de sa brigade en poche, le commandant sait qu'il ne doit la faire intervenir qu'en soutien des Grecs, s'ils se font étriller devant le Srka. Depuis qu'il baroude en Orient, il a appris à ne pas se fier au téléphone. Il demande à Vigouroux de partir en mission de liaison avec le premier bataillon d'attaque de la division crétoise. Le zouave lancera des fusées rouges s'il a besoin de secours.

Vigouroux part de nuit, sa musette remplie de feux d'artifice, et des grenades plein son ventral. Dans la parallèle d'attaque creusée à même le rocher par les sapeurs du génie, il reconnaît l'officier de tête désigné pour la première charge. C'est Nikos Makarios.

Le Crétois explique la marche à suivre à ses camarades :

– Ajustez vos montres. Il est trois heures du matin. Nous devons partir exactement à 4 h 55. Le gros du bombardement aura cessé dix minutes auparavant. Vous devrez alors bondir sous le barrage roulant.

Les hommes demandent de quoi il s'agit.

– Les canons français postés à trois kilomètres en arrière vont battre les bunkers et les tranchées de l'ennemi en faisant progresser méthodiquement leur tir. Il faudra talonner cette ligne mouvante d'explosions à la seconde près, pour profiter de son effet dévastateur. Vous devrez parcourir les cent premiers mètres en trois minutes. Nous attaquons les ouvrages blancs, une forteresse accolée au bastion central, réservé à la division Serrès. Que le Pantocrator de Sainte-Sophie vous garde !

Vigouroux approche, se fait reconnaître, explique qu'il est l'agent de liaison du bataillon de zouaves. Nikos l'entend à peine, les yeux fixés sur l'aiguille des secondes.

– Viens avec nous, tu as du cœur ! lui dit-il en français.

Les Grecs se déchaînent, et Vigouroux n'est pas en reste. Il charge en tête avec Nikos, trébuche dans les trous d'obus, les poutrelles de fer tordues, les débris de fils de fer bouleversés. L'avance est difficile. Le Grec, sautant dans la tranchée bulgare presque désertée, suit les consignes et lance une première fusée, à destination des artilleurs : « Allons, progressez, allongez le tir ! »

Message reçu. Paré pour la deuxième étape, le bataillon s'élance sans compter ses pertes. Il a quatre minutes pour aborder les ouvrages blancs. Les mitrailleuses allemandes crépitent, les patates des *Minenwerfer* explosent. Vigouroux apprend à Nikos à sauter d'un trou d'obus à l'autre, à ramper pour gagner un abri, à progresser par bonds, en kangourou. Le Grec serait déjà mort dix fois s'il n'avait suivi ses conseils à la lettre. Derrière eux, les Crétois les imitent, évitent les tirs croisés en plongeant dans les fissures des rochers pour ramper ensuite et lancer les grenades avec les fusils VB dont Vigouroux leur a enseigné le maniement au camp de Zeitenlik. Ils le reconnaissent, poussent des hourras en le voyant foncer à leur tête.

Nikos fait un signe au sergent qui le suit : les nettoyeurs de tranchée doivent faire place nette. Les ouvrages blancs sont pris. Les Bulgares, assommés, se rendent. Les Crétois plongent la baïonnette avant que l'ennemi ne lève les bras. Ils ont ordre d'aller très vite. Un régiment est anéanti en moins d'une heure. À la gauche des Crétois, une compagnie *Schilt* nettoie au lance-flammes le bastion central.

Des artilleurs récemment formés mettent aussitôt en place les lourds crapouillots dans la tranchée arrière, également conquise, pour bloquer la contre-attaque. Tout marche au mieux. Vigouroux lance une fusée verte à l'intention de Coustou. Le commandant doit braquer en vain ses jumelles sur la poussière épaisse qui entoure le Srka. Autour de lui, zouaves et légionnaires se préparent à contre-attaquer.

Les Grecs s'en passent dans l'immédiat. Ils repartent à l'attaque, toujours par bonds, grimpent la colline fortifiée du Cerf-Volant où les attend un fort barrage d'artillerie ennemi. Vers l'ouest, sur un front d'attaque de trois cent cinquante mètres, la division de l'Archipel, chère au cœur de Venizélos, débouche de la croupe des Voltigeurs pour s'attaquer au Tumulus. Des cris de triomphe explosent quand la liaison est assurée avec les Crétois du Cerf-Volant. Toutes les contre-attaques ont échoué. On compte mille huit cents prisonniers bulgares.

Sur sept kilomètres de largeur de front, la victoire des Grecs est totale, enivrante. Ils viennent d'entrer à leur tour dans la guerre mondiale, par un exploit. Derrière le bastion central, les sapeurs de Paul Raynal déboulent pour faire courir le serpent de la ligne téléphonique. Paul annonce la nouvelle à Mazière, qui appelle aussitôt Coustou. Dieu soit loué, ils ont réussi !

Guillaumat et l'état-major peuvent se réjouir. Ils vont pouvoir orchestrer la victoire dans les rues d'Athènes et de Salonique, avec cortèges et décorations remises à la nouvelle armée grecque, faire oublier les trois mille tués, blessés ou disparus, victimes de l'affaire.

Dans un abri sinistre des ouvrages blancs, derrière une rangée de cadavres bulgares, Vigouroux allonge le corps de son ami Nikos le Crétois, touché au cœur après la bataille par un tireur isolé. Il ne défilera pas dans les rues d'Hérakléion. Le zouave lui ferme les yeux, prend dans la poche de sa chemise son portefeuille qui ne contient guère qu'une photo de sa mère. Il l'enterre lui-même, entouré de ses camarades crétois, et grave cette inscription sur une planche : « Ici repose le sous-lieutenant de l'armée de libération des Balkans Nikos Makarios, mort à vingt ans. »

Le retour du Charles-Roux

Le navire-hôpital *France* n'a pas reparu en rade de Salonique, contrairement à ce qu'annonçait, triomphal, le colonel Valentin à Paul Raynal le soir de Noël 1917. Mis au radoub dès son arrivée à Marseille à cause d'avaries graves, aucune date n'a pu être envisagée pour sa remise à flot car le bassin est saturé de bateaux mal en point. Inutile d'espérer son retour en activité avant au moins trois mois.

Comme à La Ciotat, la construction navale marseillaise est lourdement pénalisée par l'absence de main-d'œuvre et d'énergie. Le *Charles-Roux*, retiré depuis longtemps de la navigation, a servi d'hôpital immobile en attendant lui aussi sa révision. Remis enfin à neuf, il ne reçoit pas l'ordre d'appareiller. La stagnation du front d'Orient, depuis janvier 1918, ne rend pas indispensable l'envoi d'hôpitaux flottants supplémentaires.

Carla Signorelli, aussitôt débarquée, a écrit à Paul qu'elle venait d'être réintégrée à l'hôtel-Dieu, toujours dans le service du professeur Ernest Pellegrino. Elle n'a qu'un faible espoir de repartir en Orient et n'ose s'en affliger dans ses lettres, de peur de décourager celui qu'elle aime.

Chaque fois qu'elle demande à son patron s'il y a lieu d'informer ses parents d'un prochain départ, afin de les préparer à cette idée douloureuse, il reste évasif, et ne peut que lui conseiller de poursuivre assidûment la formation d'autres infirmières stagiaires pour l'armée d'Orient. Là-bas, les malades très nombreux sont toujours évacués sur les centres spécialisés dans les maladies tropicales. On dit que plus de cent mille soldats alliés s'entassent dans les hôpitaux de Salonique, sans qu'on les rapatrie.

– Tenez-vous tout de même prête à partir, conclut-il à chaque entretien. On ne sait jamais comment cette guerre lointaine peut évoluer. Si les Bulgares décident brusquement d'attaquer, les appareillages de navires s'accéléreront dans le port. Les équipes doivent envisager cette éventualité.

Elle s'est provisoirement logée, près de l'hôpital, dans une petite chambre meublée de la rue de la République, sans chauffage. Le charbon est de plus en plus rare à Marseille et l'on ne distribue plus de pétrole aux particuliers. Pour le bois, il ne faut pas y compter. Un trafic de sciure s'est organisé dans la ville à l'usage de poêles spéciaux, bourrés au manche à balai. Depuis le début de l'année, les centrales hydroélectriques de la Durance sont bloquées par le gel et la municipalité craint d'avoir à rationner l'électricité.

Le matin, avant de prendre son service, Carla s'agenouille un moment dans la chapelle de l'église des Accoules, et prie pour que Paul reste en bonne santé et ne soit pas exposé au danger de guerre. Dès qu'elle le peut, elle se rend à l'école professionnelle des blessés et des mutilés afin de soutenir le moral de son frère Mario, amputé du bras. Appareillé et rééduqué, il s'initie, malgré sa prothèse très contraignante, au métier de menuisier dans un atelier spécialement équipé, sous contrôle médical. Il est, comme Carla, sans nouvelles de son cadet Francesco, mobilisé au 2e zouaves, guéri d'une première blessure et remonté en ligne sur le front du nord où l'on redoute, depuis la capitulation des Russes, une attaque allemande de grande envergure.

Ses parents vieillissent dans la crainte et la pénurie. Ils s'inquiètent pour Francesco, dont ils reçoivent rarement des lettres. Le mistral glace les rues étroites d'Arles et Jean, son père, a dû renoncer à son métier de peintre en bâtiment, faute de chantiers. Il a été recruté, malgré ses soixante ans, dans une nouvelle usine d'acide sulfurique, et souffre de violentes crises d'asthme en raison des conditions de travail atroces et des vapeurs corrosives. À bicyclette, il franchit le grand Rhône chaque jour sous la bise pour se rendre à son poste, bien au-delà de Trinquetaille. Huit kilomètres aller-retour et un déjeuner misérable à la cantine.

Louise, son épouse, privée de sa clientèle huppée, reçoit des commandes régulières de l'hôpital d'Arles et repasse à longueur de journées des chemises de nuit pour les blessés, ainsi que le linge du personnel. La hausse des prix est telle qu'il lui faut compter sou par sou. Tout a doublé, même les patates. Le lait coupé d'eau est à un franc le litre et l'on ne trouve pas un kilo de beurre à moins de dix francs. Le pain, rationné, est plus cher qu'à Paris. Jean, à la cantine, doit se contenter de « pain mastic » à la mie immangeable. Pour recevoir dignement ses enfants le dimanche, la mère se fournit à la boucherie départementale, aux prix abordables fixés par la municipalité. Elle en revient fourbue, après une heure d'attente devant l'étal pris d'assaut.

– Enfin, tout le monde mange, dit-elle à Carla avec un bon sourire.

Jean Signorelli souligne que la ville voisine de Marseille, en quatre ans, est passée peut-être à huit cent mille habitants – on ne sait pas au juste –, soit deux cent cinquante mille de plus qu'en 1914. Les Arlésiens aussi sont beaucoup plus nombreux. Ils viennent de partout, les collègues de l'usine de Trinquetaille : des « travailleurs coloniaux » débarqués d'Afrique du Nord, de Madagascar et d'Indochine.

Le père assure qu'on utilise depuis peu, même dans son usine de banlieue, des manœuvres chinois. Les syndicats protestent en vain contre cette invasion de coolies mal rémunérés, par contrats collectifs. On en attend, paraît-il, cinquante mille à Marseille. Pour engager des dockers, sur les quais envahis de bateaux, les patrons marseillais recrutent où ils peuvent. Ils exigent un contingent de prisonniers allemands, embauchent jusqu'à des déserteurs bulgares ou turcs, et des Espagnols par milliers.

– Je suis le seul Italien dans mon équipe, explique volontiers Jean à sa fille. Mes compatriotes plus jeunes ont été mobilisés en France, ou rapatriés, et ceux qui sont pris dans des contrôles de flics sans papiers d'identité français sont aussitôt expédiés dans l'armée du Trentin.

Carla se sent choyée dans le foyer familial, malgré la pénurie. On lui fait fête chaque semaine. Elle a un pincement au cœur en pensant qu'elle pourrait ainsi attendre la fin de la guerre, sans jamais repartir, installée dans la vie quotidienne de l'arrière. Son père, si attentionné, évite de lui demander des nouvelles de Paul. Lorsqu'une de ses lettres arrive au courrier du matin, elle leur en fait part aussitôt, mais ils sont déçus pour elle. Il n'est jamais question de permission.

– Il n'en demande pas, explique-t-elle vivement sans qu'on l'interroge, parce qu'il attend mon arrivée là-bas. Un officier de l'état-major de Salonique lui a assuré que le retour du *Charles-Roux* était prévu. J'ai rencontré à l'hôpital plusieurs de ses camarades blessés. Ils m'ont tous affirmé que les permissionnaires ne reprennent jamais le chemin de l'Orient. Ils sont affectés, par principe, au front français. Quand mes propres malades sortent de l'hôpital, on les dirige aussitôt vers les armées du Nord, où l'on manque toujours d'hommes. Paul ne demande pas à rentrer parce qu'il a peur que nous nous croisions en chemin, séparés pour toujours.

– Tout de même, murmure Louise. Tu devrais aller voir ses parents.

* *
*

Le soupçon discret de sa mère glace Carla. Trouve-t-elle étrange que ce garçon ne cherche pas, après une aussi longue absence, à revoir sa famille ? Au fond de son cœur, la jeune fille est sûre de l'amour de Paul, et prête à partir avec lui à l'autre bout du monde. Elle n'imagine pas qu'il soit motivé par d'autres sentiments que ceux qu'il lui porte, et qu'il exprime d'une lettre à l'autre, avec chaque fois plus de force. Exaspérée par le train-train d'une guerre qui n'en finit pas, elle se résout à prendre le chemin de fer pour Montauban : connaître les parents de Paul, c'est aussi se rapprocher un peu de lui, rendre l'absence moins insupportable.

Elle décide de partir au début de février. Le professeur Pellegrino lui donne un congé de quatre jours. À pied, elle gagne la gare d'Arles, en passant devant le quartier de la cavalerie où le dépôt reçoit les spahis marocains. La vue des chéchias et des burnous rouges la transporte à Salonique, où ces jeunes recrues vont sans doute débarquer dès la fin de leurs classes accélérées. À l'arrière du peloton, des sous-officiers chenus traînent à la longe des chevaux de remonte. Avec une galanterie surannée, ils saluent au passage, portant la main à la visière de leur képi bleu ciel, l'infirmière-chef en longue cape sombre.

Elle imaginait un voyage sans complications pour Montauban. Au guichet, on lui délivre un billet pour l'express de Paris. Elle s'en étonne. Pas de départ direct pour Nîmes, elle doit changer à Tarascon. Le train est bourré de permissionnaires, mais un marsouin lui cède sa place dans un compartiment bondé et se poste debout, tout près d'elle.

– Je retourne chez moi, à Lorient, attaque-t-il. Vous ne me croirez pas, mais pour rejoindre ma Bretagne, je dois passer par Paris. Ce n'est pas une corvée, il faut bien l'avouer. Vous y allez aussi ?

Elle lui sourit sans répondre, et scrute son uniforme kaki de la Coloniale. Il porte trois brisques sur ses manches et l'insigne de l'armée d'Orient.

Elle prête aussitôt l'oreille à son bavardage, sans avoir besoin de le relancer.

– Ah ! Nous avons eu la vie dure ! Et la guerre continue comme avant, alors qu'ici, ils fument la pipe dans les tranchées devant les Boches qui leur donnent du chocolat !

Le professeur Pellegrino a assuré maintes fois à la

jeune fille que rien ne se passait à Salonique. Elle n'est donc pas convaincue par le marsouin mais elle comprend qu'il veut valoriser ses camarades, ces poilus d'Orient oubliés en France, méprisés même. Il semble d'ailleurs prêt à faire le coup de poing à la moindre remarque de ses voisins permissionnaires vêtus de bleu horizon, qu'il dévisage sans aménité. Aucun n'y songe. Ils sont trop accablés pour chercher querelle.

Carla note que plusieurs d'entre eux portent au col le numéro du 141e régiment de Marseille. Ceux-là ne viennent pas du front ; la mine sinistre, ils y retournent. À moins qu'ils ne soient des *bleuets* de l'année, la nouvelle classe levée précipitamment, tel ce petit jeune homme assis devant elle, mince, silencieux et pâle. Il n'a pas plus de dix-neuf ans.

– J'étais dans la boucle de la Cerna, avec les Russes. Un sale coin, reprend le marsouin. Ils nous ont laissés tomber quand les haut-parleurs et les tracts d'en face ont annoncé l'arrestation de leur tsar. Tous des traîtres. Il a fallu tenir sans eux, les remplacer au pied levé, dans leurs tranchées malpropres. La peste soit des moujiks !

– Ils se sont fait massacrer avec nous dans la montagne de Reims l'année dernière, lance calmement un sergent de chasseurs à pied en allumant sa pipe. Tu devrais modérer ton langage, camarade. Ils ont laissé beaucoup des leurs chez nous, et sans doute aussi en Orient.

– C'est vrai, ajoute vivement Carla pour éviter la bagarre. J'en ai soigné des quantités, de ces pauvres Russes. Plus d'un est mort des fièvres.

– Mais pas des balles ! lance le Breton, acerbe.

– On trouve des tombes et des fosses communes partout où ils ont été engagés.

Le marsouin hausse les épaules, bouffi de rage. On le sent près d'exploser. Carla sait que les Russes, dans les rues de Marseille, ne sortent plus en uniforme. On leur a conseillé de ne pas quitter leur camp en attendant leur embarquement, pour éviter les violences. Tous les journaux de la ville, même *Le Petit Provençal*, évoquent en termes infamants leur défection. Le gouverneur de Marseille a exigé du fret supplémentaire pour les évacuer sans tarder vers Bizerte. Nos « vaillants alliés » de 1914 sont insultés et tournés en dérision. Carla trouve ces réactions très injustes.

– Il ne faut pas en vouloir aux soldats russes, dit-elle. Ils ont fait plus que leur devoir et ne sont pour rien dans la révolution de Pétersbourg.

Le marsouin n'insiste pas. Carla se lève et prend son sac. Elle remercie d'un sourire l'irascible Lorientais, qui reprend sa place sans mot dire. Le train entre en gare.

* *
*

Longue attente sur le quai. Des permissionnaires du 11e hussards de Tarascon descendent bruyamment des compartiments de troisième classe, le visage à la fois rougi par les libations du voyage et par l'ivresse du retour au pays. Les familles sont là depuis l'aube, pour des retrouvailles émouvantes. Ceux qui ne sont pas attendus font grise mine.

Carla songe à ses blessés de Marseille qui ne reçoivent aucune visite, aux fiançailles rompues par une trop longue attente, aux mariages éclatés. Elle a si souvent consolé des poilus à qui l'on n'écrivait plus. Ces hommes meurtris par l'absence se faufilent entre les groupes enlacés et joyeux. Perdant tout courage, même celui de rentrer chez eux, ils sont si désemparés qu'on les sent prêts à reprendre le train pour retrouver les copains des tranchées, leurs vrais parents, ceux qui parlent leur langage et ne les trahissent jamais.

L'omnibus de Nîmes s'est attardé en chemin, il n'est pas encore en gare. Des convois de marchandises se succèdent, chargés de caisses de munitions et de pièces d'artillerie pour la ligne de Paris. Des tringlots regardent les travailleurs annamites entasser à l'aide de palans les obus, dont certains pèsent plus de cent kilos, sur les wagons plats où ils sont arrimés avec soin et bâchés.

Les usines de la région ont bien travaillé. On tourne des obus dans la moindre sous-préfecture, par milliers, à Tarascon comme ailleurs. D'heure en heure, le chef de gare repousse le départ du train de voyageurs. Carla se met à la recherche du buffet, pour prendre un café. Il est envahi de permissionnaires.

Quand le tortillard annonce son arrivée d'un coup de sifflet, elle est submergée, bousculée par les soldats se ruant en trombe hors de la buvette. Tête nue, la chemise ouverte, ils courent vers le quai en traînant leurs sacs et en hurlant « Vive la quille ! », comme s'ils sortaient démobilisés de la caserne, une fois accompli leur temps de service de trois ans.

– Quelle tenue ! grogne un adjudant de réserve, du dépôt de Tarascon. Et personne n'ose rien leur dire !

– Surtout pas toi, baderne ! lui lance un des Baucairois, plus rouge qu'un jour de grande foire. Viens avec nous au Chemin des Dames, si tu veux te rendre utile ! Tu peux encore y gagner du galon, avant ta retraite !

– Les Boches y sont toujours ! nargue le sous-off, excédé.

– Vas-y les déloger ! Tu feras le cent mille et unième mort de la campagne.

Un prévôt s'avance, tout capoté de noir, prêt à sévir.

– Les pandores, avec nous ! jette un caporal jovial, vite soutenu par un chœur de poilus, tonitruant quelques injures choisies.

Face à la troupe déchaînée, le prévôt siffle pour appeler en renfort une section des siens, toujours disponibles à la gare à l'arrivée des trains de permission. Ils accourent aussitôt, en armes. Les soldats les invectivent, évoquent leurs copains morts à Craonne, ou fusillés sur l'ordre des cours martiales.

– Les Boches ne suffisent pas. Il faut aussi que vous nous tiriez dessus !

Un capitaine à la poitrine bariolée de décorations descend calmement de l'unique wagon de première classe. Il s'interpose, retient les gendarmes, exige de ses hommes qu'ils chargent leurs sacs et libèrent le quai. Après ce qu'ils ont vécu ensemble, les semonce-t-il avec bienveillance, un sourire en coin, vont-ils se faire coffrer par le premier pandore venu au moment de retrouver les leurs ?

Carla s'étonne. Elle croyait oublié le temps des mutineries. À Salonique, elles semblaient moins graves que sur le front du Chemin des Dames où elles ont creusé des blessures profondes dans les cœurs. Son père les commente souvent depuis que Francesco, lors d'une permission, l'a brièvement informé de cette grève de la guerre qui a touché plus ou moins la moitié des divisions françaises. Sans ce récit, sur lequel leur fils ne s'est pas appesanti, les Signorelli n'en auraient rien su : pas une ligne de l'événement dans *Le Petit Provençal.* La censure a coupé les articles des journalistes mal intentionnés.

– *Tante Anastasie* a l'œil ! répétait souvent Jean en découvrant les vastes espaces blancs dans les colonnes de son quotidien. Nous ne saurons rien de ce qui se passe réellement.

À entendre Francesco, tout était rentré dans l'ordre. Jean, le père, se félicitait secrètement que ni l'un ni l'autre de ses garçons ne cèdent à la panique. Le vieil émigré ne voulait pas être en reste de patriotisme. À lire le journal entre les lignes, il se rendait compte que l'offensive du général Nivelle avait échoué.

Le Petit Provençal, que Carla feuilletait à son tour pour tâcher de deviner la vérité, mentionnait de façon circonspecte que les résultats de l'affaire du Chemin des Dames étaient « limités », et même, pour expliquer le renvoi de Nivelle au profit de Pétain, « que des fautes individuelles, des erreurs de méthode » avaient été commises.

Mais le journaliste Jules Négris, bien connu des lecteurs marseillais, condamnait les « bourreurs de crânes de l'avant », ces permissionnaires « verseurs de frousse, semeurs de panique ». Tout en parcourant ces invectives menaçantes, Carla comprenait pourquoi son frère préférait se taire, garder pour lui les horreurs dont il avait été témoin. Elle ressentait vivement l'indignation des soldats devant une telle injustice.

* *
*

Nîmes ! Tout le monde descend ! Le soir tombe tôt en février et Carla constate avec dépit, notifié à la craie sur une ardoise par le chef de gare, que l'express de Toulouse-Bordeaux est déjà passé. Le prochain convoi est prévu pour le lendemain à sept heures du matin. La station est assez éloignée de la vieille ville et les hôtels de l'avenue Feuchère sont complets. Elle se sent aussi abandonnée qu'à son premier embarquement à Marseille, en février 1915. Mais elle avait alors rencontré Paul pour la consoler, l'aider, la protéger. Où est-il, son Quercinois de Salonique ? Plus que jamais, il lui manque.

Les yeux voilés de tristesse, elle s'engage dans l'allée de platanes qui mène à la grande place de la fontaine Pradier. Épuisée, elle s'assied sous la statue de la Saône qui semble lui sourire. Elle se souvient qu'un zouave blessé du recrutement de Nîmes lui a relaté, pendant qu'elle le soignait, comment ses camarades mobilisés dans le XVe corps avaient presque tous été tués ou estropiés, dès septembre 1914, dans la bataille de Morhange et sous le Grand-Couronné de Nancy. Engagés dans un piège monstrueux, sans moyen d'en sortir. La presse parisienne avait attribué la défaite à la mauvaise tenue des « Méridionaux ». Les Nîmois, comme les Marseillais, en sont encore choqués.

Le zouave lui a confié, sans savoir pourquoi, que sa mère vit dans le vieux quartier, autour des arènes. La simple évocation du monument redonne tout son courage à Carla. Elle est sûre de tenir le fil rouge qui va la conduire dans une place de sûreté, au cœur de la capitale huguenote. Les arènes de Nîmes ! Elles doivent être bordées d'hôtels pour touristes.

– S'il vous plaît, sergent, où sont les arènes ?

Il porte l'uniforme du 141ᵉ, et ses quatre brisques attestent qu'il n'a pas volé sa permission. Ce grand blond à moustache en brosse lui sourit avec égards.

– J'ai tout mon temps, lui dit-il en se chargeant de son sac, et heureux de piloter une infirmière perdue dans sa ville.

Il lui explique qu'il est en soins à l'hôpital depuis trois mois, rapatrié sanitaire. Il a échappé à une forme particulièrement grave de paludisme.

Carla le regarde avec intérêt, il était donc à Salonique.

– Mon régiment a débarqué là-bas en janvier 1917. Ma campagne a été courte : quatre mois de travaux et d'instruction au camp glacé de Zeitenlik, à coucher sur la paille dans les baraques libérées par des camarades partis au front. Ensuite, séjour d'été interminable en vieille Grèce pour y maintenir l'ordre contre les royalistes grecs. Nous avons été attaqués surtout par les moustiques. On a rapatrié les cas les plus graves.

– Vous êtes guéri ?

– Guérit-on jamais ? J'ai hâte de rejoindre les copains sur la crête de la Baba Planina. Nous occupons la cote 1248, à l'ouest de Monastir[1]. On m'a promis de me convoyer prochainement. Cinq mille hommes partent en renfort tous les mois. Il faudrait dire en remplacement des malades, car on ne s'y bat guère.

– Où étiez-vous soigné ? demande Carla qui ne se souvient pas de l'avoir jamais rencontré.

– À l'hôpital français d'Athènes.

– Nous aurions pu nous voir à Salonique, j'y étais en service sur le *France*.

Le sergent poursuivrait volontiers la conversation et propose à Carla de partager un repas dans un restaurant

---

1. La 30ᵉ division a été retirée du front de Verdun en novembre 1916 après avoir subi des pertes considérables. Reformée en Languedoc par le général Sarda, elle a été désignée pour l'Orient par Pétain.

des arènes. Elle refuse, comme si elle était attendue par des amis, et le remercie d'un sourire. Elle n'ose lui avouer qu'elle cherche un hôtel dans le quartier, trouvant que cela fait mauvais genre. Il prend les devants.

– Je vois bien que vous êtes perdue dans cette ville. Suivez-moi. Je vous conduis au grand hôtel du Midi. Il est rarement plein l'hiver.

Il l'accompagne à trois cents mètres des arènes, devant une bâtisse de noble aspect, couverte de tuiles romaines, dont la façade de crépi blanc aux fenêtres à volets marron est ceinte d'un vaste balcon provençal donnant sur le square de la Couronne.

Elle laisse son compagnon s'éloigner discrètement et entre seule dans l'établissement où les frimas de l'hiver semblent avoir découragé la clientèle. Pourtant, le charme étrange de ce lieu poétique émeut Carla. Mais Paul lui manque pour rêver sous un édredon rouge. Elle reprend d'un pas vif, malgré sa lassitude, le chemin des arènes.

À force de tourner dans l'enceinte du monument, dont les abords sont flanqués de baraquements militaires pour l'accueil des soldats de passage, elle se risque dans un bureau de la Croix-Rouge afin de se renseigner sur les centres d'hébergement. Elle se rend très vite compte qu'une infirmière-chef n'y a nullement sa place.

Le médecin de garde, grisonnant bougon à lunettes d'écaille, s'étonne même de sa présence à Nîmes, sans affectation précise. Elle doit expliquer qu'elle a manqué le train de Toulouse, et montrer son congé de quatre jours signé de la main du professeur Pellegrino. Le busard sexagénaire s'incline à la vue du nom de l'illustre chirurgien, très respecté dans la médecine militaire. Il daigne quitter son fauteuil pour accueillir la jeune fille avec un soupçon de sourire.

– Si vous cherchez un gîte pour la nuit, mon épouse et moi-même serons heureux de vous héberger. Nous habitons tout près de la gare et la maison est grande. Ne craignez pas de nous importuner. À mon âge, on se lève avec l'aube. Je connais le train de sept heures pour Toulouse. Nous le prenions autrefois. Vous serez la bienvenue. Nous sommes si seuls depuis le départ de nos fils.

* *
*

La soirée à l'hôtel particulier du major Rebuffat surprend Carla. Son épouse, petite femme au doux visage ridé, déjà voûtée, la reçoit chaleureusement, comme une fille de la maison. Elle porte sur elle un regard affectueux, la débarrasse de sa cape et de son bagage, la précède dans une chambre pourvue d'un cabinet de toilette où elle lui monte immédiatement de l'eau chaude et deux serviettes *nid d'abeilles*, alors courantes dans leur aspect modeste chez les bourgeois de bon genre. Un énorme poêle à bois, installé dans l'entrée, répand sa douce chaleur.

La table est mise dans la petite salle à manger Charles X, qui sent bon les meubles hérités et polis à l'usage par plusieurs générations.

– Nous sommes médecins militaires de père en fils depuis un bon siècle, lui annonce Rebuffat qui lui offre un doigt de vin d'Orange dans un verre de cristal. J'ai connu Pellegrino à l'école de Lyon. Je sais qu'il a repris du service à Marseille, malgré son grand âge. Nous devons tous nous dévouer à notre jeunesse martyrisée, des étudiants aux académiciens. Pellegrino serait de l'Académie de médecine, s'il n'avait tenu à rester à Lyon.

– Je lui dois beaucoup, dit Carla d'une voix douce. Je peux même dire qu'il m'a tout appris.

– Hélas ! mon fils aîné, son ancien élève, parti major dans un régiment de la Légion, s'est fait tuer au Chemin des Dames. Son poste de premiers secours a sauté sous un obus. Pas de survivants.

– La soupe est prête ! annonce l'épouse, qui se charge à la fois de la préparation du repas et du service.

– Je n'ai plus besoin de personne, s'excuse-t-elle, depuis que nous sommes seuls, Léon et moi.

– Je sais, soupire Carla, vous avez eu de grands malheurs.

– Ceux de beaucoup de familles françaises. Léon ! gronde-t-elle, ne peux-tu comprendre que cette jeune fille a besoin de réconfort, et non du récit de nos chagrins.

Le major a déjà fait tout l'inventaire de ses deuils. Il avait trois fils. Le premier, dont il vient de parler, le deuxième, également mort au front dès 1914 dans la campagne de Lorraine, où il était lieutenant dans le régiment de Nîmes. Le troisième est capitaine d'artillerie, en batterie sur le front de l'Aisne. En retour, Carla lui a avoué que son frère aîné avait perdu un bras à la bataille, et que le second, blessé plus légèrement, était remonté dans le Nord.

Elle se détend quand la maîtresse de maison reconnaît sur son corsage l'insigne de Salonique.

– Ainsi, vous êtes en Orient.

– Le professeur Pellegrino m'y a envoyée, avec beaucoup d'autres. Hélas, les pertes de cette petite armée sont sévères.

– Et inutiles ! s'exclame le major, de nouveau bougon. Quelle tête sans cervelle a expédié dans ce pays lointain deux cent mille de nos soldats, soi-disant pour aider les Serbes, au moment où ils se trouvaient battus à plate couture ? Il est vrai qu'on les a reconstitués, engagés à nos côtés, mais pour quoi faire ? Les Russes nous lâchent, et les Grecs ne sont pas nos amis. Les Anglais font une guerre du pétrole du côté de Mossoul et les Italiens, privés de colonies, veulent mettre la main sur l'Albanie. On attend les Américains, mais combien sont en ligne ? Il serait temps de rapatrier tous nos « Macédoniens ». Clemenceau ne voulait pas entendre parler de cette expédition. Voilà qu'une fois au pouvoir il la poursuit. À qui se fier ? Guillaumat est un bon général. Quel dommage de s'en priver. Je crois savoir, du reste, qu'il rentrera bientôt. Si les affaires tournent mal, Pétain aura besoin de lui.

Ce couplet expédié, le major s'apaise.

– Avez-vous des parents dans la région de Toulouse ? s'inquiète Mme Rebuffat devant la mine soudain pensive de Carla.

– Oui, s'entend-elle répondre, ceux de mon fiancé. Elle explique comme dans un songe un peu exalté qu'elle l'a rencontré lors de son départ pour les Dardanelles et soigné plus tard d'une mauvaise pneumonie sur le *Charles-Roux*.

– Major Sabouret, promotion 1880, si je ne me trompe. Un très bon sujet, affirme Léon, en attaquant avec appétit sa brandade de morue.

– Mon ami Paul est actuellement sur le front, poursuit Carla, devant les Bulgares, à creuser des mines et à jeter des ponts dans le régiment du génie de Montpellier.

– Des ponts ? Commandant Mazière ! coupe aussitôt Léon Rebuffat. C'est l'expert en la matière. Polytechnique et les Mines. Major de sa promotion. Ancien du lycée du Parc à Lyon, naturellement.

– Son silence vous inquiète ? Comme je vous comprends, continue l'épouse, habituée à être interrompue. Appelez-moi Edmée, vous me ferez plaisir.

Elle l'interroge sur le courrier, les conditions de vie en Macédoine, les secours sanitaires. Carla répond, le cœur gros, que les lettres mettent parfois plus de vingt jours à arriver, et qu'elle les reçoit en paquets groupés.

– On apprend tous les matins à l'hôtel-Dieu, avoue-t-elle les yeux humides, le décès de gens connus du service avec un mois de retard. Sans compter les disparus, très nombreux, dont on est sans nouvelles. Les prisonniers des Bulgares ne survivent pas beaucoup plus longtemps que ceux des Turcs.

– Les parents de votre cher Paul auront peut-être reçu un courrier récent, la console-t-elle. Je suis sûre qu'ils vont vous réconforter. S'ils avaient appris quoi que ce soit de fâcheux, il est certain qu'ils vous auraient la première informée.

Carla n'ose lui répondre qu'ils ne la connaissent pas. Elle pense brusquement que sa mère a eu raison de l'expédier dans le Tarn-et-Garonne. Elle écrira à Paul de son village, avec sa maman dont elle connaît le prénom : Maria. Elle se réconforte à l'idée que rien ne lui fera plus plaisir.

Elle est réveillée à six heures par la bonne odeur du café de Mme Rebuffat, chaleureuse comme une femme de bien, qui pense d'abord aux autres et se donne pour règle quotidienne de faire confiance à la vie et de secourir les désemparés.

* *
*

La gare de Matabiau à Toulouse n'est pas seulement envahie de soldats de retour du front. Toutes les rames y sont bloquées par une foule de manifestants dont certains arborent les drapeaux rouges des syndicats. Le train de Nîmes ne peut accéder au quai. Les voyageurs descendent sur le ballast et s'efforcent de se faufiler en caravane vers la sortie, ployant sous leurs bagages. Les militaires en permission, sacs au dos, leur emboîtent le pas.

Un train rempli de soldats et chauffant sous la verrière est immobilisé. Carla cherche à comprendre les raisons de cet attroupement. Elle va d'un groupe à l'autre, pose des questions. Les femmes sont les plus nombreuses : ces manifestantes sont trop absorbées par l'action pour prendre le temps de répondre à une infirmière en tenue. Certaines portent des enfants sur les bras. D'autres, ouvrières d'usine, les cheveux serrés sous un foulard, sont accourues par ateliers entiers et interpellent les soldats du train.

– Avec nous ! Descendez !

Des gendarmes empêchent les biffins du régiment de Toulouse de forcer l'ouverture des portières depuis l'intérieur des wagons. Mais la foule a gagné la locomotive. Les femmes envahissent la voie en scandant :

« Rendez-nous nos hommes ! » Un orateur tente de se faire entendre en grimpant sur le tender.

– C'est Flageollet ! crie le mécanicien, un foulard rouge noué sur sa gueule noire. Vive Flageollet !

Un gendarme sexagénaire, l'arme à la bretelle, prend Carla à témoin :

– Il a bonne mine avec son Flageollet. Ce n'est pas lui, assurément. Le vrai Flageollet s'est fait arrêter à Marseille. Il est enfermé au fort Saint-Nicolas. Tous les mêmes. Le chef nous a dit qu'ils avaient coincé récemment à Paris trois dirigeants de ce calibre. Ils les ont surpris au lit, naturellement avec des femmes de poilus.

– Qui est Flageollet ? s'enquiert l'infirmière, très digne.

– Un militant de la centrale qui est déjà venu nous voir l'année dernière, lors de la grande grève de la poudrière et de la cartoucherie, lui répond une femme d'un certain âge : une ouvrière des poudres, le front ridé prématurément et qui cache sous un fichu rouge sa chevelure réduite à quelques étoupes.

– Il est reparti, poursuit-elle, comme il est venu. Il nous prêchait la révolution. Il nous faisait crier « Vive la paix, à bas la guerre ! ». Les nôtres ont soutenu qu'elles voulaient salaire égal avec les hommes. Nous n'avons jamais revu ce Charles Flageollet, et pour cause. Ces gens-là nous font du tort. Ils nous font passer pour des saboteuses, nous, dont les fils sont au front ! Comme si on voulait les laisser sans armes devant les Boches !

D'autres gendarmes, plus alertes, se saisissent de l'orateur et prétendent l'entraîner vers la sortie. Ils sont entourés de femmes, hués, bousculés, insultés. Leur prisonnier s'échappe, sous les hourras de la foule. Les gendarmes renforcés se sont alignés sur le quai, fusil en mains, croisant les baïonnettes. Les soldats baissent les vitres de leurs compartiments pour crier à l'unisson.

Carla recule en direction du buffet de la gare, craignant d'être prise dans le mouvement. Impossible d'y accéder. Des familles de femmes et d'enfants ont envahi la salle pour échapper aux charges de gendarmes.

À l'entrée, un militant blanchi dans les luttes syndicales prend le temps de boire à la régalade pour reprendre son souffle. Les manifestations de femmes le dépassent. Il n'en a pas l'habitude et se sent plus à l'aise à la bourse du travail, avec les camarades, que dans une gare bruyante et envahie de fumée où des manifestantes courent en tous sens, ivres de colère. Il tend sa gourde à l'infirmière, qui la refuse d'un sourire. Tirant un sandwich de son sac, il lui explique d'un ton calme et modéré :

– Les soldats de ce train sont en partance pour le front. Les femmes veulent les empêcher de rejoindre.

Carla reste silencieuse. Elle se souvient qu'à Marseille, à plusieurs reprises, l'année passée, on a parlé de manifestations de ce genre, et surtout de grèves dures dans les usines de munitions. Mais le mouvement s'est calmé. Reprend-il à Toulouse ?

– Ils ont été maladroits…

– Les soldats ?

– Mais non, le préfet et les flics venus de Paris. L'année dernière, nous étions tout près de la révolution. Les femmes de la cartoucherie et de la poudrière étaient en grève. On n'avait rien vu de tel à Toulouse depuis le début de la guerre. Mon cœur de vieux militant vibrait. Je me croyais revenu aux grèves révolutionnaires du début du siècle. Les chères petites munitionnettes nous donnaient notre revanche. Les syndicalistes modérateurs du genre d'Omer Bedel tentaient en pure perte de les calmer : elles étaient cinq mille, rien qu'à la cartoucherie. Les cortèges à drapeau rouge envahissaient les avenues, bloquaient la gare, submergeaient la préfecture et la mairie. Pendant trois jours, Toulouse a été en état d'insurrection.

– Une révolution dans la ville ?

– Les artilleurs à cheval ont renforcé les gendarmes pour dégager la gare, à coups de plats de sabre. Ils tapaient comme des sourds en avançant dans la foule.

Des femmes blessées tombaient. Le préfet a renforcé les effectifs, appelé à l'aide de nouvelles brigades de la Blanche[1]. Pas loin d'un bataillon de troufions des dépôts d'Agen et de Montauban a été requis pour garder les deux gares de Toulouse, Matabiau surtout. On les a postés en barricades sur les ponts et les routes, afin d'empêcher les ouvriers des usines de banlieue de se joindre au mouvement. Les gendarmes arrêtaient à tour de bras les hommes jeunes, leur gibier par excellence. Les femmes ont fini par céder.

– Sous la menace ?

Le vieux militant ne cache pas sa résignation.

– Pensez-vous ! À la suite d'une négociation, comme ils disent. En fait, un tour de passe-passe. Celles de la poudrerie m'ont bien déçu. Elles ont lâché les premières et sont reparties au travail pour 30 % d'augmentation, et 50 à la cartoucherie. Une misère, qui compense tout juste la hausse du coût de la vie ! Les hommes que vous voyez dans ce train sont les leurs, leurs frères, leurs maris. Ils étaient affectés spéciaux et manifestaient avec elles. Ils n'en avaient pas le droit, en tant qu'ouvriers spécialisés appelés sous les drapeaux, éloignés du front pour faire tourner les équipes dans les usines d'armement. On les a fichés, suivis, arrêtés, et finalement embarqués de force dans le convoi des jeunes classes. Leurs femmes se sont mises en colère, elles ont quitté leur travail de bagnardes à dix heures par jour dans les acides pour tenter de les retenir, et vous voyez le résultat.

Des dragons à cheval galopent vers la tête du train, dégagent la voie, dispersent la foule pendant que les gendarmes font évacuer la gare. La locomotive lâche alors son coup de sifflet sinistre et le convoi s'ébranle.

– Encore des jeunes que nous ne reverrons plus ! se lamente le vétéran.

---

1. Des gendarmes régulièrement en poste dans les villes de province, portant à l'épaule une aiguillette blanche, insigne de l'arme.

* *
*

Nouveau changement de train à Montauban, car l'express de Paris ne s'arrête pas à Caussade. Carla, exténuée, débarque dans la petite gare également remplie de permissionnaires, à croire que toute l'armée française est en vacances.

Sur les indications d'un employé, elle grimpe dans un autobus qui la conduit, par la route poussiéreuse de Caylus, jusqu'à Septfonds. Dans ses lettres, Paul lui a toujours parlé de Monteils, le berceau de sa famille. Elle se renseigne auprès d'un paysan occupé à charger des sacs de ciment dans sa charrette. Le petit bourg est situé sur les bords de la rivière Leyre, à quatre kilomètres environ.

– Je m'appelle Adam Servière, se présente le robuste fermier, impressionné par la tenue et les galons de l'infirmière. Du diable ! Vous avez dû vous tromper. Il n'y a pas d'hôpital à Monteils.

– Je cherche M. et Mme Raynal.

Adam plisse le front, visiblement inquiet. D'habitude, ce sont les gendarmes qui annoncent les drames aux familles, pas les infirmières.

– Il n'est pas arrivé malheur au petit ?

– Rassurez-vous. Paul va très bien. Il m'a demandé d'aller voir ses parents.

– Vous ne pouviez pas mieux tomber. Nous sommes voisins, et même un peu cousins. Vous avez de la chance. Un samedi, ils sont à la ferme chez Isabelle, la sœur d'Éloi Raynal, le père de Paul.

– Le mari d'Isabelle est à la guerre ?

– Que non, Cyprien est trop âgé pour partir, même dans la territoriale. Je crois d'ailleurs qu'il n'a pas fait son service, pour cause de pieds plats ! On dit toujours « chez Isabelle » parce que c'est elle qui mène la maison. La patronne, en somme. Quand vous la verrez, vous comprendrez.

Carla a tout le temps de découvrir le pays de son

amoureux, avec ses collines surplombant la Leyre, quadrillées de champs de vigne, de vergers, de tranquilles pâturages à moutons. Il lui est d'autant plus familier que Paul le lui a longuement décrit, et ses récits se rapprochent curieusement de ceux de son propre père, Jean Signorelli, quand, petite, elle l'écoutait évoquer sa Toscane natale. Les peupliers se dressent comme des cyprès, les lourdes tuiles romaines des maisons blanchies à la chaux sont les mêmes, et l'accent chantant de Servière rappelle la langue des Romains, ses très lointains ancêtres.

Rien ici des garrigues semi-désertiques des environs d'Arles, des marais de Camargue, des rochers blancs de Marseille. Les fleurs au printemps, les fruits l'été, parfument sans doute ces villages tapis sous les platanes, autour des fermes à colombiers où règne la douceur de vivre – la *dolce vita* – des pays romans.

Plus haut, lui explique Servière, elle trouvera les plateaux de calcaire arides des pays du bas Quercy dont lui a également parlé Paul et où seules, au printemps, paissent quelques maigres chèvres. Dans la vallée de la Leyre, rien de cette rigueur qui convenait jadis aux communautés cathares, éprises d'absolu dénuement. Servière, l'été, fait sûrement la sieste aux heures chaudes de l'après-midi sous un toit de noisetiers habités d'écureuils. Réveillé à la fraîche par le cacardage des oies, il aime sans doute aussi aller rôder, accompagné de son chien, sous les bosquets de chênes où l'on récolte les truffes, fortune du pays.

– Les truffes, le tabac, les pêches, les prunes et le vin sont notre joie de vivre, dit-il, comme s'il avait deviné la pensée de la jeune fille. Tous les lundis, au marché de Caussade, ma femme va vendre les foies frais d'oies ou de canards. Les gens de Paris en sont fous. Il paraît qu'on leur envoie des conserves.

– Est-il vrai que l'on coud la paille en accolant les tiges aplaties des blés ?

– Raynal a dû vous raconter que c'est l'industrie du pays. Hélas, la guerre l'a ruinée, le casque d'acier a remplacé le chapeau de paille, et les filles de Montauban tournent les obus au lieu de tresser les tiges.

Une pente légère fait serpenter la route blanche jusqu'à une colline dominée par une ferme dont le colombier est assailli de roucoulantes palombes.

– C'est samedi, il est presque midi, vous allez trouver toute la famille. Il fait encore frais, ils ne mangent pas dehors. Vous attendent-ils ?

– Non, dit simplement Carla.

Avec galanterie il la fait descendre de son carrosse, avant de la précéder d'un sonore « Cyprien ! ».

Dans la cour, une chienne attachée aboie. Cyprien surgit, intrigué par la présence de la jeune infirmière. La mine réjouie de Servière le rassure. Rien de fâcheux. Isabelle, imposante fermière au chignon très fourni, sort à son tour, les mains sur les hanches, comme pour faire face à une intruse. Son frère Éloi, le cousin Marcel, de Montauban, en soutane de chanoine, la suivent. Seule, Maria Raynal est restée près de l'âtre, à surveiller la poularde.

Servière est le plus surpris : non seulement la petite n'est pas attendue, mais elle semble inconnue de la famille qui la dévisage avec étonnement.

– Je viens d'Orient, dit-elle à Éloi, pour vous parler de votre fils.

Elle l'a choisi parce que, d'instinct, elle l'a reconnu à sa haute taille et à ses yeux gris, les mêmes que Paul. Son père, assurément.

Tout gauche, le chapelier se remet de sa stupéfaction et lui tend les bras.

– C'est donc vous ? Je l'avais bien pensé. Vous êtes la petite infirmière de Salonique. Entrez, nous vous attendons, ma femme et moi, depuis si longtemps.

* *
*

Maria a retiré prestement son tablier, essuyé ses mains fines dans une serviette pour trotter au-devant de la jeune fille. Discret, réservé, son fils adoré ne lui en a jamais parlé dans ses lettres que par allusions, mais elle a su lire entre les lignes. Ses yeux de jais pétillent de joie.

– Je m'appelle Carla Signorelli, et j'aime votre fils Paul.

– Je l'avais deviné. Que je suis heureuse de vous voir ! murmure-t-elle de sa voix chantante en lui pressant le bras, comme pour s'assurer qu'elle n'est pas un songe envoyé par la Vierge noire de Rocamadour.

Elle lui retire sa cape, la conduit auprès du feu, pour mieux la contempler à la clarté des flammes.

– Dieu que vous êtes belle !

Carla rit, comme elle ne l'a pas fait depuis trois mois – une de ces cascades d'éclats cristallins dont son père était fou dans son enfance. Que ne peut-il la voir si heureuse, après tant de jours de morosité et d'angoisse ! D'entrée, elle est adoptée par Maria qui ne la lâche plus, comme si elle avait trouvé en elle le double de son fils chéri.

Isabelle, pour une fois silencieuse, prend l'initiative de sortir pour détacher la chienne Fida qui jappe abondamment et demande sa part d'allégresse. D'ordinaire, elle se jette sur les jarrets des facteurs, des gendarmes, des militaires, de tout ce qui porte un uniforme. Fida, la chienne de Paul, celle qui l'attend toute la nuit dehors quand il se rend au bal de la septembre à Caussade, se rue comme un bolide sur la jeune infirmière. Maria redoute le pire. Carla lui tend les mains. L'animal, après les avoir flairées, frétille de la queue et se couche paisiblement à ses pieds.

Isabelle crie au miracle, modérée par Marcel le chanoine. Il fait observer que l'instinct infaillible de Fida lui a peut-être permis de reconnaître en Carla la messagère de Paul. Ramenée aux nécessités terrestres par le poulet oublié sur la broche, la patronne prend la tête des opérations, relaie sa belle-sœur toujours *dans les alléluias* et convie tout son monde à table. Carla est placée d'autorité entre Éloi et Maria.

– Et toi, bougre ! lance Cyprien à Adam Servière. Tu

restes là planté comme un Joseph dans la crèche. Cours donc chercher ta femme et viens partager notre joie.

Après le bénédicité, heureusement connu de la jeune fille, le chanoine, qui l'observe sans en avoir l'air, évoque ses parents :

– Ils manquent, regrette-t-il, à ces agapes.

– Mon père est florentin et ma mère arlésienne, lance-t-elle très vite, pour abréger les présentations. Mes deux frères, Mario et Francesco, sont des soldats français. Et je suis un peu dans l'armée, sourit-elle avec modestie.

– À Salonique ? questionne hâtivement Maria.

– Hélas ! J'attends désespérément mon embarquement sur le *Charles-Roux* pour retrouver Paul que j'ai quitté depuis trois mois. Le bateau ne se décide pas à lever l'ancre.

Elle raconte leur odyssée, les chassés-croisés de la guerre. Elle trouve des mots simples et touchants pour parler du fils absent. Elle avance les noms de Mazière et de Maublanc, les officiers du génie qui l'ont pris en affection, de ses copains dont il est trop souvent séparé, Vigouroux le Limouxin, Duguet le Niçois, et le Breton Cadiou. Elle se garde d'évoquer les Dardanelles maudites, pour ne retenir que l'air frais des montagnes de Macédoine où Paul se trouve présentement. Non, il n'est pas dans les tranchées, il fait des routes et des ponts.

– Voilà qui le change des chapeaux, sourit Éloi qui devient songeur : il craint que cette guerre n'éloigne à jamais son fils.

– Il est maréchal des logis, lui glisse Carla pour le consoler, et il commande déjà, si jeune, des équipes de travaux publics. Il finira lieutenant comme ses camarades, dans son arme savante.

Éloi lui presse la main. Il sait qu'elle veut le rassurer et lui sait gré de l'avoir compris. Elle doit répondre aux questions de toute l'assistance sur cet Orient qui semble à chacun le bout du monde. Isabelle s'inquiète. Les colis arrivent-ils à Paul ? Ne manque-t-il de rien ?

Cyprien veut savoir s'il a rencontré les Turcs ou les Bulgares, ces sauvages qui ne boivent pas de vin. Son bateau a-t-il été attaqué par les sous-marins ?

Carla évite de raconter que chaque semaine des navires sont coulés, et qu'elle-même a échappé par miracle à un naufrage. Le chanoine ne lui pose aucune question sur Paul. Il comprend qu'elle est venue pour parler de lui, mais aussi peut-être pour avoir de ses nouvelles.

– Avez-vous une chance de repartir ? lui demande-t-il presque brutalement.

Elle serait heureuse de pouvoir lui répondre. Son embarras alerte Maria. Vers la fin du repas, quand les hommes discutent entre eux de la guerre, elle prend Carla à part.

– À moi, tu peux le dire, depuis quand n'as-tu pas de ses nouvelles ?

Carla, les yeux humides, sort une liasse de son sac. La mère scrute un à un les tampons de la poste militaire.

– Tes lettres, observe-t-elle, sont plus récentes que les miennes. Le courrier va si lentement. Notre Paul me dit que le front est calme. J'ai grand-peur, s'ils te font retourner là-bas, que cela ne tourne très mal.

– Mon vœu le plus cher est de le rejoindre au plus vite, en toutes circonstances.

Quand Servière, le lendemain, vient la reconduire à la station d'autobus de Septfonds en compagnie d'Éloi et de Maria, la chienne Fida s'échappe, bondit dans la charrette. Elle aussi veut retrouver Paul.

* *
*

Le printemps arrive à Marseille en même temps que la nouvelle de l'invasion du Nord par les armées de Ludendorff, le 21 mars 1918. Ce jour-là, les *Stosstruppen* bousculent l'armée anglaise du général Gough, à la jonction de l'armée française, entre Arras et Noyon. Les Allemands progressent très vite, aidés par une puissante artillerie de plus de six mille canons qui ouvre des coupes sombres dans les rangs britanniques. Le front est crevé.

Aussitôt, les Français montent sur l'Oise pour contre-attaquer. La bataille fait rage. L'ennemi avance de Saint-Quentin jusqu'à Montdidier en une journée. Péronne est évacuée. Clemenceau, sur un ton dramatique, annonce à la Chambre que les Allemands sont à Noyon. Soixante et une divisions d'assaut veulent pulvériser l'armée anglaise, tout en tenant les Français en respect. Pétain fait avancer les renforts les plus proches, et doit jeter dans la bataille quatorze divisions nouvelles, cent quarante mille hommes, pour tenter de fermer la brèche.

Le 23 mars, un tube allemand à longue portée, pris pour un canon géant et aussitôt surnommé par les Parisiens la *Grosse Bertha*, bombarde la capitale à cent kilomètres, depuis la forêt de Saint-Gobain. Le Vendredi saint, un obus tombe sur l'église de Saint-Gervais, tuant soixante-quinze personnes. La panique s'accroît d'un jour à l'autre. Des files de civils encombrés de valises piétinent devant les gares. Ils redoutent un siège et préfèrent quitter la ville.

Dans tous les hôpitaux de France, les blessés du front commencent à refluer de proche en proche, depuis les postes des premiers secours. Carla se désespère. Le professeur Pellegrino lui a confié que le *Charles-Roux* était bien revenu au port, prêt à appareiller, mais qu'on le gardait en réserve pour secourir les victimes du nouveau massacre perpétré dans le Nord. Les services de santé sont sur le qui-vive. Les pertes sont déjà considérables. Les divisions lancées dans le brasier ont été aussitôt décimées, les *bleuets* partis à la guerre fauchés en quelques heures.

Le major Sabouret accueille son infirmière-chef à la coupée du *Charles-Roux*, pas mécontent de retrouver son vieux navire flambant neuf. Ancien de la Coloniale, il a guetté l'heure du départ pour l'Orient avec autant d'impatience que Carla. Il ne désespérait pas de reprendre la route de Grèce, malgré les événements. Mais ils se précipitent et le major, la mine sombre, allume nerveusement une cigarette.

Les blessés du front français, d'abord absorbés par les hôpitaux de la région parisienne, ne sont pas encore redescendus jusqu'à Marseille. Sabouret espère, non sans arrière-pensées, que le front va se stabiliser. Ainsi, son bateau pourra repartir. Il doit déchanter. Il est bientôt question de regrouper les malades d'Orient sur le *Charles-Roux*, pour libérer des lits dans les autres centres de la ville de Marseille. Sabouret proteste, il demande l'intervention de Pellegrino pour qu'on ne lui envoie pas immédiatement les paludéens d'un transport annoncé de Salonique.

– Nous ne sommes pas le lazaret de l'île du Frioul, voués à la quarantaine, ni les pontons de la fièvre de Malte. Le navire est armé pour partir, et non pour pourrir au port. Qui nous dit que les Bulgares ne vont pas attaquer à leur tour et qu'on n'aura pas besoin d'hôpitaux en Macédoine ? Si nous encombrons le bateau de malades, il ne pourra jamais reprendre la mer. Les paludéens peuvent être soignés à terre, par exemple à Montpellier.

Sa demande, ainsi argumentée, peut paraître justifiée. On persiste pourtant à tenir le *Charles-Roux* en réserve pour les opérations chirurgicales spéciales de blessés venus du front du Nord, ceux qui seront peut-être acheminés en train jusqu'à Marseille, par relais sanitaires. Sabouret traitera les cas graves, sinon les plus urgents. En tout cas, par priorité, ceux du XVe corps du Midi. Son bateau ne pourra repartir que si l'Orient envoie des messages de détresse, ce dont il n'est encore nullement question.

Récupérée à bord avec une équipe de soignants, Carla attend anxieusement des nouvelles de son frère Francesco, engagé dans l'Oise avec son bataillon de zouaves. Il est au cœur de la mêlée. Dans ces circonstances tragiques, la distribution du courrier est suspendue. Où les vaguemestres trouveraient-ils les hommes, en pleine retraite ?

Elle reçoit pourtant un paquet de lettres d'Orient, datant de la mi-février. Dieu soit loué ! Paul est en bonne santé. Il se trouve dans les montagnes du haut Vardar où les Bulgares restent calmes. Dans chacun de ses courriers enflammés, il la supplie de l'informer de l'éventuel départ du *Charles-Roux*. Carla lui répond aussitôt que le navire est sorti du radoub, que l'équipe sanitaire est constituée et qu'on n'attend plus que l'ordre du départ.

Elle tient à le rassurer pour éviter qu'il ne se porte candidat à une permission. Ses états de service l'y autorisent largement. Mais à peine arrivé chez ses parents, il serait renvoyé sur le front français où le pire est à craindre. Tous les permissionnaires sont en effet rappelés dans leurs corps depuis le 21 mars. Si le *Charles-Roux* appareillait pendant sa traversée de retour d'Orient, ils se croiseraient en mer sans jamais se revoir. Qu'il ne bouge pas de Macédoine, lui écrit-elle, elle le retrouvera bientôt.

Les jours passent, et rien ne change. Sabouret reste laconique dans ses réponses aux questions pressantes de Carla. Au début d'avril, pour en savoir plus long sur la situation sanitaire à Salonique, il rencontre au restaurant du yacht-club le commandant Olivesi, directeur de cabinet du général gouverneur de Marseille.

– Les nouvelles de ce front sont si calmes, lui confie Olivesi, qu'il n'est plus question d'y envoyer le renfort mensuel et habituel de cinq mille hommes destinés à combler les vides dans les bataillons. Il y a certes des pertes quotidiennes. Le général Colin, commandant l'infanterie dans une division, vient d'être tué par un éclat d'obus sur le front de Macédoine. Mais les morts se comptent en dizaines, et non en dizaines de milliers comme sur l'Oise. Les Anglais retirent des troupes de Salonique. Ils ont subi de fortes pertes en Picardie et doivent combler les vides au plus tôt. Guillaumat ne prépare que des opérations ponctuelles, pour accrocher les bataillons et les batteries allemandes subsistant sur le front de Macédoine. Il n'est pas question d'offensive.

* *
*

Ludendorff change d'axe, attaque au nord l'armée anglaise entre Ypres et Béthune, après l'échec sanglant de sa première offensive. L'affaire engagée le 9 avril dans les Flandres va durer vingt jours. Deux divisions portugaises de l'armée britannique sont enfoncées.

Carla tremble en lisant dans *Le Petit Marseillais* que Foch, chargé de la coordination des armées alliées, vient d'envoyer des renforts français dans le Nord, où le Kronprinz de Bavière a décidé de s'emparer des ports « anglais » de Boulogne et de Calais. Son frère Francesco, qui n'a pas écrit depuis le 21 mars, fait peut-être partie des troupes de choc expédiées d'urgence à Saint-Omer pour contrer l'attaque des *Stosstruppen*. Comment le savoir ? Les journalistes ne peuvent bien sûr citer ni les lieux ni les numéros des régiments. Elle ne connaît même pas la division où combat le bataillon de son cher Francesco. Elle devine que les zouaves sont toujours envoyés les premiers.

– Ton frère n'est pas dans ce coup-là, la rassure Sabouret. J'ai appris par Olivesi que la division expédiée à Saint-Omer est la Gauloise, la 133e de Passaga qui a repris Douaumont.

– Francesco m'a toujours dit que les zouaves étaient les premiers à Douaumont.

– Ils ne peuvent être partout. D'ailleurs, on vient de crever les digues du Nord. Dunkerque est protégée par l'inondation. Les Allemands refluent déjà.

Il se garde de lui révéler que douze divisions françaises sont montées en renfort, après la prise du mont Kemmel par les Allemands. Ludendorff, une fois encore, a été contenu, mais l'armée anglaise est exsangue et l'on compte quatre-vingt-douze mille soldats français hors de combat. Les hôpitaux au nord de la Loire ne suffisent pas à accueillir les blessés. Ils affluent à Lyon, et bientôt, les trains pousseront jusqu'à Marseille.

– Pas question d'envisager un départ pour l'Orient, explique le major Sabouret à son équipe réunie sur le pont du navire au début de mai. Ludendorff dispose encore de soixante-quatre divisions fraîches. Il va poursuivre. Attendez-vous à être submergés de blessés graves.

Le professeur Pellegrino, angoissé par la situation, demande à voir le général Girodet, commandant la place. Le gouverneur de Marseille lui présente, dans son bureau, le colonel Lachouque, un officier d'état-major de la rue Saint-Dominique arrivé de Paris. Sanglé de cuir fauve et botté de frais, il a été dépêché pour rencontrer, au nom de Foch, le général américain Wood, en instance de départ pour sa brigade sur le front de Meuse. Un hôte de marque, ancien de la guerre de Cuba où il commandait le régiment des *Rough Riders*, celui du futur président Theodore Roosevelt.

– Les Américains sont de plus en plus nombreux à monter en ligne, assure Lachouque. Hier, leur ministre de la guerre Baker a passé en revue, avec le général Pershing, le 18e régiment d'infanterie US partant pour occuper son secteur. Un spectacle réconfortant. Une file de camions Ford attendait les hommes pour les conduire directement en Lorraine. Ils n'ont pas d'armes, nous leur prêtons les nôtres, mais ils ont du matériel à revendre !

À la demande insistante de Girodet, l'officier d'état-major consent à donner des nouvelles du Conseil supérieur de guerre interallié, qui vient de se tenir à la chambre des notaires d'Abbeville les 1er et 2 mai.

– Clemenceau y a rencontré Lloyd George et d'Ornano, assure-t-il, sous l'œil de Foch et de Pétain.

– Ont-ils pris des décisions concernant l'Orient ? interroge le professeur.

– Les Anglais ont annoncé qu'ils comptaient en retirer douze bataillons. Clemenceau a protesté. Cette décision unilatérale est contraire au vœu de Guillaumat, a-t-il précisé. Le général souhaite qu'aucun retrait ne soit effectué avant l'entrée en ligne réelle d'autres unités grecques. Il n'est pas en mesure de soulager son front d'un seul régiment, d'autant qu'on lui demande d'attaquer pour empêcher les Allemands de renforcer leurs effectifs à l'ouest en prélevant leurs derniers bataillons de Macédoine.

– Quelles mesures pratiques ont-ils prises ?

– Salonique va recevoir la visite de deux experts, le général français Gramat et le Britannique Woolcombe, pour observer minutieusement le front, unité par unité, et évaluer avec les généraux italiens les économies d'hommes possibles. Il est question, je vous le dis en confidence, de rapatrier une division française.

– Vous comprendrez, cher professeur, conclut le colonel Lachouque, qu'il n'est pas question pour l'instant d'envoyer un navire-hôpital sur un front que l'on désire réduire au minimum.

Pellegrino, rentrant à son hôtel-Dieu, trouve une consolation pour sa protégée : un télégramme de son collègue Montgrand, de l'Académie de médecine, qui opère les blessés au Panthéon. Il vient de sauver le bras d'un zouave, Francesco Signorelli. « Prévenir Carla Signorelli, infirmière-chef à l'hôtel-Dieu, service du professeur Pellegrino, que l'état du blessé n'inspire plus aucune inquiétude. » Le cher homme s'empresse, et Carla part aussitôt par le train de Paris, avec un ordre de mise à disposition au service du professeur Montgrand.

Elle parvient à retrouver son frère dans la cohue dantesque du Panthéon transformé en hôpital chirurgical, jonché de brancards et de tables où opèrent le maître et ses assistants innombrables, à deux pas de leur faculté de médecine. Un mois entier, elle ne le quitte pas, ayant obtenu d'être transférée par les soins de Montgrand au service du Val-de-Grâce où le blessé a été affecté, aussitôt opéré. Sa blessure doit être surveillée de près.

Il est hors de danger quand elle reprend le train de Marseille pour y rejoindre Sabouret sur son bateau. La nouvelle attaque des divisions de Ludendorff sur l'Aisne, le 27 mai, ôte ses dernières illusions au major. Au moment où l'armée française risque d'être anéantie, il n'est plus question, dans les états-majors, de penser à l'Orient. Personne ne songe à y expédier le moindre renfort, même sanitaire.

Avec les autres généraux bousculés par les *Stosstruppen* dans leur retraite, Franchet d'Espèrey s'efforce d'empêcher le recul de ses troupes et de contre-attaquer, explique un article du *Petit Marseillais*. Cette fois, les ennemis s'en prennent directement aux lignes françaises, de l'Aisne à la Marne. Le Chemin des Dames retombe entre leurs mains en quelques heures. Le 30 mai, les avant-gardes allemandes sont sur la Marne. La veille, à Fère-en-Tardenois, les Allemands ont failli s'emparer de Clemenceau en visite au front. Le 1er juin, Château-Thierry tombe.

– À quand Paris ? se demande le professeur Pellegrino, en reposant sur son bureau de l'hôtel-Dieu le numéro du *Petit Marseillais* endeuillé par la catastrophe.

Il pousse un profond soupir et se lève pour aller opérer les premiers blessés des régiments du Midi, évacués directement par trains sanitaires jusqu'à Marseille.

* *
*

Alors que les hôpitaux de la ville sont pleins, un ordre stupéfiant est répercuté sur la capitainerie du port : le *Charles-Roux* doit appareiller immédiatement pour Salonique.

L'équipage est le premier surpris. Rien n'est prêt. Il faut le temps de charbonner, de charger les vivres, le matériel, les réserves de médicaments. Sabouret doit rejoindre son bord et laisser à un autre chirurgien sa place à terre.

Carla n'a pas le temps d'attendre le transfert de Francesco dans un hôpital de convalescence à Montpellier. À peine ses parents peuvent-ils venir l'embrasser avant son départ, fixé au 5 juin 1918. À l'éclat du regard de sa fille, à certains gestes d'impatience, Louise Signorelli comprend qu'elle est heureuse de repartir. La sainte femme se promet de prier pour qu'elle retrouve Paul, et qu'ils reviennent tous deux sains et saufs de l'aventure. Quand l'étrave du *Charles-Roux* ouvre son sillon vers la pleine mer en doublant le phare du Panier, elle se jette en tremblant dans les bras de Jean, son époux. Ses deux fils, et maintenant sa fille. Trop d'épreuves.

Arrivé sans encombre à Salonique après une petite semaine de navigation au milieu d'un convoi de cargos escorté par des contre-torpilleurs britanniques, le navire doit attendre, ancré dans la rade, avant de trouver son emplacement à quai.

Sabouret en demande la raison. Nos amis britanniques mettent-ils les voiles ? Le pilote anglais du port, en charge de la manœuvre d'accostage, assure qu'il n'en est rien, et que tout est calme dans la ville. Les « coups de poing » à la frontière macédonienne sont terminés, les avions allemands ne menacent plus de bombarder la nuit et l'on évoque les raids de zeppelins comme un mauvais souvenir.

Un climat irénique semble baigner la rue ensoleillée de la Défense-Nationale, au quartier administratif de Salonique, où Venizélos, depuis la victoire grecque du Srka di Legen, n'a plus d'ennemis apparents. Cette intervention glorieuse, présentée dans la presse comme un exploit sans précédent, aurait-elle réduit les bochophiles au silence ? Les officiers fidèles à Constantin ont-ils émigré, ou préféré conserver leurs grades dans l'armée nouvelle ? Depuis longtemps, les *comitadji* bulgares ont renoncé à placer des bombes dans les bâtiments publics, les gares et les banques. Ils ne jouissent plus de la complicité de l'ancienne administration grecque royaliste et proallemande.

Les Saloniciens font bon accueil aux poilus en bleu horizon qu'on entend désormais chanter *la Madelon*, une nouvelle rengaine patriotique venue de France. À quai, le major Sabouret est surpris par le changement de climat de la foule, devenue favorable aux Alliés.

Il débarque, Carla à son côté, au milieu d'une parade militaire : les Écossais défilent de leur pas glissé sur l'avenue du port au son de la cornemuse, dans leur tenue à kilt qui n'étonne pas les Grecs, habitués aux evzones. Ils sont bousculés par une fanfare italienne de bersagliers de la 35e division, troupe d'élite vêtue de vert sombre, plume noire au chapeau, marchant en rangs impeccables au pas gymnastique.

Un détachement de zouaves du 2e régiment bis ajoute la note joyeuse des chéchias rouges dans la vaste artère noire de monde. Les juifs, en groupes compacts, acclament le drapeau français. Les Grecs font une ovation délirante aux soldats d'un régiment hellène coiffé de casques Adrian, de retour du Srka, précédé par ses officiers donnant le signal des acclamations pour le général Zymbrakakis, leur chef, à cheval, l'épée haute.

Les Serbes défilent à leur tour, salués par le prince Alexandre et le voïvode Boyovitch. Rentrés de la montagne macédonienne, la Moglena, ils ont les traits tirés et les uniformes fatigués des vrais combattants, qui contiennent les Bulgares dans les secteurs les plus pénibles du front depuis les premiers jours de la guerre. Ils ne reçoivent pas de la foule grecque l'accueil qu'ils méritent. Ils n'ont plus, pour les soutenir, les Russes évacués du front, leurs frères slaves. Ils acclament de hourras frénétiques l'héritier du trône qui ne les a jamais abandonnés dans leur détresse et qui embrasse avec émotion l'emblème national.

Carla se demande quelle victoire est ainsi fêtée. Des petits drapeaux grecs, mais aussi ceux des Alliés, sont agités par les enfants juifs du quartier. Sabouret désigne une estrade où se tient, aux côtés du général Henrys et des chefs militaires alliés, Guillaumat en personne, droit dans son uniforme de général d'armée.

À la fin du défilé, le chef français prend congé du maire de Salonique, représentant du gouvernement grec, et salue le général anglais Milne et les autres chefs étrangers pour gagner le port où l'attendent, sur un tapis rouge, un officier de marine et des fusiliers présentant les armes.

La clique lance : « Ouvrez le ban ! » Guillaumat s'immobilise pour un dernier adieu vibrant à la Grèce et au corps expéditionnaire allié. Suivi du lieutenant-colonel Huntziger et du commandant Cartier, il s'embarque à bord d'un contre-torpilleur dont les machines sont sous pression. Huntziger l'abandonne à la coupée et retourne à l'état-major, pour continuer à commander le 3e bureau.

Stupéfait, le major Sabouret demande au chef d'état-major Charpy le sens de cette cérémonie.

– On ne vous a rien dit à Marseille ? Le général Guillaumat est rappelé d'urgence pour prendre le commandement de l'armée de Paris, avec le même titre que Gallieni en 1914 : gouverneur militaire.

– Ainsi, nous n'avons plus de chef.

– Très provisoirement, Henrys le remplace.

– Qui va lui succéder ?

– Mystère !

Sabouret comprend de moins en moins pourquoi le *Charles-Roux* a été rappelé d'urgence dans le port principal d'un front calme, au service d'une armée décapitée.

* *
*

Poincaré caresse son chat Gri-Gri dans son bureau de l'Élysée, dont il se dit volontiers prisonnier depuis que Clemenceau a pris d'autorité le pouvoir, s'imposant à une Chambre domptée. Il n'est informé que de manière fortuite, quand de hauts personnages victimes de la brutalité du Tigre lui demandent audience. Face à l'avance précipitée des armées allemandes vers Paris, le Président s'attend avec angoisse à repartir pour Bordeaux, comme en 1914. L'armée d'Orient est le cadet de ses soucis.

Il en entend pourtant de nouveau parler, en termes très vifs, quand Foch et Clemenceau exigent le retour du général Guillaumat en France pour le mettre aux Invalides, à la tête des « armées de Paris ». Pétain fait la sourde oreille, préférant garder son Dubail bien docile. Il n'a aucunement l'intention de céder le moindre régiment à un gouverneur de Paris qui voudrait assumer la défense de la capitale avec des troupes spécialement affectées, comme jadis Gallieni.

« Une fois de plus, se dit le Président, on va désigner pour l'Orient un général dont personne ne veut plus ici. »

Il se souvient que Clemenceau, en sa présence, a fait cette déclaration sans enthousiasme aux présidents des Chambres : « Ce n'est pas ma faute si nous avons deux cent mille hommes à Salonique. J'ai pris les choses telles qu'elles étaient avant mon arrivée. Je le regrette, mais je n'y suis pour rien. Il est trop tard aujourd'hui pour faire machine arrière. Nous y perdrions la face. »

L'huissier de l'Élysée annonce l'arrivée du général Franchet d'Espèrey. Il est une des victimes de la purge à laquelle s'est livrée Clemenceau, comme Joffre en 1914. Poincaré constate qu'en juin 1918 on ne limoge plus, on déplace. Il est question de faire passer en justice le général Duchêne pour n'avoir pas défendu ou fait sauter à temps les ponts de l'Aisne, lors de l'offensive sur le Chemin des Dames. C'est la seule vraie victime de la purge. Maistre va remplacer Micheler, dont on ne sait que faire. Berthelot est disponible, de retour de Roumanie. Mais il ne reçoit ni division ni corps d'armée. Ce général, jadis proche de Joffre, est placé auprès de Pétain, sous son contrôle, en remplacement d'Anthoine, chef d'état-major général très décrié. Pas assez cependant pour être amené à remplacer le général Franchet d'Espèrey, à qui l'on reprocherait de n'avoir ni prévu ni contré l'attaque allemande sur l'Aisne.

– Je vous assure, proteste devant Poincaré Franchet, désigné pour remplacer Guillaumat à Salonique, que j'avais prévenu Pétain en temps utile. Le Kronprinz avait des réserves disponibles pour attaquer sur l'Aisne.

Personne n'a jamais eu raison au GQG allemand contre le Kronprinz.

À soixante-deux ans, le vainqueur de la bataille de Guise en 1914 a gardé belle allure et Poincaré a toujours fait confiance à cet Oranais fougueux, un de ceux qui lui recommandaient, en 1915, une expédition en Orient. Il se souvient de l'avoir rencontré précisément à Jonchery, où Franchet lui avait alors remis un projet d'intervention dans les Balkans. On leur avait préféré, sous la pression des Anglais, les Dardanelles. Poincaré sait que Lloyd George impute à Franchet d'Espèrey la responsabilité du recul de 1918 et que Clemenceau a parlé de lui en termes de « limogeage ».

Poincaré connaît son Franchet. Il le voit avec plaisir résigné à sa nomination à Salonique. Il n'en attendait pas moins de ce catholique exemplaire, attaché au devoir d'obéissance comme un jésuite, *perinde ac cadaver* :

– Je suis monté en grade, grince-t-il dans un sourire contraint, puisque le gouvernement m'appelle à un commandement en chef.

Le président n'est jamais désobligeant avec ses interlocuteurs privilégiés – ceux qui font appel à lui pour trouver un réconfort moral. Il évite avec soin toute remarque critique, s'abstient de commentaires ironiques même avec son proche entourage, craignant sans doute que ses propos ne soient rapportés, et déformés. La coexistence avec Clemenceau est difficile, tendue. Il doit se garder du moindre pas de clerc. Il a pourtant accepté de recevoir Franchet, comme il accueille volontiers Foch ou Pétain. Ces visites lui permettent de se faire une idée plus précise du front et, disent ses ennemis, de se constituer une clientèle de généraux.

« Ce général au buste trapu, à la forte tête d'Occitan "en forme d'obus" est un bon chef, prudent et résolu, se dit-il. Il l'a prouvé pendant la bataille de la Marne, alors que Joffre lui avait confié la Ve armée de Lanrezac, épuisée et démoralisée. »

La résolution de Franchet avait alors permis à Joffre de lancer son ordre du jour d'attaque. Le chef de la

V^e^ armée, qui ne doutait pas de sa troupe, était entré le premier dans Reims, en maintenant la liaison difficile avec les Anglais. Ni Poincaré ni Joffre n'ont oublié que son rôle a été en ces circonstances essentiel. Joffre l'a d'ailleurs reconnu.

S'il s'est laissé récemment surprendre par l'offensive brutale de Ludendorff, il n'est assurément pas le seul. Après tout, le Président a dû défendre discrètement Pétain lui-même contre ses détracteurs. Personne, à l'état-major de Provins, n'avait prévu le point exact de la percée allemande, et surtout pas le général en chef. Pétain, attentif aux renseignements du 2e bureau, s'est obstiné à attendre les Allemands en Champagne.

Poincaré trouve seulement navrant qu'un soldat tel que Franchet d'Espèrey se résigne avec une fausse arrogance à n'être qu'un Foch au petit pied à Salonique.

– Un plan détaillé d'offensive en Orient existe, l'informe-t-il. J'en ai entendu parler en conseil. Guillaumat n'a pas perdu son temps. Vous aurez seulement à le reprendre, peut-être à l'aménager. Tâchez de tenir, là-bas, au moins le temps nécessaire pour que les renforts américains nous permettent de rechercher ici la décision. Nous avons déjà cinq de leurs divisions en ligne. Les autres suivent. Gardons confiance.

Dans les yeux sombres et vifs de Franchet passe un voile de soumission attristée. Son teint sanguin, sa bouche pincée, ses sourcils sombres arqués en accent circonflexe n'annoncent certes pas la résignation. Tout révèle au contraire dans son attitude à la fois contrite et farouche qu'il a l'intention, en Orient, de « faire sauter la croûte » et d'étonner le monde par sa victoire.

Poincaré voit défiler dans son bureau tous les chefs de l'armée, écoute leurs plaintes, jauge leur résolution. Le colonel Herbillon, son courrier permanent, l'informe des bruits de coulisses parcourant les différents états-majors. C'est à son instigation qu'il a reçu l'honnête Guillaumat, chargé d'aller faire le ménage à Salonique après le départ du torrentueux Sarrail. Il pressentait, à son air lucide, à sa mine appliquée et contrainte, qu'il n'avait pas, dans sa lettre de course officielle, une offensive prévue sur le toit des Balkans.

Il peut de la même façon, rien qu'à l'observer, se faire une idée de la mission de Franchet telle qu'elle est conçue par Foch et Pétain, et telle que celui-ci l'interprète dans sa tête d'Occitan.

Foch, à son habitude, veut avant tout satisfaire les Anglais, sachant bien qu'on ne peut gagner cette guerre sans eux. Comme son collègue Douglas Haig, il envisage sans affliction l'abandon de Salonique en cas d'attaque bulgare, pourvu que la vieille Grèce et le Péloponnèse restent entre ses mains. Il demande au successeur de Guillaumat de maintenir la présence française dans la zone, sans plus.

Quant à Pétain, il est parfaitement hors d'état de penser à l'Orient. Son problème lancinant est de défendre Paris sans avoir l'air d'abandonner l'armée britannique.

Foch est le seul à soutenir la thèse de l'indispensable liaison entre les deux armées. L'arrivée des renforts américains peut, du moins Poincaré l'espère-t-il, empêcher les généraux alliés d'avoir à choisir entre la retraite sur Paris et le retrait sur Boulogne. Que Franchet l'énergique, le volontaire, le frustré du front de Reims, envoyé au diable en Orient, fasse avec ses moyens. Qu'on n'entende plus parler de lui. Poincaré ne peut l'avouer : c'est pourtant la seule oraison qui accompagne presque unanimement le départ du nouveau général en chef dans sa mission à Salonique.

* *
*

Un ordre signé Charpy, chef d'état-major général du commandement en chef des armées alliées en Orient, annonce le 19 juin 1918 aux divers contingents que le général Franchet d'Espèrey est arrivé à Salonique la veille pour prendre son commandement à cette date.

Il est bien convenu, dès son entrée en fonction, que

son plan offensif sera soumis « à l'examen du général Foch ». Il n'est pas question de lancer des initiatives sans consulter le château de Bombon, où le chef des armées alliées en France a transporté son quartier général. On demande à Louis Félix Marie François Franchet d'Espèrey, natif de Mostaganem, ancien de Tunisie, du Tonkin, de la Chine et du Maroc, ex-chef de groupe d'armées sur le front de l'Ouest, de refaire au petit pied du Guillaumat.

Avec une armée de Babel. À l'heure de son arrivée, les pendules sont arrêtées. Des ordres énergiques sont expédiés dans toutes les unités pour consigner chacun à son poste et dresser l'inventaire, car personne ne connaît au juste le dispositif sur le terrain des troupes françaises.

Carla demande en vain des nouvelles des compagnies du génie aux officiers qu'elle rencontre. On lui répond évasivement qu'ils sont en opération dans la montagne, occupés à perfectionner les liaisons en vue d'une offensive. Elle n'a aucun moyen de faire savoir à Paul Raynal qu'elle est de retour et qu'elle l'attend, folle d'impatience, sur le *Charles-Roux* éblouissant dans le port.

Elle reçoit de Sabouret la permission de quitter le bord, pour tenter d'avoir des nouvelles des unités très spécialisées, donc éparpillées du génie. En longeant les quais, elle aperçoit d'abord de longues files de soldats anglais attendant les chaloupes pour s'embarquer. Le quai est envahi de *tommies* à la mine réjouie, au moins trois bataillons prêts au départ pour l'Égypte.

Elle découvre ensuite une caravane de mulets chargée de sacs de ciment et menée par le Camarguais Diego. Il porte le même uniforme que Paul. Elle s'apprête à l'aborder mais il est déjà loin, au trot, entraînant la tête de colonne. Un soldat américain portant un brassard blanc au bras l'accoste sans vergogne. Son visage ne lui est pas inconnu.

– Je m'appelle Jim Morton, se présente-t-il, inclinant la tête de façon comique, à l'allemande. Cherchez-vous quelqu'un ? Je suis correspondant de guerre agréé, journaliste au *New York Times* et je peux vous renseigner.

Acceptez-vous de prendre un verre avec un *associé* américain dans cette baraque de planches qui remplace un bar incendié ?

Carla le reconnait enfin. Elle l'a rencontré à Marseille, alors qu'elle rentrait de sa première mission, lors d'un déjeuner donné par le professeur Pellegrino. Dans le café encombré de militaires, elle s'ouvre à lui sans détour :

– Je cherche Paul Raynal, du 2e génie. Pouvez-vous me dire où se trouve son unité ?

– J'aurais dû m'en douter. Vous débarquez de Marseille et vous avez perdu votre *French lover*. Rassurez-vous, je le connais bien. Dans cette guerre, on ne cesse de se rencontrer et de se perdre. Il est en bonne santé, mais très loin d'ici. Sa compagnie jette un pont gigantesque sur le haut Vardar, en prévision d'une offensive qui ne part jamais. Accompagnez-moi au quartier général, vous allez comprendre.

Le général Henrys, chargé de l'intérim, vient à peine de s'y installer qu'il doit déjà laisser la place à Franchet, dans des locaux encore désorganisés par le départ de Guillaumat. Des camions font le va-et-vient avec l'état-major de Florina pour permettre à Henrys de récupérer ses dossiers d'opérations. L'arrivée rapide de Franchet bouscule le mouvement. On donne aux déménageurs ordre de repartir d'où ils viennent, avec leur chargement. Le patron est de nouveau changé. Le chassé-croisé des chefs est une source de désordre inouï. Le cerveau de l'armée est déréglé.

Impossible d'y contacter un responsable disponible pour un entretien avec un correspondant de guerre. Jim tente en vain d'approcher le général de Lobit, commandant du 3e groupement de divisions d'infanterie dont les soldats prennent l'offensive du côté du Devoli, dans la région de Moglica, à l'extrême ouest. Il est trop impatient de rejoindre ses troupes pour accepter de parler à l'Américain.

– Voyez le service de presse, lui jette-t-il avant de claquer la portière de sa voiture.

Jim Morton sait bien qu'il n'existe rien de tel à

Salonique, les journalistes étrangers s'en plaignent en vain. Il doit glaner ses informations au hasard des rencontres, lorsqu'un officier daigne lui parler. Il réussit à apprendre du lieutenant Ligier, du 2e bureau de l'état-major, qu'un sergent français prisonnier à Prilep, et depuis lors évadé, a fait des révélations intéressantes : les serveurs d'un mess allemand lui ont laissé entendre que toutes les unités du Kaiser sont rapatriées sur le front français ; les femmes du service lui ont affirmé qu'il ne resterait bientôt plus en Macédoine que les états-majors, l'artillerie, l'aviation et les services techniques. Quant aux Bulgares, ils sont nombreux à déserter.

– Je ne crois pas à l'imminence d'une offensive, sourit le lieutenant Ligier.

– Les Allemands démontent le cirque, jette Morton à Carla. J'ai bien peur que les Alliés n'en fassent autant, les Anglais surtout.

– Et Paul construit des ponts ! C'est à désespérer.

– Les ordres de Guillaumat, avant son départ, précise Ligier, étaient d'aménager le haut Vardar pour prendre l'offensive dans un délai aussi court que possible.

Peut-elle suivre Morton dans ces positions avancées du front, comme il le lui propose ? Il charge déjà son sac sur sa Ford de fonction. Elle n'hésite pas longtemps à le rejoindre. Son navire est encore vide de blessés. Sabouret peut comprendre, espère-t-elle. Elle n'a pas vu Paul depuis plus de trois mois.

* *
*

Jim est un bon garçon et Paul lui est sympathique. Il remonte lentement, en s'armant de patience, la vallée du Vardar encombrée de colonnes de troupes helléniques descendant pour se reposer vers Salonique et de bataillons français partant prendre position vers le nord. Il gagne sans encombre la petite ville d'Orovitza, tenue par les Écossais de la 26e division britannique.

Le pont sur le Vardar est déjà construit. Pas de sapeurs français en vue. Des Highlanders informent bien volontiers Morton que le génie est reparti vers l'ouest du front, du côté d'Izvor. Là se tient l'état-major du général Jérôme, qui vient de reprendre le Srka. Il est entouré par les bataillons de la 122e division, des gens du Nord, de Rocroi, de Saint-Omer. Il ne peut pas les manquer. Un Écossais obligeant assure que les Français sont tous massés vers l'ouest où Morton se renseignera sans peine.

Les routes sont en trop mauvais état pour assurer par convois de camions la relève des unités hellènes qui ont conquis le Srka. Les poilus doivent avancer en colonnes, à pied, pour rejoindre leurs secteurs. Plusieurs divisions convergent vers Izvor, petit bourg ravagé par le canon, abandonné de ses habitants. Des équipes de travailleurs malgaches et indochinois s'acharnent à remplir de cailloux, à la pelle, les nombreux trous d'obus ouverts sur les chaussées. Jim remarque des travailleurs russes. Ils manient la pioche comme les territoriaux des zouaves.

– Cette fois, ils m'ont eu, j'ai bien failli y rester, geint Marceau Delage.

Son camion est renversé, au bord de la route, le moteur écrasé par un obus.

Les éclats de verre ont ensanglanté le visage du chauffeur. Carla tire de son sac de quoi le désinfecter. Elle le badigeonne de teinture d'iode, le décore de pansements en croix. Delage maudit les tirs bulgares intermittents, qui créent l'insécurité sur les arrières et font des victimes inutiles, car il n'est pas question d'une contre-attaque. Les batteries ennemies aboient quotidiennement, presque par routine.

Jim, avant de s'acheminer vers l'état-major du général Jérôme où il compte obtenir des informations sur l'offensive du Srka, accepte d'embarquer le blessé pour lui permettre de rejoindre le dépôt du train, où Delage exige sur-le-champ qu'on lui donne un autre engin. À

Carla qui lui demande s'il n'a pas rencontré le margis Paul Raynal, il répond qu'il doit pouvoir le dénicher, si elle veut bien grimper dans son Berliet. Elle ne se le fait pas dire deux fois.

Cahotant sur son siège, Delage lui apprend en chemin qu'il est un Quercinois du pays de Paul, et qu'ils ont fait campagne ensemble depuis les Dardanelles. Il ne manque pas de bomber le torse en précisant qu'il était le chauffeur de papa Bailloud, général très populaire chez les *dardas*. Tout au long de la route, l'ancien qui a tant de fois livré les caisses de conserves et les miches de pain aux avant-postes, si apprécié de tous, ne cesse d'être interpellé par des zouaves qui le reconnaissent et lui lancent des plaisanteries à la vue de ses pansements.

– Tu voudrais nous faire croire que tu t'es battu !

Carla reconnaît la haute silhouette de Vigouroux, le copain de Paul. Son cœur bat. Si le Limouxin est là, et aussi Ben Soussan, et Rasario, son cher amour n'est pas loin.

Il surgit à cheval, bottes crottées, calot de travers.

– Paul !

Discrets, Delage et les copains s'éloignent.

Difficile de s'isoler, sur la chaussée ouverte vers Livadi par les équipes du génie. Les escouades se succèdent sur les parallèles de départ pour monter en ligne. Ils sont peut-être à mille mètres de la position d'arrière, celle où sont installés les canons de montagne, prêts à tirer. Paul est en plein travail d'aménagement des sentiers pour les renforts, des caches d'approvisionnement en munitions. Une nuée de sapeurs attendent ses ordres, tout à leur besogne.

Chacun peut comprendre que le margis reçoit une visite attendue depuis longtemps. Il prend Carla en croupe, qui l'enlace en appuyant sa tête sur ses épaules solides. Au pas lourd et sûr du cheval boulonnais, il la guide vers sa tente blanche, à l'arrière d'un village en ruine. De loin, le capitaine Maublanc assiste aux retrouvailles et admire le courage de l'infirmière. Elle n'a pas craint de braver les dangers de la ligne du front pour retrouver son amant.

Sous la tente, ils s'étreignent longuement, sans avoir la force de se parler. Ils ont tant à se dire ! Tout au bonheur de se revoir après une si longue attente, ils oublient dans l'instant leurs angoisses, la présence même de la guerre. Il ne comptait plus sur son retour. Désespéré, il pensait qu'elle ne quitterait jamais plus Marseille. Et voilà que tout repart. Elle profite du ressac, du retour insensé du *Charles-Roux*, de la vacuité du commandement de Salonique et de l'indécision des chefs. Ici, au front, pas de relâche, chacun se prépare pour un bond en avant. Paul est pris par la mécanique déjà réglée d'une offensive à long terme.

Elle doit repartir, et le comprend. Si près du feu, la peur revient avec force. Paul l'a retrouvée, elle risque de le perdre pour toujours, demain peut-être. Ils n'ont pour eux que l'instant. Ils s'aiment avec une sorte de rage intense, comme si ce moment suspendu était le seul cadeau qu'on pût leur faire. Une fois de plus, leur amour les arrache à la poussière du Srka pour les mener vers l'éternel, les renforce dans l'assurance insensée qu'ils ne peuvent plus se quitter, qu'ils se retrouveront toujours, dans ce monde ou dans l'autre.

Quand Carla est reconduite par le capitaine Maublanc à la station du train près du Vardar, elle n'a pas de larmes à essuyer. Elle repart vers Salonique le cœur tout plein de Paul.

Sofia ne répond plus

Le départ du colonel Valentin s'est traduit par une désorganisation des services français de renseignements à l'état-major de Salonique. Les agents infiltrés dans les capitales étrangères ne donnent plus d'informations. Elles sont uniquement recueillies sur le front, grâce aux captures de prisonniers et aux déserteurs. L'hiver venu, elles se sont raréfiées, les Buls restant tapis dans la neige épaisse. L'armée alliée est aveugle et sourde.

Embusqué dans ses lignes, l'ennemi renonce à toute attaque. Est-il victime du découragement après une trop longue guerre ? Une mutinerie dans le secteur de Vétrénik est annoncée au printemps par les avant-gardes serbes. Les soldats buls placardent sur les troncs d'arbres des affichettes invitant leurs camarades à la révolte et les engageant à rentrer chez eux. Ils décident d'exécuter un officier qui a fait fusiller l'un des mutins. C'est là pain bénit pour les officiers français de renseignements que ces nouvelles comblent de joie.

Une autre rébellion est signalée sur le front du Srka. Les éléments très disparates des régiments bulgares empêchent toute contre-offensive sérieuse dans ce secteur conquis par les Hellènes. Des bataillons entiers refusent de monter en ligne et repartent vers l'arrière avec armes et bagages. Le 2e bureau tente en vain de réactiver ses agents en Bulgarie pour connaître la situation politique dans la capitale : Sofia ne répond plus.

Informé de ce climat étrange d'incertitude et d'impuissance dès son arrivée, Franchet d'Espèrey décide de rappeler Valentin, qui a rejoint son régiment de chasseurs d'Afrique détaché en Palestine. Il veut absolument savoir ce qui se passe à l'arrière du front, et le colonel est le seul à pouvoir organiser une mission en territoire ennemi. Clemenceau vient d'adresser au chef de l'armée d'Orient un télégramme personnel rédigé au rasoir, lui demandant d'exécuter des opérations partielles en attendant un éventuel plan d'offensive générale. Mais Franchet d'Espèrey n'a pas l'habitude d'attaquer à l'aveuglette, sans se faire une juste opinion de la situation de l'ennemi.

Valentin est introuvable. Si faible soit-il, le contingent du colonel de Piépape, très mobile, suit l'avancée de l'armée anglaise dans le Levant, et Valentin est devenu son meilleur adjoint. Franchet multiplie les télégrammes à Georges-Picot, représentant de la France à Jérusalem. Les réponses sont évasives. Les chasseurs d'Afrique sont déployés sur l'aile droite de l'armée d'Allenby, avec la cavalerie anglaise et australienne qui cherche à tourner les défenses de trois armées turques enterrées devant Naplouse. Les cavaliers français lancent des raids dans le désert de Syrie, échappant parfois au contrôle des officiers britanniques. Il est impossible de les joindre. Sans doute s'efforcent-ils d'entrer dans Damas avant les Arabes du colonel Lawrence.

Franchet sait fort bien que ce front du Levant est devenu immobile en Palestine, parce que l'offensive vers Constantinople du général Allenby n'est plus considérée comme prioritaire par le général Robertson, commandant à tous les fronts depuis son état-major de Londres. À la suite des percées allemandes en France, deux divisions, recrutées en Grande-Bretagne dans le XXIe corps d'Allenby et d'abord expédiées en Orient, doivent rejoindre Calais. Allenby ne conserve qu'une armée d'Égypte aux trois quarts indienne. Il lui reste seulement la 54e division anglaise et deux unités de cavalerie australiennes.

Oubliant ses responsabilités d'antan, le colonel Valentin chevauche avec ses cavaliers au trot rapide de leurs montures arabes, traversant le Jourdain pour interdire aux Turcs le chemin de fer du Hedjaz. Un long raid dans le désert où ses chasseurs d'Afrique se révèlent infatigables. Un poste turc est enlevé par les Français de vive force. Les chasseurs mettent pied à terre pour désarmer des Ottomans affamés, levés pour la plupart en Syrie, enfouis dans des trous creusés dans le sable.

Par habitude professionnelle, Valentin conduit les interrogatoires. Il apprend que Von Papen a quitté l'ambassade de Constantinople pour prendre un commandement au front. Il est le chef d'état-major de la 4e armée, dans un groupement de trois grandes unités commandé par Liman Von Sanders en personne et baptisé Ylderim. Un vrai soldat turc du recrutement d'Istanbul apprend à Valentin que Falkenhayn a repris le train de Berlin et que Von Sanders, le meilleur connaisseur de la région, règne en maître sur les restes de l'ancien empire, Enver Pacha à ses côtés. Sur ce front, il dirigerait en personne la ligne fortifiée de résistance aux Britanniques, bien garnie de canons Krupp.

Valentin retrouve son camarade, le lieutenant David Pinter, de l'Intelligence Service. Il lui suggère de capturer Liman Von Sanders, rien de moins. Il sait où il se cache et se dit certain de pouvoir l'arrêter par surprise. Pinter le suit. Une opération est aussitôt organisée avec les cavaliers alliés contre Nazareth où Valentin, d'après les renseignements des officiers turcs prisonniers, situe le QG du général allemand commandant l'Ylderim.

Les Français sont chargés d'encercler la ville par le nord, avec des cavaliers australiens. Ils partent au galop dès l'aube, rencontrant peu de résistance chez les Turcs qui, surpris, se rendent sans combat. Vers le sud, les cavaliers anglais mettent pied à terre, dirigés par Pinter et Valentin. Là encore, les Turcs réveillés en sursaut lèvent les mains en l'air et lâchent leurs Mauser. Les *British* prennent à peine le temps de les désarmer. David Pinter se hâte vers l'hôtel Germania de Nazareth, où les services allemands d'opération sont installés. Valentin ordonne à ses chasseurs d'Afrique de forcer les portes et le capitaine Lanier s'exécute. Ils font chou blanc, les généraux ennemis ont disparu. Un *Hauptmann* surpris au téléphone révèle que le général en chef n'est pas dans cet établissement, mais dans un autre, à trois cents mètres.

Cavalcade des Anglais qui cernent l'hôtel Casanova, le palace réservé aux riches pèlerins de Nazareth. Des hurlements emplissent le hall immense. Un *Feldwebel* avertit le général : « Les Anglais sont là ! » Von Sanders est encore au lit. Il se lève d'un bond, enfile ses bottes, bourre une serviette de ses papiers personnels et part en pyjama. Son ordonnance, fusil en main, ouvre un passage par un escalier dérobé jusqu'à la cour du garage où le général saute dans sa Mercedes qui démarre en trombe.

Les cavaliers anglais et français s'épuisent à le poursuivre. Les officiers de son état-major l'escortent à cheval et s'enferment dans un dépôt turc au nord de la ville, où deux compagnies s'apprêtent à se rendre sans combat. Un *Hauptmann* menace de faire sauter la cervelle du lieutenant turc. Il ordonne le rassemblement de la troupe désemparée, et la résistance commence à s'organiser, toujours sous la menace des Luger.

Les chasseurs français décident de forcer les barricades hâtivement mises en place par le détachement turc sur la route de Tibériade, mais il est trop tard. Les lourdes voitures allemandes ont réussi à s'échapper quand les Anglais, aidés par les chasseurs d'Afrique, viennent enfin à bout du nœud de résistance.

Un courrier de l'état-major d'Allenby réussit à approcher le lieutenant David Pinter en pleine action. Le général anglais, lui dit-il, cherche à joindre le colonel Valentin pour lui demander de se rendre d'urgence à l'état-major de Salonique. Pinter répond qu'il fera de son mieux, mais que l'officier français est en opération dans le désert syrien. Il le protège, il le garde, il le couve. Le colonel est à ses yeux une recrue trop précieuse pour le rendre au service français désorganisé du 2e bureau. Grâce à lui, il était sur le point de capturer Liman Von Sanders. Il oublie donc simplement de transmettre à son cher ami Valentin que ses chefs le réclament à Salonique.

* *
*

Franchet d'Espèrey ne prend pas son poste dans un état d'esprit serein. Il sait, par Georges-Picot, qu'Allenby a reçu récemment des renforts de Salonique et d'Égypte, qu'il dispose d'une armée de cinq cent mille hommes et d'un remarquable instrument d'action dans le désert, le *Camel Corps*. Il a enfin réuni les moyens nécessaires à la reprise de l'offensive et n'a guère à combattre que les quarante mille Turcs découragés d'Ylderim.

En ajoutant aux effectifs d'Allenby ceux de l'armée opérant en Irak, les Britanniques ont rassemblé dans la zone aux relents de pétrole un million d'hommes bien entraînés, capables de s'emparer de tout le Moyen-Orient. L'armée interalliée de Salonique, également forte de cinq cent mille hommes, ne peut agir, pour la raison très simple que son chef ignore la situation des Bulgares et ne peut faire sérieusement état à Paris de sa supériorité d'effectifs. Pour Franchet, c'est intolérable.

Le parquet du 2e bureau craque sous les bottes du général. Il cravache les piles de dossiers non classés, entassés à terre. Le lieutenant Carcopino, rapatrié, n'est plus là pour tenir les fiches. Le service est à l'abandon. Comme Guillaumat, Franchet n'a pas un immense respect pour les informations fournies par l'espionnage. Le recours aux agents secrets et stipendiés lui répugne. Il ne croit qu'aux interrogatoires de prisonniers, et aux pattes d'épaulettes ennemies ramassées sur les champs de bataille. Il doit pourtant convenir que seul le 2e bureau peut le renseigner sur la situation à Sofia.

Un simple lieutenant, Arthur Venstein, affecté depuis

peu au service en raison de ses aptitudes linguistiques, découvre dans un tiroir le dossier oublié de la mission Valentin-Lemoine de 1916 à Sofia. Les documents établissent que l'aviateur a réussi à déposer le colonel en Bulgarie. Ils ont été faits prisonniers, se sont évadés, ont été recueillis chez l'admirable princesse Dimitrova, octogénaire russe et francophile. Tous deux ont rapporté de précieux renseignements livrés par un certain colonel Serge Bordiev, officier bulgare du meilleur monde et très hostile à l'alliance allemande décrétée par son tsar Ferdinand. Un artilleur évadé, Jean Cadiou, du recrutement de Lorient, se trouvait par hasard dans le groupe français. Les trois hommes ont quitté la Bulgarie à bord d'un appareil allemand volé par Lemoine.

– Qu'on me trouve Lemoine et Cadiou ! exige Franchet, et qu'ils repartent pour Sofia. Ils connaissent la ligne !

Heureux de ces vacances imprévues, Cadiou quitte sa batterie pour retrouver Lemoine, son complice en évasion, au camp d'aviation de Vertékop. Ils connaissent le trajet par cœur et sonnent à l'hôtel de la Dimitrova comme s'ils en étaient partis la veille. La princesse les reconnaît et les reçoit avec sa courtoisie souveraine. De retour au quartier général français sans avoir été inquiétés par la chasse allemande, encore moins par la police bulgare dépassée par les événements, ils racontent à Arthur Venstein ce qu'ils ont vu et entendu. Le lieutenant Lemoine parle le premier :

– Les Bulgares sont furieux de la capitulation de la Roumanie devant le général Mackensen, en mai 1918. Ils ont participé à la victoire, aux côtés des Allemands, mais ils sont frustrés car ils n'ont pas obtenu ce qui leur avait été promis pour prix de leur intervention. Les Allemands ont avantagé les Turcs. Les Bulgares se sont battus pour rien. Ils les ont payés en monnaie de singe !

– Pourtant, les Boches les tiennent. Sofia est encore allemande, que je sache.

– Une véritable émeute populaire, poursuit Lemoine, où figuraient de très nombreux permissionnaires du front, vient de contraindre le petit tsar de Sofia à se séparer séance tenante de son premier ministre Rodaslavov, qui a dû quitter précipitamment la capitale. Notre Ferdinand a été obligé d'appeler au pouvoir un certain Malinov, dont l'intention bien arrêtée, et affirmée dès 1915, est de sortir de cette maudite guerre.

– Qui est Malinov ? Est-il proche de Stambouliski, l'anarchiste agrarien qui insultait le roi ? demande Arthur Venstein, qui a relu soigneusement toutes ses fiches et fait, du moins sur le papier, le tour de la situation politique à Sofia.

– Non ! Stambouliski est en prison. Malinov est un démocrate modéré, hostile à la guerre, favorable à la neutralité. Il a dit au roi, en 1915, lors d'une réunion impromptue organisée au palais par Ferdinand pour connaître les intentions des onze partis politiques, que s'il fallait entrer en guerre, c'était assurément aux côtés de la Russie, donc de la France et de l'Angleterre. C'était l'exigence de ses électeurs, bourgeois et russophiles. Le rappel de Malinov ne fait évidemment pas plaisir au général allemand Mackensen. Il sait désormais que les Bulgares sont prêts à tourner casaque au moindre signal.

– Je vois que la princesse a fait votre éducation politique, constate Venstein amusé.

L'aviateur est insensible à ce trait d'ironie. Il lui semble que son interlocuteur, lieutenant ambitieux, est un peu vexé de sa propre ignorance. Qu'il se calme ! Il devrait se réjouir des nouvelles fraîches rapportées par la mission. Claude Lemoine a certes des oreilles pour entendre et la Dimitrova ne lui a rien caché de la situation politique à Sofia, dont la compréhension est essentielle pour prévoir la suite des opérations militaires.

– Vous n'ignorez pas, lance-t-il à Venstein, que les États-Unis ne sont pas officiellement en guerre avec la Bulgarie. Leur ambassadeur Murphy, resté en place, diffuse les quatorze points du président Wilson, le programme de paix américain. Dans les cafés, dans les clubs, les bourgeois démocrates disent couramment :

« Les Américains arrangeront nos affaires. » Ils ont trouvé en la personne du président un protecteur de rechange et doutent de la victoire de Ludendorff à l'ouest. Par peur du communisme, ils souhaitent la fin du cauchemar. À l'ambassade des États-Unis, plusieurs femmes bulgares avec qui j'ai parlé tenaient toutes ce discours : « Nous mourrons bientôt de faim, délivrez-nous des Allemands. »

– Le colonel Bordiev nous a abreuvés d'informations sur le moral de l'armée, enchaîne Cadiou. Le nouveau gouvernement a commencé par libérer tous les agriculteurs au-dessus de quarante ans pour qu'ils rentrent chez eux. Il a aussi rendu à leurs foyers les soldats ayant deux frères tués à l'ennemi.

– Et même ceux qui ont déjà deux frères sous les drapeaux, corrige Lemoine. Avec les vieilles classes de 1895 et 1896, c'est un début de démobilisation.

– Bordiev a évoqué les cas d'unités mutinées réduites par l'artillerie, d'officiers déserteurs, de divisions entières ramenées à l'arrière. À la 4ᵉ division, les régiments constituent des soviets pour abandonner les tranchées, des officiers sont tués.

– Il me semble, intervient Venstein avec pertinence, que cette division a combattu en Dobroudja. Elle est donc particulièrement sensibilisée à l'abandon de cette province aux Turcs, à la suite de la capitulation roumaine.

– Les soldats accusent les Allemands, mieux nourris et correctement habillés, de piller, d'affamer le pays, poursuit Cadiou. Quand ils rentrent de permission, ils racontent que leurs familles meurent de faim, que les civils ne reçoivent que quatre cents grammes de maïs par jour. Les soldats manifestent dans les villes, mais la cavalerie dépêchée pour les disperser refuse de tirer sur le peuple. Seuls les Albanais acceptent de participer à la répression. Ils se font lyncher par les émeutiers. Le prince héritier Boris, en visite au front, aurait dit aux troufions : « Patientez encore deux mois, je vous enlèverai le havresac du dos ! »

* *
*

Franchet d'Espèrey peine à croire qu'une révolution se prépare à Sofia, en dépit de la haine envers les Allemands fort répandue dans la population depuis les réquisitions et la pénurie alimentaire.

– Les Bulgares tiennent leurs lignes, constate-t-il. Leur artillerie ne cesse de tonner, d'un secteur à l'autre, dès que nous avançons. Le rapport de vos agents est trop optimiste. Les Allemands dominent encore le pays, même s'ils ont rapatrié le gros de leurs bataillons. Ils en ont laissé trois sur place, des chasseurs saxons qui savent, à l'occasion, écraser les mutins au canon, sans pitié. Ils ont en main tous les services de l'armée bulgare, les communications, la presse et la police.

Franchet fronce un sourcil. Les moments de doute sont rares dans cette tête carrée de colonial. Pourtant, il se demande si sa propre armée, terriblement disparate, est aussi sûre que Guillaumat l'a laissé penser dans les bureaux parisiens.

Les causes de faiblesse ne manquent pas. Les Anglais ont été remplacés par des Hindous. Les Serbes n'ont pas retrouvé leur moral malgré le remplacement de Boyovitch par Michitch comme chef d'état-major général. Les Sénégalais, seuls à supporter les fortes chaleurs, n'ont pas assez d'anciens officiers d'Afrique pour les commander. Une mutinerie a été brutalement réprimée à la 3e division hellénique. Quatre officiers, dont un colonel, sont traduits devant les conseils de guerre.

« Il est prudent, se dit Franchet dans son bon sens, de s'en tenir pour l'instant à l'offensive projetée par le général de Lobit en Albanie qui a des chances sérieuses de réussir, dans un secteur tenu par les Autrichiens : une opération modeste qui permettra d'afficher un succès à peu de frais. »

– Nous avons un contrordre de Clemenceau, annonce-t-il au général Henrys. Plus question d'offensive tant que le Conseil de guerre interallié ne s'est pas prononcé. Les Anglais estiment que nous ne sommes pas assez sûrs de nos troupes pour réussir.

– Les Bulgares sont encore plus incertains, ose soutenir le lieutenant Arthur Venstein, que le général en chef a gardé dans son bureau et qui compte bien hériter du service de renseignements si l'introuvable colonel Valentin ne vient pas réintégrer sa place.

– En êtes-vous si sûr ?

– Les renseignements recueillis sur les trois fronts concordent avec les rapports de nos envoyés spéciaux. J'en ai fait rapidement le recensement. Il est éloquent : on compte dans les unités bulgares plus de cent trente mille défaillants, des permissionnaires non rentrés dans leurs corps, en « absence illégale ». Cinquante mille d'entre eux ont déjà été condamnés. Les généraux ont formé des unités *Ersatz* avec des Albanais, et même des Turcs réfugiés, qui ne s'entendent pas avec les Bulgares. Les incidents sont quotidiens, souvent tragiques. Le bruit court dans les unités que Malinov a promis la paix *avant trois mois*. S'il ne tient pas parole, les soldats jurent qu'ils rentreront chez eux. Le commandement allemand doit recourir aux méthodes les plus expéditives pour les maintenir en ligne, mais craint d'en abuser, de peur que les Bulgares ne haïssent encore plus les Boches qui les gouvernent. Certains de leurs chefs, bochophiles extrêmes, n'ont pas hésité à placer un mutin dans la gueule d'un canon devant sa compagnie réunie.

– Simples propos de déserteurs anti-Bulgares, corrige le général.

– Ils sont rapportés par les Allemands eux-mêmes, qui parlent de « cruauté bulgare ». Au Srka di Legen, les soldats du 49e régiment se sont laissé capturer dans leurs abris sans trop se défendre. Le 5e régiment appelé en renfort a refusé de contre-attaquer.

– N'allez surtout pas répandre ces informations. Elles doivent rester rigoureusement secrètes. Il importe au premier chef que la prise du Srka ait illustré les unités de la division crétoise.

– Cela va de soi, mon général. Ces rapports sont confidentiels. Nous avons surpris ce message radio du tsar Ferdinand au général en chef Jekov, daté du 9 juin : « L'armée de campagne est définitivement contaminée par les passions politiques et partisanes. Je ne puis compter sur elle comme par le passé. » Cela n'appelle pas de commentaire. On comprend pourquoi le souverain s'est résigné à faire venir au pouvoir le pacifiste Malinov.

– Ne concluez pas trop vite, s'impatiente le général. Von Scholtz et Von Steuben sont toujours là, et la direction suprême exige d'eux qu'elle relance les Bulgares sur leur front. Nous avons un rude combat à mener pour en finir.

* *
*

Le commandant Maurice Michaud, nommé adjoint technique à l'aviation serbe, engage Lemoine et ses chasseurs Spad du dernier modèle pour l'aider à faire voler ses coucous autour du Dobropolié, la position centrale de l'armée bulgare, culminant à plus de deux mille mètres. Ces montagnes enchaînées de plissements croisés semblent si inaccessibles que Franchet veut à tout prix savoir quels emplacements d'artillerie peuvent s'y trouver. Il engage les aviateurs à prendre des risques pour tenter de faire le compte des canons au plus juste.

Recommandation superflue : les pilotes serbes formés par Michaud sont aussi intrépides que les Français. Ils manient leurs coucous avec une adresse digne de meetings aériens. Ils bénéficient en plus de conditions favorables : au début d'août, le ciel est serein. Seules quelques brumes matinales dissimulent les sommets. Michaud a été choisi par Denain, commandant l'ensemble des forces aériennes, en raison de sa parfaite connaissance de la région, du Sokol au Dobropolié et à Koziak. La haute montagne encore couronnée de neige borde et nargue les lignes serbes en contrebas. On assure que les observatoires allemands des sommets ne distinguent pas même leurs propres lignes, perdues dans le brouillard à leurs pieds.

Ni Sarrail ni Guillaumat n'ont jamais envisagé sérieusement le travail herculéen consistant à attaquer ces citadelles naturelles. Ils savaient parfaitement que deux armées ennemies étaient disposées devant eux, abritées sous le béton. Les positions de haute montagne dépendent effectivement de la 11e armée allemande, commandée par Von Steuben dont le quartier général est assez éloigné, à Prilep.

Quant à la 1re armée bulgare de Nerezov, elle se rattache directement au groupe d'armées Von Scholtz installé à Uskub. Son état-major, ses services, son artillerie et son aviation sont commandés par des experts allemands, même si les régiments sont bulgares. La troupe tient les lignes jusqu'à Nonte avec sa 5e division.

Comme Michaud s'étonne de l'absence d'avions allemands dans le secteur, le 2e bureau lui fait savoir qu'un message radio du chef d'état-major Lovtchanski a été intercepté, dénonçant « la mauvaise qualité du carburant ». Plusieurs Albatros ont dû atterrir en planant, moteur encrassé, précise-t-il. Faute d'une protection suffisante de la chasse, la casse est trop forte dans les avions d'observation. Les Allemands ont décidé de s'en rapporter provisoirement, en attendant de recevoir un nouveau matériel et du carburant propre, à leurs excellents observatoires de montagne pour surveiller les moindres mouvements de l'ennemi.

– C'est à nous de jouer, explique Michaud à ses pilotes de chasse avant le décollage. Votre travail est de nous suivre à la trace, pour prévenir une éventuelle attaque d'Albatros, car je dois avoir le temps nécessaire pour glaner des photos aussi complètes que possible des emplacements de batteries.

Les coucous décollent du terrain de Nonte, le plein de

carburant effectué, avec une autonomie de trois heures. Michaud leur a donné pour instruction de repérer les pièces d'artillerie avec minutie. Ils distinguent vers l'est le cours du Vardar s'étirant sous le soleil, et, plus loin, les eaux calmes du lac Doiran, au cœur du secteur britannique. Virant de bord vers l'est, ils perdent de l'altitude, réduisent la vitesse, s'exposent au tir des batteries ennemies savamment camouflées, pour mieux les démasquer. Michaud se faufile sans hésiter dans les failles étroites entre les pics, au risque de planter son coucou. Lemoine se contente de multiplier les rondes en altitude, guettant l'arrivée éventuelle des Albatros au fuselage jaune paille.

Rien à l'horizon. Le lieutenant s'ennuie ferme lorsqu'il aperçoit un observatoire au sommet du Dobropolié, sorte de pyramide dominant les rochers. Avant le décollage, il a fait placer deux bombes à bord de son avion et les lâche en piqué juste au-dessus de l'objectif. Des tirs de mitrailleuses lui répondent. Les deux Spad de son escorte attaquent en rase-mottes et font taire les tireurs bulgares. Les coucous se rapprochent du Dobropolié qu'ils peuvent photographier à loisir sous tous ses angles. Une batterie de 77 les arrose sans crier gare, à seize obus la minute. Installée dans la forêt de la Lechnitza, elle est difficile à repérer avec exactitude, aussi jugent-ils préférable de prendre le large. Ils n'ont découvert que huit pièces de montagne derrière la crête du Vétrénik occidental.

Michaud n'est pas satisfait. Il s'oriente vers d'autres massifs, le Goliak et le Kravitza. Il sait que la clairière abrite un nid de batteries. Pour le forcer à se découvrir, il recommence à piquer, plane à basse altitude, provoquant les artilleurs ennemis. Les coups partent, d'une batterie à l'autre, et les flammes révèlent les emplacements. Un appareil français est touché. Il tombe en flammes sur les rochers.

Michaud prend le cap d'instinct, tant il connaît le parcours, plonge à cent mètres pour repérer avec soin, sur la pente nord de la Charnière, une section de

75 Krupp et des artilleurs allemands affairés autour d'une pièce de 105. Lemoine, engagé à sa suite, déclenche le feu de sa mitrailleuse double.

Il est descendu si bas qu'il distingue parfaitement au soleil les uniformes *feldgrau* et les curieux bonnets ronds des artilleurs boches qui n'ont pas eu le temps de coiffer leurs casques. Il se fait un plaisir de les prendre pour cible sans attendre la réplique des mitrailleurs.

L'attaque du Spad a pour effet de déchaîner la canonnade sur les avions d'observation, plus faciles à toucher. Les coucous ont juste le temps de photographier les départs de pièces. Les batteries de 75 Schneider sont agressives, beaucoup plus nombreuses que les groupes de Krupp. Lemoine découvre, non sans surprise, quatre obusiers de 120 provenant des usines du Creusot. Ils sont restés en place sur la montagne, amenés jadis par les Serbes et récupérés par les Bulgares.

Le lieutenant regrette de n'avoir plus de bombes pour les torpiller. Battant les ailes, il ouvre la voie aux deux autres Spad qui attaquent en piqué, faisant jaillir des éclats de roche autour des tubes. Déséquilibré, un des obusiers s'écroule dans un fracas formidable en bas de la montagne, soulevant un geyser de poussière.

Michaud tempête dans sa carlingue. Il a demandé à la chasse de Lemoine de le protéger, pas de provoquer l'ennemi. Ses exploits inutiles gênent le travail de repérage minutieux commandé par Franchet. De fait, deux Albatros surgissent, attaquent les coucous par-derrière. Lemoine se redresse sur l'aile, plonge aussitôt en catastrophe pour se dérober, redresse son avion aux limites de la sécurité et revient pleins gaz sur le premier Albatros, qu'il touche à son réservoir d'essence. Les autres Spad prennent en chasse le deuxième adversaire qui grimpe à six mille mètres pour s'enfuir et ne reparaît plus.

* *
*

Cette imprudence insigne a failli compromettre le travail des observateurs. Ils poursuivent, bourdons vrombissant, leur incessant carrousel à cent mètres du sol, narguant les tirs de mitrailleuses. L'un d'eux repère dans l'ombre du ravin de la Lechnitza un 120 Schneider, une section de 150 lourds, une autre de 105, et une multitude de batteries de 77 de campagne disposées en étagement sur le rocher. Du haut de leurs observatoires, les officiers allemands les suivent à la jumelle et demandent en vain le secours de leur aviation, tempêtant contre les pilotes. À croire que les camps n'ont plus d'appareils disponibles sur cette zone.

Michaud ne néglige rien pour dresser un inventaire aussi complet que possible. Il distingue derrière la crête, à l'ouest du massif du Vétrénik, des canons en position jusqu'au pied du Sokol et d'autres encore, alignés derrière le rempart de la Moglena. Son photographe, sans se soucier des tirs ennemis, multiplie les prises de vue.

Quand le commandant, retour de mission, communique ses clichés au service du 2e bureau, Arthur Venstein n'en croit pas ses yeux. Le repérage des aviateurs établit clairement que l'ennemi a réussi à disposer ses pièces en grand nombre, à haute altitude. Voilà qui lui confirme les termes d'un télégramme du major Yankov, capté et déchiffré par ses agents, auquel il hésitait à accorder du crédit : l'officier bulgare y affirmait que les canons de 75 avaient exigé cinq jours de travail acharné de la part des équipages, simplement pour les hisser vers la clairière. Les généraux allemands ont véritablement obtenu l'impossible. Une pièce de 105 a été acheminée, au prix d'efforts inouïs, sur les sommets, même si une autre du même calibre a malencontreusement versé dans le ravin de la Zadouka.

Dans son rapport au général Franchet d'Espèrey, Arthur Venstein signale que cette artillerie de montagne ne peut qu'être rivée à ses emplacements une fois pour toutes. Il semble impossible de déplacer de nouveau des canons si laborieusement installés, d'autant que si besoin était les chevaux d'attelage paissent assez loin dans la vallée. Il fait le compte des pièces repérées par les aviateurs : quarante-trois canons sur un front de vingt-deux kilomètres.

– C'est la proportion la plus faible, estime le commandant Maurice Michaud, bon connaisseur de la montagne qu'il a observée de long en large depuis le début du printemps. Savez-vous que, sur les dix-huit kilomètres du secteur du Srka di Legen, les Bulgares n'alignaient pas moins de quatre-vingt-seize canons ? Plus du double ! Ils n'ont pas arrêté l'assaut des Grecs. Il faut dire que nos batteries les avaient largement neutralisés. Sur les trois mille cinq cents mètres du front anglais de Doiran, ils ont massé cinquante-neuf canons lourds, parce que la concentration de l'artillerie anglaise est très forte dans ce secteur. Le général Milne a une conception strictement défensive du front. Pour économiser les hommes, il accumule ses *long Toms*.

– Je vois, dit Venstein. Le secteur du Dobropolié est le plus faiblement garni en artillerie. Je pense que le général en sera satisfait.

– Ne mésestimez pas l'infanterie. Nous n'avons pu démasquer les innombrables sites de *Minenwerfer*, ni les mitrailleuses embusquées dans les rochers. Je n'ai fait que le compte des pièces au-dessus du calibre 75.

– Si vous permettez, mon commandant, j'ai pu réunir un rapport sur l'état de cette infanterie. Les dépositions concordantes de déserteurs établissent que les effectifs ont fondu au soleil du printemps. Les bûcherons, les charbonniers, les jardiniers sont rentrés chez eux. Personne n'a pu les retenir à la saison des travaux. Les bataillons sont réduits à quatre cents combattants, au lieu de mille, et parfois très mélangés. On compte seulement mille deux cents hommes sur trois mille au 30e régiment et les Bulgares y sont en minorité : les autres sont des Albanais, des Macédoniens, des Turcs, des Juifs et même des Tziganes.

– Prenez garde à la puissance de cette infanterie,

même réduite. Quand Lemoine a attaqué en piqué les observatoires, il est revenu les ailes hachées par des rafales de mitrailleuses. Elles crachaient le feu tout le long des positions.

– Je connais bien, martèle Venstein avec autorité, les deux divisions chargées de la défense de ce secteur. J'ai enquêté minutieusement en observant les comptes rendus des patrouilles envoyées dans les lignes ennemies depuis avril. Elles n'ont en première ligne que quatre régiments sur vingt-deux kilomètres, avec trois bataillons seulement de réserve tapis dans les ravins. Je ne sous-estime pas leur puissance de feu. Pour un peu plus de six mille fusils, il faut compter en effet douze cents mitrailleurs disposant de cent quatre-vingts pièces, de cent vingt lance-grenades, d'au moins trente-huit *Minenwerfer*. La proportion des armes automatiques est écrasante et les maîtres allemands daignent reconnaître que les Bulgares sont d'excellents mitrailleurs, même s'ils sont, à leur gré, de très mauvais fantassins.

– Les Boches sont toujours là, en effet, à effectifs réduits, aux postes de commande, y compris dans les ouvrages de défense. Ils doublent les officiers bulgares, soi-disant pour assurer la liaison avec l'état-major. Mais il leur reste aussi des unités entières. Nous en avons repéré dans le massif du Dobropolié. Lemoine a fait un carton sur un régiment d'artillerie lourde.

– Soyez assuré que j'en tiens compte, assure Venstein avec les scrupules d'un bon élève de l'École de guerre.

Il ne parle jamais sans s'appuyer, comme le faisait jadis le lieutenant Carcopino, sur des fiches classées, parfois dotées de photographies.

– Nous avons réussi, précise le commandant Michaud, preuves photographiques en main, à identifier deux demi-bataillons de mitrailleuses de montagne authentiquement allemandes, servants compris, à la position dite du Quadrilatère, à la pointe sud du Dobropolié. Je sais aussi que le génie bavarois travaille d'arrache-pied, avec une main-d'œuvre macédonienne levée sur place dans les villages, au renforcement des tranchées et des abris. Vous avez probablement aperçu vous-même une section d'artillerie lourde sur la clairière de Kravitza, au nord-est du massif, à mille sept cents mètres d'altitude. J'espère que vos clichés seront lisibles. C'est à peu près tout, si j'excepte une compagnie croate chargée de bourrer le crâne des Serbes tenant les lignes d'en face.

– Je compte lancer un nouveau raid pour repérer les liaisons de ces tranchées de première ligne avec l'arrière immédiat. Il me semble que les PC de régiment sont trop éloignés, les postes de secours inabordables pour les blessés graves. Je ne suis pas sûr que les renforts puissent arriver en cas d'attaque. Le génie allemand a eu tout le temps d'aménager des *Stollen*[1] dans les ravins.

Venstein reste sceptique. Les *Stollen*, sur le front de France, sont creusés à vingt mètres de profondeur. Comment pourrait-on en forer dans ces rochers ?

– Ils profitent des fissures, des crevasses. Ils sont passés maîtres dans l'art de dissimuler les bataillons de réserve, que nos canons ne peuvent atteindre. Notre responsabilité est grande, Venstein, les nôtres peuvent se faire hacher si nous commettons une erreur d'estimation. Pour aller dans votre sens, il me semble que leurs observatoires sont excellents pour voir nos lignes et nos batteries, mais aveugles quant à leurs propres tranchées. Ils ne serviront à rien dès que les combats seront rapprochés. Convenez, conclut l'aviateur, que méditer une offensive dans le secteur le plus inaccessible du front est tout de même une étrange idée.

L'ordonnance du général vient interrompre cette conversation. Franchet convoque Venstein à une réunion avec le général Henrys, commandant des troupes françaises, arrivé tout exprès de son PC de Florina.

---

1. Abris bétonnés pour l'infanterie.

* *
*

– Il faut affiner vos observations, lance au lieutenant Venstein le général Franchet d'Espèrey. Vous sous-estimez les Bulgares. Je suis satisfait du rapport des aviateurs qui confirment ce que j'imaginais : l'artillerie ennemie dans le secteur Sokol-Dobropolié-Vétrénik accuse la plus faible densité sur l'ensemble du front. Mais je ne suis pas entièrement convaincu par votre analyse du moral des troupes. Les nôtres ne sont pas plus sûres que les leurs, dans certains contingents alliés. On pensait que la victoire du Srka avait conforté l'armée hellène. Il n'en est rien. Les divisions politiques subsistent, selon les régions. La semaine dernière, un régiment grec s'est mutiné. Huit cents soldats sont sous les verrous. Cela ne veut pas dire que toute l'armée hellène refuse de combattre. Les divisions vénizélistes sont ardentes et efficaces. Nous l'avons vu au Srka !

– Les désertions pourtant se multiplient dans l'armée bulgare, intervient le général Henrys. Dans le secteur de Monastir, comme devant les Britanniques sur le front de la Strouma, nous en avons quotidiennement la preuve.

– Pas dans la Moglena. Les hommes du Dobropolié ont subi des températures de moins trente-six degrés l'hiver sur les hauteurs, des tempêtes de neige incessantes, un vent insensé qui leur glaçait les os, et ils ont tenu, en haillons, avec un ravitaillement de pain de maïs moisi, sans viande. Au printemps, ils se sont organisés pour acheminer du fourrage venu de la plaine. Ils ont charrié des troncs d'arbres sur plus de deux kilomètres pour renforcer leurs abris. Les soldats de ces 2e et 3e divisions bulgares sont restés en position pendant deux ans et demi sans broncher.

– Ils ont grenadé les PC de leurs officiers, tué un colonel, abandonné leurs postes pour rejoindre leurs familles, coupe Henrys l'obstiné.

– Ces faits sont circonscrits au 80e régiment, comme vous le dites vous-même. Ces hommes ne sont pas des Bulgares mais des Macédoniens levés de force. Les autres tiennent fermement les positions, parce qu'ils ne veulent pas voir leur territoire envahi par leurs vieux ennemis grecs et serbes. D'ailleurs, je note dans votre rapport, ajoute-t-il en s'adressant au lieutenant Arthur Venstein jusque-là silencieux, que le commandement reste vigilant, et multiplie les patrouilles de cavalerie aux arrières pour arrêter les déserteurs. Sur les monts Vétrénik, le 32e régiment de Stara Zagora semble inébranlable.

– C'est le meilleur de l'armée ennemie, convient Venstein, une troupe d'élite.

– Je ne suis pas sûr que nous soyons accueillis avec des fleurs, sur toute la longueur de ce front de haute montagne. Ces hommes se relèvent d'un rude hiver et des travaux exténuants de remise en état de leurs lignes, mais leurs unités restent organisées et leur force de résistance paraît intacte. Ne commettons pas l'erreur de les sous-estimer.

Venstein se le tient pour dit. Le subtil lieutenant est maintenant convaincu que Franchet ne pense qu'à la Moglena. Tout rapport critique sur l'état moral de l'armée bulgare ne peut que l'exaspérer. Il veut briser la résistance de l'ennemi là où il s'y attend le moins, c'est sûr. Mais aussi, de préférence, dans le secteur où il a gardé la volonté de se battre. Une victoire sur ce terrain inaccessible aura des répercussions imparables sur les autres parties du front. Alors, le moral de l'ennemi sera vraiment atteint. Si toutefois il parvient, par malheur pour les Français, à se maintenir au centre, sur le toit des Balkans, il pourra encore espérer retarder l'échéance de sa défaite.

Franchet demande sa voiture pour se rendre dans les lignes serbes. Il sait que tout projet offensif passe par une attaque combinée des Serbes et des troupes de choc françaises, coloniales surtout.

Venstein lui a longuement expliqué les raisons du

mécontentement des alliés serbes. Les Grecs sont leurs rivaux, voire leurs ennemis en Macédoine. Qu'ils aient gagné sur le Srka di Legen et que leur victoire soit mise en valeur avec un luxe de propagande incroyable les exaspère. Ils sont follement jaloux des Grecs.

Leur second grief est de se voir utiliser par le commandement français à des actions sans issue, usés jour après jour dans les opérations ponctuelles du front, sans espoir de libérer leur patrie grâce à un véritable bond en avant.

Le fatalisme slave les pousse à penser, puisqu'ils ne sont ni aidés ni encouragés, qu'il vaut mieux ne rien faire, attendre des temps meilleurs, voire déserter comme les Russes, propager la révolution dans toute la péninsule. Quelques extrémistes répandent dans les escouades ces idées subversives.

Leur grief le plus grave concerne les généraux français qui les envoient au casse-pipe, estiment-ils, sans leur donner l'artillerie suffisante. De plus, ils disposent des unités serbes à leur convenance, comme s'ils étaient maîtres de les morceler, de les déplacer à leur gré, en domestiques. Les Français leur font trop sentir qu'ils leur doivent tout. Ils les traitent en troupes de second ordre, en *alliés* au sens romain, malléables et corvéables à merci.

Franchet se décide à affronter la mauvaise humeur des Serbes. Le voïvode Boyovitch, l'éternel plaignant, n'est plus chef d'état-major. C'est avec Michitch, son remplaçant, qu'il faut argumenter. Au lieu de le convoquer, Franchet d'Espèrey se déplace lui-même. Il vient rendre visite à un allié, non à quelque général subordonné. Il lui a demandé rendez-vous, de puissance à puissance. Il a pris la résolution d'avoir avec le prince Alexandre les mêmes rapports quasi diplomatiques qu'avec le général anglais Milne. Assister les Serbes, premières victimes de la guerre, ne suffit pas, il faut aussi les considérer. Qu'ils aient perdu leur territoire ne nuit en rien à leur souveraineté.

– Avec les Serbes, il faut prendre des gants, donne-les-moi, demande-t-il à son ordonnance avant de partir. Des gants blancs, que diable ! Ces gens-là sont trop fiers et trop humiliés pour qu'on ne leur témoigne pas les plus grands égards.

* *
*

Il présente ses respects au prince Alexandre, affublé d'un lorgnon, roide dans son uniforme national, qui lui déclare d'abord d'une voix émue :

– C'est aujourd'hui l'anniversaire de la bataille du Kosovo. Pour nous autres, une date essentielle : le 15 juin 1389.

Franchet se garde de manifester la moindre impatience. Il sait que les Serbes ont conservé dans leur mémoire nationale le souvenir de cette défaite où les Turcs les ont écrasés, et tué leur kenez Lazare. Le général en chef doit entendre jusqu'au bout, au garde-à-vous, le chœur de l'armée serbe chantant les *pesmé* qui célèbrent le sacrifice et le prélude à la reconquête.

Le prince le conduit en voiture à son PC d'été de Yélak, une baraque de bois cachée dans la forêt du Kaïmatchalan, à mille sept cents mètres d'altitude, à portée de canon de la falaise du Sokol férocement tenue par les Bulgares.

Le voïvode Michitch est au rendez-vous, avec son état-major et sa garde rapprochée, car l'ennemi n'est pas loin.

– Les Serbes ne sont pas résignés, dit-il en préambule. Ils veulent grimper les fortes pentes d'en face, reprendre leur territoire occupé par les Buls. Leur seul désir est de les reconduire à Sofia la baïonnette dans les reins. Ils sont prêts à se battre bien mieux que vos Grecs au Srka di Legen. Mais il faut nous donner du canon, beaucoup de canon.

Une baraque de bois rustique est préparée à l'intention de Franchet, qui passe la nuit sur la montagne, enveloppé dans une peau d'ours. Au petit matin, il confère avec le voïvode et le prince, leur affirme son intention de monter avec eux une opération capitale, dont dépend le sort de la guerre sur ce front.

Ils étudient ensemble les cartes d'état-major, où les Serbes ont consigné le détail des fortifications allemandes et épinglé de petits drapeaux figurant les régiments bulgares. Rien que le général ne sache déjà. Il apporte, non sans satisfaction, un complément d'informations que lui tend son chef d'état-major concernant les batteries en position sur le versant des montagnes.

Michitch sourit :

– Nous les connaissons bien, les batteries allemandes. C'est sur nous qu'elles tirent !

Quand le soleil commence à baisser, Franchet enfourche un cheval bai d'une résistance à toute épreuve pour s'engager, derrière le voïvode, sur un sentier qui conduit, parmi les hêtres géants qui le dissimulent aux jumelles des observateurs allemands, au pied du mont Floka. La grimpette est très longue, jusqu'à deux mille trois cents mètres, mais Franchet, un linge blanc appliqué sur sa nuque comme dans ses campagnes aux colonies, veut tout voir, tout inspecter.

Il découvre, sous les rayons rasants du soleil, les positions bulgares, les tranchées garnies de redoutes, le Quadrilatère, le Trapèze, les falaises du Sokol à main gauche, le mont Kotka sur sa droite, et parcourt longuement du regard la redoutable ligne est-ouest des positions fortifiées de la courtine conduisant au pied du Dobropolié, massif orienté sud-nord.

Sur le sommet dénudé, il serre la main du général Boyovitch, désormais chargé du commandement de la Ire armée. On le présente au voïvode Stepanovitch, à la tête de la IIe armée qui tient ce secteur en main. Puis il se tourne vers la batterie française de 120, dont l'installation à cette altitude a exigé des sacrifices considérables. Le commandant Clamens, qu'il a connu jadis au Maroc, lui présente le capitaine Roy et le personnel de la section d'artillerie aligné derrière son fanion.

L'observatoire retient toute son attention. Il distingue nettement les positions ennemies et même les boyaux d'accès aux tranchées creusées dans le rocher. Le prince le guide dans ses repérages, avec son état-major. Aucune réaction de l'artillerie bulgare, à croire que ses guetteurs sont endormis. Pour saluer le départ du général, la pièce de 120 long lance quelques salves serrées qui provoquent aussitôt des tirs nourris de représailles.

Mais Franchet est déjà parti. Il regagne avec le prince le baraquement caché dans la forêt, où il fait le point sur l'attaque en préparation. Cet excellent observatoire, et la présence à cette altitude d'une batterie lourde l'ont convaincu que l'on pouvait prendre sous le feu les convois ennemis de ravitaillement, tirer jusqu'à la deuxième ligne grâce à la portée des 120.

« Cette attaque sera décisive », explique-t-il posément au prince qui n'en croit pas ses oreilles : jamais un général français ne lui a ouvert de tels horizons ! La fougue toute méridionale de Franchet d'Espèrey finit par ébranler sa réserve, sa méfiance naturelle. Il réussit à sourire, mais se reprend aussitôt, très attentif aux paroles du grand chef :

– Il faut mettre ici toute notre artillerie lourde, lui explique-t-il, et faire attaquer, avec deux de vos divisions fraîches, autant d'unités françaises, parties les premières.

Le prince opine. En dépit de son jeune âge (il a tout juste trente ans), il a appris à se méfier des Français. Franchet lui propose pour la première fois dans l'histoire de ce front l'égalité de traitement, et de puissants renforts en canons. Cela fait réfléchir. Michitch ne manque pas d'en demander le détail. Franchet ne fait aucune difficulté pour aligner les batteries disponibles. Le total est impressionnant.

– Les deux divisions françaises de rupture serontelles sous mes ordres ? demande le voïvode.

– Sans aucun doute.

Le prince héritier, sans mot dire, serre la main du

général Franchet d'Espèrey. Dans la confiance, un accord décisif vient d'être scellé.

* *
*

La route est longue de Livadi jusqu'à Ostrovo, au sud du mont Floka. Le bataillon de zouaves du commandant Coustou a reçu son ordre de route pour la région du lac, juste derrière la partie centrale et montagneuse du front allié en Macédoine. La distance à vol d'oiseau est raisonnable, mais les massifs enchevêtrés empêchent toute marche directe. Les poilus doivent embarquer en gare de Karasouli. Le convoi est déjà chargé du lourd matériel de ponts et des caisses d'explosifs des sapeurs du génie.

– Toujours les mêmes à occuper les trains ! lance Leleu à Raynal qui surveille l'embarquement de poutrelles métalliques sur des wagons plats.

Le Dunkerquois est de bonne humeur. Il supporte assez mal la torpeur déjà estivale qui oblige à dormir sous une tente fermée d'une moustiquaire. Gavé de quinine, il pense toujours qu'un homme du Nord est une proie désignée pour les moustiques, préférant les peaux blanches et fines à la carapace bronzée d'un Vigouroux ou d'un Ben Soussan. Le palu est son obsession. Il est heureux comme un bleu, car il croit dur comme fer qu'il va gagner les sommets où le froid tue les bestioles maudites.

Raynal surveille le chargement de la dynamite. Les Malgaches en ont l'habitude. Robustes et soigneux, ils sont attachés en deux compagnies au commandant Mazière qui les connaît personnellement et ne veut pas entendre parler de main-d'œuvre grecque. Il explique à Raynal que ces paysans du haut plateau de l'Imerina sont exactement les répliques des nôtres, ceux du Sud-Ouest. Ils pratiquent toutes les cultures, savent soigner les fruitiers, et aussi réparer les arabas, ferrer les chevaux, souder au chalumeau et forger à la masse.

En cas de coup dur, ils chargent à la baïonnette aussi

bravement que les zouaves et ne se plaignent jamais. Il les engagerait volontiers, s'il le pouvait, dans le génie, car ils sont la providence de sa compagnie, mais ils appartiennent aux régiments territoriaux de la Coloniale. Ils savent même soigner les blessés légers, remettre les muscles froissés en place. Le commandant a fait nommer sergent Francis Rakoto, le plus adroit de tous, capable aussi bien de plumer au poker un Américain de la Légion que de dépanner un tracteur en difficulté.

Francis a une expérience des explosifs déjà précieuse. Il place les caisses dans un wagon fermé, entourées de bottes de paille serrées pour éviter les chocs.

– Avec ce chargement, nous avons de quoi faire sauter tout le Dobropolié, se réjouit-il en lissant ses longs cheveux bruns d'un fin peigne de femme – une coquetterie qui lui vaut les moqueries des copains.

– J'espère bien, répond Paul, songeur. En tout cas, nous en avons assez pour tracer des routes et amener le canon lourd. Il paraît que les nouveaux 155 sont en panne. Il faut les mettre en position d'urgence.

– Forcément, ils nous sont livrés montés sur tracteurs, comme pour les routes de France. Ici, c'est une autre paire de manche, les chevaux feraient mieux.

– Mais nous n'avons pas de chevaux.

À petite vitesse sur la voie unique, le convoi interminable descend jusqu'à l'embranchement de Plat afin de reprendre la ligne d'Ostrovo vers le nord, celle de Monastir, par Vertekop et Vodena. Les manœuvres s'éternisent en gare, faute d'un nombre suffisant de voies de garage et de locomotives.

Mille paires de godillots de zouaves résonnent sur le ballast, tassant le cailloutis aux pointes vives sur deux kilomètres, pour embarquer dans les wagons à bestiaux du nouveau convoi. Ils y retrouvent une autre rame surchauffée pleine de poilus de la 122e, des gars du Nord taillés pour les coups durs, que le front sort de leur immobilité.

Benjamin Leleu reconnaît Thomas Legrand, un caporal natif d'Avesnes-sur-Helpe, coiffé d'un casque colonial. L'Adrian, réservé pour la bataille, est fixé à sa ceinture par un mousqueton, et bat la crosse du Lebel. Dans le civil, le lieutenant, qui vend du matériel agricole, s'est arrêté souvent dans ses pérégrinations à l'estaminet de Legrand.

– Pour moi, plaisante-t-il, ce sera un demi sans faux col !

Suant et boudiné dans sa capote, le caporal trouve la force de rire.

– Tu devras aller le chercher chez les Buls. Ici, nous n'avons rien.

La locomotive siffle longuement, pour n'oublier personne. Le convoi des zouaves s'ébranle le premier, suivi à quelques minutes par celui de la demi-brigade de la 122e. Un long arrêt à Vodena, où la locomotive assoiffée fait de l'eau. Des gamins proposent aux soldats des melons et des bouteilles de bière. Une foule bariolée de paysannes macédoniennes en longues robes se presse près des wagons, offrant du vin résiné aux zouaves qui remplissent leurs gourdes. Ben Soussan reçoit plein les bras des galettes de maïs qu'il dévore, las du pain moisi de l'intendance.

À cheval, le général Topart, chef de la 122e division, remonte jusqu'à la locomotive, excédé par le retard du train. Le signal du départ est bientôt donné. C'est au soir tombé que les zouaves d'avant-garde parviennent au camp proche du lac d'Ostrovo. Benjamin Leleu est désespéré. Des nuées de moustiques l'attendent.

* *
*

Au camp de toiles blanches, les nouveaux venus sont entourés de Sénégalais. Les bataillons de la 17e coloniale sont déjà sur place. Compagnons de géhenne, ils accueillent cordialement les soldats en saroual et chéchia qui se hâtent de déployer les moustiquaires pour se mettre à l'abri. Les tirailleurs venus d'Afrique sont-ils mithridatisés ? Ils se répandent en joyeux essaims dans le cantonnement, comme s'ils ignoraient le paludisme.

« Des bleus, se dit Leleu. Ils sortent tout juste du camp de Fréjus. Ils ne connaissent pas la montagne, encore moins les marécages. »

Ils vont ensemble monter à l'assaut des escarpements calcaires, s'égratigner aux broussailles des ravins, mourir de soif pendant les exercices en attendant le jour de l'attaque et le rassemblement de l'artillerie, la mise en position des pièces lourdes sur les montagnes. Il est certes plus facile de déplacer un bataillon de zouaves qu'une batterie de 120 longs.

Le génie, dès son arrivée, se met au travail. Les attelages de buffles sont prêts pour charger l'équipement lourd et le convoyer jusqu'aux sommets. La compagnie de Mazière doit intensifier les travaux de réfection de route et de doublement des chemins de fer Decauville, afin d'amener à pied d'œuvre la force de frappe du général Franchet d'Espèrey, dit *le désespéré* par les humoristes des bureaux de Salonique.

Aucun effort comparable n'a été tenté en haute montagne, de toute la guerre, se dit Mazière. Il s'agit d'acheminer trente pièces lourdes de 105, 120 et 155 millimètres sur deux pics de plus de deux mille mètres, le Belo Grotlo et le Floka, d'où l'on peut apercevoir par beau temps, à la binoculaire, la rade de Salonique à plus de cent kilomètres. Il faut aussi mettre en position quatre artilleries divisionnaires, deux Serbes et deux Françaises, et travailler de nuit sans la moindre lumière pour ne pas attirer l'attention de l'ennemi sur les positions.

– Notre travail est simple, confie Mazière au capitaine Maublanc : aménager la circulation automobile depuis la gare d'Ostrovo, située à 367 mètres d'altitude, jusqu'aux 2 363 mètres du Floka, par une piste sablonneuse de quarante kilomètres sur des pentes atteignant les 20 %.

– Les tracteurs doivent être renforcés, indique Maublanc. Ils ne peuvent y arriver sans le doublement des véhicules pour chaque affût et chaque tube de 155. Les buffles ne peuvent pas tout faire et nous n'en avons pas assez. D'ailleurs, les cabestans sont prévus après la bifurcation vers le Floka, en direction du Belo Grotlo. La piste descend brusquement. Sur une courte distance, il faut retenir à tout prix ces énormes masses d'acier.

– Main-d'œuvre ? s'inquiète Paul Raynal qui ne dispose que de ses Malgaches.

– Considérablement renforcée, promet Maublanc. Nous aurons jusqu'à treize mille travailleurs sur ces pentes du Kaïmatchalan. Et pas seulement nos Malgaches ou nos Indochinois, des Russes qui subsistent et des Macédoniens en grand nombre. Ils se laissent enrôler quand on les paye bien. Nous avons construit des camps pour tous ces hommes, l'équivalent d'une division d'infanterie. Tout doit être prêt pour le 15 août. Il faut compter au moins une semaine de montée pour les 155 et deux semaines pour les 120 longs tirés par les buffles.

Toute la nuit, Raynal surveille la mise en état de la route vitale de la haute montagne. Il doit faire enjamber les ravins par des parcelles de ponts métalliques, en se fiant à une carte au 1/20 000 dressée tout exprès par les spécialistes topographes de l'état-major de Salonique.

Il est spécialement chargé de l'aménagement de l'artillerie divisionnaire, des canons de 75 de la 122e de Topart. Il a déjà repéré les emplacements des pièces : en amphithéâtre, étalé au-dessus d'une route déjà convenablement tracée par les sapeurs, au nord de Gorgni-Pojar.

Le lieutenant-colonel Julien, responsable du groupe d'artillerie, a exigé d'approcher le plus possible des lignes les canons arrimés sur de très faibles replats de rochers que Raynal est chargé d'élargir à la dynamite. Le sergent Rakoto l'aide à placer les charges dans l'obscurité et la compagnie de terrassiers déblaie les débris de roche pour permettre d'y tirer les canons. Dès qu'ils sont en place, ils sont recouverts de filets de camouflage. Il faut aussi dissimuler avant le jour les routes en lacet en les recouvrant de branches d'arbres.

Sur le sentier, les huit chevaux attelés à chaque pièce renâclent. Les coups de fouet n'y peuvent rien. Quand la pente est trop forte, des Malgaches se hâtent de caler l'arrière des roues de morceaux de roche. Le canon redémarre à l'arraché pour s'arrêter un peu plus loin. Les hommes poussent la pièce, aidant les chevaux exténués. Les artilleurs croulent de fatigue quand les canons sont enfin en place.

– Le ravitaillement en munitions sur ces hauteurs m'inquiète. Qu'avez-vous prévu ? demande le colonel d'artillerie Julien.

– Le train dispose de camionnettes Ford réservées aux obus lourds, répond Raynal.

– Négligeable ! Je dirais plus : dérisoire ! Je plains le chef d'escadron Boissière, commandant le groupe de la lourde. Deux coups de 155 par bagnole ! On se moque du monde !

– Pour vos 75, les chevaux des chasseurs d'Afrique ont été équipés de cacolets transportant huit obus par double sac. Les caravanes sont en cours d'ascension vers les abris ménagés dans le rocher.

L'artilleur trépigne d'impatience. Il ajuste son lorgnon sur son long nez, consulte un paquet de fiches où des chiffres s'alignent. Il lui semble que ces préparatifs minutieux n'aboutiront jamais à temps. Polytechnicien expert en calculs, il fait ses comptes. Il estime judicieusement qu'il faudrait des caravanes entières de mulets pour provisionner les pièces d'un groupe. Il ne veut pas être à court, comme devant Monastir. D'un ton rogue, il ordonne à Raynal d'en rapporter à ses supérieurs.

– Si nous manquons de munitions, je vous en rendrai responsable, le menace-t-il.

– J'en ferai part au commandant Mazière, répond Paul Raynal, qui fait respectueusement observer au bouillant colonel que le génie est chargé d'aménager les routes, et non de convoyer les munitions.

À l'énoncé du nom de Mazière, l'arrogant artilleur se calme. La réputation de l'officier du génie, ancien « mineur », a gagné la petite bande des polytechniciens du front de Macédoine. Il est des leurs, mais un peu plus. Un des pères spirituels de cette armée.

– C'est bon, tranche-t-il, je veillerai avec Topart à organiser des convois de mulets.

* *
*

À l'aube, les travailleurs ont regagné leurs abris. Sur la route descendant vers la gare d'Ostrovo, Raynal, monté à dos de mulet, rencontre Émile Duguet, qui vient d'installer sa batterie de 65 dans la tranchée dite du Hérisson, à l'arrière de la 17e division d'infanterie coloniale. Étonnantes retrouvailles, dans un secteur très restreint du front où sont regroupées tant d'unités.

– Il est dit que nous nous reverrons toujours aux bons endroits, soupire le Niçois, comme s'ils étaient destinés à entrer une fois de plus dans la danse en quadrille, avec le zouave Vigouroux et le Breton Cadiou, embusqué avec ses pièces à droite de la Pojarska-Kossa. À croire qu'on pense toujours à nous pour les mauvais coups !

– Tu n'imagines pas qu'on va prendre le Dobropolié avec des bleus de la dernière couvée. Il est logique que les anciens se retrouvent à la pointe d'une attaque. On compte sur nous, comme sur les Serbes.

– J'ai demandé ma perme pour Nice, mais vaille !

– Ce n'est pas le moment !

Raynal s'aperçoit soudain que Duguet n'a jamais quitté l'armée de Salonique. Le Niçois se languit de sa sœur et de ses parents, mais il a été nommé trop vite sous-lieutenant, sans possibilités de quitter son corps sinon pour les missions spéciales de renseignements que lui confiait le colonel Valentin. Pourquoi ce désir subit de revoir la promenade des Anglais ? Il ne peut en apprendre plus ce matin-là, mais il trouve quand même étrange que son plus vieux camarade songe à partir à la veille d'un coup décisif. Il flaire anguille sous roche.

Vigouroux, au cantonnement, lui apprend la vérité. En buvant le café chaud de la roulante, le zouave lui révèle en confidence que l'ami Duguet a reçu des nouvelles du pays.

– De ses parents ?

– Sans doute, mais aussi de la dame de son cœur. Avant de monter en ligne, il a rencontré Lemoine, de retour d'une mission pour le 2e bureau. Et l'aviateur lui a assuré que le lieutenant Venstein, chef provisoire du renseignement de l'armée en l'absence de Valentin, aurait fait revenir de Jérusalem une aventurière aussitôt expédiée comme chargée de mission à l'hôtel Négresco, à Nice. Une cantatrice italienne.

– La belle, la sublime Lucia Benedetti, sans doute, avance Raynal. Elle aura fait le tour de la Méditerranée.

– Il paraît que les Russes et les Roumains de haut rang, chassés de leurs pays, tiennent désormais leurs quartiers dans ce palace et qu'ils ne sont pas tous blancs-bleus. Parmi eux, beaucoup d'amis de l'Allemagne, qui croient encore à la victoire de Ludendorff. Ils renseigneraient des agents de l'ennemi sur la situation des armées alliées en Orient, et sur leurs projets. Ils auraient établi des filières jusqu'à Salonique. Depuis qu'il connaît la nouvelle, sans même pouvoir la vérifier, notre Niçois ne songe qu'à embarquer.

Vigouroux désapprouve fortement. Tomber amoureux d'une espionne lui semble un vrai malheur pour un officier. Il souhaite de tout son cœur que Duguet rejoigne sa tranchée du Hérisson pour y faire son devoir, et gagner ses galons de capitaine.

– Tu n'as pas à t'inquiéter, lâche Raynal tombant de sommeil, en regagnant sa tente. Notre Émile est pieds et poings liés dans son trou. Il attend comme nous tous le réveil en fanfare.

Vigouroux, promu par les soins de Coustou adjudant des zouaves, est de nouveau chargé d'instruire les bleus. Non pas ceux de son bataillon, mais les Sénéga-

Gradsko où il a escorté des bombardiers durant l'attaque d'un rassemblement de troupes.

– Important ?

Franchet craint que ses projets ne soient éventés, que les Allemands ne renforcent précipitamment le secteur central de l'offensive.

– Pas spécialement, répond l'aviateur qui connaît le front par cœur, de Monastir au Vardar. Les arrivées de troupes les plus fréquentes, celles de Roumanie, sont observées sur la route de Prilep, vers l'ouest, en arrière de Monastir.

– Nos préparatifs sont-ils visibles pour la reconnaissance ennemie ?

– Je ne crois pas. Les gens du génie travaillent de nuit. Ils ont entièrement aménagé et doublé le chemin de fer de soixante centimètres d'écartement prévu pour le transport des munitions de Vertékop à Prébéditché et au-delà, vers les 122e et 17e divisions. Je l'ai repéré en volant en rase-mottes parce que je connaissais son existence. Il serpente dans les bois et les Buls n'y voient que du feu. Quant aux dépôts de munitions, ils sont invisibles, soigneusement enterrés et camouflés.

– Et les mouvements de troupes ?

– Ils vont dans tous les sens et ne peuvent être interprétés comme une préparation d'offensive. La 9e grecque ripe vers Florina. Les autres divisions hellènes sont constamment dans le train. L'état-major ennemi connaît leur existence, et aussi les mutineries qui se sont produites en Thessalie. Rien qui puisse l'inquiéter. Dans le massif du Kaïmatchalan, véritable départ de notre offensive, les mouvements de troupes se font de nuit, elles sont systématiquement maintenues à couvert de jour.

– Nos avions de reconnaissance peuvent-ils opérer sans risques graves ?

– Les Allemands ont retiré une de leurs escadrilles, la 34e, des coucous d'observation. Nous évitons de trop montrer les nôtres dans le secteur qui nous intéresse, pour ne pas alerter l'ennemi. Les Boches ont formé des pilotes bulgares très inexpérimentés. Hier encore, j'ai assisté à une collision entre deux de leurs appareils. Les Anglais ont contraint à l'atterrissage un de ces nouveaux pilotes. Ils se sont emparés de son chasseur allemand intact et l'ont aussitôt donné aux Hellènes, pour leur entraînement. Nous matraquons très régulièrement leurs camps d'aviation de Kanatlarci et de Hudova. Il nous faudrait plus de bombardiers.

– Denain va en recevoir. Vous aurez deux escadrilles complètes. Dites bien à vos pilotes que seule la foi dans le succès peut donner la victoire.

* *
*

Coustou s'inquiète de l'état moral de ses voisins de droite, les Serbes de la division Choumadia, de la IIe armée du voïvode Stepa Stepanovitch qui tient son PC près de Tressina. Ils occupent le front devant la 3e division bulgare. De leur élan peut dépendre la victoire. Il demande au lieutenant Leleu, le plus serbophile de ses zouaves, de se rendre en reconnaissance dans le secteur, pour enquêter sur leur état.

Leleu veut pouvoir juger en priorité de l'importance et de l'emplacement des positions de l'artillerie, dont tout dépend. Franchet a-t-il tenu ses promesses ? Ont-ils vraiment reçu les pièces qu'ils attendent ? Sont-elles en place ? Il est accueilli à l'arrière des lignes, dans une masure au toit effondré, par le lieutenant Nicolas Voljevitch.

Ils ont combattu ensemble du côté de Florina, en 1916, et ne se sont pas revus depuis. L'officier, coiffé de la serbissime *chaïkatcha* aux ailes écartées, a gardé sa vieille tunique de l'armée serbe et les demi-bottes bouclées sur le côté, les *tsokoulé* des anciennes campagnes.

– Le commandant de la division de Choumadia, explique-t-il d'entrée de jeu, est le colonel Petar Michitch. Rien à voir avec le voïvode, une simple homonymie. Un bon officier d'infanterie qui tient ses troupes en main.

Nicolas entraîne Leleu dans le boyau vers les premières lignes. Le zouave baisse la tête, car les obus des Buls fusent de temps à autre. Les sentinelles s'en moquent.

– *Né zna Bougarine da poutza*[1], commente un vieux soldat qui nettoie tranquillement son Lebel.

Heureusement, Leleu a coiffé son casque. Un éclat rebondit sur l'acier. Autour de lui, les hommes, heureux de voir un officier français, lui offrent un concert de *kolos*, s'accompagnant de guitares bricolées dans des boîtes à cigares. Les Bulgares se gardent de tirer. Ils prêtent l'oreille, chantent à leur tour des airs rustiques, pacifiques, et crient dans la langue des Serbes : « Vive la paix ! »

– On ne sait faire la différence, explique Voljevitch, entre la propagande et la fraternisation.

Les cris des Buls ne troublent pas les chanteurs du 11e régiment, qui retrouvent la verve de 1914 pour improviser des ballades de guerre prenant en pitié le « *pauvre bratko* », victime de ses officiers allemands et contraint d'abandonner femme et ferme.

Nicolas poursuit son avance vers les premiers postes en se baissant vers un créneau d'où l'on peut voir, à vingt mètres, les positions ennemies. Tout est calme. À dix heures du matin, les Buls boivent du thé. On entend leurs commentaires, sans les comprendre.

– Des Turcs, commente Nicolas. Ils en ont recruté parmi les réfugiés de Sofia. Ils ne sont pas très redoutables et comprennent à peine les ordres de leurs officiers. Ils bavardent entre eux à longueur de journée. J'ai fait venir ici un turcophone. Ils ne disent rien d'intéressant, parlent seulement de leur famille restée à Salonique après la prise de la ville par les Grecs en 1912. Ils sont humiliés d'être commandés par des Bulgares et

1. Le Bulgare ne sait pas tirer.

dénigrent leurs officiers. Quant aux Allemands, ils ne les voient jamais.

Un groupe serbe, dans une tranchée en retrait, caresse le mufle d'un crapouillot. Les hommes sont impatients de tirer, mais le moment n'est pas venu. Ils lisent et relisent sans cesse quelques cartes postales du pays.

Comment peuvent-ils recevoir ce courrier ? Difficile ! Voljevitch raconte que les mères, les sœurs, les fiancées écrivent des lettres oblitérées de timbres autrichiens et postées à des correspondants de Genève qui les réexpédient vers la Grèce. La liaison prend des mois, mais il arrive que ces missives parviennent à destination. Elles deviennent alors comme des fétiches. Les hommes ne s'en défont jamais.

– Leur moral est excellent. Pour la première fois depuis longtemps, ils ont l'impression qu'ils vont partir au combat pour libérer leur pays. Ils sont armés jusqu'aux moustaches, affirme le lieutenant en montrant les grenadiers au repos, leurs sacs pleins d'œufs quadrillés : les fusiliers passent autour de leur cou les bandes de balles, croisées sur la poitrine, comme s'ils devaient partir à l'assaut dans l'instant avec leurs cent cinquante pruneaux à disposition.

– La présence des canons d'infanterie est rassurante, constate Leleu. Ont-ils assez de mitrailleuses ?

– Ne craignez rien. La compagnie régimentaire, au 12e *Tsar Lazare*, par exemple, est de neuf pièces de Saint-Étienne, et les servants sont devenus des experts. Ils disposent en plus d'un canon de 37 et même de fusils-mitrailleurs dont ils voudraient bien savoir sc servir sans se démantibuler la mâchoire.

Il présente à Leleu le major Alexa Stankovitch, chef de bataillon du 11e régiment dit Karadjordjé, coiffé de son casque Adrian orné de l'écusson serbe : l'aigle blanc et les armoiries royales.

– Je vois que Coustou, plaisante-t-il, s'inquiète pour notre moral. Dites-lui que les Serbes ne sont jamais découragés quand ils peuvent toucher du doigt l'acier froid de vos canons lourds, et quand on leur assure que deux divisions françaises attaqueront les premières. Nous sommes naturellement prêts à vous suivre, et, s'il le faut, à vous précéder. Nous connaissons ce terrain mieux que vous. Venez voir en face les positions ennemies de la redoute. Cela vaut le coup d'œil.

Ils doivent s'éloigner des lignes bombardées par les *Minenwerfer* pour se mettre à l'abri dans une position baptisée le Hérisson. Une batterie de 65, installée en renfort de la division serbe, est commandée par un Français coiffé du béret bleu des troupes alpines, longuement étiré jusqu'aux yeux. Leleu le reconnaîtrait entre mille : Duguet, le Niçois.

* *
*

– Que fais-tu chez les Serbes ?

– Ce qu'ils font tous, ceux des batteries lourdes, des 75 et même des crapouillots : renforcer leurs bouches à feu pour le *Treumelfeuer* du général Franchet. Il veut faire sauter la croûte, comme il dit. Pour cela, on n'a jamais rien trouvé de mieux que le canon. Je te ferai du reste remarquer que nous sommes ici à la frontière de la Choumadia avec la 17e coloniale du général Pruneau le bien nommé, et que je garde mon territoire, avec ma batterie, sans avoir de comptes à rendre à un zouave venu de Dunkerque.

Leleu ne s'y trompe pas. Le ton faussement acerbe du camarade Duguet dissimule une certaine impatience, comme s'il était las de s'éterniser dans la position du Hérisson. Il a perdu deux servants la veille, par explosion d'un 77, et l'attente l'exaspère.

– La concentration d'artillerie est la plus forte que nous ayons jamais connue, explique Nicolas Voljevitch qui a suivi Leleu. Notre division ne dispose, en temps ordinaire, que d'une cinquantaine de canons contre quatre-vingt-seize pour les Français. Nos hommes ont vu arriver avec une joie profonde les renforts de vos deux divisions, le groupe de montagne dont fait partie votre ami Duguet, les trois batteries de 155 et les huit de 58. Ce renfort est pour nous une énorme bouffée d'oxygène. Il garantit que nous n'irons pas seuls au casse-pipe, sans aucune chance de percer.

– Vous devez ajouter, pour être complet, l'appui des deux batteries de 120 du général d'Anselme, capables d'un très beau travail de démolition. Vous les jugerez à l'ouvrage, affirme Duguet.

– Tu parles comme si tu ne devais pas participer à la danse, s'étonne Leleu.

– Je suis heureux d'être là, assure l'Alpin en tirant sur sa courte pipe recourbée. Les Serbes tournent autour de ma pièce qu'ils adorent autant que le saint sacrement. Une fois de plus, ils vont partir à l'assaut, comme devant Monastir, sans les Russes cette fois, mais avec les zouaves, les Sénégalais et les légionnaires. Je me garde de les décourager, mais tu comprends bien, Benjamin, que nous avons toi et moi vécu beaucoup d'affaires semblables. Je ne parle pas du Kérévès Déré, et des folies du général Hamilton aux Dardanelles. Mais nous avons cru dur comme fer à la percée de Monastir.

– Du passé, coupe Benjamin. L'avenir est devant nous !

– Si nous réussissons à détruire leur redoute, nos biffins trouveront moins d'un kilomètre plus loin d'autres ouvrages, et des lignes imprenables. Depuis deux ans qu'ils bétonnent et maçonnent sous la direction des experts boches, on peut leur faire confiance.

– Les Bulgares ont construit deux lignes dans la montagne, pas plus, précise Voljevitch, indigné du pessimisme du Français. Ils ont estimé leurs positions tellement imprenables qu'il était inutile de les tripler ou quadrupler, comme derrière Monastir. Ici, nous pouvons gagner.

Le major Alexa Stankovitch fait signe à Nicolas de le rejoindre.

– N'entends pas ces Français, lui glisse-t-il. Occupetoi de tes hommes. Eux seuls méritent tes soins et ton attention. Les Français n'ont rien à gagner ici, et pas grand-chose à perdre. Ceux-là sont de vieilles culottes des Dardanelles. Ils n'ont pas, comme nous, leur sol à libérer. Leur patrie est envahie, pire qu'en 1914. Demain peut-être, Ludendorff, qui attaque en Champagne, aura pris Paris. Il a déjà passé la Marne. Ils seront chassés d'ici comme des Russes, sans pouvoir rejoindre avant longtemps leurs pays envahi, occupé, peut-être bolchevisé.

– Votre Honneur traite nos alliés avec colère. Les zouaves sont de braves gens, et les *dardas* des victimes des Anglais sur le front des Dardanelles.

– Et nous sommes depuis deux ans les *dardas* des Français. Ont-ils fait le moindre effort pour nous aider à rentrer chez nous ? Ont-ils envoyé des renforts ? Nous ont-ils correctement dotés d'artillerie ? Ils se sont servis de nous comme gardes-frontières, sans plus d'égards qu'ils n'en ont reçu du général anglais aux Dardanelles où ils servaient d'appoint. C'est une guerre du mépris. Pourquoi serions-nous mieux traités ? Le général Franchet daigne, pour nous convaincre, nous faire précéder dans l'assaut de Sénégalais et de légionnaires. Merci, Votre Grâce, nous n'en avions pas besoin. Leurs canons nous suffisent. Ils en sont si avares ! Cette fois, cette dernière fois, ils ont consenti à les rassembler derrière nous. Quel honneur ! Ne nous en plaignons pas : ils nous donnent enfin de quoi vaincre les Buls. Mais restez sourd à leurs doutes. Même s'ils gagnent ici, leur victoire passera totalement inaperçue à Paris. On les oubliera, on les méprisera pour n'avoir pas souffert avec les leurs sur les fronts de Champagne et de l'Artois, pour n'avoir pas traversé la Marne à la nage à la poursuite des Boches. Leur général lui-même a été écarté du front crucial de l'Aisne pour être admis à livrer bataille sur un front secondaire. Encore n'est-il pas sûr qu'il en reçoive l'autorisation. À l'échelle du conflit mondial, notre action n'intéresse que nous, Nicolas, gravez cela sous votre *chaïkatcha*. La grande leçon de cette guerre, dont on voit tous les jours les effets en Orient, est l'exacerbation des égoïsmes nationaux. On ne saura aucun gré aux nôtres de mourir pour libérer Belgrade, et Nich, et Prilep, et Usküb. On reprochera à notre nation son indépendance retrouvée, on lui disputera les fruits de sa victoire.

* *
*

– Il me semble tout de même, ose avancer Benjamin Leleu après quelques secondes de réflexion et comme pour remonter les bretelles de l'Alpin, que nous nous préparons à la dernière des dernières. J'ignore ce qui se passe en France, mais si Paris était pris, les Buls le sauraient. La propagande les en aurait informés. Sans doute Foch est-il passé à la contre-offensive.

– Va savoir. Nous ne recevons pas, ici, *le Matin* ou *l'Intran*. Nous sommes plus loin de Salonique que si nous étions encore sur la plage du vieux fort des Dardanelles. Pas de Valentin pour nous renseigner. Le colonel est introuvable. Peut-être est-il prisonnier des Turcs ?

– On dirait que tu le lui souhaites, grogne Leleu.

– Non pas, l'ami, je ne veux le malheur de personne et surtout pas d'un homme qui m'a permis de rencontrer et d'aimer Lucia de Milan.

– Nous y voilà ! soupire le zouave.

– Je n'aurai pas fait la guerre pour rien, puisque j'aurai connu, une couple de jours, la plus belle femme du monde. Je sens bien ton regard de reproche. Une espionne ! Crois-tu donc que cette guerre en Orient mérite la moindre considération ? Les Serbes que nous aidons nous détestent. Ils nous reprochent leurs propres faiblesses, ils ont la haine des assistés pour leurs riches protecteurs. Nous avons fait la guerre pour eux, quand il leur a pris l'idée lumineuse d'armer le bras d'un terroriste et d'exécuter un archiduc libéral. Ils ne nous en savent aucun gré. Leur défaite, ils l'attribuent au retard de notre intervention.

– Il y a tous les autres, nos multiples alliés de

l'expédition internationale, la première dans l'histoire du monde.

– Les Grecs nous ont fait deux ans durant une guerre sournoise, sous prétexte de neutralité. Il n'y a que Venizélos pour croire qu'il tirera profit de notre intervention. Les Russes, aux premières paroles de paix d'un agitateur payé et mis en place par les Allemands, ont lâché les fusils et étranglé leurs officiers. Nous avons perdu plus d'un million des nôtres sans pouvoir empêcher les Allemands de se goberger dans les parties les plus riches de notre patrie.

– Mais nous serons vainqueurs. Le monde entier est contre l'Allemagne !

– Quand nous aurons éclaboussé de notre sang ces rochers noirs, crois-tu qu'on laissera boire nos chevaux dans le Danube ? Lucia Benedetti a pris le meilleur, comme on dit aux courses. Elle a compris qu'elle pouvait mener la vie dont elle rêvait en louvoyant entre les groupes d'officiers d'état-major et les marchands d'armes ou de pétrole. La voilà chez moi, à Nice. Pourquoi suis-je là, à perdre mon temps au lieu de la rejoindre ? À attendre encore une offensive qui n'aura peut-être jamais lieu ?

– Il te reste à demander une permission exceptionnelle. Destination ? Le Négresco. Objet ? Passer une semaine d'amour avec une espionne internationale. Je comprends que tu regrettes l'absence de Valentin. Il aurait été capable de t'y expédier en mission spéciale. Laisse deux heures ta batterie. Viens avec moi voir Coustou, Vigouroux le brave, Ben Soussan son compagnon, et Raynal le sapeur, et ton ami Cadiou. Ils te diront, mieux que je ne saurais le faire, combien ceux qui sont partis ensemble doivent rentrer de même, une fois fini le sale boulot.

Duguet se laisse entraîner. Sur les sentiers du front, les unités poursuivent leur marche vers les tranchées de l'avant comme si le signal était pour demain. Passent les légionnaires, ployant sous le barda, et les Sénégalais déjà transsis par le vent en altitude, malgré le soleil à peine tiédissant.

Pour le sergent Mamadou Kombaré et son adjoint, le caporal Timbo Adamoré, il ne fait aucun doute que l'on marche au baroud. Ils surveillent les bleus d'un œil sévère, en vrais coloniaux, sans que les officiers interviennent pour faire serrer les rangs. Le raclement sourd des deux mille godillots du bataillon sur les sentiers de roc les rassure. Ils serrent pieusement leur Lebel sur la poitrine, au lieu de le porter en bandoulière.

Les zouaves sont là, rassemblés à l'arrière, prêts à entrer dans la danse. À son habitude, le commandant Coustou sourit. Pourquoi s'inquiéter, quand le canon a la parole ? Il ouvre la voie, il suffit d'avancer derrière, grenades à la main. Il l'explique à Leleu.

– Méthode Pétain, Huntziger connaît par cœur la musique. L'artillerie conquiert le terrain, l'infanterie l'occupe. Pas de surprise, nous attendons le début du matraquage. Les nouvelles du pays sont bonnes. Ludendorff a perdu sa dernière offensive, celle de juillet. Paris est dégagé. Une pyramide de canons boches sur la place de la Concorde. Foch prépare la grande affaire avec Mangin, récupéré à la Xe armée sur ordre de Clemenceau.

– Et nous autres ? demande Leleu.

– Imminent, mon cher, imminent. Vos camarades sont prêts à l'action. L'artillerie d'accompagnement sera sur ses positions avant peu. J'ai vu votre ami Cadiou, dit-il à Duguet, partir ce matin pour la montagne. Il m'a assuré qu'il était un des derniers à grimper sur ses emplacements. Les Malgaches convoient les caisses de munitions jusqu'aux caches blindées, à proximité des premières lignes. La préparation est presque achevée. Avant huit jours, tout sera terminé. Nous n'aurons plus qu'à monter en secteur.

En deux colonnes, les zouaves s'avancent. Un cavalier exténué les rejoint, haletant. Il veut voir le chef de bataillon. Il faut croire qu'il vient en droite ligne de

Salonique par les chemins de montagne, tant sa monture est épuisée. Le messager, un capitaine de chasseurs d'Afrique, a les traits tirés, le visage blême.

Il demande à Coustou où se trouve le PC du général Pruneau. D'instinct, le commandant le suit. Pruneau le reçoit peu après.

– Des fuites se sont produites. L'ennemi est au courant de nos projets. Ordre du général en chef. Démontez immédiatement l'opération.

Le nid d'espions de Nice

Le 8 août 1918, dans son vaste bureau du ministère de la Guerre, rue Saint-Dominique, Georges Clemenceau attend avec une impatience fébrile le général Mordacq, de son cabinet militaire, qui doit le conduire au PC du général Debeney, prêt à lancer ses troupes sur Montdidier.

Ce jour-là, dans l'Oise, démarrera en trombe la contre-offensive franco-britannique programmée par Foch et destinée à amorcer la défaite du quartier-maître général Ludendorff en France. Le président du Conseil a quitté dès l'aube son domicile de la rue Franklin pour assister à l'événement. Depuis le temps qu'on recule, il veut être présent sur le front quand on avancera.

Il n'en est que plus furieux de voir entrer, au lieu du général, son chef de cabinet civil Georges Mandel, venu lui faire part de l'émotion d'un certain nombre de parlementaires : les Allemands, assure-t-il, savaient tout des projets de Franchet d'Espèrey en Orient.

– Qu'ils aillent au diable ! rugit le Tigre. Croyez-vous que j'aie du temps à perdre avec la petite armée de Salonique ? Ces gens-là n'ont jamais rien fait. Qu'ils continuent ! On ne leur en demande pas plus. Personne ne veut plus entendre parler de l'offensive mirifique de M. Franchet d'Espèrey. Ni les Anglais, ni les Italiens, ni les Grecs. Leurs délégués militaires sont réunis en permanence à Versailles, et ils contestent les plans de notre entreprenant général en chef de l'armée d'Orient. Franchement, j'ai autre chose à faire. Au cas où votre

Franchet l'ignorerait, je suis là pour gagner la guerre, en France !

Mandel insiste, en bon Raminagrobis dévoué corps et âme à son maître. L'espionnage bulgare, susurre-t-il à son oreille, a reçu un télégramme de Genève dont la source semble provenir de Nice. L'hôtel Négresco serait devenu un nid d'espions. Le sénateur des Alpes-Maritimes exige des mesures urgentes d'assainissement. « Il ne sert à rien d'avoir fusillé Turmel et Mata-Hari, clame-t-il dans les couloirs, si l'activité des réseaux ennemis se poursuit en France comme si de rien n'était, comme si Briand était encore au pouvoir ! »

Clemenceau a un sourire sarcastique. Le Négresco ! On vient l'importuner avec le Négresco ! Puis il réfléchit en silence. Il flaire une affaire politique.

– Voyez cela avec ces messieurs du Parlement, lance-t-il à Mandel. Franchet d'Espèrey a l'oreille de l'Élysée. Il se sera plaint à Poincaré qu'on l'abandonne. Et le Président est toujours très bavard, dès qu'il s'agit de me mettre des bâtons dans les roues !

Il bouscule Mandel en sortant.

– Dites que toutes mesures seront prises sans retard et que les défaillances seront sanctionnées sans faiblesse, et les étrangers coupables expulsés. J'espère que les sénateurs, fussent-ils des Alpes-Maritimes, ne doutent pas de la fermeté d'un président du Conseil qui a expédié à la Santé Joseph Caillaux.

Mordacq fait son entrée, botté, casqué, prêt à partir.

– L'affaire est sur les rails, mon président.

– Et Foch ne m'a pas soufflé mot de cette offensive, c'est à n'y pas croire. Pense-t-il donc que mon cabinet regorge d'espions ?

– Il n'a pas parlé non plus à Lloyd George. Haig a pris le risque de se taire. Pour garantir la surprise, seuls les états-majors devaient être au courant. Ceux des unités concernées par l'attaque, naturellement.

– Me prend-on pour une buse ? Foch va m'entendre !

Le général n'est pas au château de Bombon, il a

déménagé son état-major la veille sans prendre le temps d'avertir la rue Saint-Dominique. Clemenceau, furieux, demande qu'on aille jusqu'à Sarcus, puisque Foch a jugé bon de s'y installer en catimini.

– Nous arrivons comme les carabiniers, dit-il à Weygand. Il est onze heures, la bataille est déjà gagnée. Je le vois à votre teint rose, vous qui êtes tout jaune d'habitude.

Foch n'est pas là pour accueillir le président qui ne l'a pas averti de sa visite éclair. Il est monté dans sa chambre avant le déjeuner. Clemenceau et Mordacq doivent patienter.

– Où avez-vous pris les divisions pour cette victoire ? demande-t-il, acerbe, à Weygand.

– Cuisine de métier, répond le chef d'état-major, mal à l'aise.

Heureusement, un bruit de bottes dans l'escalier annonce l'arrivée du patron. Foch sait déjà qu'il va être nommé maréchal, ce qui n'est pas forcément de bon augure. Le Tigre se poste devant lui toutes griffes rentrées, comme s'il était naturel de débarquer sans crier gare, en fin de matinée, à Sarcus.

– Eh bien, général, encore une victoire ! lance-t-il, la mine réjouie, quoique profondément indigné de n'avoir été tenu au courant de rien.

– La surprise complète est la condition absolue du succès, répond Foch sans se troubler.

Il connaît son homme et ne craint pas, à l'occasion, de l'affronter.

– Je m'attendais à ce coup d'éclat, à cette éblouissante victoire, et c'est pour cette raison que Mordacq m'a conduit jusqu'à vous, toutes affaires cessantes. Vous ne pouvez pas me surprendre, rétorque aussitôt le Tigre. Sauf à déménager votre état-major en une nuit sans m'avertir. Cela fait beaucoup de cachotteries.

– L'urgence, plaide Foch…

– Enfin, vous avez gagné ! C'est l'essentiel ! conclut Clemenceau, d'un ton faussement jovial et sous-entendant qu'il aurait aussi bien pu perdre.

Weygand lui tend respectueusement le combiné du téléphone. C'est Georges Mandel. Il veut parler au président séance tenante. Clemenceau déverse sur lui sa colère rentrée. Comment peut-on oser le déranger au front ?

– Mandel est fou, s'excuse-t-il auprès de Foch. Un grand-duc vient d'être enlevé par des agents allemands à Nice. Il prétend qu'il s'agit d'une simulation et que le Russe a bel et bien vendu à l'ennemi les plans d'attaque du général Franchet d'Espèrey en Orient.

– Vous voyez, ose Foch. En matière de secret militaire, on n'est jamais trop prudent !

* *
*

Un colonel français s'installe discrètement à l'hôtel Négresco, sur la promenade des Anglais, à Nice, accompagné d'un seul aide de camp. C'est Valentin. Dès son retour de Palestine, Franchet d'Espèrey l'a dépêché, en compagnie du lieutenant Duguet, pour démêler les intrigues du nid d'espions qui risquent de l'obliger à ajourner son offensive, à en modifier l'économie.

– Rappelez-vous les paroles de Lénine, mon jeune ami, dit Valentin, un brin pompeux, en contemplant la baie noyée de soleil, épargnée par les horreurs de la guerre.

Émile Duguet, son fidèle assistant, s'attend à une citation historique. Il est déçu :

– Lénine disait, ici même, lâche le colonel du ton d'un réquisitoire de conseil de guerre : « C'est splendide, un air sec et chaud, la mer du Midi » !

Les deux officiers passent inaperçus, tant la foule des clients de marque se presse dans le hall d'entrée, accueillie par des valets en livrée. Un ascenseur poussif les hisse au dernier étage, où ils occupent une chambre à deux lits. La direction s'excuse, elle n'a pu les loger qu'à cette condition. Pas de salle de bains. Le colonel va se doucher le premier dans la salle d'eau commune.

Il redescend aussitôt, rasé de frais et vêtu comme un général en tenue de gala, dans le salon, où il se fait présenter par le directeur de l'hôtel, sous l'immense lustre de cristal, au prince Demidov et au grand-duc Paul, dont le fils, le prince Vladimir, vient d'être fusillé par les Bolcheviks.

Autour du rescapé de la révolution, peu de nobles de cour. Le grand-duc Nicolas a été arrêté et sans doute aussi passé par les armes, l'œuvre de quelques gardes *lettons*, exécuteurs ordinaires des crimes de la Tchéka. La grande-duchesse Alexandra Petrovna, à la mort de son époux, a pris le voile dans un couvent de Kiev.

– Les soviets ont exhumé son corps, raconte à Valentin le grand-duc Paul. Ils ont dispersé ses restes dans les labours d'un champ.

Le prince Demidov est entouré d'officiers en uniforme, déserteurs de l'armée des soviets où ils ont subi toutes les humiliations avant de prendre la fuite pour Nice afin d'y jouir de quelque repos, comme au bon vieux temps, en attendant de repartir dans les armées blanches du général Denikine.

– Savez-vous, dit Demidov, que Lénine a vécu ici, à Nice en 1909, chez son ami Soumarov, puis chez Frédéric Stakelberg, un baron socialiste et pacifiste ? La police niçoise a toujours du pain sur la planche. La ville grouille d'espions des Bolcheviks. L'un des nôtres, le colonel Igor Vassilovitch, a été enlevé hier matin par des coupe-jarrets de Trotski ou de la Tchéka. Nous ne le reverrons sans doute plus vivant.

Valentin dresse l'oreille. Demidov lui présente le capitaine Simenov, du régiment de Koursk, ancien chef d'état-major du général en chef Broussilov et prêt à regagner la Russie blanche, assure-t-il. Il prétend être venu à Nice pour recruter des camarades de combat. Il rejoindra Odessa par mer dès que possible.

Parcourant le salon encombré d'officiers tsaristes et de nobles de haute lignée, le colonel français se demande comment ces Russes trouvent les moyens de loger dans le palace le plus luxueux de la côte. Certes, nombre de grandes-duchesses habitent encore leurs résidences de Nice, mais dans une cruelle indigence. Sans doute ces réchappés de la grande armée de Nicolas II ont-ils amassé des trésors de guerre, à moins qu'ils ne soient pris en charge par les gouvernements alliés, ou ennemis. Valentin, l'homme du renseignement en Orient, est de ceux qui ne jurent jamais de rien.

Un couple retient son attention. Un Russe assez empâté, en tenue fort élégante, tenant familièrement, en vieux complice, le bras d'un civil de haute taille et de forte corpulence, vêtu d'un habit de cérémonie, sans décorations. Il est chaussé de minuscules souliers vernis, comme s'il avait des pieds de fillette.

– Connaissez-vous sir Basil Zaharov ? demande au Français le général russe. Le maître queux du Négresco est le seul à savoir lui préparer la poule au riz, l'unique plat qu'il tolère. Les marchands d'armes ont l'estomac délicat, ajoute-t-il dans un grand rire.

Valentin se souvient que le trafiquant utilise les services de Paul Clemenceau, le frère du Président, avec lequel il s'est fâché. Le colonel est aussitôt convaincu que l'on prépare discrètement le réarmement des armées blanches. Zaharov n'est pas venu à Nice dans sa Rolls neuve pour y prendre des bains de mer sur les galets.

Du Négresco, construit par les magnats de l'automobile Darracq ou de Dion-Bouton, inauguré en 1912 et baptisé du nom du meilleur cuisinier de la côte, la guerre a fait le rendez-vous de prédilection des milliardaires, financiers, pétroliers, fournisseurs d'armes, de bottes et de chevaux.

Des *kings* américains, du pétrole, de l'acier ou des machines à coudre, y descendent régulièrement pour affaires, mais aussi en raison de la proximité de la table de jeu de Monte-Carlo. Les armateurs grecs, qui foulent sans égards le tapis du salon d'une valeur de quatre cent soixante mille francs-or, sont sans doute chargés des transports d'armements lourds vers le sud de la Russie. Le tout-puissant Zaharov échange des propos anodins avec le plus connu d'entre eux, Constantin Agnostopoulos, dont la flotte attend les commandes au Pirée, à Barcelone, à Amsterdam ou à Copenhague.

Valentin n'est pas peu surpris de rencontrer, aux toilettes dont la robinetterie est en or massif, le cher David Pinter, de l'*Intelligence Service*, attaché à l'armée britannique d'Orient. Perdu dans la foule des officiers russes, le colonel français n'est pas fâché d'interroger Pinter sur le climat assurément trouble de ce palace. Ils se retirent dans un petit salon presque désert pour discuter en camarades, en anciens *dardas*.

– Je n'en sais pas plus que vous, lui confesse David. Mais reportez-vous à la situation générale. Vous n'ignorez pas que les Russes ne sont nullement unanimes sur la manière de lutter contre le bolchevisme. Certains ne sont pas loin de penser qu'ils auraient dû s'appuyer non sur les Alliés, très divisés, mais bien sur les Allemands dont les troupes occupent encore une grande partie de leur ancien empire.

Ils retournent au salon où une femme éblouissante, en robe de crêpe de Chine noir ornée d'un camélia rouge, rejoint le capitaine d'état-major Simenov. Abandonnant Basil Zaharov, il offre son bras à la Divine pour gagner la salle de restaurant. Valentin la reconnaît aussitôt : « Lucia Benedetti, murmure-t-il, de la *Scala di Milano*. »

* *
*

Voilà qui devrait faciliter sa tâche. Cette sublime apparition n'est pas une surprise pour le colonel. Bien sûr, avec sa discrétion exquise et son aptitude à faire mat avec quatre coups d'avance, le fin joueur d'échecs Georges-Picot l'aura tirée du couvent de Jérusalem où elle se faisait oublier, pour lui confier une mission d'apparence anodine chez les Russes blancs.

Son orageuse liaison avec le capitaine Maslov, recherché puis absous par la justice militaire française, est connue des services. L'intrigant Venstein aura suggéré le retour aux affaires de l'aventurière à un proche du général Franchet d'Espèrey, curieux de connaître l'origine des fuites concernant son plan secret d'offensive. Et si nos anciens alliés nous trahissaient ? se demande Valentin. S'ils faisaient le jeu de l'ennemi pour lutter contre le bolchevisme ? Une hypothèse à ne pas écarter.

Valentin y songe quand David vient lui rappeler que l'avance de l'armée allemande, en février de cette année, a contraint les Bolcheviks à abandonner un mois plus tard, au traité de Brest-Litovsk, les pays baltes, la Biélorussie et la Pologne, l'Ukraine elle-même et le pétrole de Batoum. Il précise que les Allemands, débarrassés désormais des alliés de l'Ouest et maîtres de l'Ukraine, progressent chaque jour un peu plus et abattent le bolchevisme comme un jeu de cartes. Nombreux sont les officiers russes qu'une entente avec les vainqueurs n'effraie pas. Naturellement, les traîtres croient déjà à la victoire du Kaiser à l'ouest, l'anticipent au besoin et font tout pour y aider. À preuve ? L'ingérence d'agents russes dans le complot d'Orient, dont la découverte du télégramme de Genève vient de révéler la nocivité. David Pinter recherche lui aussi de ce côté les artisans de la trahison.

Au cours du succulent déjeuner servi dans la salle à manger du palace, Lucia déploie ses charmes pour distraire le capitaine Simenov, exclusivement attentif aux propos de Basil Zaharov et de l'armateur Agnostopoulos.

– Il a pris soi-disant du service chez Denikine, glisse David à l'oreille de Valentin. Broussilov n'est plus qu'une gloire déchue. Il finira par se mettre au service de Trotski, l'organisateur de la nouvelle armée rouge, celle de la reconquête. J'en prends le pari.

– Pourquoi ce Denikine est-il soudain auréolé d'une telle importance ?

– Ce n'est pas un inconnu dans l'armée du tsar. Il était chef d'état-major de Kornilov, le général malheureux qui a tenté de sauver Nicolas II. Denikine aura bientôt cent mille hommes derrière lui et il n'entend pas laisser l'Ukraine aux Allemands. En reprenant le grenier à blé de la Russie, il compte affamer les Bolcheviks et attaquer ensuite Moscou. Denikine hait les traîtres qui veulent marcher avec les Allemands. Il est l'homme de la reconquête aux couleurs alliées. Par Simenov, votre Lucia risque de remonter la filière du complot, et donc de rendre service aux amis de Denikine. C'est mon hypothèse et celle de Georges-Picot : notre aventurière servirait la cause des Alliés. On l'a tirée de l'ombre à cette seule fin.

Simenov, le capitaine russe qui prétend travailler pour Denikine, explique à Zaharov qu'il a besoin d'armes, de beaucoup d'armes, et que les Français sont défaillants. Les Anglais se contentent d'occuper Mourmansk et Arkhangelsk, dans le Grand Nord. Les Japonais font main basse sur Vladivostok. Les prisonniers tchèques libérés ont pris le Transsibérien. Les Allemands sont bien plus dangereux, occupant l'Ukraine et ses fabuleuses richesses minières et agricoles, dominant la Géorgie indépendante, s'infiltrant dans l'Arménie libre et l'Azerbaïdjan, et se rapprochant sans crier gare de la bonne odeur du pétrole de Batoum.

– Quelles chances avez-vous de l'emporter ? s'inquiète le marchand d'armes.

– Nous serons bientôt capables d'aligner cent cinquante mille fusils, sans compter la cavalerie cosaque. Nous relierons les gouvernements anti-Bolcheviks constitués à Samara et plus loin à Omsk, en Sibérie. L'assassinat du tsar et de sa famille, il y a quinze jours, a indigné la sainte Russie et généralisé la guerre civile.

David Pinter se garde de tout commentaire. Il pense comme son gouvernement que la Russie est devenue un immense chaos, livré à la famine, aux assassinats collectifs, où le bolchevisme se dissoudra de lui-même. Ce désordre fait actuellement le jeu des Allemands.

Débarrassés d'un front pénible et fort coûteux en hommes, ils ont tous moyens de se ravitailler en Russie et la direction des grandes industries établit déjà des plans détaillés pour l'exploitation de l'Ukraine, avec raccordement des réseaux ferroviaires d'écartement différent. Si les Britanniques ont débarqué quelques troupes au nord, c'est uniquement pour protéger, et s'il le faut rapatrier, les immenses stocks d'armes qu'ils ont convoyés et entreposés pour les armées tsaristes. Ils ne veulent pas qu'elles tombent aux mains des rouges et assurent à peu de frais le réarmement des gardes de Trotski. Pour le reste, *wait and see*.

Valentin songe que cet attentisme est probablement partagé par le gouvernement Clemenceau, qui n'a d'autre souci que de gagner la guerre à l'ouest. Le bolchevisme vérolerait l'Allemagne qu'il n'en serait pas outre mesure contrarié. Ces Russes blancs, dans l'immédiat, ne peuvent s'attendre à aucune aide officielle. Voilà pourquoi le cher Basil Zaharov semble perplexe. Seuls les Alliés peuvent garantir financièrement des commandes d'armes pour Odessa. Ils sont bien loin de s'y résoudre, ayant à peine les moyens de soutenir le front de Salonique.

Lucia, découragée par le peu d'égards que lui manifeste son capitaine russe, coule des regards humides en direction de Valentin qu'elle a bien sûr reconnu. Veut-elle renouer le contact ? Il considère certainement comme son devoir, elle en est convaincue, de la reprendre en main pour la rappeler au sens précis de sa mission : démasquer la filière des traîtres.

* *
*

Émile Duguet s'est éclipsé par la porte de service pour rendre visite à ses parents et embrasser, rue Gioffredo, sa chère petite sœur Suzon. À dix-huit ans elle a gardé ses yeux bleus et ses tresses blondes de jeune

Lorraine, dont la famille est originaire. Revoir Émile est une bouffée de joie intense, elle en oublie de prendre son service à l'hôpital où elle seconde sa mère au chevet des blessés. Bachelière, elle voudrait travailler plus tard, avec son frère, aux laboratoires de recherche océanographique du prince de Monaco. A-t-il l'intention d'y reprendre son poste ?

Émile reste évasif, comme si sa vie antérieure ne comptait plus pour lui, sa famille exceptée. La guerre l'a changé. Son père, ancien militaire de la Coloniale, connaît les effets du dépaysement et se garde de lui poser la moindre question. Fier des galons de lieutenant de son garçon, il le croit en permission et se propose de réunir le ban et l'arrière-ban des parents et connaissances pour fêter son retour.

Il n'en est pas question, Émile doit repartir. Il ne consent qu'à partager un repas, préparé par sa mère Osvalda d'origine milanaise. Des pâtes succulentes qui ont enchanté son enfance et dont il savoure chaque bouchée. L'air de rien, il demande à sa mère si elle connaît la Scala de Milan. Ne sait-il pas qu'elle a quitté l'Italie à l'âge de dix ans, pour suivre ses parents émigrés à Nice ?

– Où loges-tu donc ? demande Suzon.

– Au Négresco. J'y suis descendu avec mon colonel.

Il laisse à ses parents une moisson de photos de la campagne d'Orient qu'il a prises avec son Kodak à leur intention. Puis il prend sa sœur à part.

– Tu dois me jurer le secret, toi qui es une grande fille. Je cherche ici une Italienne dont je suis follement amoureux. Elle s'appelle Lucia.

– Une infirmière ? demande Suzon, candide. C'est pour elle que tu es revenu ?

La voilà déçue, triste, jalouse presque. Comment cette Lucia a-t-elle pu lui faire oublier sa famille, au point qu'il n'écrit plus qu'une fois par mois ?

– Je suis en mission, ma Suzon, pas en permission. Je ne suis pas seul à la rechercher. Mon colonel s'y emploie. Il faut que nous la retrouvions.

Des souvenirs d'espionnes célèbres, dont les exploits

ont envahi les journaux, assaillent la mémoire imaginative de Suzon. Comment son frère peut-il aimer une espionne qu'il a le devoir de traquer ?

Il ne peut lui en dire plus et l'abandonne à sa confusion, sur la Promenade des Anglais. Elle le rattrape par les basques, refuse de le laisser partir.

– Je ne t'ai rien raconté de moi, lui reproche-t-elle. Tu ne m'as rien demandé. N'as-tu pas reçu la lettre où je t'informais de ma réussite au bac ?

Elle le force à s'asseoir sur un banc, face à la mer scintillante et calme qui lèche les galets. Elle comprend enfin le silence et l'embarras d'Émile. Il a l'esprit entièrement pris par cette femme. Elle en pleurerait. Pour sa part, elle ne songe qu'à partir pour Grenoble afin d'y étudier la physique, pour travailler avec son frère plus tard, elle rêve de tout faire comme lui. La guerre lui a volé son grand frère. Il est Dieu merci vivant, mais ses souvenirs sont effacés. Peut-être lui reviendront-ils.

D'un geste brusque, Émile ouvre son col de chemise, désigne la médaille de la Vierge qu'il porte au bout d'une chaîne d'or. Suzon la lui a donnée quand il est parti à l'armée. C'était celle de sa première communion.

– Comment pourrais-je t'oublier, quand tu es toujours sur mon cœur ?

Elle se blottit contre son épaule, aussi tendrement qu'une amoureuse, petite bête apeurée demandant protection, mais prête aussi à bondir pour défendre son Émile.

– Laisse-la courir, lui glisse-t-elle à l'oreille, c'est une méchante femme. Reviens-nous comme avant. Tu es tout pour nous.

Valentin apparaît sur le perron de l'hôtel, la mine renfrognée. Il parcourt la promenade du regard, cherchant visiblement le lieutenant Duguet, disparu sans laisser de traces.

– Je dois partir, dit Émile en lui montrant du doigt l'officier. Tu vois bien qu'il m'attend. Il doit croire que les Russes m'ont enlevé.

Suzon reste assise sur son banc et ne perd rien de la scène muette et presque comique durant laquelle le colonel semble perdre tout sang-froid. Elle le voit entraîner son frère à l'intérieur. Des officiers entrent et sortent sans interruption, comme si le palace était un quartier général. Le groom à l'entrée fait figure de sentinelle et n'en finit pas de saluer, plié jusqu'à terre, en ouvrant la portière des voitures. Ces gradés, hôtes de marque du Négresco, sont rarement des Français. Suzon reconnaît les uniformes britanniques et russes. Elle les croyait absents de la guerre. Voici qu'un capitaine en tenue, bottes cirées, sort en compagnie d'une très jolie femme, d'allure altière.

– C'est elle ! se dit aussitôt la sœur d'Émile. C'est Lucia la ravageuse.

* *
*

Duguet, figé, muet, impuissant, a vu la starissime de l'espionnage méditerranéen quitter le hall de l'hôtel. Ils ont échangé un long regard, le temps que le capitaine russe, comme s'il était encore en poste à l'état-major du puissant Broussilov, commande sa limousine au voiturier déguisé en valet piémontais.

Dans le véhicule où ils se sont installés pour suivre le couple, Valentin bouscule Émile, non sans rudesse :

– Pourquoi croyez-vous que nous sommes ici, sinon pour suivre cette entôleuse ? Nous en sommes réduits à un travail de filature, pas très reluisant, et vous en profitez pour vous éclipser chez vos parents, comme un conscrit qui fait le mur ?

Choqué par ce discours grossier, Émile, s'efforçant de prendre un air digne, fait remarquer à son colonel qu'il connaît fort bien la *signorina* Lucia Benedetti, et qu'elle n'a rien d'une fille de palace.

– Parbleu ! Pour sûr ! Elle sort présentement d'un couvent de Jérusalem, du meilleur genre ! Cela ne l'empêche pas d'être ici en mission pour nous. C'est elle qui doit remonter le fil d'Ariane qui va de Nice à Berne et de Berne à Berlin. Je vous accorde qu'elle n'est pas venue de son plein gré. Nous avons dû exercer sur elle une forte pression. Mais il n'est pas question de la lâcher d'une semelle. Elle a trop l'habitude de prendre le vent comme il vient. Hier, c'était Maslov, ne l'oubliez pas, aujourd'hui, Simenov. Il peut la retourner comme une crêpe. Nous ne pouvons nous fier à cet homme. Aucun Russe n'est plus digne de confiance. S'il l'entraîne dans une arnaque, avec détournement d'armes à la clé, nous devrons une fois encore la sauver in extremis. Et si elle tombe aux mains des Allemands, votre *diva* ne chantera plus qu'au paradis. Elle a trahi trop de monde.

Brusquement, le colonel fait arrêter la voiture. Le Russe a fait étape à l'église du métropolite de Saint-Pétersbourg, rue de Longchamp, laissant Lucia à l'intérieur de la limousine. Le capitaine Simenov ne veut pas de témoins.

Valentin entre à son tour dans l'église, jette un coup d'œil. Elle est vide, éclairée par quelques cierges placés au pied des icônes. La porte de la sacristie est ouverte. Sans doute le Russe aura-t-il filé par là, connaissant les lieux. Il a repéré ses suiveurs et tenté de leur échapper. Duguet, Niçois avisé, s'est posté dans la petite rue de Longchamp. Il a vu sortir Simenov accompagné d'un civil vêtu d'un costume tropical, portant à la main un sac de voyage.

« Ils vont à la gare », se dit Valentin qui retourne à la voiture, donne des ordres au chauffeur, récupère au passage Duguet toujours en planque. Dans le hall, les hommes ont disparu, happés sans doute par un train en partance immédiate. Les Français se précipitent au guichet, interrogent le préposé. Un seul homme a acheté un titre de transport. A-t-il fait établir son billet pour l'étranger ?

– Oui, répond le guichetier. Pour Gênes, Milan et Berne.

– Un agent allemand, conclut Valentin avec autorité.

Il retrouvera à Berne les correspondants du cher Ludwig Curtius, le chef de l'espionnage du IIe Reich pour l'Orient. Je crois que nous tenons la filière. Il est dommage d'avoir laissé s'échapper cet homme. Il faut rentrer à l'hôtel et y établir un plan d'action précis pour empêcher ces Russes de nuire.

Dans sa chambre, le colonel daigne enfin informer Duguet du gros de l'affaire. Il cherche dans sa serviette un télégramme de Paris reçu à l'état-major de Salonique et aussitôt exploité par le lieutenant Venstein, provisoirement chargé du 2e bureau. Il lui montre la copie décryptée de ce télégramme, envoyé par un agent allemand de Genève et adressé à Curtius en poste à Sofia, avertissant que l'armée d'Orient se prépare à une attaque dans le secteur de la Moglena vers le 15 septembre. Valentin ajoute que le bureau des opérations français de Salonique devra sans doute modifier ses plans précipitamment pour tromper l'ennemi et le dissuader d'une attaque préventive, mais il importe de mettre hors circuit la filière de renseignements.

Il persuade Duguet de reprendre discrètement contact avec Lucia. Peut-être a-t-elle déjà des lumières sur le comportement étrange du capitaine Simenov ?

– Il ne faut pas négliger le fait que son ancien patron, le général Broussilov, gloire de l'ancienne armée, est sur le point d'être recruté par Trotski, précise Valentin au lieutenant. Les Russes sont les spécialistes du double jeu. La haine des Bolcheviks affichée à Nice par le capitaine Simenov n'est peut-être qu'un trompe-l'œil. L'agent allemand qu'il vient de contacter venait sans doute d'Orient et retournait en Suisse. Il n'est pas impossible que notre état-major de Salonique soit infiltré, qu'un traître renseigne l'ennemi dans nos services. Nous employons des traducteurs grecs et même bulgares, en relation possible avec l'ennemi.

– Le général Franchet d'Espèrey est-il alerté ?

– Il pense que les fuites ne viennent pas de chez lui. Il a dû expédier son plan d'offensive à Clemenceau, pour le soumettre à l'approbation des quatre généraux alliés du Comité de Versailles : notre Belin, ancien major de l'armée, l'Anglais Sackville-West, l'Italien de Robilant et l'Américain Bliss. Chacun avait un état-major autour de lui. « Un secret connu de vingt personnes n'est plus un secret ! » a conclu Franchet.

Le général explique ainsi le télégramme de Genève, sans chercher de tortueuses affaires d'espionnage. Valentin comprend parfaitement sa réaction. Le général Franchet d'Espèrey supporte très mal d'être critiqué depuis Versailles par des experts irresponsables. Il tire argument de l'affaire du télégramme de Genève, à l'évidence, pour démontrer le rôle nuisible, dangereux du Comité de Versailles. Les participants à cette réunion, les généraux alliés baptisés *experts*, vont profiter de ces fuites concernant les plans de Salonique pour suggérer à Clemenceau et à Lloyd George de retarder l'offensive ou d'y renoncer.

– Franchet rejette ainsi toute la faute sur Paris. Il n'y aurait pas espionnage, mais bavardages. Je n'en crois rien, ajoute Valentin. Un réseau monté par Curtius renseigne bel et bien l'ennemi. Un de ses relais est Nice, l'autre Genève, le troisième Berne, et tout part de Salonique même. À nous d'en faire la preuve et de le démanteler.

* *
*

Émile ne souffre pas d'être utilisé par Valentin comme un vulgaire policier. Ce dernier l'a planté sur la Croisette, avec ordre de suivre, en taxi, la limousine où Lucia attend son Russe. Il est loin de supposer à quel point le lieutenant est toqué de la cantatrice, imaginant sans doute un de ces rapports fugaces noués au cours des missions et qui ne laissent pas de traces.

Il n'en est rien. Émile est si amoureux qu'il laisse distraitement filer l'aventurière et son amant, sans donner ordre à son chauffeur russe – un vieil émigré de l'ancienne noblesse reconverti – de leur coller à la roue.

Il ne veut à aucun prix donner à la belle Lucia l'image d'un chien policier suivant obstinément sa proie.

Simenov porte toujours l'uniforme des officiers du régiment de Koursk, mais il a pris de l'embonpoint et doit garder sa vareuse ouverte tel un marchand de cravates. Il a le teint rouge et des favoris à l'ancienne mode encadrant ses traits adipeux. Celui-là n'est pas un aristocrate, tout juste un moujik arrivé par le rang. L'agilité de ses jambes courtes compense le poids du corps. Émile en a été témoin à la gare : pour suivre son complice, un Allemand au teint bistre d'homme du désert afghan, sec et haut de taille, le gras officier trottait menu, économisant son souffle. Tel est le séducteur qui jette sur sa Lucia un regard de propriétaire, à l'indignation d'Émile Duguet.

Leur limousine stoppe place Masséna, devant le consulat d'Angleterre. De nouveau, le Russe en descend seul, laissant la jeune femme à l'intérieur. Elle sort cependant, attirée par la vitrine d'un joaillier. Émile bondit sur l'occasion, s'approche et la salue avec le brin de révérence insolente propre aux officiers abordant une femme dans la rue.

– Ce soir, lui glisse-t-elle, à peine surprise. À minuit, dans votre chambre.

– Impossible, répond Émile en riant, je couche avec mon colonel.

– En ce cas, venez dans ma suite. Simenov s'absente pour la nuit. Arrangez-vous pour être discret.

Elle le toise avec hauteur, donnant le change au chauffeur sorti de son habitacle pour lui ouvrir la portière. Émile fait mine de poursuivre sa route de cavaleur de trottoir, aborde une autre jeune femme qui n'a aucune raison de le fuir. Sous le chapeau cloche qui lui cache le front et les cheveux, il reconnaît Suzon, sa sœur.

– Je l'ai démasquée, ta dame de pique ! lui siffle-t-elle. J'étais sûre que c'était elle. Je l'ai reconnue à ton regard énamouré, quand elle est sortie du Négresco au bras de son bouffi.

– Comment l'as-tu suivie ?

– À bicyclette, bien sûr. Je vais plus vite que ton vieux taxi et je roule sur les trottoirs.

– Je croyais que c'était interdit sur les promenades, les places et les boulevards, par arrêté du maire, bafouille Émile.

– Pas depuis la guerre. Tous les Niçois vont à vélo, et aussi les Niçoises.

– Laisse ta bicyclette et viens prendre un chocolat au bar du Négresco.

– Certainement pas. Pour qui me prendrait-on ? Allons plutôt au beau soleil de la promenade. On y sert des glaces et des verres de coco. As-tu oublié ton enfance ? Nous pourrons même nous baigner, nous faire dorer sur les galets chauds comme les pains sortant du four. Te souviens-tu que tu m'as appris à nager ? J'y viens chaque jour, à l'heure du repas de midi. Je te présenterai à mes amies. Tu seras entouré d'un essaim de jolies filles, de celles qui n'ont pas besoin de rouge ni de fards pour être belles. Allons, vieux Triton, viens nous montrer tes muscles et tes blessures.

Émile se laisse tenter. Il garde au cœur la joie de retrouver Lucia cette nuit. Pourquoi ne pas faire plaisir à Suzon ? Dieu merci, hâlé comme un pêcheur de perles grâce au soleil de Salonique, il ne se sent pas ridicule au milieu des Niçoises aux bras dorés qui portent des maillots à la dernière mode. Suzon plonge, jambes en l'air, sinuant sous l'eau comme une anguille. Il la rejoint de bon cœur et nage en *crawl*, tel un Anglais dans la Strouma. Elle a toutes les ruses pour lui échapper et ses amies se mettent joyeusement de la partie, dans une ronde aquatique et endiablée qui amuse les passants, en haut de la Promenade.

Sur les galets, Suzon se laisse porter par les bras puissants d'Émile et, tout en l'embrassant, lui glisse à l'oreille :

– Tu remarqueras les deux hommes allongés non loin de nous à droite. Ils se parlent en allemand. J'en suis certaine. Ils ne viennent pas ici pour la première fois. À l'hôpital, on nous met en garde contre les espions. Hier, je les ai suivis lorsqu'ils sont sortis de leur cabine. Ils portaient l'uniforme des Russes et se sont rendus au Négresco. Fais attention, petit frère, tu couches dans un nid de Boches. Regarde sous ton lit s'il n'y a pas de bombe.

Suzon n'a pas rêvé. La cabine où Émile retrouve ses vêtements touche celle des deux baigneurs qui la regagnent pour quitter leurs maillots. Il les entend parler sans méfiance d'un départ par bateau vers la Corse. Quand ils reparaissent, Suzon est surprise. Un seul porte la vareuse russe, l'autre est en civil, en veste blanche des tropiques. Émile embrasse sa sœur avec tendresse.

– Tu viens de me rendre un grand service. File au port avec ta bicyclette. Renseigne-toi sur l'horaire des paquebots. Il est possible que je parte pour la Corse.

– Tu ne partiras pas sans moi ! Je te le jure. Je me cacherai dans les coursives.

* *
*

Valentin a alerté la prévôté pour remettre la main sur le voyageur sans bagages qui s'exprime en allemand. Ajaccio n'est pour lui qu'une étape. Les gendarmes, bien renseignés, lui indiquent que l'homme doit aussitôt repartir pour Chypre. Il a montré un passeport en règle de nationalité australienne et ne détient pas d'arme.

Le colonel est convaincu qu'il retourne à Salonique par des moyens très détournés, en sous-marin peut-être, pour recevoir les nouveaux messages du traître de l'état-major. Ce qu'il doit découvrir ici, au Négresco ou dans ses parages, c'est par quelle filière l'information reçue de Salonique par les agents russes via les officines allemandes d'espionnage en Suisse a été transmise.

À Nice, dans la France en guerre, il n'est pas question de tour de chant pour Lucia, même au profit d'une œuvre caritative. On lui demande ce que l'on n'a jamais exigé d'elle aussi brutalement : qu'elle séduise un agent ennemi comme une vulgaire espionne, pour obtenir des confidences sur l'oreiller, au besoin fouiller les bagages dans sa chambre.

On ne lui fait même plus la grâce de la présenter comme une cantatrice de renom, elle est contrainte à un travail routinier. Puisque les Français lui ont sauvé la mise à Istanbul, où Von Papen voulait la supprimer, qu'elle se dévoue à son tour pour leur tirer une épine du pied. On a su lui faire comprendre, à Jérusalem, qu'on attendait d'elle un dévouement proche du sacrifice, comme celui de la patriote Louise de Bettignies, informatrice des Anglais en Belgique. Et le Dieu des Alliés lui en saura gré, dans son immense compassion.

Tout heureux de s'infiltrer dans sa suite, dont la porte est restée entrouverte à minuit précis, Émile Duguet trouve une *diva* aux cheveux fous, non maquillée, vêtue d'un tailleur de ville couleur muraille, visiblement prête à s'enfuir par le premier train.

– Me prennent-ils pour Jeanne d'Arc ? Suivez-moi, dit-elle à Émile comme si elle s'adressait à son valet de chambre. J'ai préparé pour votre colonel les indices que j'ai pu réunir sur le porc qu'il m'a chargée de séduire. Voici le plan, oublié dans un tiroir, du nouveau fusil-mitrailleur anglais auquel les Allemands s'intéressent. Une feuille de buvard qui a gardé l'adresse de son contact à Genève, un bijoutier dont la boutique se situe près du pont Saint-Pierre. Le courrier de Berne vient y relever les plis, qu'il transmet directement aux agents allemands. Ils tombent ainsi dans les mains du professeur Curtius, le spécialiste du front bulgare. Vous avez la filière complète.

– Mais pas les plans de l'état-major français.

– Simenov s'est rendu lui-même à Genève afin de les remettre en main propre, la semaine dernière. Cette nuit, il la passe en grande partie dans le train, pour apporter à son correspondant des précisions complémentaires fournies aujourd'hui même par l'agent de Salonique. Si vous intervenez à temps, vous pouvez les saisir. Avertissez votre chef. Inutile de revenir. Ne me cherchez plus dans cet hôtel. Je retourne chez moi, à Milan.

– Où les tueurs croates au service de l'Allemagne auront tôt fait de vous retrouver, après l'avis de recherche lancé par Simenov !

– Les franciscains m'ont indiqué des lieux de refuge dans Rome. Je m'y rendrai en cas de besoin.

– N'ayez aucune crainte pour Simenov. Il ne reviendra pas. Il sait qu'il est brûlé auprès de ses collègues, les officiers russes blancs. L'un d'eux l'a démasqué et dénoncé au colonel Valentin. Vous êtes libre, Lucia, de rester ici tant qu'il vous plaira. Je vous ferai connaître Nice, la plus belle ville du monde.

– Et vous repartirez demain pour Salonique !

– Il ne tient qu'à vous de passer ici votre vie. L'opéra de Monte-Carlo n'est pas loin.

Lucia demeure silencieuse, fermée, presque hostile. Ce petit Français ignore-t-il qu'elle n'est qu'une chanteuse d'occasion, qu'elle joue le rôle de *diva* à des fins infâmes, qu'aucun directeur d'opéra, fût-il monégasque, n'engagera jamais une espionne en mal de cachets ? La candeur de Duguet l'humilie, la renvoie à ce qu'elle est vraiment, sans même lui ouvrir d'issue à la mesure de ses rêves. Croit-il qu'elle va l'épouser pour chanter l'Ave Maria en famille, le jour de Noël ?

Émile, qui doit communiquer de toute urgence à Valentin les renseignements obtenus par Lucia, la supplie de l'attendre. Ils partiront ensemble dans l'arrière-pays niçois, où les lauriers-roses et les gerbes de glycines abritent les façades de maisons discrètes, enfouies dans leur parure de fleurs.

Son lyrisme semble la dérider, sinon la séduire. Le jeune homme est fou d'elle, c'est visible. Mais il est loin d'être le seul. Qui peut résister à ses charmes ? Croit-il qu'elle vivra longtemps cachée, fleur ignorée parmi d'autres fleurs ? L'artiste qu'elle souhaite devenir depuis son enfance saurait-elle se satisfaire d'une retraite toute simple, auprès d'un amoureux paisible ? Son regard cependant se trouble au départ d'Émile.

Qu'il est touchant, dans sa hâte à la reprendre dans ses bras !

Le colonel Valentin retient un long moment son lieutenant. Il veut déchiffrer avec certitude le nom du correspondant genevois de l'espion russe. Il téléphone de nuit à Genève et garde Émile à portée, au cas où il devrait le lancer d'urgence à la poursuite de l'ennemi. Dieu merci, il obtient toutes les garanties nécessaires. L'équipe genevoise se mobilise. Simenov ne peut leur échapper.

Quand enfin, au bout de plus d'une heure de cruelle attente, Duguet peut se précipiter vers la suite de Lucia, il trouve porte close. Il bondit à la conciergerie. Le veilleur de nuit lui remet une lettre de la part de la dame, partie en taxi pour une destination inconnue.

« Adieu, mon cher amour. Je ne connaîtrai jamais les glycines du pays niçois. Je te quitte pour toujours. Souviens-toi de moi plus tard. Il me semble que j'aurais pu t'aimer. »

Et la signature à l'ample paraphe, jetée en toutes lettres, d'une belle écriture penchée : « Lucia Benedetti. »

Frappé d'inertie, Émile ferme les yeux et s'adosse au tambour de l'hôtel où il reste longuement immobile. Son bel amour est mort. L'aube se lève, dissipant les fantômes. De l'autre côté de la promenade, une jeune fille à bicyclette lui fait signe.

– Viens vite, Émile ! crie Suzon. Maman t'a fait du chocolat chaud.

* *
*

À Salonique, le colonel Valentin a repris la situation en main. Pour convaincre le général Franchet d'Espèrey, sceptique de nature, de la réalité d'un complot, il a besoin de démasquer le traître de l'état-major.

Le lieutenant Venstein, loin de bouder son chef, se montre empressé, zélé, et met à sa disposition toutes les informations dont il dispose. Jamais le siège interallié n'a connu d'activité plus fébrile. Les officiers ne cessent d'expédier des radios vers les unités, et Franchet multiplie les contacts avec les responsables des contingents alliés.

Tout se passe comme si l'offensive n'était nullement décommandée, en dépit des avertissements répétés venus de Paris. Le 1er août encore, le général Franchet d'Espèrey a reçu de Clemenceau une lettre lui prescrivant de ne rien entreprendre sans l'accord formel du Conseil de guerre suprême interallié. Le jour même, réplique significative, l'état-major de Salonique installait deux batteries lourdes supplémentaires sur le pic de Floka.

Venstein extrait d'un classeur les fiches des Allemands et Autrichiens suspects de résider clandestinement dans Salonique. Il prétend les avoir tous « logés », protégés qu'ils sont par les notables royalistes, devenus discrets, mais toujours présents dans la ville. Ces gens se réunissent fréquemment à la nuit tombée, comme s'ils complotaient une nouvelle insurrection, au moindre signe de faiblesse des Alliés. En tout cas, ils restent acharnés à recueillir dans la population des renseignements sur les mouvements de troupes. Ils sont en évidence en relation avec les services spécialisés du docteur Curtius à Sofia, peut-être aussi avec le renseignement allemand à Istanbul, mais Venstein ignore par quel procédé. Quand Valentin lui dévoile qu'il envisage la présence d'un traître au sein de l'état-major français, capable d'avoir accès aux plans d'opérations, le jeune lieutenant commence par se récrier.

– Le général, proteste-t-il, dispose d'un entourage au-dessus de tout soupçon.

– J'ai cependant la preuve des fuites. Il faut en découvrir les auteurs.

– Ils ne peuvent venir que de l'extérieur, soutient le lieutenant.

– Des officiers grecs ? Sont-ils informés de l'opération toujours prévue autour du 15 septembre ?

– Nullement. Le général a donné des ordres spéciaux

pour que ceux des divisions de Crète et de Serrès ne soient avertis qu'au dernier moment. Il a la hantise du secret. Il en va de même pour les Serbes.

– S'il est vrai que le général, malgré le télégramme de Genève, n'a pas renoncé à son offensive prévue contre le centre du dispositif bulgare, l'ennemi doit à tout prix l'ignorer. Rien ne doit être ménagé pour démasquer au plus tôt les coupables et les mettre hors d'état de nuire, même s'il s'agit d'officiers ex-alliés.

– Je puis vous assurer que Clemenceau fait son possible pour éviter toute indiscrétion chez les Alliés. Il vient d'écrire dans ce sens à Lloyd Gorge et à Orlando.

Le général Henrys, commandant l'armée française du corps expéditionnaire, entre sans frapper au 2e bureau, salue avec plaisir Valentin, et lui demande s'il a des nouvelles de l'affaire des fuites.

De haute taille, ce Vosgien aux cheveux en brosse, responsable direct de l'offensive, n'est pas un expansif. Il a préparé méthodiquement le plan avec Franchet. Nommé par Lyautey, son patron, au temps de Guillaumat, il est resté sur place, au service du nouveau général en chef.

Le plan est pour beaucoup son œuvre. Avec sa minutie habituelle, il en a prévu les moindres détails. Aussi veut-il le préserver. Il exige du colonel, de nouveau chef du 2e bureau, des réponses immédiates, précises. Valentin explique qu'il tient une piste sérieuse, et que la source est ici même, sans conteste, à Salonique.

Henrys sursaute.

– Vous ne pouvez soupçonner l'entourage de Franchet, lâche-t-il, blême d'indignation. Il est irréprochable. Vous savez sans doute que l'offensive ne peut être différée. Les Serbes nous font remarquer que les grandes pluies vont commencer à la mi-septembre. Le plus tôt sera le mieux pour l'attaque en montagne. Les Buls reprennent courage. La moisson les nourrit. Malinov leur promet la paix dans les deux mois. Cent quarante déserteurs chez eux en juillet, contre deux cents en juin.

Leur moral s'améliore. Qu'on leur donne un long délai, ils seront plus combatifs que jamais.

– Nous faisons l'impossible pour sécuriser l'état-major, affirme Valentin avec force. Nous aboutirons dans un délai très bref.

– Le plan d'offensive est dans le coffre du général en chef, poursuit Henrys. Il n'est pas même communiqué aux généraux de division qui doivent en assurer l'exécution. Il est cependant traduit, pour être disponible aux chefs de contingents alliés le plus vite possible. Avez-vous songé aux équipes de traducteurs de serbe, d'anglais, d'italien, de grec ? Ces gens-là travaillent tous ensemble. On me dit qu'ils sont capables d'écrire et de parler dix langues. Certains n'appartiennent pas à l'armée et nous aurions gardé des traducteurs russes.

– Ils sont indispensables, mais nous les surveillons de très près, mon général, se permet le lieutenant Venstein. Aucun n'a eu la possibilité de trahir.

* *
*

Valentin se rend au 3e bureau du lieutenant-colonel Huntziger, chef des opérations, chargé de préparer les ordres destinés aux chefs d'unité désignés pour entrer dans la danse. Ce tacticien scrupuleux s'est enquis, en lançant au besoin des reconnaissances, de la nature du terrain, des retranchements achevés, et a obtenu des indications très intéressantes sur le détail des forces adverses.

Comme Franchet, il ne croit qu'aux interrogatoires de prisonniers et aux pattes d'épaulettes saisies sur les uniformes ennemis. Passionné de photographie aérienne, il fait aussi confiance aux aviateurs. Homme de terrain, ancien de l'équipe Guillaumat, il a mâché le travail de Franchet d'Espèrey en préparant les ordres, ou les recommandations, pour la force interalliée tout entière, et pas seulement pour les divisions françaises de Henrys. Dans son bureau sont archivés tous les schémas d'attaques, secteur par secteur.

Valentin lui demande si son antre est gardé de jour et de nuit, en toutes circonstances. Huntziger hausse les épaules. Tous les documents de l'offensive sont au secret. Ils sont seulement connus de lui, du général Henrys, et du patron. Personne d'autre ne peut y avoir accès. Dès qu'un plan de détail est élaboré, il est joint à l'ensemble, dans le coffre de Franchet dont le bureau est gardé par des zouaves en permanence.

Selon les généraux, aucune fuite n'est possible à l'état-major. Les plans sont cadenassés, l'immeuble sous surveillance constante. Chaque issue est protégée par un poste de garde.

Valentin se désespère. Pas le moindre indice. Venstein lui a affirmé qu'il avait vérifié les dossiers des traducteurs et des spécialistes du chiffre. Aucun suspect.

Nerveux, impatient de lui parler en tête à tête, Émile Duguet n'hésite pas à forcer la porte de son colonel.

– Je vous croyais reparti dans votre batterie, lui reproche celui-ci avec humeur, sans même lever les yeux du télégramme qu'il était en train de déchiffrer.

– Dieu merci, j'ai rencontré Layné à la gare du chemin de fer. Savez-vous que la semaine dernière, cinq Albatros ont attaqué de nuit, visant le quartier général, et que l'alerte a duré deux heures ? Des bombes sont tombées tout près. Les projecteurs fouillaient le ciel pour guider les canons anti-aériens basés sur le port, dont les éclats martelaient le pavé des rues. Selon Layné, tout le monde est descendu aux abris.

– Y compris les sentinelles ?

– Layné n'est pas sûr qu'elles aient été prises par la panique. Il a interrogé les zouaves de garde, des territoriaux. Ils ont juré leurs grands dieux que personne n'était entré. Mais ils ont vu un homme sortir quand la fin de l'alerte a sonné. Le sergent a affirmé qu'il s'agissait d'un officier russe. Cet intrus, connaissant les lieux et peut-être la combinaison du coffre du général, a eu tout le temps de l'ouvrir, pour peu qu'il ait pu s'en procurer le chiffre en soudoyant le personnel subalterne. Les grandes affaires d'espionnage débutent souvent par des femmes de ménage.

Valentin fait entrer Venstein, exige la liste des Russes encore présents à l'état-major avec indication de leur fonction. Ils sont quatre, dont les deux traducteurs. Les autres sont chargés de réceptionner et d'interroger les déserteurs de Roumanie réfugiés en Bulgarie et évadés vers le front français, soi-disant pour se rengager dans une armée blanche. L'un d'eux, Nicolas Mazel, ancien de l'état-major du général Diterichs, n'a pas suivi son chef à son départ. Il a préféré s'occuper, à Salonique, des soldats employés aux travaux publics ou embarqués dans la légion russe.

– Nous tenons notre homme ! lance Valentin. Convoquez-le immédiatement.

L'officier est introuvable. Nul ne se souvient de l'avoir croisé dans les couloirs de l'état-major ces derniers jours. Duguet, pressé de se rendre avec deux territoriaux en armes à son adresse personnelle au quartier israélite, trouve porte close.

Les commerçants interrogés prétendent qu'il n'habite plus ici depuis au moins une semaine. Sans se décourager, le Niçois gagne le bureau du commissaire vénizéliste du quartier. Il n'en obtient aucun renseignement, à croire que ce Mazel s'est volatilisé.

Le fonctionnaire grec l'accompagne pourtant sur le port, où des pêcheurs et des dockers sont chargés de surveiller les mouvements clandestins des embarcations, surtout de nuit, pour éviter l'intrusion en barques d'espions lâchés par les sous-marins ennemis.

– Un abordage a eu lieu la nuit dernière, vers quatre heures du matin, alors que je préparais mes filets, signale un pêcheur. La lumière était faible, mais j'ai bien reconnu la tenue blanche d'un homme coiffé d'un casque colonial. Il a sauté à terre pour rejoindre un officier en manteau de pluie coiffé d'une casquette russe. Ils se sont ensuite éloignés pour entrer dans le palais d'un ancien général de l'armée du roi Constantin, aujourd'hui à la retraite. Le Russe n'a pas reparu.

– C'est Mazel, crie Valentin. Arrêtez-le immédiatement.

– Mais le colonial est reparti dans la barque, porteur d'une lourde serviette.

– Je vous l'avais bien dit ! lance le colonel à Venstein. Non seulement ils ont volé le plan, mais ils cherchent à le compléter par de nouveaux documents.

Venstein téléphone aussitôt à la capitainerie du port pour faire rechercher un sous-marin relâchant dans une crique proche de Salonique, probablement en Chalcidique.

Duguet se charge lui-même d'arrêter l'officier russe. Il finit par le découvrir, sortant d'une maison cernée par les zouaves. Il n'oppose aucune résistance. Très vite, il passe aux aveux dans le bureau de Valentin. L'affaire est bouclée, la filière démantelée. Un peu tard.

* *
*

Mis au courant, le général Franchet d'Espèrey n'en est pas affecté outre mesure.

– C'est bien ! dit-il à Valentin, vous avez fait votre devoir. Restez vigilant. Mais sachez que ces butins d'espions ne sont jamais pris en compte par les belligérants. Churchill n'a pas cru, avant les Dardanelles, les rapports sur la mise en place des pièces lourdes allemandes dans les Détroits. Pétain, avant la première offensive de Ludendorff, le 21 mars, attendait l'ennemi en Champagne et non en Picardie, contrairement aux indications de tous les rapports du 2e bureau. Soyez sûr que Mackensen ne croira pas un mot des avertissements du docteur Curtius qu'il prend pour un cuistre maniaque. Je retiens de cette affaire que nous devons nous méfier tout particulièrement des Russes blancs. Les Allemands les ont infiltrés. N'allez surtout pas fusiller ce Mazel. Il ne faut pas que nous attachions d'importance à cette affaire. Tenez-le au frais dans quelque geôle des îles, et faites-lui lire les écrits de Vladimir Ilitch Oulianov, alias Lénine, qui compléteront son éducation.

Franchet se préoccupe bien davantage des généraux associés qui se font tirer l'oreille. Il doit demander l'intervention de Clemenceau pour obtenir que l'Italien Ferrero ne recule pas sans l'avertir devant les Autrichiens, laissant un vide entre son armée et celle des Français. Il lui faut aussi apaiser les craintes de Lloyd George en persuadant le Tigre qu'il ne songe pas à lancer son attaque sans l'accord formel du Conseil de Versailles, sachant bien que son prédécesseur Guillaumat ne cesse de plaider sa cause devant les Alliés.

Plus inquiétant que l'espionnage, le modérantisme de ses partenaires, dont aucun n'attend la moindre satisfaction de ce front d'Orient. Il estime néanmoins convenable de préserver le secret de ses plans, surtout au sein de son propre état-major, et le colonel Valentin, créature de Sarrail, bénéficie de sa part d'une attention plus soutenue. Tant de grands chefs – Sarrail exclu – l'ont méprisé qu'il s'honorerait, lui, Franchet le Preux, de lui témoigner une sorte d'estime.

Il sait aussi que la mise en place des troupes et du matériel est si lente dans le relief tourmenté de Macédoine que, même si l'ennemi connaissait ses plans, il aurait encore une avance d'un mois en engageant l'action à la date prévue du 15 septembre 1918. Un mois précieux avant l'hiver.

C'est donc d'un cœur léger mais sans montrer d'impétueuse ambition qu'il se rend chez sir Milne, le général anglais, pour tâcher de le convaincre qu'un certain progrès est possible, même sur le front helléno-britannique de la Strouma. L'idée de récupérer leurs territoires de Thrace envahis de Bulgares porterait le moral des Grecs à l'incandescence. Franchet se dit sûr qu'un Winston Churchill attacherait du prix à cette gratitude des Hellènes, même sottement vénizélistes, et qu'il pourrait ainsi les encourager à mieux traiter leur jeune roi.

Il est toujours difficile d'arracher l'adhésion de sir Milne à un projet offensif. On vient de lui prendre des troupes. Celles qui lui restent ne sont pas de première fraîcheur et les Indiens qu'il doit s'adjoindre sortent à peine des camps d'entraînement.

– Pensez-vous que les Sénégalais récemment débarqués de Marseille leur soient tellement supérieurs ? objecte Franchet, avec la meilleure bonne foi du monde. Ils n'ont jamais pratiqué le lancer de grenades et ignorent tout du fusil-mitrailleur. La victoire, affirme le Français, est au plus audacieux, non au mieux préparé. L'histoire peut à l'aise confirmer cette règle. Il est sûr que la vieille Angleterre fera des merveilles avec ses jeunes Gurkhas si pleins d'ardeur.

– On voit bien, *my dear friend*, que vous n'avez pas « sur le dos », comme vous dites, quelqu'un d'aussi obstiné que le Gallois Lloyd George. Il est comme ces femmes légères qui ne peuvent avoir plus de deux amants en même temps. Il a son favori Allenby, et lord Maude en Irak. Ne le soupçonnez pas, je vous en prie, de m'accorder le moindre signe d'intérêt. Il ne me demande que de faire le mort, comme au bridge. Je n'ai pas le droit de jouer.

Franchet se sentirait ému de cette complainte s'il bénéficiait lui-même des bonnes grâces de Georges Clemenceau. Il n'en est rien, hélas ! Le président du Conseil lui écrit fréquemment, mais toujours pour lui intimer l'ordre de ne rien faire sans son accord. S'il lui avait obéi, rien ne serait prêt pour l'offensive. Elle peut finalement être envisagée à la date prévue, date butoir, grâce à son énergique persévérance. Laisser passer la chance équivaudrait à braver le palu six mois supplémentaires.

Le général anglais revient à des sentiments plus encourageants. Il accepte de prendre en charge le 1er corps d'armée hellénique, dont les officiers font assaut d'indiscipline, de transporter et de ravitailler cette troupe sur le front de la Strouma. Pour Franchet, c'est un soulagement. Il prend bonne note que la 122e division française, qu'il destine à l'assaut décisif, vient d'être relevée sur la rive droite du Vardar par la 27e division britannique.

De retour à son état-major, Franchet se frotte les mains. Tout se déroule selon ses vœux. Il vient de concentrer ses troupes d'assaut dans des centres d'instruction spécialisés au centre de la Macédoine : la 122e du général Topart est installée autour de Verria, où affluent les convois chargés d'armes nouvelles, particulièrement d'engins Stoke et de lance-flammes. La 17e division d'infanterie coloniale de Pruneau, relevée par la 11e, est à la fois au repos et à l'entraînement autour de Vladovo. Topart et Pruneau connaissent de longue date leur chef Jérôme, qui a commandé successivement leurs deux divisions au cours de sa longue carrière en Orient.

– En voilà trois, se réjouit Franchet, qui marcheront la main dans la main.

* *
*

Émile Duguet reprend le chemin du front, le cœur lourd. Non seulement il a perdu toute trace de Lucia qu'il ne parvient pas à oublier, mais la mission niçoise menée à bien par le colonel Valentin semble n'avoir rien changé aux dispositions offensives du corps expéditionnaire, comme si elle avait été parfaitement inutile.

Quand il se rapproche de la Moglena, où les troupes d'assaut franco-serbes doivent bientôt prendre position, il est surpris par le bon état des routes, empruntées par des files de camions. Le génie a bien travaillé. Les convois d'artillerie se suivent sans interruption. L'affluence des canons, surtout des pièces lourdes, est un signe manifeste d'offensive.

Il s'engage sur la route aménagée de Slocivir à Floka, circulant de préférence de nuit pour ne pas être repéré par l'aviation ennemie. Franchet a refusé de livrer au voïvode Michitch les six kilomètres de toile bariolée qu'il réclamait pour protéger ses voies d'accès. Ce camouflage, lui a-t-il expliqué, provoquerait la curiosité des coucous bulgares, qui connaissent le terrain.

Émile demande à son compagnon de voyage, le lieutenant du génie Hervé Layné qui pilote la Ford T mise à leur disposition à Salonique, pourquoi des dizaines d'appareils aux cocardes françaises se dirigent tous, par escadrilles, vers Vertekop, en arrière des lignes serbes.

– Ordre de Charpy, le chef d'état-major. Le capitaine Michaud commande l'aviation de la IIe armée serbe. Il reçoit ses ordres directement du voïvode et met à sa disposition trois escadrilles d'armée, l'une d'avions de reconnaissance, et les deux autres de chasseurs. D'autres bases sont installées à Lembet, à Yenidje Vardar. Bien sûr, plusieurs escadrilles sont directement rattachées aux deux divisions d'attaque françaises. Mais il est vital pour les Serbes que celles-ci assurent la sécurité de leur grand quartier général fixé à Floka, et dirigent le tir des batteries lourdes de 155. Franchet pense que ces canons d'une grande précision doivent travailler en rapport constant avec les coucous, des Bréguet de construction nouvelle. De cette conjonction dépend la précision du tir.

– Comme il a raison ! ironise Duguet. Il voudrait bien, lui aussi, bénéficier d'un tel appui aérien pour sa batterie. Il lui a toujours manqué, faute d'avions disponibles, certes, mais surtout en raison du brouillard épais dans la montagne. Le général, poursuit-il, a dû visiter les lignes un jour de grand soleil. D'ici la mi-septembre, le temps risque de se gâter fortement.

Hervé Layné trouve la mauvaise humeur de Duguet insupportable. Pourquoi critiquer ces dispositions spectaculaires, alors qu'on a tellement manqué d'avions dans le passé ? Michaud est un as. Il n'a pas besoin d'un grand soleil pour prendre l'air en rase-mottes et faire son rapport. Il est temps que le Niçois retrouve son moral. Faute de capitaines ou de commandants, frappés par la maladie le plus souvent, il a perdu son chef, le capitaine Georges Livet, évacué sanitaire pour cause de palu, et il a la lourde charge de commander désormais par intérim « à titre provisoire », comme on dit, un groupe, et non plus une batterie. Cinq fois quatre canons de montagne. Ses hommes l'attendent, sûrs qu'ils vont enfin sortir de l'inaction. Est-ce le moment de bouder la besogne ? Layné ne cache pas son irritation. Que Duguet reste au service de Valentin, si le cœur lui en dit, à faire le mariole dans les missions secrètes. À courir deux lièvres en même temps, on finit par perdre le souffle.

– Et voici ma route, s'écrie-t-il gaiement en apercevant le margis Raynal à la tête d'une équipe de Malgaches. Nous avons en charge l'entretien de cette voie, pour le compte des Serbes de la IIe armée, et pour leur accès au front, entre la petite ville de Soubotsko et le village de Dragomantsi. Nous ne sommes pas loin de la station de chemin de fer de Vertekop, par où arrivent, venant des centres d'instruction, les bataillons serbes. Le voïvode Stépanovitch, chef de la IIe armée, est justement en inspection. Je vois son fanion sur la voiture. Je vais à sa rencontre. Garde la Ford T, elle te conduira chez toi sans difficulté. Le chauffeur connaît par cœur toutes les pistes de la région.

Émile peut à peine saluer Raynal, occupé avec Maublanc à répondre aux questions du voïvode. Au volant, le tringlot Berline décolle en bolide, prend une piste poussiéreuse vers la gauche qui conduit directement à la montagne. Il s'arrête un peu plus loin, à Dragomantsi, pour faire le plein d'essence.

– Je me présente, Jules Berline, de Levallois. Ancien chauffeur de taxi à Paname. Avec moi, vous ne craignez rien, lieutenant. Je maîtrise toutes les pannes, et je ne suis jamais tombé en rade.

Le Niçois ne s'étonne pas de la volubilité du Parigot, qui promet un voyage agréable. Celui-là n'a pas les yeux dans sa poche. Le groupe de 65 de montagne d'Émile n'est pas encore monté en ligne. Son ordre de route stipule qu'il s'est rassemblé à Tressina, au sud de la rivière Floka.

– C'est incroyable ! s'exclame Berline. Nous sommes tous sous les ordres d'un voïvode. Pas moyen de lever le petit doigt sans son accord. Vous aussi, mon lieutenant, sans doute ?

– Pourquoi non ? Les Serbes sont nos alliés. Il me semble qu'ils sont eux-mêmes aux ordres de notre chef suprême, Franchet.

– Encore heureux que le prince Alexandre ne soit pas à la tête du corps expéditionnaire. Je l'ai conduit quelquefois. Un homme courtois, qui parle parfaitement notre langue. Mais, d'après les Serbes, il n'a pas l'énergie ni la résistance de son père, le roi Pierre. Il a besoin d'un lorgnon pour lire les cartes et monte à cheval comme un marin crétois. Le roi Pierre avait servi dans l'armée française, en 1870. Un vrai soldat. Est-il encore en vie ?

– Oui, mais il est très malade. Il ne peut sortir de sa chambre et doit s'en désespérer. N'ayez crainte, son fils fera l'affaire. Il est toujours présent au front et suit de près la mise en place des unités. Le bruit a couru qu'il se décourageait. Il n'en est rien. Notre Franchet l'a regonflé à bloc.

Après une montée en lacet très sévère, la route devient une piste rocheuse et grimpante que la voiture aborde sans faiblir. Elle double en klaxonnant d'abondance des caravanes de mulets porteurs de caisses de munitions arrimées en cacolet et menés à la longe par des Serbes fourbus aux godillots en charpie.

– Nous grimpons vers le secteur de la division yougoslave, la première des trois unités serbes de la IIe armée. Les autres s'appellent Timok et Choumadia. Elles sont heureusement encadrées, à leur gauche, par notre 122e.

– Je suppose que tu ne me conduis pas chez Topart, s'inquiète Émile. Nous sommes en appui des coloniaux de la 16e. C'est à l'aile droite des Serbes.

– Bien sûr que si, mon lieutenant. Me prenez-vous

pour un chauffeur russe ? Nous roulons sur le village détruit de Prébéditché, où vous retrouverez nos zouaves et nos tirailleurs, planqués dans des ruines bien aménagées.

– Les zouaves, as-tu dit ?

– Ils ont un bataillon en renfort, au contact des Serbes. Leur commandant s'appelle Coustou.

* *
*

Les canons sont soigneusement dissimulés dans des granges, des bosquets, des hangars recouverts de paille. Les chevaux broutent en liberté l'herbe maigre, séchée par le soleil. La batterie de Duguet a reçu tant de renforts depuis son départ en mission qu'il est loin de reconnaître ses *artiflots*.

Le margis Gautier, un vieux de la vieille, accueille son officier. L'ancien professeur de mathématiques au lycée de Nice, réserviste quadragénaire, s'indigne du grand nombre de bleus sans instruction suffisante, qui ignorent jusqu'à l'attelage des mules. Grâce au ciel, les chefs de batteries sont des briscards venus comme Duguet des Vosges, familiers de la guerre en montagne, ou bien de jeunes polytechniciens ayant choisi cette arme. Ces derniers sont précieux pour apprendre la lecture des tables, des cartes, et former des viseurs convenables.

– Je vois que tout est prêt pour le baroud ! constate Duguet. Il ne reste plus qu'à entrer en piste.

– Ceux du génie ont travaillé discrètement à aménager nos positions de tir. Elles sont camouflées avec art, précise Étienne Gautier. Le capitaine Maublanc est venu les inspecter en personne. Celui-là ne boude pas sa peine. Il dit que la réussite de l'opération dépend de l'efficacité de nos pièces. Il ne croit pas aux canons à longue portée, utiles seulement par beau temps.

– N'ayez aucune crainte, le rassure Duguet. Les positions ennemies sont repérées par temps calme, avec précision. Les pièces lourdes ont leurs tables prêtes, leurs objectifs au mètre près. Elles visent les gares, les lieux de rassemblement, les ponts et le réseau de tranchées que l'on ne peut modifier sans cesse. N'oublie pas qu'une ligne de forteresse est inamovible. Chacun aura sa part dans la victoire. L'affaire de nos 65 est d'attaquer les troupes en mouvement, et de soutenir l'avance des nôtres, à un poil près. J'ai hâte de faire des exercices de feu roulant.

– On n'a jamais vu une telle concentration d'artillerie sur un front aussi étroit, affirme le professeur Gautier. Rien que pour renforcer la Choumadia, j'ai vu passer huit pièces à tracteurs de 155 à canon court, vingt-quatre 75 et huit crapouillots ou obusiers de tranchée. Notre 122e division dispose d'au moins huit obusiers et vingt-quatre 75 pour la soutenir, sans compter les mortiers et le groupe yougoslave Schneider de 155 à tir rapide. Ajoutez que toute cette artillerie, où sont mêlées les unités des divisions françaises et serbes, se trouve sous l'autorité commune du voïvode nommé désormais maréchal, Stepa Stepanovitch, aide de camp honoraire de Sa Majesté le roi. Vous voyez jusqu'à quel point notre Franchet est allé loin dans le sens de l'intégration des forces franco-serbes !

Duguet reste songeur. En cas de retraite, mais aussi de succès de l'offensive, comment éviter l'engorgement des routes ? La régulation est-elle aussi aux mains du voïvode ? Gautier, dont le regard vif et la mémoire infaillible ne négligent aucun détail, le rassure sur ce point : il a reçu récemment le capitaine Cœurderoy, grand connaisseur des routes serbes, qui vient d'être agréé par le voïvode-maréchal pour assurer la police de la circulation, la liaison avec les gares et la répartition du matériel auto. Duguet connaît de réputation cet officier, aussi méthodique et efficace que le capitaine Doumenc sur la voie sacrée de Verdun.

Un grand nombre de chevaux sont rassemblés sur le foirail de Prébéditché. Duguet s'en étonne. Ils sont bouchonnés par des chasseurs d'Afrique en tenue de quartier.

– Prévoit-on déjà la poursuite par la cavalerie légère, ou des missions de reconnaissance ?

– Pas vraiment. Cet escadron est réservé aux artilleurs de la lourde.

Émile observe que les chasseurs attachent sur leurs montures de vastes poches doubles en toile forte. Le général Bunoust, responsable français de l'artillerie, a prévu d'utiliser ces chevaux pour ravitailler en obus les batteries de 155, depuis les dépôts intermédiaires établis en bas des pentes et soigneusement camouflés. Les chasseurs râlent ferme : les voilà convertis en muletiers. Mais personne ne peut discuter un ordre de Bunoust. Il a la totale confiance de Franchet d'Espèrey.

– Bah ! Dans peu de temps, les colonnes de ravitaillement seront inutiles. Le général a commandé des téléphériques d'une portée de cinq kilomètres, capables de fournir une livraison quotidienne de deux cent cinquante tonnes.

– Seront-ils en place au 15 septembre ? J'en doute, bougonne Émile, pessimiste. C'est toujours ainsi dans les débuts d'une grande offensive. Les états-majors pondent des montagnes de papier, estiment de bonne foi qu'ils ont tout prévu. Les déceptions sont inévitables.

– Je partage vos craintes, concède Gautier. Mais j'ai confiance dans la IIe armée serbe pour une seule raison : elle a reçu plus de cinq millions de cartouches rien que pour les fusils-mitrailleurs, ajoutées à quelque cinquante mille grenades et trois mille fusées éclairantes. Cela veut dire qu'ils sont enfin traités comme des combattants à part entière. Rien ne peut relever plus vite leur moral.

* *
*

Au front, le directeur général des chemins de fer de l'armée d'Orient Delaunay rend visite au commandant Mazière et au capitaine Maublanc, toujours pris par l'entretien des routes. Si ces officiers réalistes doutaient encore de la préparation de la grande offensive, ils ne peuvent se voiler la face lorsqu'ils apprennent que leur patron leur demande de prévoir dès maintenant la remise en état de la ligne d'Usküb.

Ils lèvent les bras au ciel d'effarement. Cette voie ferrée, actuellement aux mains de l'ennemi, sera à coup sûr sabotée en cas de retraite. On leur réserve donc du matériel pour reconstruire au moins six ponts, dans l'hypothèse où elle serait ouverte à nos troupes victorieuses. Quand on connaît la modicité habituelle des moyens mis à disposition, l'entreprise paraît insensée aux sapeurs.

Il leur est aussi demandé de tracer une voie à soixante centimètres d'écartement de Monastir à Prilep, sur quarante-deux kilomètres. Jamais ils n'ont été chargés, avec une telle insistance maniaque, de travaux impossibles à réaliser sans renforts importants de matériel et d'équipes. Ils ont toutes les peines du monde à mettre en place le plan routier et ferroviaire destiné à convoyer les hommes et les munitions jusqu'aux lignes de départ de l'offensive. La mise en marche de centaines de milliers de combattants en même temps est comparable à celle d'un chantier industriel de très grande envergure, qui exige des équipes renforcées. Mazière demande donc des renforts de Chinois et d'Indochinois, qu'on lui promet avec des réserves. Leur arrivée dépend du planning interallié du fret maritime.

À la station ferroviaire de Vertekop où les officiers raccompagnent Delaunay, ils aperçoivent une équipe de sapeurs au travail, déchargeant des grues et des tabliers de ponts. Les hommes sont sensibles aux plaintes du margis Raynal, qui estime insuffisantes ses équipes de Malgaches rompues à tous les travaux routiers, d'autant qu'elles attendent en vain les engins Caterpillar promis pour tracer rapidement les pistes.

– On ne peut plus employer de travailleurs grecs, avertit Raynal. Ils sont mobilisés dans leur armée, et ceux qui restent disponibles en profitent pour exiger des salaires plus élevés. Pourtant, il faut envisager dans cette gare de Vertekop un triplement des voies de garage pour les rames débarquant le matériel d'artillerie à une cadence folle. Nous allons nous y employer de notre mieux avec le chargement de rails qui viennent d'être livrés aux marchandises.

Mazière est stupéfait.

– Le directeur Delaunay nous demande d'assurer ici un rythme quotidien supplémentaire de vingt-cinq wagons, tout juste équivalant à une réserve d'approvisionnement de huit jours pour l'armée serbe. Où veut-il que je les prenne ?

– Ils les trouveront, je leur fais confiance, s'amuse Maublanc. Les X sont faits pour ça. Ils dégotteront des wagons grecs dans les dépôts. Aujourd'hui, la priorité absolue est aux Serbes. Venizélos ne le comprend que trop. À vous de prévoir ne serait-ce qu'un petit embranchement supplémentaire, indique-t-il à Raynal avec bonhomie. Demandez donc à Layné qu'il vous envoie des renforts. Les Russes inemployés ne manquent pas, ni les déserteurs bulgares.

Raynal admire son bon maître Maublanc qui trouve toujours réponse à tout. Il s'adresse à lui, simple margis, comme s'il parlait à un officier, car il connaît ses capacités et lui fait confiance. Il ne lui viendrait pas à l'idée de le nommer sous-lieutenant. À quoi bon les grades ! Seule compte pour lui la valeur des hommes.

– Tout de même, confesse Maublanc à Mazière en s'éloignant, il faut faire un geste pour ce Raynal. Il n'a pas avancé d'un pouce depuis deux ans, et nous lui demandons beaucoup. Cela ferait plaisir à ses parents.

Paul retourne à l'ouvrage. Les ordres sont d'achever le ravitaillement des batteries d'artillerie pour le 10 septembre. Moins d'un mois de délai pour transporter dans la montagne les lourdes caisses d'obus.

Une batterie de 75, celle du Breton Cadiou, débarque ses chevaux d'une rame en provenance de Vodena où elle s'était arrêtée par erreur. L'irascible Bigouden n'est guère de bonne humeur, malgré la gnôle. Tout est prévu pour l'artillerie lourde uniquement. Les 75 hippomobiles doivent trouver seuls leurs emplacements, les creuser s'ils manquent, bref, se débrouiller, comme d'habitude.

– Le général Bunoust, grince-t-il, se fiche pas mal de nous. Il ne pense qu'à ses grosses pièces.

Un obus de forte puissance tombe à ce moment même à cent mètres de la gare de Vétrénik, provoquant la panique dans les équipes de déchargement du matériel. Il a dû partir d'au moins vingt kilomètres.

– Tu vois l'utilité de la lourde, gros malin, plaisante Raynal qui a connu, comme Cadiou, trop d'obus de la *Marie pressée* sur la plage des Dardanelles pour prêter attention à ce pétard. Que dirais-tu si tu devais servir, comme nous, les sapeurs, tous les grands chefs en même temps ! Aujourd'hui même, le général Bunoust, dont tu dépends, vient de nous faire savoir qu'il importe de fournir sur-le-champ, par convoi automobile, quatre jours de feu à une batterie de 120, soit près de quatre mille obus pesant cent kilos chacun. Il ne faut pas prendre cette demande à la légère.

– Je sais, convient Cadiou. Le chef d'escadron Aymard, qui dirige en fait l'artillerie lourde soi-disant serbe de son PC de Tressina, est chargé de neutraliser les pièces ennemies installées à Golo Bilo, très capables, comme tu viens de l'entendre, de canarder notre liaison ferroviaire et d'empêcher les ravitaillements.

– Duguet est parti seul, avec son convoi de mulets, rechercher ses emplacements de 65. Fais comme lui, camarade, au lieu de râler comme un grognard. Je me suis laissé dire que Bunoust avait un plan de déplacement des grosses pièces, en cas de succès immédiat. Ne sais-tu pas que tu pars pour la der des der ?

– On me l'a dit cent fois. On l'a seriné aussi en 17 à ceux du Chemin des Dames. Les milords de l'état-major sont toujours optimistes quand ils nous envoient au casse-pipe.

* *
*

Le lieutenant-colonel Huntziger est convoqué au bureau du général en chef, où sont également présents le chef d'état-major Charpy, le général Henrys, commandant le contingent français, et le colonel Valentin. Jovial, Franchet leur montre un télégramme reçu de Clemenceau, suite à une demande de renforts.

– Il ne croit pas une seconde au succès de notre affaire, commente-t-il. Il ne mettra aucune unité supplémentaire à notre disposition en septembre et octobre. Les réductions d'effectifs résultant des pertes et des permissions ne l'affectent nullement. Il nous recommande par patriotisme de faire avec ce que nous avons. Il n'ose désavouer mon plan, mais il ne lèvera pas le petit doigt pour l'aider.

– Quelques éléments positifs dans sa réponse, remarque Huntziger qui déchiffre le document : deux cents artilleurs de montagne nous sont expédiés, avec une forte proportion de cadres ; ce n'est pas négligeable, étant donné les pertes prévisibles. Même souci dans l'artillerie : quatre-vingts adjudants, près de deux cents sous-officiers ne sont pas à dédaigner. Il nous envoie des gradés et des ouvriers spécialisés du génie dont nous avons le plus urgent besoin, sans parler des deux mille conducteurs de camions, pour la plupart maghrébins, qui feront la joie des équipes du train.

– Je regrette seulement, ajoute le major Charpy, que les effectifs de sept mille infirmiers présents en Orient pour une armée de cinq cent mille hommes soient jugés en nombre suffisant.

– C'est d'autant plus étonnant, remarque Valentin, que Clemenceau, médecin lui-même, s'est toujours fait le défenseur des blessés du front dans ses articles de *l'Homme libre*. Il a suscité la création d'un secrétariat d'État à la santé. Qu'il nous mesure au plus juste ce personnel est incompréhensible.

– Pardine ! coupe Franchet, c'est bien la preuve qu'au

15 août 1918, alors que nos unités de choc prennent leur place sur l'arrière des lignes, rien de sérieux ne doit se passer en Orient dans l'esprit du président du Conseil ministre de la Guerre. Il écrit lui-même, de sa main gantée de gris, qu'une capacité d'immobilisation de quinze mille lits est « suffisante dans une période de calme ». Voilà un aveu qui pèse lourd !

– Faut-il pour autant démonter notre dispositif ? demande Charpy.

– Je n'y songe pas une seconde. Mais il est urgent de renforcer le corps médical. Que nos infirmières recrutent et forment des jeunes femmes grecques déjà frottées de médecine. Qu'on me trouve dans le pays des médecins volontaires. Les Anglo-Saxons constituent des missions, des œuvres. Que les catholiques fassent leur devoir en France, par une campagne d'engagements, et ne manquez pas, Huntziger, de réclamer de nouveau des navires-hôpitaux. Nous n'avons que le *Charles-Roux* en rade. C'est insuffisant. Qu'attend-on pour nous renvoyer le *France* ? Les Anglais, si peu décidés qu'ils soient à attaquer, ne manquent pas de moyens sanitaires.

– Mon général, intervient doucement l'honnête Charpy, plein de réserve et d'autant plus écouté, Paris sait fort bien que l'ennemi s'attend à notre offensive et s'y prépare en conséquence. Le télégramme de Genève a donné l'alerte. Clemenceau ne croit pas au succès de notre entreprise, c'est clair.

Un long silence, non pas d'accablement mais de concentration, dans la « tête d'obus » du général Franchet d'Espèrey.

– Voyons, Valentin, avez-vous obtenu des informations sur le terrain ?

– Le moral des Bulgares a de nouveau rechuté, répond le colonel, soutenu par Venstein qui compulse son fichier. Ils se sentent abandonnés. Nous n'avons relevé aucun indice de renforcement des effectifs allemands, bien au contraire. Le bruit court chez eux que les détachements de mitrailleuses de montagne quittent le secteur du Sokol pour se diriger sur la France.

Quatre régiments d'infanterie et un bataillon de chasseurs de la garde ont embarqué pour l'Ouest à Prilep.

– Il reste cependant des effectifs allemands importants, coupe le général Henrys, et notamment en artillerie.

– Les arrestations collectives continuent dans l'armée bulgare, poursuit Valentin, et les exécutions de meneurs. Cinquante mille ont été condamnés. On parle d'un chiffre de cent trente mille hommes en prévention de conseil de guerre. Sans garantie. Mais nous avons surpris la correspondance de Ferdinand le petit tsar au général Jekov : « L'armée de campagne est définitivement contaminée par les passions politiques. Je ne puis plus compter sur elle comme par le passé. »

– Je connais ce télégramme, il date de juin. La répression sauvage a pu permettre de reprendre les troupes en main. Parlez-moi plutôt des mouvements d'unités.

Venstein indique sur la carte le renforcement des défenses et l'installation de batteries nouvelles derrière Monastir, sur la route de Prilep. L'ennemi, commente-t-il, s'attend à être attaqué dans ce secteur. Il cite encore les nombreuses reconnaissances d'aviation bulgare dans la boucle de la Cerna. On ouvre des routes nouvelles au sud-est de Prilep, et la 302e division allemande y aurait été renforcée récemment.

– Vous voyez, Valentin, que l'ennemi ne s'attend nullement à l'exécution de notre offensive au centre, dans le secteur de la Moglena. Du plan qu'il nous a dérobé, il ne tient aucun compte. J'ai de bonnes raisons de croire que le général allemand Seren, chef du 61e corps, a installé son QG à Dunjé, sur la route de Prilep, et pas du tout vers Gradsko. Ils font comme si mon objectif, très limité, était de dégager Monastir en attaquant Prilep. Nous avons gagné. Messieurs, l'heure du dernier assaut est venue. Que Dieu nous ait en garde !

Le toit des Balkans

– Je ne sais pas si tu imagines bien ce qui nous attend, dit Rasario à Ben Soussan en dépliant une carte du secteur au 1/10 000. Naturellement, nous les zouaves sommes une fois de plus à la pointe de la 17e coloniale, pour éclairer le terrain. Il paraît que nous avons l'habitude de la montagne. À nous de jouer le rôle de pilotes pour les tirailleurs et les marsouins. Les légionnaires doivent nous rejoindre en renfort, si nécessaire, depuis la boucle de la Cerna où ils font le coup de fusil sans conviction contre un ennemi qui se dérobe.

– Allons, ce n'est pas une nouveauté, intervient Coustou en récurant sa pipe encombrée de tabac de troupe trop humide. Mais cette fois, on peut penser que c'est la bonne. Nous ne sommes qu'au jour J moins deux. Profitez-en pour palabrer et grogner car vous n'êtes pas encore complètement sourds. Dès demain, vous ne vous entendrez plus, le bruit du canon vous fera taire.

Vigouroux, taciturne, plisse les yeux pour admirer le soleil qui se lève du côté du Sokol, un pic de près de deux mille mètres.

– C'est l'extrême ouest du secteur d'attaque, dit Coustou qui a suivi son regard. Ne vous en occupez pas, il est réservé aux gars du Nord de la 122e.

Ben Soussan replie sa carte et tourne la tête vers l'est où l'éperon du Vétrénik sort de la brume. Une position forte de mille sept cents mètres d'altitude, prolongée, vers le nord, par l'Oreille de l'Éléphant[1] et la Borova Tchouka. Le tout hérissé de canons et de mitrailleuses.

– Pour l'escalader, ne vous fiez pas aux sentiers, ils n'existent pas, assure le commandant, aussi détaché que s'il s'agissait d'une promenade. Pas la moindre fissure dans le rocher. Bien sûr, la crête est accessible aux véhicules par quelques rares routes puissamment gardées. Certaines parties des massifs sont franchement inabordables par l'infanterie, et même par les chasseurs alpins en cordée.

– Et l'éperon de Vétrénik ? s'inquiète Rasario.

– C'est l'affaire des Serbes de la division Choumadia, recomplétée et réarmée à bloc.

– Et nous, on se croise les bras ? s'indigne Vigouroux, toujours en mal de baroud.

– Pas vraiment. Nous sommes juste au centre, en avant de la division Pruneau, la 17e coloniale. Nous avons à aborder le plat de résistance, le Dobropolié, puis à franchir la clairière de Kravitza pour déboucher sur le rocher de la Vache, qui surplombe le tout, à mille huit cent cinquante mètres. Un beau parcours. Il est vrai que la ligne des pics est presque continue devant nous, avec l'Obla Tchouka et le Kamen. La première ligne des défenses de la région, entièrement fortifiée, est profonde de mille à deux mille cinq cents mètres, ce qui n'est pas rien. Et le groupement le plus nombreux et le plus résolu des fantassins buls se masse devant notre secteur.

– C'est bon ! dit Vigouroux. On commence quand ?

– Ne t'inquiète pas, intervient Benjamin Leleu, tu le sauras toujours à temps. Le commandant t'explique que, de toute façon, tu n'as aucune chance d'aboutir.

– Et quand nous aurons franchi cette première allée des pics, demande Rasario, débouchera-t-on enfin sur un plateau où nous pourrons nous déployer ?

1. Surnom donné par les coloniaux au mont Stonovo Ouho, de 1 740 mètres d'altitude…

– Non pas, sur une deuxième rangée de hautes montagnes, également fortifiées, ajoute le Dunkerquois de sa petite voix neutre. Le Grand Koziak est la plus élevée. Mais d'autres Serbes prendront alors la relève, les Yougoslaves et ceux de la division Timok.

– En somme, conclut Ben Soussan, nous avons en ligne deux de nos divisions sur trois pour la percée.

– Les Serbes ne pourront plus prétendre que nous leur laissons le sale boulot, lâche Coustou.

– À ceci près qu'on les charge du Vétrénik, la position la plus impraticable pour l'infanterie, fait remarquer Leleu. Je ne sais comment Stepanovitch compte s'arranger des trois lignes de défense prises en enfilade par une artillerie puissante, entièrement abritée.

– Quels sont les effectifs buls ? demande Vigouroux.

– D'après les Serbes, quatre ou cinq régiments, un peu plus de dix mille fusils, mais trente-deux mitrailleuses par régiment. Tu vois le feu d'artifice ! Sans compter plus de quatre-vingt-dix canons, dont six pièces lourdes que les aviateurs n'ont pas réussi à toutes identifier. Et des escouades d'Autrichiens qui servent surtout d'interprètes à l'état-major allemand de la 11e armée, 61e corps d'armée. Ils font également, selon nos amis serbes, de la propagande, ce qui signifie que le moral de nos chers Buls n'est pas au beau fixe. Chez les officiers autrichiens, la « propagande » se fait toujours le doigt sur la détente.

– Pourquoi cherches-tu à nous rassurer ? s'emporte Vigouroux. Les Buls sont les Buls et nous les tuerons jusqu'au dernier, à moins qu'ils ne rejoignent nos rangs spontanément. Et ne te laisse pas obnubiler par ces crêtes inaccessibles. Nous en avons pris d'autres, tout aussi escarpées. Les camarades serbes ont établi des postes d'écoute tout près des unités ennemies. Ils savent que les gros moyens de feu sont concentrés sur les ravins où ils nous attendent, et non sur les crêtes. C'est sur elles qu'il faut attaquer. Nous n'avons rien de mieux à faire.

– Vigouroux parle d'or, décrète Coustou.

Il se garde de préciser qu'il conserve dans sa sacoche,

depuis le 2 septembre 1918, les instructions du général Pruneau qui confirment les certitudes du zouave : les crêtes d'abord, les crêtes à tout prix, même s'il faut attaquer avant l'heure, en empruntant les boyaux creusés par les Serbes vers leurs postes d'écoute rapprochés.

– Croyez-vous, mon commandant, s'angoisse Rasario, que l'artillerie bul nous laissera avancer sans réagir ?

– Attendez demain et vous verrez ce qui restera de leurs canons.

* *
*

À sept heures du matin, le 14 septembre, Ben Soussan, réveillé par l'air vif de la haute montagne, part au ravitaillement en pain. Il se rend au centre de Vétrékop, où il a repéré que les boulangers sortent des fours des milliers de miches pour l'armée. Chaudes et croustillantes, elles sont tellement meilleures ! Ben sait que les copains seront heureux de les dévorer avec leur café noir. Ben le mitron, comme l'appelle affectueusement Leleu.

Dans la tranchée d'abri recouverte de branchages où ils ont passé la nuit, en pleine zone forestière, les zouaves sont tous réveillés, harnachés, prêts à partir. Leleu les calme et consulte sa montre.

– Encore deux heures, déclare-t-il, solennel, et la première ligne bul aura cessé d'exister.

– Tu peux te recoucher tout de suite, le Dunkerquois, lui lance Rasario. Depuis le temps qu'on attend l'heure H et le jour J, comme ils l'annoncent dans leurs rapports, dors sur tes deux oreilles. Le bombardement aurait déjà commencé, si le grand départ en fanfare était prévu pour aujourd'hui.

– Je crois que tu te trompes. J'ai vu hier soir, à la nuit tombée, les groupes de lance-flammes se mettre en place. Ceux-là n'arrivent qu'à la dernière minute.

– Et ceux du génie aussi ! s'exclame Rasario en

voyant surgir à dos de mule le lieutenant Layné et le margis Raynal.

– Nous sommes chargés d'établir, dès le début de l'attaque, une route partant du village de Grivitza jusqu'à la pierre de Kravitza de l'autre côté de la montagne. Nous ferons la jointure des deux réseaux, en somme, explique Hervé Layné.

– De Dieu ! siffle Ben, ils ont tout prévu, comme si nous avions déjà réussi notre attaque.

– Parce que tu escomptes qu'elle va échouer ? rugit Vigouroux.

– Nos deux compagnies malgaches, enchaîne Paul Raynal, vous aideront au besoin à faire sauter les bunkers trop récalcitrants. On nous demande encore d'abattre les arbres de la forêt qui vous protège, pour fabriquer des ponceaux permettant à nos attelages de franchir les tranchées conquises. Dix ponceaux de quatre mètres de large, pas moins, tout cela dans la journée. J'espère que les sapeurs serbes vont arriver en renfort. Ce sont les meilleurs bûcherons !

Six avions à croix noire, de mauvais augure, survolent les lignes sans s'y attarder, sans doute pour bombarder les arrières des Serbes. Aucun tir ennemi, pas le moindre coucou au-dessus de la Moglena. Les Buls ne sont pas en alerte générale.

Paul jette un coup d'œil à sa montre : neuf heures du matin. Le brouillard se dissipe, découvrant la terrible muraille des positions adverses, dans leur grisé à peine ponctué de vert forestier. Seuls les ravins inquiétants restent encore dans l'ombre.

– Le bal va commencer ! annonce Leleu en scrutant le ciel.

Il distingue les nuages blancs des premiers obus français explosant sur les positions adverses. Quelques coups bien réglés d'abord, qui provoquent un tir de contre-batterie de l'ennemi. Les coucous d'observation ont déjà pris l'air, sous la protection des Spad, pour noter, coter, informer les batteries des départs d'obus lourds aux flammes furtives.

Aussitôt, les pièces françaises répliquent, dans un tonnerre nourri. Le général Bunoust, grand maître artiflot, n'a plus le souci de laisser croire à l'ennemi qu'on tire le long du front. Il lâche la bonde à tous ses moyens lourds, franchement, uniquement sur le secteur d'attaque.

Les deux batteries de 120 tirent sans interruption sur le Golo Bilo où sont concentrées les grosses pièces allemandes. Les jets de pierres et de poussière ne permettent pas encore de juger des résultats, même pour l'état-major serbe qui, selon les chauffeurs français de camions, se serait porté vers le poste d'observation de la Toumba, au sud-est du village de Tressina. Quatre groupes de 155 prennent déjà pour cible, sur la seconde ligne des Buls, le redoutable plat de résistance du mont Koziak. À l'évidence, les premiers tirs réglés ont pour objectifs les observatoires et les batteries lourdes allemandes.

Coustou passe en courant pour rejoindre un poste d'écoute de l'armée serbe. Layné et Raynal le suivent. Les hommes, écouteurs aux oreilles, répètent ce qu'ils entendent. Coustou se fait traduire. Les pertes sont nombreuses dans les observatoires. Les Boches demandent des infirmiers, des médecins. Ils exigent des renforts d'Albatros, pour débarrasser le ciel des appareils français. Des combats aériens furieux permettent aux nouveaux Spad d'affirmer leur supériorité. Les zouaves hurlent de joie dès qu'un avion ennemi s'abat dans un sillon de fumée noire.

– Hourra ! crie un des radios serbes avec excitation. Le PC de la brigade est détruit. Les officiers buls demandent des instructions. Une voix allemande gutturale leur ordonne de tenir jusqu'au dernier, ils seront relevés très prochainement par des Allemands. Les tirs de l'artillerie lourde ne cessent pas et matraquent sans aucun répit les pics où sont nichés les observatoires.

* *
*

« Ce n'est plus une tempête, c'est un ouragan ! » hurle dans un poste la voix d'un officier bulgare captée par les Serbes. À dix heures, le tir s'intensifie. Toute l'artillerie se joint au concert des grosses pièces : le groupe de Duguet des 65 de montagne, les 75 de campagne de Cadiou, les obusiers de tranchées, et même les mitrailleuses lourdes très rapprochées des lignes qui exécutent des tirs indirects.

Cette fois, les tranchées sont les premières visées. Elles reçoivent une grêle ininterrompue de blocs de rochers, de troncs d'arbres arrachés, et sont noyées dans une poussière d'enfer. Les Bulgares descendent tous aux abris. Aucune sentinelle ne peut rester en poste sous cette effroyable pluie de projectiles et d'acier mêlés, hormis les guetteurs des mitrailleuses sous abris blindés, dont certains sont pulvérisés par le souffle des obus spéciaux. Les Buls parlent entre eux de cyclone, de coup de chien enragé. Ils n'ont jamais connu, depuis le début de la guerre, un tir d'artillerie aussi groupé. Les ravins taillés dans le rocher roulent les échos des explosions, assourdissant les canonniers ennemis dont souvent les pièces sautent. Le Dobropolié, en cette belle matinée de septembre, est devenu un enfer de feu couronné de geysers d'éboulis et de poussière.

Le commandant Coustou s'étonne de la riposte ennemie très mesurée. Il veut voir de ses yeux une batterie serbe en action. Il tombe sur les 75 de la division coloniale, dont les servants sont déchaînés. Il compte sur son chrono dix-sept, dix-huit obus à la minute par pièce, et s'inquiète :

– Les tubes vont être portés au rouge.

Le commandant Hornecker, chef du groupe de batteries, le rassure.

– Nous avons des tubes de rechange. Les ordres sont de matraquer sans répit. Regardez ce solide servant champenois ! Il porte à lui tout seul cinq obus en même temps. Des fantassins se proposent pour aider les artiflots, on aura tout vu ! Ici, tout le monde veut en finir !

Voyez les Serbes, nos voisins. Ils sont devenus des pointeurs d'élite. Le 75 n'a plus de secrets pour eux.

Un ravin couvert de fumée sous les batteries de 75 se devine, un peu en retrait. Coustou presse son cheval pour se rendre compte. Il se bouche aussitôt les oreilles : le lieutenant de Montéty galope à sa rencontre pour le sommer de ne pas avancer davantage, sous peine de devenir complètement sourd. Dix batteries pourvues de 155 tonnent ensemble, tapies dans cet antre dont le sol tremble. Les artilleurs, qui se sont protégé les conduits auditifs à l'aide de boules de coton, sentent leur tête près d'éclater. Ces quarante canons engendrent un tel déplacement d'air que le souffle fait cabrer le cheval de Coustou, qui repart de lui-même au galop en direction du cantonnement des zouaves.

En face, quand le vent dégage la fumée, on peut voir brûler la forêt de Kravitza. Le général Pruneau, aux avant-postes, craignait qu'elle ne dissimule des nids de mitrailleuses et des batteries ennemies. Il avise Coustou, qui doit mener l'attaque le lendemain, et l'entraîne vers son observatoire pour lui montrer l'impact des gros obus de 240 sur les abris bétonnés de mitrailleuses et de *Minenwerfer*. Tout le quadrilatère du Dobropolié a été arrosé. Il fait toucher au commandant l'acier d'un de ces projectiles monstrueux.

– Ce ne sont pas des obus mais des torpilles, dit Coustou. On les croirait couronnés d'empennages de bombes d'avion. Ils partent comme des fusées rougeâtres et font trembler la terre à chaque coup. Très impressionnant !

– La précision de ces mastodontes est, je l'espère, assez remarquable. Néanmoins, vous voyez les flammes des *Minenwerfer* qui crachent encore ici et là. Ils doivent être enterrés, bien à l'abri sous dix mètres de rocher ! Nous ne sommes sûrs de rien. Il faut y aller pour se rendre compte. Vous verrez demain, lui lâche-t-il, avec une tape sur l'épaule. N'oubliez pas que le feu d'enfer de Verdun, que les Allemands du Kronprinz croyaient irrésistible, n'a pas empêché les nôtres de tirer sur les colonnes ennemies du bord des trous à rats où ils survivaient.

Coustou voit brûler l'herbe sèche derrière les lignes bulgares. Vers l'ouest, on ne peut rien discerner des défenses du mont Sokol, environné de fumée épaisse, harcelé par les incendies. À l'avant de Kravitza, au centre du front serbe, les arbres sautent en l'air comme des fétus et s'enchevêtrent à terre.

– Nous aurons du mal à avancer dans ce fatras, grogne Coustou.

– Soyez sûr, en tout cas, que les liaisons des PC ennemis sont anéanties, quand ils ne sont pas eux-mêmes détruits. La défense est à coup sûr désorganisée. Les Allemands n'y voient pas plus clair que nous. Et nous ne savons rien sur leur seconde ligne de résistance. Est-elle intacte ? Nous risquons peut-être de mauvaises surprises.

– Pourquoi les canons bulgares restent-ils muets ?

– Ils ont tiré au début mais ont fini par se taire. Ne soyons pas trop optimistes pour autant. Ils gardent sans doute leurs obus pour notre offensive. Ils ne s'attendaient pas à une attaque sur cette position imprenable, et manquent peut-être de projectiles. Ils ont tout de même répliqué sur Grivitza, le village de Tressina, et le pic de Floka. Nous avons perdu quelques batteries. Nos avions bombardent actuellement les gares et les routes. Leurs convois ont du mal à passer. Si l'artillerie ennemie se tait, c'est qu'elle ne croit plus à une attaque immédiate. Ils attendent la suite et ne font plus de tirs de barrage.

En fin d'après-midi, le général Pruneau demande une accalmie aux artilleurs.

– Les coucous de repérage, leur dit-il, doivent faire leur travail.

* *
*

Il faut croire que les résultats du bombardement ne

sont pas concluants, car le tir reprend peu après avec des obus à gaz contre les tranchées et les positions fortes où l'on a signalé des tirs de mortiers et de mitrailleuses Maxim. Les Bulgares, respirant l'ypérite, pensent que l'heure de l'attaque est venue. Les Serbes ont-ils poussé quelque reconnaissance ? Tous masqués, les Buls sortent des abris pour faire face et leurs mitrailleuses crépitent. L'artillerie ennemie, que l'on pouvait croire très amoindrie, amorce un tir de barrage.

Déception pour le camp adverse : les Serbes n'attaquent pas. Mais l'artillerie française reprend son matraquage sur toute la ligne, et particulièrement sur les tranchées et les avancées. Les victimes sont nombreuses. Les gradés, comme les hommes, refluent vers les abris, sans recevoir de vivres ni de renforts de munitions. Pas d'eau potable. Impossible de dégager les morts et d'évacuer les blessés sans trinquer d'un éclat d'obus. C'est à croire que les Français et les Serbes ont encore rapproché leurs pièces. La mitraille éclate presque à bout portant. Les tranchées sont irrespirables. Seuls les guetteurs s'y maintiennent, asphyxiés par les gaz et la fumée. Ils doivent garder le masque toute la nuit.

Et les tirs ne diminuent pas. On se demande comment les Bulgares peuvent évacuer leurs blessés sous une telle mitraille. Mais les ordres de Franchet sont de poursuivre la canonnade, pour décourager toute reprise en main des lignes. Les pièces lourdes, plus que jamais, doivent s'employer à désorganiser les arrières. Les reconnaissances d'aviation de fin d'après-midi n'ont pu faire apparaître de résultats suffisamment significatifs. Nul ne peut dire ce que les marsouins et les Sénégalais de Pruneau, renforcés par les zouaves de Coustou, trouveront devant eux à l'heure de l'assaut, le 15 septembre à l'aube.

Cette nuit du 14 au 15, les Sénégalais de renfort la passent dans l'angoisse. Pour la plupart, ils n'ont jamais vu le feu. Ils ont subi un entraînement intensif. Au camp français de Saint-Raphaël, leurs commandants, des anciens de la Coloniale, étaient bien trop rouillés pour leur apprendre à sauter correctement dans les trous ou à bondir grenade à la main. Les instructeurs, des anciens de 1914 blessés au début des batailles, ignoraient la subtilité des engins VB, ces tromblons inquiétants montés sur le canon des fusils. Ils en étaient restés aux attaques à la baïonnette, persuadés qu'un Sénégalais ne pourrait jamais comprendre ce qui les dépassait eux-mêmes.

Les nouveaux chefs, sortis des écoles et volontaires pour les BTS [1], ont vite saisi que leur ardeur au combat ne compenserait pas le manque d'expérience de la troupe. Ils ont découvert leurs hommes au camp de formation accélérée de la 17e division d'infanterie coloniale et leur ont fait subir, un mois durant, un entraînement de choc, les laissant parfois épuisés et sans souffle. Les meilleurs ont enfin appris à lancer les « œufs de Pâques », ces grenades quadrillées semblables à des boules lyonnaises. La souplesse, l'agilité des tirailleurs ont fait merveille à l'entraînement.

Le sergent Mamadou Kombaré, natif de Ziguinchor, qui a enseigné le tir au fusil-mitrailleur, regroupe autour de lui ceux de la Casamance, dont les arrière-grands-pères chassaient autrefois le phacochère à la sagaie. Il parle leur langue, en ancien du village. Ses décorations attestent qu'il a déjà survécu à de nombreux et difficiles combats. Les jeunes (certains ont à peine dix-huit ans) lui font confiance. Ils ont gravé religieusement dans leur mémoire les consignes d'assaut, sont capables de ramper sans bruit sur mille mètres, de se glisser, invisibles, entre les futaies martyrisées par le canon.

Le sous-lieutenant Roux-Sibillon qui commandera l'assaut s'est porté volontaire pour le 95e bataillon venant de France. Il est presque aussi jeune que ses recrues et il a demandé au sergent Kombaré de lui trier sur le volet les plus solides et les plus braves.

---

1. BTS : bataillons d'environ mille tirailleurs sénégalais.

– Braves, ils le sont tous, a répondu Kombaré. Les Sénégalais ne connaissent pas la peur.

– Avec le coupe-coupe et la baïonnette, a assuré Timbo Adamoré en roulant des yeux féroces, les Bambaras se battent comme la panthère ou le tigre. Pas besoin de vos armes nouvelles, qui s'enrayent, explosent et donnent la mort.

Roux-Sibillon a aussitôt nommé Kombaré sergent-chef, et sergent son camarade de Kayes, un Malien. Cet adoubement précipité étonne le général Pruneau, qui fait irruption dans le groupe en cette soirée de veille. Chacun prend le garde-à-vous. On n'a jamais vu, de mémoire d'ancien, un divisionnaire en première ligne quelques heures avant l'assaut.

* *
*

Pruneau veut tout savoir : qui est capable de souffler une bougie à cent mètres au Lebel, qui sait tenir la grenade sept secondes en main avant de la lancer, passer dans le bon sens les bandes au mitrailleur, porter les FM pendant un kilomètre sur l'épaule, courir à perdre haleine sur mille mètres, sans fatigue…

Kombaré coupe la parole au sous-lieutenant qui se prépare à répondre, le doigt sur la couture du pantalon.

– Oui, monsieur général, nous savons faire tout ce que tu dis. Et toi ?

Pruneau sort son revolver et fait mouche à trente pas sur un broc d'eau porté par un Malien qui, surpris, brandit son poignard en hurlant de rage.

– À la course, répond Pruneau, je ne suis plus de force, mais au tir, je ne crains personne. Es-tu convaincu ?

Pas vraiment. Kombaré pense surtout que le général s'assure bien tard de la capacité guerrière de ses camarades, comme s'il avait des raisons d'en douter. Ses questions sont presque insultantes, à moins qu'il n'estime imprudent de faire donner le premier assaut par des soldats sans instruction. Pis encore, qu'il ne juge les Sénégalais bons pour les tâches les plus dures, celles des troupes sacrifiées, la « chair noire » dont parlent entre eux, paraît-il, les généraux d'Afrique.

– Quelque chose ne va pas, sergent Kombaré ? demande le sous-lieutenant d'un ton sévère.

– Je voudrais savoir si nous sommes les seuls, nous les Noirs, à partir les premiers.

– Naturellement pas, répond le général, tranchant. Dans le premier groupe d'assaut, précise-t-il au sous-lieutenant, veillez à ce que les chefs soient strictement à égalité et tous volontaires : deux sergents noirs, deux blancs, six caporaux, même répartition. Triez vous-même, un par un, les quarante volontaires pour partir les premiers.

– Quoi d'autre ? lance Roux-Sibillon.

– Les quarante tirailleurs seront tous des Noirs, insiste Kombaré.

– Certes, mais soutenus par trois équipes de lance-flammes des compagnies Z du génie, et par les zouaves, qui sont tous des Blancs. Pas d'autre question ?

Kombaré et Adamoré se placent au garde-à-vous, deux pas en avant.

– Volontaires ! mon général !

Trois caporaux les suivent, des Maliens larges d'épaules, aux jambes de coureurs de fond.

Le général fait ses dernières recommandations au sous-lieutenant :

– Ne perdez surtout pas la liaison avec ceux de la 122e qui sont à votre gauche. Employez des coureurs s'il le faut. Vous devrez garder un contact permanent avec le capitaine commandant la 7e compagnie du 45e régiment, des *Ch'timis* survivants du recrutement de Laon, très largement renforcés par des Bretons, des braves des braves, de Lorient. Ils sont chargés à l'heure H de s'emparer immédiatement du saillant de Kotka. Vous voyez où est Kotka ?

– La muraille d'en face, mon général, celle qui donne accès au Dobropolié.

– Aussitôt le saillant pris, les Bretons braquent leurs mitrailleuses et leurs obusiers pour aider les Sénégalais – les vôtres – dans leur assaut de la tranchée qui doit courir sur cinq cents mètres. Une attaque combinée qu'il ne faut pas manquer. Vous rejoindrez ensuite les Bretons sur la croupe. Êtes-vous sûr de vos hommes ?

– Je les ai entraînés chaque jour durant deux semaines au camp de Vodena en situation réelle, dans les rochers. Ils sont rompus à l'exercice.

– C'est un rude morceau à avaler, prévient le général en serrant la main du sous-lieutenant de vingt ans.

Il ne s'attarde pas dans l'abri de Coustou. Il sait que le commandant, accoutumé aux besognes les plus ingrates, sera debout dès trois heures du matin pour lancer sa première section en appui aux escaladeurs du Kotka.

Le commandant de zouaves n'ose pas dire le fond de sa pensée à Pruneau, mais l'autre le comprend à demi-mot. Nul ne peut affirmer que les défenses bulgares ont été détruites et que leurs batteries ne sont pas prêtes à déployer des feux roulants meurtriers. La seule consolation de Coustou, bon connaisseur du terrain, est que ses zouaves sont tapis dans des abris trop proches des lignes bulgares pour être pris dans le champ de vision des observateurs boches. Ils auront un départ tranquille.

Vigouroux est revenu revigoré de la tranchée voisine où il a rendu visite aux marsouins. Ils sont tous convaincus qu'ils vont enfoncer les Buls sans difficulté, grâce aux canons et aux lance-flammes. Il a retrouvé Mouriane, la forte tête de Marseille. Le caporal-chef qui avait insulté un gradé sur les quais d'embarquement en 1915 est devenu adjudant et chef de section. Il doit conduire l'assaut.

– Ils nous ont donné en soutien un demi-bataillon de la Légion, sourit-il. Comme si nous en avions besoin !

* *
*

Les Sénégalais de Roux-Sibillon attendent le moment

crucial deux heures durant, prêts à bondir hors de leur boyau. L'ordre est donné à 5 h 30 sur l'ensemble du front d'attaque. Les Africains ne marchent pas, ils courent en hurlant. À leur droite, la section des zouaves de Vigouroux avance plus lentement, dans la demi-pénombre de l'aube qui subsiste au pied des montagnes éclairées par le soleil levant.

L'artillerie a bien ouvert une brèche dans les champs de barbelés. Les Sénégalais s'y engouffrent, précédés des lance-flammes qui se préparent à lâcher leur jet brûlant contre les premières tranchées.

Les guetteurs ennemis sont en éveil. L'alerte est donnée. Un feu d'enfer accable la compagnie Shilt. Les hommes tentent de se débarrasser au plus vite du réservoir d'essence qu'ils portent au dos. L'un d'eux n'en a pas le temps. Il prend feu comme une torche, se roule par terre de douleur. En un instant il est réduit à une bouillie noire, une flaque sinistre qui continue à brûler. Les Sénégalais, muets de peur, restent pétrifiés sur place.

Les balles de mitrailleuses tictaquent sans répit. Les patates de *Minenwerfer* tombent à la pelle. Les destructions de tranchées ennemies n'ont pas eu raison des abris creusés dans le rocher. Les Buls sont au rempart, et leur riposte accablante. Une fois encore, la preuve est faite que les effets d'une préparation d'artillerie ne peuvent être mesurés avec sûreté par l'état-major.

– Voulez-vous tous crever ensemble ? hurle aux siens le sergent Kombaré. Aux rochers ! Cachez-vous derrière les blocs ! Ne bougez plus !

– Mettez les masques ! lance le sous-lieutenant. Ils peuvent attaquer au gaz moutarde.

À cent mètres, Vigouroux s'est planqué, malgré sa hâte d'en finir. Avant de reprendre l'attaque de ce maudit saillant de Kotka, on doit s'assurer que les copains du 122e, les Lorientais, ont réussi à atteindre le sommet de leur côté. Pas de fusée rouge dans le ciel. Le commandant Coustou s'interroge. Que sont-ils devenus ?

Il faut envoyer un émissaire. Le sous-lieutenant Roux-

Sibillon dépêche un volontaire aux longues jambes, Amin Dieng, qui saute d'un trou d'obus à l'autre sur le champ de bataille déjà défoncé par les torpilles à longue portée et les impacts rageurs des 77. Bondissant comme un léopard, Dieng tombe sur un aide de camp du général Topart, l'aspirant Fournier, occupé à donner des ordres de repli à une section du 45ᵉ régiment en grande difficulté.

– Ils ont été pris pour cible à peine sortis de leur parallèle d'assaut, explique Fournier. Un feu d'enfer, des gros de 105, 120, 150. Les Boches tiraient sur leurs propres champs de fils de fer barbelés, les croyant probablement détruits. Les mitrailleuses Maxim basées sur la montagne dans les ouvrages du Trapèze interdisaient la sortie.

« Ils ont été tués sur place », s'inquiète Amin Dieng, fils d'un médecin de Saint-Louis, qui parle le français comme un académicien. Autour de lui, on s'efforce de ramasser les blessés sous le feu. Le contre-feu des 155 Schneider écrase à son tour les tireurs du Trapèze. Les tirailleurs du 45ᵉ en profitent pour bondir hors de leur trou et se dissimuler derrière les rochers éclatés. Ils plongent dans les excavations larges des 155, mettent en batterie les fusils-mitrailleurs.

Amin songe à son père médecin. Que dirait-il à la vue de ces malheureux aux jambes brisées, aux poitrines éclatées ? Les Bretons progressent d'une planque à l'autre, pendant que les camarades des autres compagnies d'assaut attaquent le Kotka par l'ouest. Le coureur repart aussitôt, sans être atteint par les éclats, pour faire son rapport au sous-lieutenant. Inutile de poursuivre l'attaque tant qu'on reste sans nouvelles positives du 45ᵉ régiment, durement frappé par la résistance bulgare et par les mitrailleurs allemands, saxons pour la plupart, que l'on croyait à tort partis pour le front français.

Les cinquante Sénégalais du groupe de choc reçoivent l'ordre de ramper dans le no man's land pour s'approcher du blockhaus d'où tirent les Maxim. Ils reçoivent le renfort d'une deuxième compagnie, dont le lieutenant, Lelièvre, se dit prêt à emporter l'ouvrage. Il a repéré, debout sur l'ouvrage, un Bulgare réglant le tir des *Minenwerfer* qu'il s'apprête à expédier en enfer. Trop tard. L'éclat d'une bombe l'atteint de plein fouet et le tue sur le coup. Mamadou Kombaré, également jeté à terre par le souffle, saisit le fusil d'un de ses voisins blessé, vise le guetteur bulgare, et l'abat d'une balle en plein front.

Déjà, Roux-Sibillon, seul officier encore en état de commander, a sauté dans la tranchée ennemie, jetant les grenades à poignées. Ses Sénégalais l'ont rallié. Ils chargent aussi à la grenade et nettoient entièrement l'ouest du blockhaus. Si l'artillerie allemande sait que cette portion de l'ouvrage est aux mains des Français, elle va se déchaîner. Impossible d'obtenir des liaisons avec les unités proches. Que deviennent les camarades ?

* *
*

Aucune nouvelle de l'ancien régiment de Rocroi, le 148e, recomplété à Vannes, dont l'assaut sur le Sokol se fait sous les ordres du commandant Pétin. Pourtant, la prise de cet observatoire est essentielle. Il permet à l'artillerie lourde allemande, cachée dans les bois à quatre ou cinq kilomètres, d'exécuter des tirs meurtriers.

Le prince Alexandre de Serbie, du haut du mont Floka, s'inquiète des résultats de l'assaut des deux divisions françaises. La fumée recouvrant la ligne de feu, les ravins et les ouvrages l'empêche de distinguer nettement les combats. On lui affirme à 5 h 30 que les Français se sont rendus maîtres de la montagne d'en face. Pour tenter d'en savoir davantage, il dépêche un messager, le lieutenant Arsénijévitch, au PC du général Topart dont les trois régiments sont chargés de prendre d'assaut le rempart à l'ouest du front. Les Serbes sont intéressés à cette action, car il est prévu qu'ils doivent remplacer les sections d'assaut françaises si elles sont en difficulté, ou les dépasser si elles ont réussi le coup de boutoir victorieux, au prix de pertes sévères.

D'où l'impatience du prince Alexandre. Que font au juste les Français ? Sans nouvelles d'eux, il ne peut lancer les siens dans l'enfer du centre, en conservant sur sa gauche la menace meurtrière des observatoires du Sokol qui renseignent les pièces à longue portée. Il a beau saisir toute la montagne hostile dans la vision panoramique de ses jumelles, pas de fusée rouge ni de drapeau tricolore à l'horizon, signes de victoire.

Le général français Topart, faute de liaisons, ne domine pas la situation. Il sous-estimait la résistance du 10e régiment bulgare du Rhodope, des montagnards décidés à mourir sur leurs positions et superbement armés, grâce à la livraison récente de mitrailleuses, de *Minen* et d'une quantité incroyable de caisses de munitions.

Pourtant, les avant-gardes du 148e régiment, Vannetais pour la plupart, mêlés à des anciens de la région de Rocroi, sont parties dès deux heures du matin, sur un sentier obscur contournant la position, se tenant les uns aux autres par les pans de leur capote pour ne pas chuter dans le précipice.

À les voir si bravement défiler sous leurs yeux, les disciplinaires de la division, au travail sur les cailloux de la piste, ont demandé à combattre avec eux. Manier la pelle alors que les camarades partent à la mort leur apparaît brusquement insupportable et honteux. Ce sont bien souvent des condamnés pour refus de monter en ligne. Certains ont perdu leur médaille militaire, jugée indigne de mutins. À eux de prendre leur revanche au baroud, leur disent les juteux et les sergots. Ils ne sont pas contre, refusant les ordres absurdes mais ne boudant jamais la besogne dès qu'il s'agit de sauver les copains. Ils ont même très envie de montrer aux beaux officiers qui les ont condamnés lors des mutineries ce qu'ils savent faire, un Lebel en main.

L'escalade est un cauchemar. Les Buls balancent des fusées à manche qui tombent comme des quilles, explosent au visage des grimpeurs qui s'accrochent à des touffes de genévriers. Les premiers Bretons arrivés au sommet d'une vaste plate-forme déroulent des cordes pour faciliter la montée des suivants. Des sapeurs du génie, guidés par Paul Raynal, se portent volontaires pour accoler à la muraille des échelles plates de couvreurs ou de simples cordages qu'ils arriment en toute hâte.

Les bleu horizon, gris de poussière, vareuses en loques, se hissent sur le méplat conquis à cent mètres du sommet, sous le tir des *Minen*. À les voir si haut perchés dans un nuage de poussière, on peut croire qu'ils ont réussi, et l'envoyé d'Alexandre, posté au pied de la muraille du PC de Pruneau, téléphone à son quartier général pour annoncer la bonne nouvelle.

Il doit démentir peu après. Les assaillants sont accrochés sur toutes les faces de la montagne. Au moment où ils gagnent enfin le sommet, les Vannetais se heurtent à des pans entiers de fils de fer barbelés intacts, à des chevaux de frise disposés dans les espaces libres et battus par les feux croisés des Maxim. Les mortiers allemands, enterrés, sont invisibles. Ils ne sortent leur gueule de leurs abris que pour tuer et se retirent aussitôt. Les mitrailleuses sous coupoles tirent sans répit. Non, le Sokol n'est pas pris !

Un ancien *bat' d'Af*[1], José Cecarelli, docker marseillais d'adoption et rebelle de nature, ex-anar venu d'Italie dans les années de guerre sociale des grandes fermes de Lombardie, prend le commandement d'une section dont tous les chefs viennent d'être abattus sur une pente à soixante degrés. Il siffle dans ses doigts pour rallier les camarades. En vain. Il ne reste plus un homme de la première vague : tous tués ou hors de

1. Bataillon d'Afrique. Unités disciplinaires formées de soldats condamnés aux travaux forcés.

combat. Le commandant Pétin lui-même, blessé plusieurs fois, a perdu deux doigts de sa main, puis une jambe, avant de trouver la mort au milieu des siens, sous une avalanche de feu.

Le commandant Pain, du 84e régiment, est aussi touché à mort par une rafale. Avant d'expirer, il a demandé au colonel de Langlade de désigner immédiatement un nouveau chef de bataillon. Laissant une femme et des enfants en bas âge, il a également supplié le général Henrys de les aider, puisqu'il meurt pour la France. Franchet d'Espèrey, voyant tomber tant de bons officiers, peut avoir quelques doutes sur sa préparation d'artillerie. Au Sokol, on constate le triste résultat. Il faudra bien d'autres pertes pour se rendre maîtres du sommet. Les défenses profondes sont restées intactes.

Les blessés sont innombrables et difficiles à secourir à ces altitudes. Canghilhem, un caporal fourrier de la 3e compagnie blessé au cou, a, de plus, le bras gauche brisé par un éclat d'obus. Il se traîne derrière un arbre pour sauver sa peau, attend désespérément des secours. Son courage est récompensé : Paul Raynal, parti à la recherche de renforts, fait signe à deux brancardiers de l'évacuer, profitant d'une accalmie. Combien d'autres, pris dans les barbelés, servent de cibles aux tireurs bulgares dispersés dans les trous d'obus ! Ils se regroupent pour attaquer les Français par l'arrière, à la grenade.

Les fantassins ennemis résistent farouchement au sommet. Impossible de franchir la forte pente qui permettrait, sur un mortel parcours de cent mètres, de déloger les tireurs abrités. Toutes les mitrailleuses buls sont braquées sur cet espace, inabordable même pour les plus braves. Enfin, des renforts arrivent vers sept heures du matin, une heure et demie après le départ de l'assaut, quand les morts et les blessés français jonchent le champ de bataille.

C'est la compagnie de Waldmayer, un Alsacien rompu à la guerre en montagne, qui dégage enfin le terrain en perdant un tiers de ses effectifs. Elle attaque en même temps que le bataillon des disciplinaires commandé par Bovis. Ils stoppent la retraite précipitée des camarades empêtrés dans les barbelés, reçus par un feu d'enfer sur une sorte de col entre les deux pics. Une compagnie entière vient d'être massacrée sur un réseau de barbelés intacts. Tous les officiers ont été tués, à commencer par le capitaine Delvourt. Personne ne peut entrer dans une telle muraille de feu. Waldmayer attaque prudemment, évitant les pertes, recommandant aux grenadiers de profiter des obstacles du terrain, et finit par l'emporter.

En bas de la pente, le jeune lieutenant serbe Arsénijévitch s'impatiente au QG du général commandant la division d'assaut. Il voudrait retourner voir son prince, être le messager du bonheur, lui annoncer le succès décisif des Français pour lui permettre de donner aux siens le signal du grand départ vers la terre des Serbes.

Mais les nouvelles désastreuses se succèdent à l'état-major de Topart. Chaque minute lui parvient l'annonce de la mort d'un officier. Pourtant, un message rédigé au crayon est délivré par coureur à 8 h 30 : le col de la Coupure est entre les mains des Français ! Le lieutenant Étienne Boche est venu au secours de Waldmayer, à la tête d'une compagnie de disciplinaires armés de puissantes cisailles qui a dégagé un chemin dans les barbelés. Beaucoup de ces hommes y sont restés, mais les survivants ont réussi. La troupe du lieutenant a pu débouler dans le réseau de tranchées, les corps francs les premiers, des volontaires rompus aux coups durs, profitant de la moindre faiblesse de l'ennemi, agissant rapidement et sans faire de quartier.

Le col était en fait tenu par une ligne de défenses « en dépliant » qui permettait aux fusiliers des tranchées creusées en quinconce d'abattre à coup sûr les assaillants. Les mitrailleuses allemandes sont prises, au prix de lourdes pertes, avec leurs caisses de munitions. Les servants sont égorgés, percés de coups de baïonnette, explosés par les grenades. Les Buls se rendent ou dévalent la pente en désordre, sûrs que les corps francs ne font pas de prisonniers. Du sommet du Sokol, le lieutenant Boche fait tirer la fusée rouge de la victoire.

On l'aperçoit depuis le QG de Topart, chef de la 122e, mais aussi chez Pruneau. Le lieutenant serbe part aussitôt à cheval pour apporter la bonne nouvelle au prince Alexandre. Les Français ont tenu leur promesse. Ils sont morts pour ouvrir aux Serbes la porte de leur pays.

* *
*

Le problème de Coustou et de ses zouaves n'est pas le Sokol, mais le Dobropolié, massif redoutable qui fait face aux coloniaux de Pruneau. À son approche, un bataillon de Sénégalais a déjà été décimé. Pour reprendre l'attaque du Kotka, l'avant-garde du Dobropolié, les zouaves ne seront pas de trop pour donner la main aux Sénégalais.

Leur heure n'est pas encore venue. Les attaques principales viennent toujours des unités situées à l'ouest du front de la 122e division Topart, qui lance à l'assaut ses régiments des anciens recrutements de Laon et d'Avesnes, fortement renforcés de Bretons. Le rôle des Sénégalais de Pruneau est seulement de leur prêter main-forte à l'est, mais l'expérience malheureuse encaissée par les deux généraux, et surtout par leurs soldats, montre que les deux manœuvres doivent être parfaitement synchronisées, sous peine d'échec sanglant.

Le commandant Coustou est de nature optimiste. Les nouvelles de la grande forêt qui s'étend à main droite de son secteur sont bonnes. D'autres bataillons de Sénégalais, avec les marsouins de Pruneau, se sont emparés en quelques secousses de deux kilomètres de front, et occupent facilement les premières tranchées bouleversées par la préparation d'artillerie. Ils ne prennent même pas le temps de s'y retrancher pour partir à la conquête des remparts.

Les Buls, surpris, ne sont pas à l'aise pour s'opposer à

cette progression. Franchet a décidé d'employer contre eux l'aviation d'assaut. Ils sont très vite accablés par les Spad du capitaine Thironin attaquant en rase-mottes à la mitrailleuse double. Des bombes lâchées en grappes sur le sommet des forteresses par les escadrilles serbes que commande l'illustre Michaud, un as des as, lui-même en l'air sur son nouveau Bréguet, complètent le bal. Sous la pluie des projectiles, les Buls se terrent dans leurs abris.

Quand ils en émergent pour faire face à l'assaut, les lance-flammes ont profité de l'attaque aérienne pour se mettre tranquillement en place, à l'abri des rochers. Leurs jets de gaz, longs de vingt mètres et à mille trois cents degrés, terrorisent encore plus les Buls que les Sénégalais, réputés très injustement pour leur férocité du fait de la propagande allemande. De larges ouvertures pratiquées dans les barbelés permettent aux marsouins de courir vers les lignes, et de prendre d'assaut la première organisation défensive. Les Buls se rendent ou s'enfuient. Sur toute la longueur de ce secteur, les défenses tombent les unes après les autres.

L'attaque est menée par les corps francs, qui réagissent avec vigueur à la première résistance. On cite le nom de soldats se battant comme des lions blessés, rendus fous par la mort de leurs camarades, qui ont tué chacun quatre, cinq ou six ennemis en enfilade, sans merci. À 6 h 15, une compagnie d'infanterie coloniale, celle du capitaine Cazeilles, atteint le sommet du pic de Kravitza, sur le massif du Dobropolié. Un jeune prisonnier bulgare voit l'officier français ensanglanté et un géant sénégalais lui hurle qu'il doit mourir pour avoir défiguré son capitaine. On raisonne le guerrier. Il n'est pas permis de tuer les prisonniers. Le Bulgare a la vie sauve. Il décampe sans demander son reste.

Une contre-attaque lancée par les Buls se heurte à des renforts sénégalais du 96e bataillon. Le sergent Zantigui Koulibaly, heureux de combattre aux côtés des marsouins qui ont rejoint son unité, se place sous les ordres de Cazeilles dont la vareuse ensanglantée et le visage pansé à la diable font peine à voir. On laisse au 96e bataillon l'honneur d'occuper le sommet. Koulibaly lève son Lebel en poussant des cris de joie. Il ne peut savoir que, du côté de Kotka, ses camarades du 95e bataillon se demandent s'ils ne vont pas tous mourir avant la fin de cette journée.

La première ligne de défense, très puissante, résiste autour de cette avancée de Kotka, en avant du gigantesque éperon du Dobropolié. Il faut en finir. Les généraux s'impatientent. Si des renforts arrivent aux Buls, ils auront tous les moyens, soutenus par l'artillerie allemande et par leurs *Minen*, de monter une contre-attaque puissante, poussés dans les reins par les états-majors prussiens. Les corps francs de Pruneau, décimés, fourbus, sont priés sans ménagements de remonter à l'assaut, et d'abord les volontaires sénégalais.

Le sous-lieutenant Roux-Sibillon vient de recevoir un message d'un coureur. Il semble qu'un corps franc du 45e ait réussi à grimper jusqu'au sommet, avec le sergent Lefèvre, un *ch'timi* de Valenciennes. L'aspirant Rembert qui commandait le groupe a été tué dans l'assaut, mais le fort des Halles lui servant d'ordonnance a poignardé rageusement le caporal bulgare responsable du coup fatal. Rendus furieux, les corps francs massacrent au nid, en lâchant d'en haut les grenades, les Buls retranchés dans leurs abris, recroquevillés, impuissants. Les assaillants n'épargnent aucun de ceux qui cherchent à s'enfuir en abandonnant leurs armes. Ils savent que les Allemands regroupent les fuyards, revolver au poing, pour les renvoyer au combat.

La fusée rouge tirée par le sergent Lefèvre encourage Roux-Sibillon à repartir à l'assaut, avec ce qui reste de sa compagnie de Sénégalais. Les camarades ne tiendront pas longtemps au sommet, il faut les renforcer d'urgence. Le génie doit suivre, pour organiser la position. Paul Raynal est déjà là avec les volontaires de sa compagnie, des hommes bâtis à chaux et à sable, la fine fleur des rugbymen du Sud-Ouest, outre un groupe de Malgaches intrépides triés sur le volet. Il est interdit aux lance-flammes de partir les premiers. Ils ont fait échouer la première attaque en terrorisant les Noirs.

Pas de temps à perdre. Le Kamen n'est pas loin du Kotka : une montagne en cache une autre. Il faut les prendre toutes les deux, mais d'abord en finir avec le Kotka. Un contrordre arrive au sous-lieutenant Roux-Sibillon. Il doit rassembler ses hommes, abandonner le Kotka pour donner l'assaut, avec les camarades des autres bataillons noirs, aux tranchées et au pic d'Obla Tchouka. Le commandant Coustou se chargera, avec ses zouaves, de partir au secours de la faible garnison du sergent Lefèvre sur le Kotka.

Les zouaves s'élancent d'un seul élan, prennent le pas de course, enjambent les fûts de hêtres abattus par le canon, grimpent sans faiblir les pentes de la montagne, négligent les tranchées déjà prises d'où sortent des prisonniers encadrés par les marsouins. La section Vigouroux est en tête, avec Rasario, Ben Soussan, les vieux de la vieille, encouragés par le lieutenant Leleu qui conduit le gros de la troupe. Coustou ne peut résister. Il se lance lui-même à l'assaut, revolver au poing, rejoint les premiers rangs, donne ses ordres par gestes pour ménager la vie de ses zouaves. Le canon bul tonne par rafales. Il faut s'abriter derrière les rochers.

Ils repartent par bonds, profitant des trous d'obus pour s'y dissimuler. Pas de soutien d'artillerie, on distingue mal leur avance dans les arbustes déchiquetés, les branches de hêtres blanchies, les genévriers martyrisés. Sur les abris à flanc de falaise, les lance-flammes sont au travail. Ben Soussan les suit des yeux. Le feu jaillit d'un tuyau qui ressemble à celui d'un narguilé. L'abri se remplit d'une fumée noire. Des hurlements à l'intérieur, des cicatrices dans les rochers noirs, ouvertes par le canon. Seul un sergent bulgare parvient à échapper à cette chasse à l'homme et dévale la pente comme un fou, tirant dans tous les sens. Ben Soussan n'a pas le cœur de l'abattre. Le visage brûlé, presque aveugle, le fuyard s'est pris les pieds dans une racine et hurle longuement, la tête enfouie dans l'herbe sèche.

Les camarades du sergent Lefèvre, tapis dans les trous d'obus, assoiffés et épuisés, comprennent enfin dans la poussière opaque de la mêlée que les zouaves leur viennent en aide. Une section de Bulgares escalade lourdement la pente nord. Les zouaves plantent les fusils-mitrailleurs et les VB en batterie. Un feu d'enfer accueille les assaillants qui refluent.

« Les masques ! » hurle Coustou. Les artilleurs allemands, au vu des fusées rouges, commencent le feu aux obus jaunes, à douilles marquées d'une croix, sur le pic conquis par les Français. Mais les contre-batteries de 155 donnent d'une seule voix. Le feu allemand cesse. Le Kotka est aux zouaves qui s'y retranchent solidement, aidés par les compagnies du génie qui ne ménagent pas leur peine pour rendre le site inexpugnable.

* *
*

Le martyre des tirailleurs du bataillon BTS 95 se poursuit devant le pic d'Obla Tchouka. Les Sénégalais grimpent vaillamment, la toile de tente enroulée en sautoir, le sac de grenades sur le ventre, bourré à craquer. Ils s'engouffrent sans faiblir dans une brèche ouverte par le canon au milieu d'un champ de barbelés. Le sergent Kombaré conduit la section d'assaut sur un terrain bouleversé, offrant de nombreux abris. Le sous-lieutenant Roux-Sibillon entraîne le gros de la troupe d'un pas rapide, oblige ses hommes à plonger au moindre tir derrière un madrier, un bloc de pierres ou un tas d'éboulis, puis à repartir aussitôt, sans attendre la prochaine bombe.

Le 81e bataillon sénégalais attaque, en frère jumelé, sur une autre brèche. Les prisonniers, terrorisés par les Africains, sortent des tranchées les mains en l'air. Roux-Sibillon fait obliquer les siens à droite, pour prendre à revers le blockhaus du Testerasti-Kamen. Le 93e bataillon noir attaque à son tour une falaise abrupte en remontant un ravin barré de fils de fer barbelés qu'il faut forcer sous le tir des mitrailleuses. Une section est entièrement détruite par les grenades à manche qui roulent de la crête. La progression continue, malgré les pertes importantes. À peine les fils de fer cisaillés, les hommes débouchent au sommet de la crête pendant que les Bulgares reculent en désordre.

Une contre-attaque venue d'un boyau au nord d'Obla Tchouka accable, peu après leur exploit, les tirailleurs de Roux-Sibillon. Les Sénégalais rampent et bondissent, sautent dans la tranchée, où un commandant bulgare blessé décharge son revolver jusqu'à la dernière balle avant de consentir à se laisser évacuer vers un poste de secours. Un aumônier qui a suivi la section d'assaut dépêche les mourants et soigne les blessés. Il empêche l'officier ennemi d'être massacré par les marsouins furieux : le Bul a tué à bout portant, étendu sur son lit de camp, quatre de leurs camarades.

La tranchée une fois prise, et ses défenseurs éliminés, les Sénégalais ne sont pas quittes pour autant. La masse grisâtre de l'Obla Tchouka leur fait de l'ombre. Il faut encore dresser des échelles, lancer des grappins et grimper aux cordages, comme des marins. Les Sénégalais s'y emploient aussitôt, de toute la puissance de leurs muscles. La bretelle du fusil autour du cou, le coupe-coupe à la ceinture, ils ont hâte d'échapper aux lancers de grenades de l'adversaire. Une fois arrivés au sommet, ils pourront se défendre. Jusque-là, ils sont des cibles impuissantes.

Kombaré est le premier à se hisser sur une étrange plate-forme jaunâtre et poussiéreuse qui ressemble au sommet d'un vieux fort. Surface nue, sans protection. Les Buls sont plus loin, sous les coupelles des mitrailleuses guettant l'arrivée des Français par le ravin. Kombaré fait signe aux autres de se jeter à terre et de ne faire aucun bruit. Il a grimpé pieds nus, ses godillots autour du cou. Il rampe longtemps pour trouver le bon axe, celui qui va surprendre l'ennemi. Puis il bondit et court le premier, à grandes enjambées, vers la position de l'avant, et égorge les servants de la mitrailleuse au coupe-coupe. La deuxième Maxim a du mal à se retourner pour faire face aux lions du Sénégal qui surgissent par-derrière. Les Buls, piqués à la baïonnette, sont incapables de lâcher une seule rafale. Kombaré siffle dans ses doigts pour annoncer à Roux-Sibillon, en bas, que la position est prise. Il suffit, à la grenade, d'en vider les derniers occupants planqués le long des pentes dans des niches creusées à la dynamite.

On rassemble les prisonniers au sommet du fort, sous la garde d'une de leurs propres mitrailleuses, servie par les Noirs. Quand les Buls sortent un par un de leurs abris pour gagner les arrières de la division, Timbo le Bambara fait mine de les décapiter au coupe-coupe. Leurs cheveux se hérissent. Certains, accablés de fatigue et abrutis par le bombardement, tournent de l'œil et s'effondrent. Kombaré fait cesser ce jeu cruel.

– Il faut quand même qu'ils sachent, hurle Timbo en crachant par terre, que les Sénégalais ne sont pas des sauvages ! J'aurais pu couper toutes les têtes. Je leur ai seulement flanqué la trouille. Renvoie-les donc chez eux, Kombaré. Ils diront aux autres qu'on leur a raconté des salades, que les Noirs ne tuent pas les prisonniers, qu'ils n'achèvent pas les blessés, qu'ils sont plus civilisés que les Boches qui les commandent. Fais-nous plaisir, Kombaré, tire-leur une volée au-dessus de la tête pour qu'ils foutent le camp ! Leur sale trouille me dégoûte !

Kombaré, sa section presque au complet, fouille de fond en comble la place, utilisant les prisonniers sous bonne garde pour transporter les armes lourdes sur le toit du bunker. Il rassemble ainsi des caisses de balles de mitrailleuses, des centaines de fusils et des sacs de grenades à manche. Un tireur de *Minenwerfer* veut pointer sur lui l'obusier. Il est tué sur le coup.

La moisson de munitions est si considérable que Kombaré la fait rassembler en un tas énorme auquel il met le feu, les hommes une fois évacués, y compris les prisonniers. Un tonnerre de Zeus éclate au sommet de l'Obla Tchouka. Les balles partent par milliers, dans toutes les directions, dans une lueur continue d'apocalypse. On voit gicler à plusieurs mètres au-dessus du brasier *Minen* et mitrailleuses déglinguées, désarticulées, noires de fumée, dans un fracas et une odeur terribles de foudre et de poudre.

– Toutes ces saloperies en l'air ! Toutes leurs chienneries d'armes de mort !

Il se réjouit, le Malien.

– Il faudra qu'ils en trouvent d'autres pour nous tuer, lance-t-il à son ami sergent. Regarde autour de toi les camarades tués ou blessés. Ils étaient venus comme nous de Ziguinchor, de Saint-Louis, de Bamako et aussi de Dakar le beau port blanc, et de la brousse à termitières, et des pâturages verts du Fouta-Djalon. Les nôtres ne demandaient qu'à pêcher de juteux capitaines dans la Casamance, à baigner leurs vaches dans le Niger. Jure-moi, sergent-chef Kombaré mon ami, chaque fois que nous prendrons une de leurs foutues forteresses, d'avoir le droit de sac et de destruction, dis-moi que les chefs le permettront. Nous ne demandons pas les oreilles des prisonniers pour en faire des colliers comme le répètent ces salauds. Mais nous voulons détruire leurs immondes engins, pour qu'ils comprennent bien que leur guerre nous répugne, que nous sommes venus d'Afrique, nous autres, pour empêcher les Buls et leurs copains de jouer avec le feu et d'outrager leurs dieux.

– Inutile de faire partir les fusées rouges, commente Roux-Sibillon devant l'illumination du sommet de l'ouvrage, les nôtres auront compris que vous avez fait le ménage.

* *
*

La prise de l'Obla Tchouka, du Dobropolié, de Kravitza, du Sokol, porte les coloniaux, les Bretons et les gars du Nord sur le toit des Balkans. Il ne manque à la conquête de la ligne que les forteresses de l'aile droite, Kamen et Vétrénik.

Pour Kamen, la défense principale est une masse de basalte noirâtre de trente mètres de haut et de cinquante de large, à mille sept cents mètres d'altitude. Le fort est protégé par des points d'appui et des réseaux de tranchées creusées à la dynamite dans le roc, hérissées de réseaux de barbelés aux longues pointes acérées, non détruits par l'artillerie. Un ensemble d'apparence une fois de plus inexpugnable.

Mais les défenseurs ont vu brûler l'Obla Tchouka et leurs camarades vaincus s'enfuir sur les pentes. Sur leur droite, Vétrénik flambe. Les canons lourds des Serbes préparent l'assaut de la division Chamadia. Les Bulgares savent qu'ils n'ont pas une chance de résister à l'assaut des coloniaux, mais leurs officiers les menacent d'exécution immédiate s'ils flanchent.

Les Sénégalais ont une bonne surprise : les obus incendiaires ont mis le feu à l'herbe sèche et brûlé les piquets des barbelés. Ils avancent dans les éboulis sur les premières positions évacuées sans être déchirés par les piquants d'acier mortels. Les Bulgares préparent leur coup d'arrêt un peu plus haut.

C'est encore au 95e bataillon de Sénégalais, aidé par les marsouins, de donner l'assaut à la dernière position de la première ligne. Leur succès les désigne pour achever le travail. Ils ont été remplacés au sommet de l'Obla Tchouka par des renforts destinés à préparer la seconde phase de l'offensive, et par deux compagnies du génie chargées de tracer au pied de la forteresse une route pour rejoindre, plus loin, le réseau bulgare. Paul Raynal et les siens sont déjà au travail.

La résistance de l'ennemi faiblit. Des compagnies entières sont capturées dans les abris. L'attaque du blockhaus de Testerasti, sur les flancs du Kamen, est le nouvel objectif. Les compagnies de mitrailleuses renforcées du bataillon se mettent en position pour soutenir l'escalade tentée par le bataillon de tirailleurs du lieutenant Le Blevennec.

Un canon de 37 tire sans discontinuer vers le sommet pour décourager l'ennemi pendant la difficile ascension. Les explosions ne sont pas suffisantes pour empêcher les guetteurs de faire venir des renforts de grenadiers surgis des abris sur l'ordre guttural de leur *Feldwebel*.

Une fois de plus, les Sénégalais doivent planter sur le haut des parois les échelles de corde auxquelles ils s'agrippent aussi longtemps qu'ils peuvent, désespérément. Quand ils sont touchés par les grenades tombant du sommet, ils chutent souvent de trente mètres de haut, s'écrasant sur le roc.

Ceux du 95e attendent leur tour en bas de la muraille, se contentant de soigner les blessés descendus par des cordes, et de tirailler vainement vers les meurtrières d'en haut qui finissent par tomber aux mains de leurs camarades.

L'escalade est réussie à l'arraché. Une section de cent hommes est presque entièrement anéantie, tous les gradés noirs mitraillés, et le lieutenant Le Blevennec blessé à mort. Il perd son sang, garrotté juste à temps par un berger peul expert dans les soins à donner à son troupeau des montagnes soudanaises.

Les Sénégalais surgissent de partout dès que leurs camarades sont enfin arrivés au sommet. Deux bataillons supplémentaires, non compris le 96e qui demande avec impatience sa part du gâteau, dégagent les Buls des ravins d'accès, fouillent tous les repaires, s'emparent des pitons intermédiaires, des points d'appui garnis de mitrailleuses. Rien ne peut leur résister tant la ruée est âpre, irrésistible. Les tirailleurs avancent à grandes foulées, sautant par-dessus les obstacles comme des coureurs de haies. Les Buls retraitent dans les taillis et se rendent quand ils sont pris sous le feu des fusils-mitrailleurs.

Les marsouins accourent au secours des Africains. Le sergent Bourbon, en tête d'un premier détachement, jure de faire taire la mitrailleuse du Testerasti qui crache le feu sans discontinuer. Ses hommes contournent l'obstacle, attaquent en oblique, grenadent l'intérieur.

Assistant à la belle action des renforts arrivés à point nommé, Roux-Sibillon renonce à poursuivre l'assaut, pour ménager ses hommes déjà très éprouvés mais qui ont rejoint les marsouins. Il sent que la résistance ennemie faiblit et fait nouer un chiffon blanc au bout d'un bâton dressé. Une centaine d'hommes et deux officiers sortent du blockhaus. Dix-sept tirailleurs seulement ont été tués ou blessés dans le bataillon. Kombaré reconnaît parmi eux Amin Dieng, le coureur du 95e, fils d'un médecin de Saint-Louis. Il a le bras arraché, la mâchoire touchée. Des infirmiers se hâtent de l'acheminer au poste des premiers secours.

Le bloc de basalte devient perméable, une fois le principal blockhaus emporté. Des marsouins d'une compagnie de renfort accourent derrière Mouriane, d'autres encore le suivent, ralliés par des disciplinaires, pour escalader le rocher d'enfer jusqu'au sommet et faire partir la fusée rouge. Ils nettoient la position à la grenade, fouillent le moindre abri, arrêtent tous les fuyards, et capturent même l'état-major, déconcerté par cette attaque brutale.

Après la reddition générale, il n'est plus question que de désigner deux compagnies pour tenir l'ouvrage et résister à une contre-attaque improbable surgie des deux positions fortes qui lui font face, vers le nord-est, la Borova Tchouka et le Stonovo Ouho, baptisé par les Serbes Oreille de l'Éléphant. Mais c'est l'affaire de la Choumadia que de neutraliser ces deux pics, après s'être emparée du Vétrénik.

* *
*

L'assaut des Serbes est stupéfiant de vigueur. Ils surgissent d'une forêt épaisse qui les dissimule aux observateurs bulgares et sont soutenus sur leur gauche par les coloniaux de la 17e division. Leur ardeur est telle qu'ils emportent en quelques minutes le premier obstacle, un

« ouvrage rond » dont les défenseurs sont anéantis avant même de se réveiller.

Deux bataillons seulement mènent la vague d'assaut. Ces deux mille diables se dépensent comme s'ils étaient l'ensemble de la division, sans songer à dépêcher des coureurs pour annoncer à l'état-major la prise de la redoute. Les officiers serbes tombent, les Buls résistent au corps à corps, pour sauver leur vie. Qu'importe ! Les Serbes attendent depuis si longtemps cet instant de frénésie magique. Leur frontière nationale est au bout des fusils. Sans souci des pertes, ils foncent.

Les réserves du bataillon peinent à les rejoindre, tant ils courent vite. Nul ne peut les apercevoir, ni les Français, ni les Bulgares, ils gravitent dans un angle mort du champ de bataille. Pas de tirs de canons sur eux dans cette zone obscure. Le prince Alexandre lui-même n'y voit rien, n'apprend rien, lâche ses aides de camp à cheval pour aller aux nouvelles. Lorsqu'ils arrivent sur les positions supposées de la Choumadia, il est trop tard. Les Serbes sont déjà partis vers l'avant, dans leur ruée inexorable. En assiégeant Kamen, sur leur aile gauche, les coloniaux du général Pruneau leur ont laissé le champ libre, en attirant sur eux le feu des pièces lourdes.

Mais la colonne de droite progresse plus lentement, prise à partie par des nids de mitrailleuses sous abris en haut de la falaise et par des barrages d'artillerie. Il faut attendre l'allongement du tir des canons français, en retard sur l'avance des Serbes, pour que ceux-ci, débarrassés des obstacles, poursuivent leur assaut. Ils sont décimés, mis dans le plus grand désordre par les mitrailleuses de Vétrénik et les tirs de 105 de la batterie allemande de la clairière. Ils ne se retirent pour souffler qu'après l'attaque des marsouins sur Kravitza, qui subissent seuls les bombardements accablants des grosses pièces.

La Choumadia peut ainsi repartir. De son observatoire de Kotka, Coustou distingue les nuages de poussière qui entourent le Vétrénik. Les Serbes donnent vigoureusement l'assaut au dernier pic qui résiste encore sur la première ligne, longue de onze kilomètres.

Ils multiplient les prouesses. Un officier obtient la reddition d'une colonne de secours bul en criant dans un porte-voix : « Vous êtes nos frères égarés ! » Un bataillon dépasse Vétrénik, fonce hardiment sur le plateau vers l'Oreille de l'Éléphant, capture des canons de 77 abandonnés, encercle une batterie de 105 dont ils pointent les canons, très loin, vers les lignes ennemies.

Reste à prendre la forteresse de basalte jusque-là contournée, négligée, comme si elle n'existait pas dans le paysage. Les défenseurs n'ont déjà plus d'issue de secours vers le nord, les Serbes fusent de partout, et dans le plus grand désordre des unités, ce qui désespère leur état-major.

L'artillerie confiée à leur armée ne sait sur quelle cible tirer. Elle reste muette, attendant des signaux clairs. Le voïvode Stepanovitch commande à Michaud une escadrille d'avions d'observation pour tâcher de repérer ses propres troupes. Les observateurs, aveuglés par la poussière, sont incapables de donner des renseignements précis. Tout ce qu'ils peuvent affirmer est que l'éperon occidental de Zapadni Vétrénik a été enlevé et que les Serbes s'éparpillent dans la plaine, à la poursuite des fuyards.

Les tranchées qui protègent encore le Vétrénik oriental sont enlevées au prix de pertes sévères. Trois lignes successives sont nettoyées, mais l'éperon central déclenche un feu d'enfer et devient un nouveau Sokol. C'est dans l'après-midi seulement que la situation se clarifie. L'éperon est alors conquis après plusieurs charges furieuses, et les Serbes font leur liaison avec les coloniaux de Pruneau derrière le pic de l'Obla Tchouka.

Enfin, le prince Alexandre peut se féliciter du succès des armées alliées, qui ont réussi à maîtriser, ce qui était inimaginable, la première ligne de forteresses naturelles aménagée par les ingénieurs allemands et les fantassins bulgares, aidés de travailleurs macédoniens. Il n'a pas le temps de respirer : le voïvode lui annonce que la deuxième phase de l'offensive est en cours.

Sur la carte, le général Franchet d'Espèrey se réjouit d'autant plus de ce premier succès qu'il a reçu le 10 septembre, soit quatre jours seulement avant le départ de l'offensive, un télégramme de Clemenceau d'un laconisme troublant : « D'accord avec le gouvernement britannique, je reçois ce matin l'agrément du gouvernement italien. Vous êtes en conséquence autorisé à commencer les opérations quand vous le jugerez convenable. » Franchet a parfaitement compris que cet accord n'était pas un ordre, mais seulement une *autorisation*. L'affaire doit rester sous sa complète responsabilité. Le gouvernement s'en lave les mains.

Aussi se fait-il un devoir de télégraphier à la rue Saint-Dominique, dès le 15 septembre : « La première position ennemie sur le front serbe a été enlevée sur onze kilomètres. De nombreux prisonniers, des canons, du butin de toutes sortes, non encore dénombré, est tombé entre nos mains. »

Il attend avec confiance et résolution la ferme reprise de l'attaque au matin du 16 septembre 1918, avec un concours britannique prévu sur la ligne de la Strouma. Il ne compte, sur le front principal, ni sur les Grecs ni sur les Italiens. C'est avec les Serbes qu'il veut vaincre. Il sait que l'affaire sera dure et qu'une deuxième crête barre encore le chemin de la victoire. Mais il a désormais pleinement confiance dans la collaboration des deux divisions françaises avec la Choumadia, même s'il déplore son impétuosité excessive qui entraîne des pertes inutiles. Les Serbes sont sortis de leur accablement pour retrouver leur fougue traditionnelle. Le regrette-t-il vraiment ? Dans le fond de son cœur, il était presque le seul à y compter.

* *
*

La suite des événements ne devait pas lui donner

tort. Ni le général Von Schultz, commandant du groupe d'armées, ni le général en chef Mackensen n'avaient gardé confiance dans les Bulgares, ni les généraux bulgares dans leur armée. L'axe d'avance des divisions d'attaque alliées était la ville-carrefour ferroviaire et routier de Gradsko, au confluent du Vardar et de la Cerna. S'emparer de cette position stratégique, c'était couper en deux à coup sûr, et réduire à l'impuissance les forces ennemies de Monastir à gauche du front, et celles du Vardar à droite. De Gradsko, les Serbes pourraient aisément foncer sur Nich et Belgrade, et les Français sur Sofia et le Danube. Les rêves les plus fous de Sarrail l'ostracisé étaient à portée de canon. Pour y parvenir, il fallait toutefois renouveler le miracle du 15 septembre.

On s'aperçoit, au matin du 16, que le Sokol n'est pas entièrement réduit, pas plus que le Vétrénik, et qu'il faut éliminer les dernières résistances des hommes sortis de leurs abris, avec patience et modération pour éviter les pertes. L'aviation de reconnaissance signale aux états-majors la concentration de troupes germano-bulgares prêtes à contre-attaquer sur Kravitza.

– On croyait réglée l'affaire de la première ligne, confesse à Leleu le commandant Coustou. Je reçois un ordre de route pour Kravitza. Les Buls se rebellent.

– Avec des renforts allemands. Le lieutenant Fournier, aide de camp de Topart, vient de m'affranchir : nous sommes chargés de faire leur fête à un bataillon de Saxons armé jusqu'aux dents. On nous a réservé, une fois de plus, un travail de pompiers, ou plutôt de balayeurs.

– Que voulez-vous ! Les marsouins et les Sénégalais ont beaucoup donné. Ils sont à bout. À nous de les relayer. En attaquant au centre de notre front, les Buls renforcés d'Allemands repris en main par les officiers prussiens, risquent de compromettre toute l'affaire.

À l'approche de Kravitza, une surprise attend les zouaves, marchant en colonnes par deux sur la route des arrières entretenue en permanence par les compagnies du génie. Les coloniaux sont tapis dans les trous d'obus sous le barrage roulant de l'infanterie saxonne, comme si tout était à refaire.

– Couche-toi, dit Ben à Vigouroux. Nos 155 leur répondent. Je ne suis pas sûr que notre présence soit décelée par nos artilleurs. Nous allons une fois de plus déguster des obus de Schneider et du Creusot.

– Il y en a des deux côtés, grince Ben. Les Bulgares en ont acheté treize à la douzaine. On ne sait jamais si un pruneau de 75 vient de chez nous ou de chez eux.

Sans plus attendre, avec la résignation des vieilles troupes ne ménageant pas leur effort, ils creusent à la pelle des boyaux entre les trous géants des grosses pièces, pour improviser une ligne de défense. Leleu fait mettre en batterie, en tirs croisés, les deux compagnies de Hotchkiss. Une section de crapouilloteurs commence à lâcher ses patates de cinquante kilos sur les Saxons qui sortent du bois et progressent par petits groupes, s'aplatissant sous les gerbes de 75, ceux des Serbes.

À la gauche des zouaves, les marsouins sont contraints de reculer et Coustou, la mort dans l'âme, de s'aligner. Kravitza sera-t-elle reprise ? Les Boches et les Buls ont approché une pièce de 75 tirant de cent mètres, à bout portant, et une lourde de 105 à quatre cents mètres, ce qui est tout à fait inhabituel. À cette distance, la pièce risque d'être prise par un quarteron de zouaves décidés. Hélas ! La hardiesse de l'ennemi semble aboutir à un résultat : les dégâts sont considérables dans la compagnie de marsouins toute proche. Le lieutenant Mehay va mourir, atteint à la poitrine, s'il n'est pas tout de suite secouru. Ses camarades gisent à ses côtés. Pas d'infirmiers à l'horizon. Il râle désespérément.

Vigouroux, fou furieux, bondit, suivi des siens, sur le 75 ennemi. Dans chaque cratère, ils embrochent à la baïonnette avec une violence incroyable les Saxons surpris. Ils arrosent de grenades les servants buls qui sautent en l'air. Le canon est repris, immédiatement braqué sur le 105 repéré par un coucou. La route est libre pour la contre-attaque. Le lieutenant Mehay est alors rejoint par des brancardiers. Trop tard. Il a perdu tout son sang.

Le 95e bataillon de Sénégalais est encore de la danse et le sergent Kombaré, fait adjudant au feu, mène les siens à l'assaut aux côtés des zouaves. Les Sénégalais reconnaissent en tête la haute silhouette de Vigouroux, leur ancien instructeur au fusil-mitrailleur. Ils poussent des cris stridents signifiant : « Nous sommes là, nous te suivons ! »

Les Saxons les accueillent avec les œufs-grenades, un nouveau modèle offensif extrêmement meurtrier, mis au point par les ingénieurs allemands. Les capotes kaki des Sénégalais jonchent le sol. Kombaré, blessé à la main, poursuit la charge en balançant des grenades rougies de son sang.

Un autre bataillon noir arrive en renfort. C'est le troisième en ligne. Vigouroux regroupe ceux du 95e, rescapés de la mitraille, et les précède à l'assaut contre les Bulgares venus au secours des Saxons accablés par les tirs de mitrailleuses des zouaves. Benjamin Leleu tombe, blessé. Ben Soussan se précipite avec deux zouaves de la dernière cuvée, des gamins de dix-neuf ans frais arrivés en renfort d'Alger, Albert Dubost et René Léonardi. Il le garrotte au bras et le fait aussitôt évacuer.

– Plus de munitions ! hurle le sergent Koulibaly.

Coustou lui lance deux sacs de grenades.

– Tiens bon, lui dit-il, les camarades arrivent !

Le commandant prend la place d'un tireur qui vient d'être tué derrière sa Hotchkiss et balance des rafales sur les assaillants. Une compagnie de marsouins surgit, suivie de lance-flammes. Les Bulgares terrorisés reculent. Les zouaves et les Sénégalais sautent de leurs trous pour la poursuite. Kravitza est sauvée.

* *
*

Les ordres des états-majors sont de forcer la cadence, malgré la fatigue, pour prendre dans la foulée le roi de la montagne, le seul obstacle avant la victoire, le Grand Koziak. Une masse noire à peine entamée de ravins, à première vue imprenable. Les avions de bombardement multiplient déjà les raids sur les pentes, attaquent à la bombe les renforts venus du nord, ou les troupes en retraite de la première ligne. L'artillerie lourde serbe est avancée à grand renfort de buffles et de chevaux pour préparer l'assaut, suivie par les batteries de montagne.

Émile Duguet peste contre ses mulets, qui ne progressent pas assez vite à son gré. Lourdement chargés des affûts et des tubes de 65, ils serpentent le long des sentiers, frôlant la roche au risque d'endommager le matériel. Leur pied très sûr leur permet d'éviter les précipices, mais ils ne peuvent se risquer sur le sentier qu'avec prudence. Le terrain fangeux semble ferrer leurs sabots de plomb fondu.

Quand il est en vue du Grand Koziak, d'où partent des salves de 77 de campagne, Émile pousse ses colonnes le plus près possible du rempart rocheux, où elles se trouvent à l'abri du canon et peuvent ainsi préparer l'escalade. La brigade yougoslave a déjà pris position sur les premières pentes, attendant les Français et les renforts serbes pour l'assaut. Paul Raynal, arrivé avec ses sapeurs à cheval, a fait creuser des emplacements pour les canons de 65.

– Monsieur est servi, dit-il à Émile qu'il retrouve avec une joie profonde. Il n'y a plus qu'à envoyer le potage.

Les 65, à peine installés, crachent aussitôt leurs petits obus rageurs sur les positions ennemies que l'artillerie lourde a commencé à bouleverser. Pas d'aviation bulgare. Les coucous français, maîtres du ciel, donnent efficacement les positions des pièces de 77.

Les zouaves arrivent les premiers, en avant-garde de la 17e division coloniale. Il est onze heures. Le commandant Perraud, du 1er régiment de marsouins, se présente alors avec son deuxième bataillon. Il a devant lui les Serbes qui prennent soudain le pas de course en apercevant, au débouché d'un bois, la tache blanche d'une borne frontière. Ici commence la Serbie.

« *Granitza ! Granitza*[1] *!* » crient-ils en tirant en l'air des coups de feu. Les vieux ne sont pas les derniers à embrasser la terre sacrée, tout comme les gosses de dix-huit ans, leurs camarades de combat.

Le commandant Perraud fait signe au bataillon de se calmer et de présenter les armes.

– Merci, Frantsouzi ! crient les Serbes d'un seul cœur en reprenant leur course et en lançant : *Hajdé Sofia !*

Les 65 de Duguet doivent cesser le tir. Les Serbes se précipitent en grappes à l'assaut de la dernière montagne. Ils n'en ont pas reçu l'ordre, mais qui les arrêterait ? Force est de leur emboîter le pas. Vigouroux entraîne les siens, sur un signe de Coustou, et tout le bataillon vient en renfort à la suite du commandant Perraud, dont les marsouins prennent le pas gymnastique et donnent l'assaut sans faiblir malgré la pluie assourdissante des bombes. La résistance bulgare vacille et les *Minen* tirent encore, auxquels, fort heureusement pour les Français, les mortiers Stoke donnent la réplique.

Le commandant, sa canne à la main, dirige lui-même l'assaut en prenant de biais pour éviter les tirs de mitrailleuses de la première ligne. Les zouaves contournent l'obstacle, attaquent avec les Serbes sur l'autre versant. Les pertes des marsouins sont élevées. Les destructions de l'artillerie française se sont révélées insuffisantes. Perraud fait reculer ses avant-gardes, demande aux 65 un nouveau tir. Duguet ne se fait pas prier. Il a déjà rapproché ses pièces à cinq cents mètres, hissant lui-même avec les hommes les canons sur la pente. Les nids de mitrailleuses qui n'ont pas été touchés se taisent les uns après les autres, sous les milliers d'éclats d'obus pénétrant les meurtrières.

---

1. La frontière ! La frontière !

La division serbe Timok arrive le lendemain en renfort afin de briser à tout prix la résistance ennemie. Les marsouins de Perraud, malgré leur fatigue, demandent à repartir. Ils se regroupent et bondissent dans les trous d'obus des 65, gagnant bientôt le sommet. Les zouaves, les Serbes entrent tous dans la danse, lancent et accrochent les grappins en haut des falaises, balancent des grenades sur les parapets des tranchées encastrées dans le roc.

Une bataille confuse s'engage dans la semi-obscurité de la fin de la journée. Les marsouins combattent au corps à corps, sans merci, les Bulgares stimulés par leurs officiers. Vigouroux sauve Coustou en abattant d'une balle un *Feldwebel* saxon qui le mettait en joue. Ben Soussan entraîne les jeunes et les oblige à sauter à sa suite dans les trous du rocher pour éviter les rafales. Léonardi est blessé à la jambe, Dubost lui bande la cuisse avec un doigté d'infirmier.

D'un blockhaus à l'autre, la bataille continue, féroce. Il faut déloger à la grenade les plus obstinés, obstruer les meurtrières, réduire au mortier Stoke les rochers où s'abritent les tireurs isolés.

– C'est un combat de rues, gronde Coustou en abattant d'un coup de revolver un Bul qui visait Vigouroux.

Ils se sont l'un l'autre sauvé la vie sur le Grand Koziak. Quand le feu cesse enfin au sommet du rocher maléfique, le commandant Perraud, arrivé le premier, y déploie un drapeau français. Nul ne lui conteste cet honneur. La moitié de ses marsouins ont péri et lui-même est blessé.

* *
*

Ont-ils mérité le repos, les combattants du Koziak au visage noir de poudre, aux lèvres gercées de soif, aux yeux à demi clos par l'épuisement ? À peine se sont-ils allongés sur le rocher que les ordres de la division arrivent : poursuivre immédiatement l'ennemi vers Gradsko.

Selon Franchet d'Espèrey, on ne laisse pas attendre la victoire. Il explique au général Henrys et à Pruneau, qui fait état de la décimation de ses bataillons sénégalais, qu'il faut prendre de vitesse Von Scholtz ainsi que Von Steuben, responsable de la 11e armée allemande, les empêcher de manœuvrer pour regrouper leurs unités malmenées, ne leur laisser aucun répit pour faire avancer des renforts. Les trop rares escadrilles de bombardiers ont déjà pris l'air pour marteler les gares et les villes d'étapes. Les Français et les Serbes victorieux doivent encore rassembler leurs dernières forces s'ils veulent entrer dans Sofia.

De bonnes nouvelles de la Ire armée serbe de Boyovitch viennent réconforter les soldats exsangues de Stepanovitch. La division Morava a débordé le Koziak, et sur sa gauche la Drina et la Danube se sont emparées de massifs et descendent sur la rivière Zatoka. Les Bulgares ont bien résisté devant Monastir, où Valentin a réussi à leur faire croire qu'ils avaient devant eux des chars, simples simulacres de carton. Ils ont aussi repoussé les assauts des Helléno-Britanniques dans la région de Doiran. Les généraux allemands tentent de réagir. Mais leurs états-majors, pour contre-attaquer dans les montagnes du centre, les plus menaçantes, n'ont plus guère la possibilité de dégager des réserves suffisantes.

Valentin, en visite sur le front, l'a affirmé à Coustou : les Allemands sont fichus. Mais le commandant reste circonspect, ce qui n'est pas dans sa nature : l'extrême fatigue de ses zouaves l'incite à la prudence.

Valentin l'encourage. Il a des nouvelles des états-majors ennemis par des officiers bulgares déserteurs : Von Steuben sait qu'il n'existe pas de véritable réserve pour sa 11e armée, Von Schutz ne dispose que des débris des unités battues. Il ne songe d'ailleurs qu'à protéger Prilep, en faisant reculer les troupes échelonnées devant Monastir. Sans doute pourrait-il rameuter une trentaine de milliers d'hommes, mais la route est longue depuis

Prilep. Le prince Boris, héritier du tsar Ferdinand, lui a rendu visite dans son état-major d'Usküb, où il se terre provisoirement, pour suggérer une contre-attaque.

– Impossible, a répondu l'Allemand. Pas de troupes, et leur moral est nul.

Les nouvelles du front, bientôt connues dans toutes les unités, ressuscitent les plus accablés des vainqueurs. Devant les Français et les Serbes de Stepanovitch, les Bulgares lâchent pied, pillent leurs dépôts pour se nourrir, ainsi que les fermes au bord des routes. Les officiers ne peuvent que constater l'accroissement des désertions. L'avance serbe, le 18 septembre, est de vingt-cinq kilomètres, la IIe armée est près de déboucher sur le Vardar et de prendre le centre important de Negotin.

La chaleur est encore tropicale, les premières pluies annoncées sont en retard et la poussière de la route assèche les gosiers des fantassins. Mais les zouaves, les Sénégalais et les marsouins savent qu'ils tiennent la clé de la victoire. Le général Franchet d'Espèrey, malgré les risques des dernières manœuvres, en est, paraît-il, désormais persuadé.

Il lui reste à lâcher la cavalerie. Les chasseurs d'Afrique sont prêts. Leur mission ? Prendre Usküb, la porte macédonienne de la vieille Serbie, la ville aux cent minarets, à la basilique orthodoxe des saints slaves, le centre de l'état-major impérial.

À Dabrusevo, le 23 septembre, seize jours après le début de la grande offensive, les hommes se comptent par escadrons tout en mangeant des biscuits : en tout, deux mille cinq cents sabres, et cinq cents cavaliers chargés de mitrailleuses, des canons légers et des obusiers de campagne tirés par des mulets. Les sapeurs à cheval se sont joints à eux, avec une colonne d'éléments de ponts utiles au franchissement des rivières. Paul Raynal et Hervé Layné sont de la bande, suivis de leurs compagnies malgaches.

Le lieutenant-colonel Labaume caracole devant le 4e chasseurs d'Afrique. Le colonel de Lespinasse de Bournazel passe en revue ceux du 1er régiment. Le lieutenant-colonel Guespereau a du mal à retenir ses spahis marocains qui veulent galoper en tête. Ils sont prêts à piquer des deux quand un bruit de moteur retarde l'ordre de leur officier.

Le général Franchet d'Espèrey, venant de Monastir, débarque de sa voiture grise couverte de poussière :

– Bournazel, lance-t-il aussitôt au colonel de chasseurs, je veux que vous soyez à Prilep ce soir pour que nous puissions y déjeuner demain avant de prendre Usküb. Saisissez au filet les restes de la 11e armée allemande. Les Buls vous attendent pour se rendre.

La brigade est aux ordres du général de cavalerie Jouinot-Gambetta, qui ordonne aussitôt à Bournazel de partir le premier, au trot, droit vers la montagne. Les chasseurs ne tardent pas à découvrir, effarés, les contreforts de l'immense Golesnitza Planina. Une suite de pics de mille sept cents mètres et de bas-fonds inabordables, couverts de ronces et d'épineux. Est-il possible qu'on les lance sur ce massif inaccessible ? N'y a-t-il pas de routes plus confortables, où ils puissent galoper à l'aise ?

– Non, explique Bournazel à ses officiers. Toutes les routes sont encombrées d'ennemis, et dangereuses. Le Bulgare peut y poster des arrière-gardes meurtrières. Si on veut le surprendre, il faut faire l'effort inouï de franchir la montagne.

La dernière chevauchée de l'histoire commence par une difficile ascension en file indienne au bord des précipices, où les mulets risquent sans cesse de verser les mitrailleuses. Pas de cartes exactes de la région. Quand elles indiquent une route, c'est un sentier à chèvres jonché de rocailles et d'éboulis que les compagnies malgaches doivent dégager à la pelle pour permettre aux attelages de passer. Bournazel dirige les hommes à la boussole, sans rencontrer âme qui vive dans ce paysage déserté.

Les chevaux piaffent, hennissent, se cabrent quand leurs fers s'accrochent aux silex. Pas de clous pour les remettre en place. Une étape de près de soixante-dix kilomètres sans prendre le temps de desseller les montures. Le 26 septembre, les vivres sont épuisés, les fourrages manquent, l'herbe sèche ne nourrit pas les mulets. On fait le tour des rares fermes pour trouver des vivres. Les habitants se sont enfuis, les greniers et les granges sont vides.

Les trois mille cavaliers s'étirent en une longue file de six kilomètres. Par égard pour leurs chevaux, ils marchent en les tirant par la bride. Pendant cinq jours, personne ne peut dire à Franchet où ils se trouvent. On les croit perdus, morts de soif et de faim.

Le 27 septembre, Bournazel, toujours en tête, remonte à cheval et donne le signal à son régiment : un pâturage en vue ! C'est le salut. Hommes et bêtes débouchent sur une vaste étendue d'herbe fraîche, autour de villages habités. Les premiers peuvent dormir et les secondes brouter. Layné trouve dans une écurie abandonnée une réserve de fers et de clous. Raynal et ses Malgaches s'emploient à referrer les chevaux et à désinfecter leurs paturons striés de ronces jusqu'au sang.

La marche reprend de nuit. Le 28 septembre, Jouinot-Gambetta aperçoit dans la plaine une vallée éclairée : une ville à prendre. Il ne sait pas laquelle. Les dispositions sont mises en place pour attaquer dès l'aube, dans le brouillard du 29 septembre. Les spahis doivent écraser à la mitrailleuse et à l'obusier, en donnant l'impression qu'ils sont une division entière, les troupes bulgares exténuées mais fort nombreuses qui remontent la vallée. Les deux régiments de chasseurs d'Afrique reçoivent l'ordre de charger en contournant la ville.

Les cavaliers, au vu des minarets, annoncent qu'ils sont bien à Usküb, ce que confirment les premiers prisonniers allemands. Les escadrons déboulent au galop dans les rues pleines de fuyards qui lèvent les mains en abandonnant leurs armes. Puis ils se lancent à la poursuite d'un train blindé allemand, qui leur échappe pour aller vers le nord faire sauter les ponts et les tunnels.

Les spahis entrent dans les maisons qu'ils fouillent de

la cave au grenier, bientôt arrêtés par les incendies de dépôts de munitions allumés par les Allemands. Les Turcs se cachent dans leurs abris. Les femmes de la population serbe d'Usküb envoient des brassées de fleurs aux Français, les Macédoniennes les acclament : quatre cents prisonniers, dont la moitié allemands, des bœufs et des moutons à satiété, de quoi nourrir la troupe. C'est la victoire fêtée la nuit. Rejoignant la cavalerie, le détachement d'infanterie du général Tranié, avec un groupe de 65 de montagne conduit par Émile Duguet, pousse devant lui un troupeau de soixante mille hommes qui n'ont plus la force de résister.

Le 29 septembre, Franchet demande aux aviateurs de repérer la colonne de Jouinot-Gambetta. On lui rapporte qu'elle a pris Usküb. Il ne veut pas y croire, dépêche un deuxième avion.

– Mon général, répond le lieutenant Lemoine, les marsouins de Tranié et les zouaves de Coustou parquent les prisonniers dans les jardins d'Usküb. Les chasseurs d'Afrique et les spahis sont déjà repartis. Ils ont juré de faire boire demain leurs chevaux dans le Danube !

Le Danube rouge

Carla Signorelli pâlit en voyant s'engager sur la coupée du *Charles-Roux* un blessé qu'elle reconnaît aussitôt : Leleu, le lieutenant de zouaves. Depuis le 15 septembre 1918, jour de l'offensive, elle est sans nouvelles de Paul Raynal, son bien-aimé, et voilà qu'elle tombe, sans préavis, sur un officier dont il est proche. Elle n'ignore pas que Benjamin Leleu, dit le Dunkerquois, est un ami de Vigouroux, l'intime de Paul.

L'affluence des victimes de la montagne macédonienne sur le navire-hôpital est telle que, chaque nuit, elle prie avec ferveur la Madone pour que son cher soldat soit épargné. Elle guette anxieusement les arrivées, pose des questions aux rescapés dès qu'ils récupèrent leurs esprits et la force de parler. L'ont-ils vu ? demande-t-elle à ceux du 45e régiment de Laon, du 84e d'Avesnes, aux marsouins de la 16e coloniale, aux Sénégalais du 81e bataillon. Non, ils ne se souviennent pas d'un margis du génie natif du Sud-Ouest, mais c'est inévitable, ajoutent-ils : toute l'armée est sens dessus dessous. Non qu'elle soit vaincue, tout au contraire, elle avance trop vite en terrain ennemi, les unités sont mélangées, sans cesse déplacées, et perdent les leurs de vue.

Leleu le Dunkerquois doit savoir ce que sont devenus les cavaliers du génie, mais il est incapable d'ouvrir les yeux, encore moins de reconnaître Carla Signorelli. Son visage émacié, ses paupières closes indiquent qu'il a beaucoup souffert depuis son sauvetage par deux brancardiers sur le champ de bataille. L'interminable voyage en chemin de fer a rouvert sa blessure. Il a perdu connaissance durant son transfert en ambulance de la gare au port.

– Le cœur bat faiblement, constate le major Sabouret qui l'examine. Déroulez les bandes sales de ses pansements. Peut-être a-t-il perdu beaucoup de sang. Injectez de la morphine, il ne pourra supporter plus de souffrance. Il a trop dégusté.

Les pansements collent à la chair, mêlés de sang et de sanies. Une fois dégagée à l'aide de pincettes, la blessure béante apparaît dans son horreur. La jambe posée sur l'attelle de zinc est en charpie. Carla ose à peine toucher la plaie peu engageante. Pas de projectile ni d'éclat d'obus apparents, comme si Benjamin avait déjà subi une intervention. Elle croit distinguer l'os au fond d'un magma sanguinolent. Nettoyer, désinfecter, préparer l'opération, elle ne peut faire plus.

Revenu au chevet du blessé, le chirurgien n'a pas l'air optimiste. Il déchiffre la fiche fixée au pied du lit, établie par le poste de première urgence : « Touché le 16 septembre, devant Kravitza. »

– Nous sommes le 19, compte-t-il. On nous envoie les cas désespérés. Ils savent pourtant bien qu'un membre brisé peut entraîner la mort si l'intervention n'est pas immédiate. Voilà trois jours que ce blessé pourrit sur pied. C'est inadmissible. Opéré de suite, il gambadait dans les quinze jours.

Carla garde le silence. Ce qui lui paraît insensé, c'est qu'on trouve normal de faire opérer les blessés sur les navires-hôpitaux, si éloignés des premières lignes. Les centres chirurgicaux doivent manquer cruellement au front. Combien de poilus doivent manquer sur place, faute de soins ? On les évacue quand on les croit capables de supporter le voyage. Les moyens sanitaires, une fois de plus, n'ont pas été calculés à hauteur des besoins et les services sont débordés. Que le *France*, le *sistership* du *Charles-Roux*, n'ait toujours pas rejoint Salonique est également stupéfiant.

Leleu, allongé sur le billard, est endormi à l'éther.

L'intervention dure plus d'une heure. Le tibia est dégagé, recollé grossièrement car les extrémités de l'os ont souffert, comme s'il avait été écrasé, concassé par le projectile extrait dans un centre d'urgence par quelque praticien débordé.

On n'a pas pensé à le plâtrer pour le voyage d'évacuation, ne sachant quelles mauvaises surprises pouvait révéler la blessure à l'arrivée. On a préféré laisser les majors de l'arrière prendre leurs responsabilités. L'urgence est telle au front, pense Sabouret, qu'on ne peut en vouloir à personne. On a recruté jusqu'à des étudiants de médecine de la faculté d'Athènes pour renforcer les effectifs. Il ne faut pas s'attendre à des miracles.

– Pour l'instant, pas de trace de gangrène, diagnostique Sabouret qui inspecte la plaie refermée. Il a eu de la chance. La blessure a été sommairement traitée, mais bien nettoyée et tenue à l'abri d'une infection.

Il hoche la tête. Qui peut dire si cet homme encore jeune retrouvera jamais l'usage de ses membres ? Marchera-t-il jamais ? Pourra-t-on éviter l'amputation de la jambe ? Autant de questions en suspens.

– Toujours la morphine, et ajoutez un tonicardiaque pour son état d'extrême faiblesse. Je voudrais éviter une transfusion. Cela réussit si rarement !

Il se penche de nouveau sur la fiche du zouave pour connaître l'origine de son recrutement : Dunkerque.

– Ces gens du Nord sont solides, conclut-il avant de passer au patient suivant, dont la mâchoire arrachée fait peine à voir. Renouvelez-lui son pansement plusieurs fois par jour. Il est inutile de plâtrer s'il est gangrené. Attendons quarante-huit heures avant de décider. Il peut s'en sortir. J'ai vu pire, conclut-il pour rassurer Carla, dont il a remarqué l'intérêt particulier qu'elle porte au malade.

* *
*

Dès que Benjamin Leleu reprend connaissance, quelques heures après l'opération, Carla le stimule par une piqûre d'alcool camphré. Il ouvre les yeux, comateux, et sombre de nouveau dans un profond sommeil. Elle renouvelle son pansement aussi souvent qu'elle peut et guette les premiers signes d'amélioration. Il n'est pas totalement inconscient, ses yeux bougent, répondent aux tests habituels. Il peut parler, mais ses mots n'ont aucun sens.

Quand la fièvre tombe, le lendemain matin, le blessé semble reprendre ses moyens. Il ne reconnaît pas Carla. Elle ne s'en étonne guère. Il est encore sous le choc et elle ne l'a rencontré qu'en une seule occasion. Elle prend soin de le faire laver, raser et vaporiser d'eau de Cologne par un infirmier de Marseille, ancien garçon coiffeur sur la Canebière, qui lui est tout dévoué. Il pousse le zèle jusqu'à tailler la moustache blonde du zouave, dont le teint blême fait encore peine à voir.

– Vous souvenez-vous de Paul Raynal ? ose-t-elle lui demander d'un ton anodin, en lui présentant un miroir où il reconnaît avec plaisir son visage habituel, alors qu'il se croyait défiguré pour la vie.

Il se redresse aussitôt, comme pour répondre à l'appel dans la chambrée. Carla et l'infirmier le maintiennent allongé.

– Paul, mon sauveur ! Sans lui, je ne serais plus de ce monde, souffle-t-il.

Carla respire. Paul doit être en vie, du moins l'était-il quand il a secouru le zouave.

Elle lui glisse à l'oreille :

– Savez-vous où il se trouve ?

Perplexe, désolé de ne pouvoir s'exprimer, Benjamin Leleu tente de faire comprendre à la petite infirmière qu'il l'identifie vaguement comme la fiancée de son ami, mais qu'il ne peut répondre à sa question. Il fait signe qu'il doit être loin, vers le nord, vers la Bulgarie.

Le major Sabouret gronde affectueusement Carla.

– Je comprends votre impatience, mais il est incapable de parler. Attendez encore un jour ou deux. Aujourd'hui, les blessés nous venaient de Gradsko. Quarante-huit heures de marche victorieuse en plus, et ils nous les expédieront bientôt de Vienne ! Nous sommes entrés sans doute très loin dans les lignes ennemies. Paul est un margis du génie spécialisé dans les ponts. Il doit être à la pointe de la poursuite.

Carla ne veut pas attendre. Elle n'a que trop attendu.

– On a certainement monté des antennes chirurgicales près des nouvelles lignes, dit-elle avec un léger pincement des lèvres et en fixant la ligne d'horizon des montagnes. Je vous demande la liberté de faire une demande pour rejoindre immédiatement la plus éloignée vers le nord.

– À qui voulez-vous que je transmette ? rétorque Sabouret. À Marseille ? À Paris, en double exemplaire ? Le général commandant la Santé à Salonique refusera la demande d'une infirmière-major indispensable à bord. Partez si vous voulez, je ne puis vous retenir. Prenez le train pour Gradsko. Il paraît que le génie a rétabli la ligne. Nous avons, toujours selon les « on-dit », aménagé l'hôpital bulgare pour les intransportables. Demandez le major Luciani. Vous vous en souvenez sans doute, il était aux Dardanelles. Si quelqu'un peut vous dire où est Paul Raynal, c'est bien lui.

Sabouret connaît le dévouement de son infirmière. Il regrette profondément son départ, au moment où le *Charles-Roux* regorge de blessés, mais il sait qu'il ne peut retenir une Italienne éperdue d'amour. Elle partirait de toute façon, sans regarder derrière elle. Il pousse la bonne grâce jusqu'à lui signer un ordre de mission. Elle le remercie à peine. Au fond d'elle-même, elle pense que personne au monde n'a le droit ni le pouvoir de l'empêcher de courir aussi vite que possible vers son amour dont elle ignore s'il est blessé ou mort.

Elle sait à peine gré au major Sabouret de faciliter son départ, de le légaliser. Elle se moque bien de son tampon encreur, de son paraphe de chef au képi de velours grenat, de sa sollicitude attendrie, alors que peut-être, comme ce Leleu, Paul se tord de douleur au bord d'un chemin poussiéreux, un éclat perdu dans le corps. Vite sa cape et ses bottes !

À Gradsko, François Luciani l'accueille à bras ouverts. Il comprend aussitôt la raison de son débarquement inattendu, et lui dit, sans la faire attendre, avec son bon sourire d'ancien *darda* :

– Je l'ai vu hier. Il suit à cheval la cavalerie de Jouinot-Gambetta, avec ses sapeurs, pour lancer des passerelles et des ponts de bateaux. Les pluies ont commencé, les fleuves vont déborder. Pars sans crainte, je te couvre. Je ne manque pas de personnel. J'ai reçu un renfort spontané et imprévu de chirurgiens et d'infirmiers français échappés de l'enfer bolchevik. Il paraît qu'à Kiev les médecins balaient la cour pendant que les infirmiers opèrent. C'est le monde à l'envers.

* *
*

Les cavaliers ont en effet repris la piste, sans s'attarder dans Usküb, en direction du Danube. Luciani explique à Carla que la guerre est finie. Du moins avec les Bulgares.

– J'ai vu passer hier, 29 septembre, explique-t-il avec une minutie de conteur corse, le tsar Ferdinand de Bulgarie, en route pour Sofia. Rien à voir avec la morgue hautaine d'un Guillaume II : l'homme est affligé d'un long nez et d'une bedaine impressionnante. Il ressemble à son grand-père Louis-Philippe[1] et se tient mal à cheval. Personne ne l'a acclamé. Les soldats français lui ont tout de même présenté les armes. Il venait d'autoriser ses émissaires, le général Loukov, l'ambassadeur Radev et un ministre dont j'ai oublié le nom[2], à signer l'armistice avec le général français. Il avait confiance. À

1. Ferdinand de Bulgarie est le fils de la princesse Marie-Clémentine.

2. Il s'agit du ministre des Finances Liaptchev.

ses yeux, ce Franchet d'Espèrey a du sang bleu, rien d'un jacobin coupeur de têtes. On raconte, paraît-il, à la cour de Sofia, qu'un de ses ancêtres aurait eu pour parrain le roi Louis XVIII et pour marraine la duchesse d'Angoulême. Allons, bon ! On peut s'entendre entre gens du même monde.

– Après tant de morts ? s'étonne Carla, stupéfaite que le peuple bulgare supporte sans protester la dictature d'un pareil guignol.

– La guerre ne compte pas pour les princes. C'est un état naturel et, pour Ferdinand, un moyen de s'enrichir. Il a négocié avantageusement l'aide financière des Allemands avant de s'entendre avec eux. Il n'a aucune raison de ne pas les lâcher, s'ils lui retirent leurs troupes et cessent de le payer. Bref, l'armistice a été signé hier à vingt-trois heures. C'est le premier de la guerre, après celui des Russes, naturellement. Les Bulgares doivent désarmer et rentrer chez eux, du moins ceux qui sont à l'ouest du méridien d'Usküb. Ils évacuent la Serbie, où leurs troupes sont prisonnières.

– Mais les combats se poursuivent à l'est.

– En effet. Les officiers allemands arrêtent les Bulgares dans la petite ville de Kumanovo et prétendent les obliger à continuer le combat.

– Ferdinand n'a donc pas de parole ? A-t-il capitulé, oui ou non ?

– Il n'est pas en mesure d'imposer sa paix aux Boches. Ses partenaires ne songent qu'à défendre leurs arrières, à empêcher une remontée des Alliés sur Vienne et Munich. D'ailleurs, Ferdinand n'est plus rien. La radio vient d'annoncer que les députés de l'Assemblée, *Sobranié*, de Sofia, soutenus par une masse de trois mille manifestants réunis en armes, ont proclamé la république.

Carla voudrait bien le croire, mais un chirurgien de Kiev, accouru de la station de radio une heure plus tard, annonce que les Boches de retour de Crimée sont passés par Sofia pour écraser la révolution, flanqués de la garde royale et de l'école des cadets bulgares. Tout est à recommencer.

– Ne t'inquiète pas. Le peuple entier, l'armée toujours sous les armes grâce aux trois divisions que Franchet a laissées à disposition du vaincu pour assurer l'ordre, sont contre lui. Il finira bien par abdiquer[1], avance Luciani, pour calmer les angoisses de Carla.

Que faire ? L'arrivée en voiture du colonel Valentin tire le major d'embarras. Lui aussi reconnaît la jeune infirmière, célèbre pour son dévouement dans toute l'armée d'Orient depuis le mouillage du *Charles-Roux* à Moudros, en mars 1915. Il s'étonne de la rencontrer si loin de son navire, mais en devine la raison.

– Vous cherchez les sapeurs du génie à cheval, je présume. Vous avouerai-je que le général Franchet d'Espèrey lui-même ne sait pas très bien où se trouve actuellement la brigade de cavalerie de Jouinot-Gambetta, qui a précisément embarqué nos pontonniers.

– Je suppose que l'armée éclate tous azimuts ? interroge le major Luciani, pour essayer d'y voir clair dans la confusion des unités.

– Trois directions en effet, répond le colonel pressé de repartir. Les Italiens progressent en Albanie contre les Autrichiens. Les Serbes récupèrent leur royaume, et nous marchons sur le Danube pour donner la main aux Roumains qui sont entrés dans la guerre à nos côtés. Savez-vous que Foch a dépêché de nouveau Berthelot à Jassy pour remettre en ligne l'armée roumaine ?

Il ne dit pas que Franchet vient de recevoir de Clemenceau un télégramme exigeant que l'armée de l'avant coupe « tout ravitaillement par le Danube » et qu'elle apparaisse « le plus tôt possible sur la mer Noire, notamment à Constantza ». Il s'agit d'abord, en

1. Ferdinand abdiquera en effet, mais le 3 octobre seulement, en faveur de son fils Boris. Il gagnera l'Allemagne où une pension, promise par Guillaume II, lui sera versée jusqu'à sa mort par la République de Weimar.

priorité absolue, de chasser le maréchal du IIe Reich, Von Mackensen, du pays du pétrole.

– Quand entrerons-nous enfin dans Sofia ? s'inquiète le major Luciani, rejoint par les médecins français de Kiev, avides de nouvelles.

– Il n'en est pas question. Les Bulgares ne sont plus nos ennemis. Ne prononcez pas le nom de Sofia, les instructions de Paris sont formelles : ne pas s'occuper des affaires intérieures de la Bulgarie. Sans doute a-t-on peur que nous n'y déchaînions, par notre seule présence, une autre révolution bolchevique ! que le Lénine rural bulgare, Alexandre Stambouliski, le démagogue génial, ne soit porté au pouvoir par le peuple en colère ! Il est seulement question pour l'instant de s'assurer du pétrole roumain et de dresser la Roumanie contre les rouges, en occupant la province de Bessarabie, qui fait tampon avec la Russie.

– En ce cas, les cavaliers de la brigade du général Jouinot-Gambetta doivent poursuivre leur charge vers le beau Danube bleu, avant qu'il ne vire au rouge, suppose un des médecins français réfugiés d'Ukraine.

En faisant appel à sa mémoire, Valentin reconnaît ce vénérable major : c'est le comte de Lacombe, ancien chirurgien-chef à l'hôpital français de Constantinople. Il rêvait assurément d'y revenir. Il a attendu la section d'*autochirs*[1] qui devait le conduire jusqu'aux bouches du Danube.

Le colonel Valentin promet à Carla de la prendre à bord de sa propre voiture, provisoirement en panne, dès qu'elle sera réparée. Sa mission est de rejoindre la cavalerie française, où qu'elle se trouve. Carla se résigne à attendre quelques heures au centre hospitalier du major Luciani, à Gradsko, où elle se propose immédiatement pour le service courant : les blessés ne manquent pas.

1. Ambulances chirurgicales dotées de moyens électriques autonomes, capables d'opérer au front.

* *
*

Valentin poursuit sa route vers le nord : il trouve à Kumanovo la trace du passage des spahis et des chasseurs à cheval. Selon le commandant Coustou, chargé d'occuper les villes conquises avec ses zouaves, ils ont déjà dépassé Pirot et approchent de la rivière Timok, où le génie installerait une passerelle. Personne ne peut joindre le général Jouinot-Gambetta. Il a de nouveau pris les pistes de la montagne.

– Les combats se poursuivent, très âpres, explique Coustou à Valentin, et mes zouaves en ont assez de couvrir la droite des Serbes, sans jamais recevoir de renforts. D'autre part, le ravitaillement peine à suivre et nous sommes obligés de vivre « sur l'habitant », du moins ce qu'il en reste. L'ennemi en retraite a égorgé les poules et les lapins, et les paysans sont cachés dans les bois.

– Je sais, dit Valentin, les Allemands ne veulent pas admettre la défaite et considèrent les Bulgares comme des lâches et des traîtres. Seule la grippe espagnole peut les chasser de Sofia, qu'ils veulent évacuer au plus tôt. La peur des microbes est chez eux atavique.

– Ils ont sans doute réussi à récupérer des unités éparses dans tout l'Orient pour constituer un groupe solide. Ludendorff leur a, paraît-il, promis des renforts.

– Ils ne disposent en fait que de régiments dépareillés, assure Valentin qui cherche à se rassurer lui-même. Les restes de l'unité du général Von Fleck, longtemps en position derrière Monastir, remontent en ordre relatif en direction de la Hongrie, mais l'essentiel de ce corps était composé de Bulgares. Les artilleurs, qui ont abandonné leurs pièces sur place, faute d'attelages, grimpent dans les camions aux côtés des *Alpen*, et même dans ceux de l'intendance et des services de santé. Ils forcent la marche sur leur gauche afin de retrouver ceux du 61e corps et les Autrichiens, eux aussi en retraite. Le seul renfort sérieux, appelé à couvrir la ville serbe de Nich, est la 217e division allemande en provenance de Crimée. Elle vient d'écraser la révolution à Sofia. On parle aussi d'une division venue de Courlande, et surtout des restes de l'*Alpenkorps* récemment embarqué en chemin de fer, semble-t-il, depuis le front des Vosges. Les Allemands, vous le savez, sont redoutables dans la retraite. Ils ne perdent jamais courage. Rappelez-vous la Marne !

– Les Serbes épuisés peuvent-ils résister à ce barrage ? Ils sont juste à notre gauche, s'inquiète le chef de bataillon Coustou. S'ils se débandent, nous allons trinquer. Vous pouvez remarquer que nous ne disposons encore d'aucune artillerie de soutien. On prétend que l'armée serbe de Boyovitch se meurt de la grippe espagnole, et que sa réserve de munitions est tout juste suffisante pour un jour de feu. Les cartouches non plus ne suivent pas.

– Franchet a demandé aux Serbes de s'arrêter pour attendre nos renforts. Mais allez leur faire entendre raison ! Le prince Alexandre a lancé ses quatre divisions fantômes sur Nich aux cris de « La victoire ou la mort ! » Vaincre à Nich, pour eux, c'est arriver aux portes de Belgrade. Rien ne les retiendra. Les Tchetniks, ces partisans tenant la montagne pendant l'occupation serbe, sortent des bois, fusil en main. Les paysans s'engagent. La population entière soutient ses soldats. Ne perdez pas confiance, ces gens-là combattent chez eux, comme des loups affamés. Ils mourront s'il le faut jusqu'au dernier.

Comme pour donner raison au colonel, son ordonnance surgit, accompagnée d'un sergent de dragons annonçant la victoire des Serbes, après trois jours de combats très durs.

– Ont-ils pris Nich ?

– Naturellement, affirme le cavalier. Ils ont eu la bonne fortune de tomber sur les *Alpen* bavarois, cette troupe de choc, à leur débarquement en gare d'Alexinatz. Ils les ont taillés en pièces avant qu'ils ne mettent leurs mitrailleuses et leurs *Minen* en batterie.

– Mais les Autrichiens ? s'enquiert Valentin, à qui

ses services ont signalé l'inquiétante présence d'une division entière dans les parages.

– Pour faire bonne mesure, l'informe le dragon, nos amis serbes ont retrouvé leurs vieux ennemis, les *Swabos*, ceux qu'ils ont si souvent combattus. Exténués, décimés autant par la fièvre que par la désertion de leurs soldats tchèques ou croates, les Autrichiens de la 59e division mouraient de faim. Ils se sont rendus en masse aux partisans tchetniks qui les traitent durement : aucune nourriture pour eux, dans les prés entourés de barbelés où ils sont parqués comme du bétail sous la pluie diluvienne. Ceux qui ont la force de tenter une évasion sont fusillés. Les Serbes se vengent d'une trop longue humiliation, du vandalisme des occupants autrichiens et de leurs pertes cruelles. Ils ont été reçus dans leur vieille cité de Nich avec un enthousiasme incroyable. Toute la ville était dans les rues, vieillards compris et pleurant d'émotion.

– Ainsi, respire Coustou, notre gauche est dégagée.

Il fait signe à Vigouroux et à Rasario de le rejoindre. Les zouaves approchent d'un pas las.

– Nous n'avons plus à attendre l'artillerie. Aucune résistance n'est prévisible avant les grands fleuves. Nous pouvons marcher sans crainte à la recherche de nos chasseurs d'Afrique.

– Excusez-moi, mon commandant, lance Ben Soussan. Ils sont à cheval mais nous à pied, et nous n'avons rien à manger.

– C'est juste, tranche Coustou. Formez les faisceaux, installez les tentes. Déterrez les patates dans les jardins abandonnés. Demain, dès l'aube, le café et les miches seront au rendez-vous.

* *
*

Jouinot-Gambetta a donné l'ordre de départ à sa brigade le 2 octobre 1918. Il est prévu de tomber d'abord sur la ville de Pirot pour couper la retraite des renforts allemands amenés de Roumanie par chemin de fer. Afin de se donner toutes les chances de surprendre l'ennemi, le général français choisit une fois de plus la route difficile, mais moins encombrée, de la montagne. Les chasseurs, leur couverture de selle sur le képi, se traînent en file sur les sentiers pluvieux et bientôt neigeux. Paul Raynal fait charger les cavaliers les plus accablés de fatigue, peu habitués à la marche en montagne, dans les voitures transportant les éléments de ponts.

Le 6 octobre, la troupe exténuée, trempée, bivouaque à plus de onze cents mètres d'altitude, dans une clairière éloignée de tout village. Les Marocains, recrutés dans les montagnes de l'Atlas, supportent mieux le froid que les chasseurs de Bône et d'Alger. Ils mettent en déroute quelques partis de uhlans autrichiens qui cherchent aussi le salut en s'enfuyant discrètement sur des croupes en apparence désertes. La brigade doit charger prestement à Bela-Palanka pour dégager sans bavures la route de Pirot, dont les spahis s'emparent avec des cris de triomphe le 14 octobre 1918, douze jours après le départ de la colonne.

Au lever du 7 octobre, cap vers le nord, à la boussole. Dans la montagne, les communications ne fonctionnent pas, le ravitaillement ne peut suivre. Raynal fait distribuer aux cavaliers les dernières réserves de pain et de vin entassées précieusement sur les arabas du génie.

Dans les villages, devenus plus nombreux à mesure que la colonne redescend les pentes des Planas, les habitants se proposent pour le portage des plis. Les officiers refusent, mais le colonel Lespinasse de Bournazel accepte avec reconnaissance les services d'une villageoise pour guider, de nuit, les avant-gardes à travers les bois, tant les sentiers sont effacés par la bouillie de neige et de terre.

Coucher en forêt, dans des cabanes de charbonniers. Les vivres sont rares, le café et le pinard bus jusqu'à la dernière goutte, et les reins moulus par l'effort. Les chevaux, privés de fourrage, suivent leurs cavaliers, l'oreille basse. Les mulets de Raynal font la grève du bât. Ils refusent d'avancer, une fois chargés. Il finit par leur trouver une grange miraculeuse où, d'un vieux bahut, l'avoine coule à flots. Leurs longues dents jaunes n'en feraient qu'une bouchée mais Paul, prudent, en réserve quelques sacs après avoir nourri les chevaux. À la ferme, les cavaliers découvrent dans la liesse du fromage blanc, des pommes et du raki. C'est la fête au peloton, quand on peut faire rôtir un mouton. Chacun reçoit sa part avec dévotion.

Un avion, le 14 octobre, survole la colonne qu'il cherchait visiblement à repérer. Les spahis tirent en l'air pour signaler leur présence. Ils ont été entendus et suivis. Les appareils repassent en rase-mottes. Des sacs tombent à terre. Les cavaliers se précipitent, espérant des vivres, des cartouches. Ils ne trouvent que des clous pour ferrer les chevaux. Touchante attention du général en chef. Du moins connaît-il désormais leur position.

Des contacts sont pris avec les chefs tchetniks pour tenter d'obtenir des munitions. L'intendance ne suit toujours pas. Les Serbes partent à cheval et reviennent bientôt, suivis d'arabas remplies de caisses de cartouches pour fusils, et même pour mitrailleuses. Où les ont-ils récupérées ? Mystère. Prise de guerre sur les stocks d'armes des Bulgares, sans doute.

Le 16 octobre au matin, un cri de joie des éclaireurs marocains réveille la brigade épuisée : ils sont en vue de la vallée du haut Timok. Jouinot-Gambetta fait aussitôt sonner la diane. La trompette des chasseurs réveille les derniers endormis. Ils sautent à cheval, dévalent les pentes, trébuchent bientôt sur des caisses d'armes, des véhicules incendiés ou déglingués, du matériel de toute sorte abandonné sur les routes par les Allemands en retraite. Point n'est besoin de livrer bataille, l'ennemi a déclaré forfait. Les spahis de tête ne rencontrent que des voitures vides, des camions volés en France. Un chasseur fait remarquer une inscription sur l'un d'eux : « Veuve Cuvelier, ville d'Albert, Somme ».

– Ceux-là venaient de chez nous, dit Bournazel, qui

fait signe de ralentir la cadence pour se donner le temps d'explorer les rues et de fouiller les maisons des hameaux. Ces bourgades misérables, de plus en plus rapprochées les unes des autres, annoncent la proximité d'une grande cité que Bournazel, faute de cartes tenues à jour, ne peut identifier.

Les cavaliers ne cueillent guère durant leur patrouille que des civils à l'allure militaire, des déserteurs bavarois tentant d'échapper aux camps de prisonniers. La colonne avance au pas, pour ménager les chevaux. Les spahis désignent les panneaux signalétiques de la ville de Zajetchar, dont le pont a sauté. En toute hâte, les sapeurs de Raynal lancent une passerelle, ce qui permet à la cavalerie d'y faire son entrée sans combat, car l'ennemi s'est enfui en faisant incendier toutes ses réserves de matériel. Jouinot-Gambetta décide aussitôt de faire halte, pour reconstituer ses escadrons.

* *
*

L'accueil de la population est délirant. À sept heures du matin, tous les habitants se retrouvent massés sur les places. Ainsi, les Serbes rentrent chez eux, et ces Français sont leurs amis. Des enfants grimpent sur les murs pour mieux les voir. Les femmes s'agenouillent en rangs serrés devant la basilique orthodoxe et prient. Elles prient pour leurs morts, pour ceux que l'on ne reverra plus, pour ceux que l'on espère encore revoir, pour la fin de cette tuerie sans nom qui a fait de la Serbie tout entière une proie pour les *Swabos* et leurs alliés, les Buls. Elles entonnent une sorte de cantique, appris en l'honneur des Français.

– Mais c'est *la Marseillaise* ! s'exclame le lieutenant-colonel Guespereau, stupéfait.

Les enfants reprennent en chœur de leurs voix fraîches, comme s'ils avaient répété la veille à l'église, dans l'attente des libérateurs. Des vieilles courbées par l'âge sortent à petits pas de leur maison, des photos des soldats serbes à la main, pour demander aux chasseurs s'ils ont jamais rencontré Jan, Georgi ou Pavlov. Un notable chenu, vêtu d'un habit de cérémonie et accompagné d'un pope, attend, devant l'hôtel de ville, le général Jouinot-Gambetta, pour lui souhaiter la bienvenue ainsi qu'à tous les soldats français.

En fin d'après-midi, fourbu, affamé, le bataillon de zouaves du commandant Coustou fait son entrée dans la place, secouant pour faire bonne figure ses sarouals fatigués, gris de poussière et de boue séchée. Ils y trouvent les chasseurs d'Afrique plus abondamment abreuvés que leurs chevaux. Repus après les banquets interminables, ils sont assis comme des sénateurs sur des terrasses décorées de lauriers et regardent défiler les femmes en costumes du pays : jupes rouges, corsages prune et tabliers clairs.

Quand les zouaves prennent place à leur tour autour des tables, les banquets recommencent, à croire que les réserves de vivres sont inépuisables.

– Tu comprends ce que veut dire la liberté ? crie Edmond Vigouroux à Ben Soussan en écrasant une chaise dont la paille s'effondre sous son poids. Notre seule présence rend à tous ces gens la joie de vivre !

Les jeunes filles entament une farandole, le *horo*, en l'honneur des soldats français. Leurs mères le dansaient avant elles, quand la Serbie était libre. Depuis cinq ans, on pleure les morts. Mais les vivants sortent de la forêt, coiffés de leurs bonnets d'agneau qu'ils jettent en l'air, découvrant leurs cheveux longs et bouclés : les Tchetniks des grands bois, les frères, les fiancés des filles. Les chasseurs d'Afrique, plus frais que les zouaves exténués par leur longue marche à pied, se joignent aux jeunes gens dans la danse ininterrompue qui encercle la place de l'hôtel de ville tel un serpentin géant de carnaval.

Le maire a fait hisser en haut de mâts de cocagne le vieux drapeau des Serbes, mais aussi une grande oriflamme aux couleurs nouvelles, marquée de l'écusson royal des Karageorgevitch, encore inconnu des habitants qui ne savent en expliquer la présence.

– C'est le drapeau du nouveau royaume des Serbes, des Croates et des Slovènes, explique le commandant Coustou, au courant de la moindre innovation politique dans cette remontée des Balkans.

Chaque emblème est lourd de sens. Le vieux roi Pierre n'est pas mort que déjà son fils Alexandre prépare l'après-guerre en se faisant acclamer comme régent de tous les Slaves du Sud, anciens sujets de l'empereur Habsbourg de Vienne. Ainsi peut-il revendiquer l'annexion à la Serbie du territoire de Bosnie que les Autrichiens ont indûment occupé en 1908. La défaite des *Swabos* autorise tous les espoirs. Les Serbes ont été les seuls à se sacrifier aux côtés des Alliés dans la plus longue des guerres. Ils entendent que nul ne leur en conteste le bénéfice. Leur premier ministre, Nikola Pachitch, installé avec son gouvernement dans l'île de Corfou, a déjà signé, l'année précédente, un pacte avec les délégués des Croates et des Slovènes pour fonder un nouvel État fédéral, englobant jusqu'aux Monténégrins. À coup sûr, Pachitch attend la libération de Belgrade pour s'y installer avec le régent, à la tête d'un grand royaume multinational.

– A-t-on demandé l'avis des Bosniaques ? Des Macédoniens ? s'inquiète Vigouroux qui se souvient distinctement de l'ardent désir de libération de tous les peuples jadis exprimé avec force par la petite institutrice grecque, sa chère Alexandra, et par ses amis, les *andartès*.

– Un peuple vainqueur ne demande l'avis de personne. Il suppose que le ralliement des frères slaves sera spontané.

Vigouroux soudain s'attriste, comme si la fête de Zajetchar perdait son sens.

– On ne change pas la carte du monde, dit-il à Ben Soussan, sans laver à grande eau le cerveau des dirigeants.

– Il faut croire que nous n'avons pas fait la lessive, répond, sagace, le vigneron de Mostaganem. Mais penses-tu que nos propres caciques aient tiré les leçons de cette guerre ?

* *
*

Les cavaliers de Jouinot-Gambetta sont repartis, fringants, vers le Danube. Une promenade militaire, sans ennemis en vue. À Negotin, au matin du 21 octobre 1918, le préfet lui-même vient à leur rencontre, à dos de mulet. Il informe le général que l'ennemi remonte le Danube avec d'énormes quantités de matériel évacué de Roumanie. À la gare de Prahovo, les Boches déchargent les caisses et les canons pour les embarquer sur des pontons et des bateaux à fond plat. Ils veulent à l'évidence forcer les Portes de Fer, le défilé du Danube, la voie historique des invasions, pour rentrer chez eux par la Hongrie.

Le préfet perd son calme, il répète que les Allemands sont cinq cents, tout au plus. Rendus furieux par la désertion des Autrichiens, ils risquent, au passage, de s'infiltrer de nuit pour mettre le feu à Negotin. Sa population ne dort pas, elle est sur le qui-vive. Il a organisé des relais de coureurs, pour suivre de près la situation. Il supplie le général d'intervenir.

Le colonel de Bournazel donne le signal du départ. Le génie marche derrière le 1er escadron, avec son matériel de ponts. Les zouaves suivent sur des charrettes attelées et conduites par les jeunes Tchetniks de Negotin. L'artillerie a fini par rallier la troupe, la batterie de 75 du Breton Cadiou a trouvé des chevaux de remonte. Raynal fait disposer des éléments de passerelles dans les fonds les plus spongieux du marécage, qui annoncent la proximité du grand fleuve.

Des coups de feu éclatent à l'approche des chasseurs dans les faubourgs de Kolibarac, un village perché que les Marocains abordent à la charge, sabre au clair, en fin d'après-midi. Bournazel refuse un tir d'artillerie, pour ne pas détruire les pauvres maisons des Serbes. Les Marocains sautent à terre, déploient leurs mitrailleuses, tirent en enfilade dans les rues.

Les Allemands, effrayés, se rendent. Ils sont tout au plus une simple section qui se préparait à partir, sans *Minen* ni armes automatiques, des anciens de l'ultime réserve de l'armée de Saxe, heureux d'être prisonniers des Français et d'échapper ainsi à la fureur des partisans serbes. Quand ils voient défiler les Saxons mains sur la nuque, les habitants sortent de leurs caves en poussant des cris de joie. Ils offrent aux spahis du vin et du raki.

Bournazel ordonne qu'on force l'allure : deux heures plus tard, l'escadron aperçoit l'immensité du fleuve, déjà recouvert de brume, au tomber du jour. Une reconnaissance poussée vers le nord annonce que les Portes de Fer sont en vue.

Les Marocains coiffés d'un bonnet de fourrure, les spahis recouverts de peaux de mouton entonnent une vibrante *Marseillaise*: un lieutenant de chasseurs d'Afrique vient de planter un drapeau tricolore sur les berges du fleuve.

– Depuis Napoléon, les Français sont de retour sur le Danube ! commente avec emphase le colonel Lespinasse de Bournazel.

Réveillé à l'aube par un agent de liaison du capitaine Maublanc, Paul Raynal contemple la majesté du fleuve. Il remonte seul, à cheval, vers les Portes de Fer où les eaux s'étranglent près du village d'Ogradina. Elles n'ont qu'une centaine de mètres de large, mais quel bouillonnement ! De Vienne, de Budapest, les flots s'écoulent en se bousculant sur la montagne. Le Danube n'est pas bleu mais jaunâtre, sombre. Il n'est pas moins trouble en aval où il s'étale.

Son roussin conduit Paul, à une douzaine de lieues en aval, près de Turnu-Severin, où ses chefs, Layné, Maublanc, Mazière, sont en conciliabule. Il est heureux de les revoir, impatient de les entendre :

– Une armée française, expliquent-ils, se masse le long du fleuve, pour se porter au secours des Roumains toujours préoccupés par les calculs subtils du maréchal Von Mackensen, manœuvrier redoutable. Sans doute faudra-t-il, pour surprendre l'ennemi et lui couper la retraite, faire traverser des unités à cet endroit précis. Les officiers se sont rassemblés pour en débattre et évaluer ensemble toutes les solutions possibles.

Ils observent à la jumelle les ruines de pierre d'un vieux pont romain disparu.

– Il avait vingt arches, assure Maublanc, et l'empereur Trajan l'avait construit pour envahir avec ses légions la Roumanie, le pays des Daces et de l'or. Pourquoi ici, sur vingt arches, alors que le fleuve s'étale sur une largeur de mille deux cents mètres, et non pas plus haut, là où il est le plus resserré ?

La question du capitaine, posée au jeune margis, ressemble à une colle d'examinateur. Il attend la bonne réponse, qui vient à point.

– Le pont de Trajan avait vingt arches, dites-vous ? La profondeur était donc moindre qu'en aval, cinq ou six mètres sans doute. Et surtout, le fleuve, ici, n'a plus de tourbillons. On peut y travailler tranquillement. Le pont ne risque pas d'être emporté par la sortie tumultueuse des Portes de Fer. Ainsi ont sans doute raisonné les anciens Romains.

– Jeune homme, le félicite Mazière avec une pointe de solennité, vous venez de gagner votre galon d'or de sous-lieutenant.

– L'or des Daces, ajoute malicieusement Maublanc.

* *
*

Les officiers du génie renoncent à renouveler l'exploit de l'empereur Trajan. Ils n'ont pas assez de travées métalliques pour joindre l'autre rive à cet endroit. Pendant qu'ils descendent à cheval sur la berge du fleuve pour gagner la région de Sistoivo et Roustchouk, aux portes de la Roumanie, d'autres unités françaises se préparent à remonter le fleuve vers l'amont, pour envahir la Hongrie et gagner Budapest, précédées par le 1er régiment de chasseurs d'Afrique. On appelle ces troupes disparates « l'armée de Hongrie », que le groupe de 65 de montagne dirigé par le lieutenant Émile Duguet rejoindra plus tard.

Le gros de l'infanterie engagée dans cette voie vient de la région de Monastir. Il a remonté la vallée de la Morava en mangeant des choux et des biscuits, trop heureux d'abandonner l'enfer assourdissant de leurs pitons où l'artillerie boche tonnait tous les jours de la semaine.

Ils franchissent le Vardar à gué, non loin de Velès, ville aux minarets turcs, non sans enfoncer dans l'eau saumâtre jusqu'aux genoux. Ils marchent ensuite vers Prilep où sont retenus prisonniers les Bulgares d'un régiment qui, jadis, leur faisait face sur les pitons de Monastir. Et ils poursuivent leur route vers Kumanovo, sur les traces des cavaliers de Jouinot-Gambetta.

Là sont alignées, attendant l'infanterie, les batteries de 65 de Duguet, qui ont trouvé désormais autant de chevaux qu'elles le souhaitent dans les casernes anciennement turques de la cité. Prudent, Émile en fait atteler six par pièce. Il regrette de ne pouvoir faire main basse, faute de munitions, sur une centaine de canons lourds abandonnés par les Bulgares, encore attelés à des bœufs gris aux longues cornes.

L'armée grimpe vers Kustendil où se tenait, avant de prendre la poudre d'escampette, le grand état-major prussien. À la mi-octobre, la montagne n'est pas encore enneigée dans ce secteur, l'herbe drue des pâturages réjouit les chevaux, même si l'absence presque totale de forêts rend les fantassins maussades : ils ne peuvent allumer les feux pour la soupe au lard et les roulantes ne suivent toujours pas.

Logiquement, la troupe doit poursuivre à pied sur Sofia pour marcher ensuite sur le Danube. Les Bourguignons du 227e s'en font une joie. Ils vont enfin parcourir les rues d'une vraie capitale et s'arrêter dans les tavernes de la métropole bulgare, assister peut-être à des danses sémillantes, turques ou gitanes.

En gare de Guisevovo, un officier à cheval, venu de Salonique, demande à parler au général Tranié. Il est porteur d'un message de Franchet d'Espèrey : pas question de lâcher les soldats dans Sofia, qui ne doit pas être envahie. Il faut se contenter d'y loger un petit groupe d'occupation discrète. Un train les attend en gare pour les conduire directement au grand fleuve, à hauteur de Lom-Palanka, dont ils doivent à tout prix se rendre maîtres.

– Il faut faire vite, ajoute Valentin, pour arrêter les Allemands de Roumanie qui veulent remonter le Danube.

Le colonel aperçoit, à la tête de son groupe, Émile Duguet, le cul sur un attelage de 65. Il est frappé de la tristesse de son regard.

– Que diable, lui dit-il, nous marchons à la victoire !

Pour Duguet, cette consolation est faible. Il pense plus que jamais à Lucia, son éblouissante Italienne dont il reste amoureux fou. Qu'est-elle devenue ? Est-elle morte, est-elle vive ? Il n'ose interroger Valentin. Peut-être le sait-il. À quoi bon ! enrage-t-il, au souvenir de la lettre qu'elle lui a laissée dans sa suite du Négresco à Nice. Elle l'a rejeté d'une écriture sèche, des mots qui ne lui ressemblaient pas, neutres, résolus, détachés. Désespérés ?

Pour Valentin, un esprit aussi équilibré que celui d'Émile ne peut sombrer à cause d'une aventurière échevelée, toujours partante pour les missions les plus dangereuses, quels que soient leurs commanditaires recruteurs, amis, ou ennemis. Il n'imagine pas que le lieutenant puisse voir autre chose qu'une passade dans cette amourette avec une fille éloignée de tout ce qu'il représente. Il estime Duguet, l'ingénieur niçois, et ne veut pas lui causer la moindre peine. Mais pour rompre la morosité qu'il devine en lui, il lui rappelle en souriant quelque bon souvenir de missions secrètes, celles où il l'engageait si volontiers.

– Vous souvenez-vous de Lucia Benedetti ? lui demande-t-il en souriant. C'était une fille superbe, hélas dévoyée dans nos services.

– *C'était* ?

L'imparfait fait sursauter Émile. La crispation de son visage fait craindre à Valentin d'avoir heurté sans le vouloir son cher Niçois. Sans doute ignore-t-il à quel point les blessures du cœur sont inguérissables. Il ne s'aperçoit pas qu'il parle sans mâcher ses mots à une sorte de mutilé.

– Oui, je croyais que vous le saviez. Les agents russes encore aux mains des services allemands de Bulgarie l'ont enlevée en gare de Nice alors qu'elle s'apprêtait à prendre le train de Milan. On a retrouvé son cadavre peu avant la frontière, affreusement mutilé. Cela devait finir ainsi, et elle le savait.

* *
*

Tel un automate, Émilc Duguet ordonne d'une voix impérieuse l'embarquement de la première batterie à l'avant du train. Le reste suivra à cheval. Les fantassins s'entassent dans les camions à bestiaux des chemins de fer bulgares, le 17 octobre 1918, au tomber du jour.

Nul n'ignore dans la troupe que les Allemands sont à bout. Ils ont perdu les Balkans et ils reculent pied à pied dans la bataille de France, jusqu'à ce que Foch les boute au-delà du Rhin. Les anciens *dardas* ne s'attendent plus à livrer bataille, et s'entassent en maugréant sur la paille des wagons, maudissant le dernier effort à fournir. Bah ! Du moins Franchet a-t-il eu pitié d'eux. Il leur a épargné les derniers kilomètres à pied.

À l'arrêt dans les gares bulgares, les femmes ne les regardent pas, ne leur offrent ni eau ni friandises, comme en Serbie. Les Bulgares ont leur dignité. Leurs maris ou leurs frères sont morts ou prisonniers. Pas le moindre comité d'accueil aux stations. Une section sanitaire occupe un compartiment du train, aux ordres d'un médecin aide-major, Pierre Antonin, accompagné d'une jeune infirmière-chef aux yeux verts qui, à chaque arrêt en gare, se renseigne sur la destination des compagnies du génie. C'est Carla Signorelli, égarée dans la suite de l'armée de Hongrie. Elle laisse l'aide-major descendre du convoi sans elle pour visiter Sofia pendant un long arrêt forcé à l'entrée d'un tunnel détruit par l'aviation. Elle n'a pas le cœur à faire du tourisme.

Quand le train repart, les soldats sont assoiffés, affamés. Aucune distribution de vivres pendant le long voyage. On les débarque à trois kilomètres de Lom-Palanka, qui vient d'être évacuée par les Allemands. L'antenne médicale reste sur place, logée dans un hôpital de fortune. Les soldats marchent en colonnes, l'arme au bras, sur le silex des rues rectilignes. Un Bulgare explique aux officiers que les Allemands ont embarqué tout leur matériel sur des chalands, et qu'ils remontent le Danube.

Les pontons sont vides dans le port, et le commandant Fèvre, chef du bataillon de tête des Dijonnais, fait disposer ses mitrailleuses le long du fleuve, en attendant les convois ennemis. Les pièces de 65 de Duguet sont dételées sur les buttes dominant le port, prêtes à tirer. Leur mission est d'empêcher les barges ennemies de remonter vers Budapest et Vienne.

Ils arrêtent effectivement le lendemain un convoi de huit chalands lourdement chargés. Saint-Hillier, colonel du 229e, exige du capitaine du port qu'il fasse immédiatement hisser le drapeau rouge, signal d'arrêt. Le Bulgare, sous la menace du revolver, finit par y consentir.

Le convoi stoppe ses machines, mais les relance peu après. Les officiers ennemis ont aperçu les casques des soldats français en position. Le commandant du remorqueur de tête est tué d'une rafale tirée par un 65 de Duguet. Son bateau va s'échouer sur l'autre rive. Saint-Hillier dépêche des fantassins armés de mitrailleuses dans des barques à moteur qui arraisonnent les chalands et les traînent jusqu'au port. Ils contiennent du blé, des seaux et, des casseroles, des milliers de couteaux de pêche ou de chasse.

Une canonnière hissant le drapeau blanc débarque un émissaire du maréchal Von Mackensen. Selon les termes de l'armistice du 29 septembre 1918 avec la Bulgarie, les Allemands et les Autrichiens devaient bénéficier de la libre circulation sur le Danube. Le général Patey, alerté par Saint-Hillier, fait répondre que les chalands sont une prise de guerre.

– Ridicule, pense Duguet. Il est prêt à se faire tuer pour des casseroles.

Le soir, la guitare des tziganes berce le sommeil des artilleurs allongés dans leurs tentes blanches, sous les saules. Un bruit de moteur trouble la fête. Cinq Monitor cuirassés battant pavillon impérial autrichien jettent l'ancre au milieu du fleuve et canonnent la rive du Danube.

Le colonel de Saint-Hillier sort de son PC à la hâte. Un obus vient d'enlever le toit. Les mitrailleuses crépitent. Les canons répondent. Duguet ordonne le tir de riposte. Les branches des saules et des peupliers tombent à l'eau, les mottes de terre volent au visage des Bourguignons qui tirent des rafales continues, comme s'ils avaient devant eux une division à l'assaut.

Duguet s'approche de la rive : à sa surprise, il découvre que les marins autrichiens ont envoyé une barque pour amarrer à un remorqueur les huit chalands du port et tenter de les soustraire aux Français. Émile juge cette manœuvre si absurde qu'il fait tirer sur le remorqueur qui lâche prise, pendant qu'une autre salve atteint un des Monitor aussitôt envoyé par le fond.

Duguet gagne le port à pied et va demander des ordres au colonel. Faut-il poursuivre un combat sanglant à seule fin de récupérer des porteurs de coutelas ? Le colonel répond que le général Patey a pris parti et qu'il ne peut se déjuger. Il ordonne la poursuite du feu sur les Monitor qui n'ont pas levé l'ancre, et lâchent encore des obus de leurs pièces lourdes.

Tranquille, allumant un cigare avec son briquet à mèche d'amadou, le lieutenant Duguet rejoint son PC. Il n'a pas le temps de tirer une deuxième bouffée. Un obus de 105 l'envoie au ciel. Il ne reverra plus Nice, ni sa petite Suzon qui guette le facteur chaque matin pour avoir de ses nouvelles. Il n'est pas mort en héros, mais en spectateur désabusé d'une guerre qui n'est plus la sienne.

Quand les ambulanciers rapatrient son corps au centre hospitalier de Lom-Palanka, Carla le reconnaît à peine. Pourtant, son visage est intact, seulement éteint par le souffle géant de l'obus. Mais ses traits sont si désespérés qu'elle ne peut retenir ses larmes. Il est tombé au dernier moment, quand ce n'était plus la peine. Ils ne sont désormais que deux, les survivants du départ de Marseille en 1915. Après le marin Broennec, et maintenant Duguet… restent Vigouroux et son Raynal. Qui sera la dernière victime ? Superstitieuse, morte d'angoisse, Carla se signe et se jette à genoux devant l'icône pâlie de la Madone orthodoxe.

* *
*

Le commandant Coustou attire le colonel Valentin dans sa baraque de planches, d'où il envoie son rapport au général Henrys, commandant les Français d'Orient. La position des moindres sections est indiquée sur sa carte.

– Nous longeons le Danube sans le franchir. Quand donc irons-nous danser à Vienne ?

– J'ai des nouvelles fraîches de Paris, répond Valentin qui n'a rien à cacher à un ami aussi ancien, un *frère d'armes*, comme on disait alors à Saumur ou à Saint-Cyr entre futurs officiers. Sais-tu que nos victoires incontestables et rapides sont loin de combler d'aise les responsables politiques ? Personne ne souhaite plus à Paris que Franchet d'Espèrey franchisse le Danube.

– Les derniers combattants tombent-ils pour rien le

long du fleuve rouge de leur sang, sans qu'on leur en sache aucun gré ? Sont-ils plus que jamais les oubliés d'Orient ? déplore le commandant.

Valentin comprend qu'il doit en dire davantage à l'officier pour qu'il ne se fasse pas d'illusions. La guerre des Balkans n'a rien d'une croisade de chevaliers. Il sait que le 24 septembre 1918, quand la victoire était déjà certaine, aucun ministre du Conseil, à commencer par le Premier, n'a montré le moindre enthousiasme. Il le confie au commandant :

– Sais-tu ce que Clemenceau a dit à Poincaré en apprenant nos succès ? « Cela va très bien, et même trop bien, en ce sens que je crains qu'on ne se laisse entraîner. Je n'ai attaqué, vous le savez, qu'avec la pensée de faire revenir en France une partie de nos troupes. Si l'on veut maintenant marcher sur Sofia, je ne pourrai pas en reprendre ; et c'est ici, ce n'est pas là-bas, que la guerre se décidera. »

– Poincaré n'a pas pu laisser passer de tels propos ! s'indigne Coustou. Il a toujours soutenu Franchet.

– Il continue. Il a souligné au Conseil des ministres, en regardant Clemenceau en face, « l'importance militaire et morale de Salonique ». Nous le savons par Guillaumat, notre défenseur à Paris. Mais Clemenceau ne veut rien entendre. Il se défie de Franchet d'Espèrey qu'il entend coiffer, ou décourager. Il veut arrêter les opérations sur une ligne définie, et récupérer quatre ou cinq divisions franco-anglaises pour les lancer vers le Rhin. Il est tout à fait hostile à la poursuite de la guerre en Orient. Voilà pourquoi tu es coincé, avec tes zouaves, le long du Danube.

– On ne peut pourtant pas empêcher les Serbes de reprendre ce qu'ils peuvent de leur pays ! Ton Clemenceau connaît-il les souffrances de ces gens-là ? Comment ose-t-il songer à limoger Franchet qui le premier leur a fait confiance, au point de leur laisser commander deux divisions françaises ? Comment peut-on lui en vouloir d'avoir enfin obtenu, grâce aux Serbes, la victoire ?

– C'est vrai, il a songé à se défaire de notre général en chef. Mais depuis le 27 septembre, sa tête est peut-être sauvée. La nouvelle de la capitulation des Bulgares a rempli de joie le Tigre, qui ne serait pas loin de s'en attribuer tout le mérite. Il récompense Franchet d'Espèrey, mais aussi Guillaumat, en les décorant de la médaille militaire. Celle du poilu, à laquelle, en principe, les généraux ne peuvent prétendre.

– Pourtant, ses bureaux de la rue Saint-Dominique n'envoient aucune directive particulière à notre armée d'Orient, comme si elle n'existait plus, déplore le commandant Coustou qui n'a lui-même pas la moindre instruction à donner à ses sections de zouaves. Un Edmond Vigouroux, toujours le premier à l'assaut, pêchera-t-il à la ligne sur le Danube ?

– Clemenceau, poursuit Valentin, se contente d'expédier le général Berthelot en Roumanie, où le persécuteur du pays, le gouverneur militaire Von Mackensen, l'ancien professeur de Guillaume II, résiste encore. Il est prêt, s'il le faut, à coiffer son talpack de hussard de la mort pour une dernière charge. Jusqu'où n'irait-on pas pour garder des puits de pétrole ?

– Les Anglais aussi sont vainqueurs des Turcs, et nul ministre de Londres ne songe à les retenir, bougonne Coustou en tirant un brandon de la braise pour allumer sa pipe. Déjà, les troupes du général Milne, si longtemps immobiles sur la Strouma, prennent le chemin de Constantinople, aidées par les divisions grecques qui s'empresseront de mettre à sac la capitale de leurs ennemis détestés.

– Pas question de contrarier les Alliés. Aucune directive précise n'est donnée au général Franchet d'Espèrey. Il pourrait avancer vers la Thrace et rejoindre le général Milne qui, jusqu'à plus ample informé, dépend de son commandement interallié. Non ! Il doit s'en tenir à l'occupation de la Serbie et de la Bulgarie. Son armée, au bord du Danube, n'est pas autorisée à le franchir mais seulement à le boucler. Nous avons reçu à Salonique un nouveau télégramme du Tigre destiné à Franchet : il n'est pas autorisé à pénétrer en Hongrie, mais il doit étudier un projet « d'encerclement économique du bolchevisme ». Il est question pour l'armée d'Orient d'une « intervention en Russie méridionale ». Il lui demande de préparer, avec des soldats en lutte depuis 1915, une opération de police internationale qui peut durer cent ans.

– Je connais assez bien Franchet pour deviner qu'il a refusé ? avance Coustou, sûr de lui.

– Franchet se voyait déjà entrant dans Budapest sur son cheval blanc, comme jadis Sarrail dans Monastir. Il proteste, en effet, contre le rôle qu'on veut lui faire jouer. On l'écarte au dernier moment de la photo des généraux vainqueurs.

– Qu'a-t-il donc répondu à Paris, sur l'affaire des Bolcheviks en Russie ?

– Je te cite de mémoire son télégramme : « Les troupes sont insuffisantes pour entrer dans ce grand pays glacé, surtout en hiver. Je pourrais tout au plus tenir Odessa et les ports voisins. Mais je dois vous dire qu'autant, pendant la guerre, nos troupes ont accepté la prolongation du séjour en Orient dans un esprit de résignation patriotique, autant elles pénètrent gaiement en Hongrie – entrevoyant l'entrée triomphale en Allemagne –, autant une occupation en Ukraine et Russie serait mal vue et risquerait d'amener des incidents possibles. »

Valentin déplie un journal anglais du 30 octobre qu'il tend à Coustou. En première page figure la photographie de l'amiral anglais Calthorpe signant seul un armistice avec les Turcs, dans le port de Moudros, à bord de l'*Agamemnon*.

– Peu après, commente-t-il, Clemenceau a protesté pour la forme. Mais il a aussitôt télégraphié à Franchet pour lui demander de « cesser toute initiative personnelle » du côté de la Turquie, et de placer le commandement des unités britanniques de l'armée d'Orient sous l'autorité exclusive du général Milne qui assurera seul le haut commandement dans la ville des sultans. L'*Union Jack* flottera seul sur Sainte-Sophie !

Coustou, le vieux baroudeur, reste silencieux. Ainsi, rumine-t-il, les Alliés se disputent les dépouilles et cassent les reins de l'armée d'Orient victorieuse. Ainsi, ses zouaves meurent chaque jour en vain sur les bords du Danube, sous les coups des Autrichiens et des Allemands qui n'ont pas encore cessé le combat. Les anciens *dardas* ne peuvent savoir – et Coustou n'ose l'annoncer – que, après la victoire définitive sur les Buls et les Turcs, on projette de les expédier au fond de la mer Noire pour y contenir le bolchevisme. Ils ignorent naturellement que le général qui les a conduits au bord du Danube inspire à Paris la plus totale défiance. Se sont-ils rendus maîtres du Dobropolié pour des prunes ?

* *
*

À l'hôpital de Lom-Palanka, Carla est à peu près la seule à accompagner jusqu'au cimetière de la ville le corps d'Émile le Niçois. Elle ne peut en supporter davantage et prévient son aide-major qu'il lui faut sur-le-champ retrouver Paul Raynal, son fiancé. Le jeune homme au képi grenat ne fait rien pour la décourager. Valentin l'aperçoit de loin. Il lui fait signe de monter dans sa voiture pour partir à la recherche des troupes qui marchent sur la Roumanie. Paul Raynal est assurément de celles-là.

Les compagnies de ponts du génie à cheval sont plus que jamais utilisées pour préparer l'avance de l'armée du Danube, chargée d'en descendre le cours jusqu'au delta et de prêter main-forte au général Berthelot qui organise sur place la levée des soldats roumains. On les rassemble de nouveau dans les casernes pour combattre les Allemands en retraite.

À voir les nombreux pioupious recrutés dans les villages s'entraîner pour le combat, Valentin s'interroge. Pourquoi lever tant de bataillons alors que Von Mackensen semble avoir abandonné la partie et quitté le pays depuis quelques jours ? La jeune infirmière aussi s'en inquiète.

– Ton Paul Raynal n'a rien à craindre, assure-t-il à Carla. Je crois qu'ici comme en Hongrie, la guerre se termine.

– Pourtant, les zouaves me disaient qu'ils allaient passer par la Hongrie, pour marcher sur Vienne.

– Si certaines troupes passent le Danube, c'est uniquement pour empêcher les Roumains, violents ennemis des Magyars, d'envahir leur territoire. Ici, dans les Balkans, nous marchons sur des œufs. Tous ces peuples se détestent. Mais il reste vrai que notre premier objectif est, plus que jamais, d'achever les Autrichiens et les Allemands.

– Alors pourquoi ne pas marcher sur Vienne et Munich ? s'étonne judicieusement Carla.

– C'est devenu inutile. Nous sommes le 30 octobre 1918. Les Italiens vainqueurs à Vittorio Veneto, dans les Alpes, obligent Charles Ier, empereur d'Autriche et roi de Hongrie, à signer dans les quarante-huit heures un armistice. Il n'y a plus d'Autriche-Hongrie.

– Mais les Allemands ?

– Depuis hier, Guillaume II, de son état-major de Spa, vient d'engager les premiers pourparlers de paix. Il n'est donc plus question de pousser notre armée d'Orient vers le nord. On s'attend d'un jour à l'autre à l'armistice sur le front de l'Ouest.

Les bataillons roumains, sous leurs yeux, prennent gaillardement la route en longues colonnes, en direction de Bucarest. Valentin reconnaît parmi eux l'uniforme vert des unités de Russes blancs arborant toujours, en tête de bataillon, le drapeau impérial.

– Berthelot accueille à bras ouverts tous ceux qui se présentent pour les embrigader.

– Pas un Français parmi eux !

– Les nôtres sont en avant, toujours plus à l'est, vers le Dniestr. Ils sont partis depuis longtemps et constituent l'avant-garde d'une armée interalliée où les tsaristes sans tsar prendront bientôt la première place, du moins l'espère-t-on dans les sphères officielles de Paris.

– Les Français engagés dans cette direction vont-ils combattre ? demande Carla, perplexe.

– Il est en effet étrange que l'on masse autant de soldats dans un pays dont on sait que les Allemands doivent se retirer un jour prochain, forcés par les conditions de la paix. Il paraît que la révolution éclate dans leurs villes.

Valentin ne fait aucune difficulté pour lui répondre, comme s'il n'y avait plus de secret militaire. La 30e division est en tête. Des Corses, des gens de Nîmes et d'Avignon, et même quelques Ardéchois. Ils sont précédés par les chasseurs d'Afrique et suivis par la 16e coloniale. Ses marsouins, qui ont été de toutes les offensives en France avant d'être affectés, en 1917, à la boucle de la Cerna où ils ont perdu beaucoup des leurs, pestent d'être orientés vers de nouveaux champs de bataille, comme si cette foutue guerre ne devait jamais finir pour eux. Leurs régiments faits de pièces et de morceaux n'ont plus que deux bataillons. Ils ont traversé vaillamment le Danube, chassant les Allemands devant eux pour entrer les premiers dans Bucarest. L'accueil a été triomphal.

– Les combats ont dû cesser, et pourtant je ne vois pas revenir les soldats du génie.

– Ils seront descendus vers le delta, pour aménager des passages ou peut-être des points d'embarquement.

Valentin croit la rassurer. Il l'inquiète. De jour en jour, la situation devient plus confuse à Bucarest, où des bataillons fraîchement armés partent pour la Bessarabie, qu'ils occupent, puis se portent à la frontière pour lutter contre les Bolchevistes. Après l'armistice du 11 novembre 1918, quand Carla, installée à l'hôpital français de Bucarest, apprend que l'Allemagne a capitulé, elle se demande pourquoi on maintient nos soldats en Orient, pourquoi son cher Paul ne prend pas le chemin du retour alors que la ville est en fête ?

Que fait l'armée du Danube ? Le chef du 2e bureau

français de Franchet d'Espèrey l'ignore. Il se rend à l'état-major du général Berthelot pour se renseigner et apprend du colonel Clerici, son collègue des services spéciaux français à Bucarest, que Berthelot reçoit désormais ses ordres directement de Clemenceau, sans passer par l'état-major de Salonique. La première mission de ce général était de chasser les Allemands de Roumanie et d'Ukraine. Ils ont évacué ces territoires. Désormais, une flotte française a reçu l'ordre de débarquer des troupes à Sébastopol, en Crimée, qui marchent sur le Dniestr dans le but avoué d'occuper Odessa, pourtant débarrassée de tous les occupants boches. Pour franchir les fleuves, les équipages du génie sont indispensables.

Valentin transmet ce qu'il vient d'apprendre à Carla qui demande aussitôt une place à bord d'une *autochir* partant de Galatz, aux bouches du Danube, pour gagner Bender à travers la Bessarabie, où elle se mettra à disposition des troupes occupant Odessa. Les Français et les Russes blancs tiennent le port, renforcés de groupes grecs. Une compagnie de chars Renault, patrouillant dans les rues tirées au cordeau, en a chassé les Bolcheviks. Carla grelotte sous sa cape. Comment retrouver Paul parmi les quatre cent mille habitants de l'immense cité ? En mars 1919, la ville d'Odessa est menacée d'asphyxie et ses habitants semblent affamés, tremblants de peur et de froid.

* *
*

Un groupe d'armée de quatre mille hommes seulement, de nouveau commandés par Franchet, Berthelot étant souffrant, s'efforce de résister à la poussée de l'Armée rouge. On déplore tous les jours des morts et des blessés, dans ces combats de retardement dont les poilus ne comprennent pas le sens.

Les *dardas* protestent, menacent de se mutiner, et certains bataillons refusent les ordres. Le 40e régiment de Nîmes n'est pas monté en ligne. Les camarades sont las. Ils n'ont pas l'intention de mourir en Russie alors qu'en France les poilus ont terminé les combats depuis le 11 novembre 1918. Deux ou trois divisions françaises décimées, épuisées, malades, ne peuvent raisonnablement faire face à une armée soutenue par la population. La 156e coloniale se traîne, la 30e se moque des ordres, les chars Renault envoyés en renfort sont en nombre insuffisant. C'est l'avis du Breton Cadiou, qui refuse de mettre sa batterie en position malgré les consignes réitérées. Pourquoi combattre ? Il faut bien, à l'évidence, se résoudre à évacuer le port, et Franchet, faute de renforts et de vivres, est le premier à le comprendre.

Mais est-il sûr de la flotte ? La révolte gronde, assure-t-on, à bord des grands cuirassés ancrés à Sébastopol. Les officiers d'un torpilleur français, le *Protêt*, en marche sur Odessa, ont dû réprimer une mutinerie conduite par André Marty, un gradé mécanicien. Le navire a poursuivi sa course, mais le mutin a été transféré dans les cales d'un cuirassé, le *Waldeck-Rousseau*. Des troubles plus graves encore se préparent à Sébastopol. Les marins veulent rentrer chez eux, et refusent de tirer sur les révolutionnaires russes.

La flotte acceptera-t-elle d'évacuer les blancs d'Odessa, combattants ou civils, menacés d'extermination immédiate par les rouges ? De les protéger en tirant au besoin au canon ? L'escadre française de la mer Noire semble échapper à son commandement. Franchet n'en est pas sûr, sans doute les marins peuvent-ils se reprendre. Mais il est convaincu de la nécessité d'éloigner au plus vite la 30e division qui flanche. Les Corses veulent revoir le pays et les Nîmois renâclent.

Les bateaux acceptent finalement d'embarquer dans un désordre indescriptible les services de l'armée, la population civile, la colonie française, après un accord avec les officiers rouges qui demandent en échange de leur non-intervention les dépôts de vivres emmagasinés dans la ville, avec, en prime, quinze cents fusils. Le général d'Anselme, chargé de cette singulière transaction, doit accepter les conditions piteuses de ce départ.

Carla refuse d'embarquer avec les services de santé. Elle apprend que les troupes de terre sont en marche vers la Bessarabie, province limitrophe et toujours disputée, moitié roumaine, moitié russe, et pressent que le génie lance des ponts dans ce secteur. La jeune infirmière-chef persuade l'aide-major de l'*autochir* de prendre, lui aussi, la route de terre, pour évacuer les blessés des possibles combats. La voiture traverse la ville déjà occupée par les Bolcheviks, arborant à la fois le drapeau rouge et les trois couleurs françaises, selon les termes de l'accord passé par Franchet avec les autorités de l'armée de Trotski.

Un tringlot de passage à bord d'un camion les avertit alors qu'une compagnie du génie et d'autres éléments de la 30e division viennent de se mutiner, refusant de charger les véhicules et de partir. Carla est près de tout abandonner pour se rendre sur place, seule s'il le faut, à pied sur la route. L'aide-major, pour la calmer, se renseigne tout de même auprès d'un adjudant venu se faire soigner une blessure légère au bras. L'homme appartient à l'état-major du général d'Anselme, chargé par Franchet d'organiser la défense ultime d'Odessa, menacée de toutes parts. Selon lui, la révolte des sapeurs du génie est terminée, les mutins abandonnés à leur sort ont finalement rejoint la compagnie.

– Et Paul Raynal ? Le connaissez-vous ?

– Sans doute. Mais il n'est pas des nôtres, répond l'adjudant. Sapeur à cheval, il est parti avec ses deux compagnies pour assurer la traversée des fleuves russes. Il est à peu près sûr qu'il construit un pont sur le Dniestr devant la ville de Maïaki.

Renseignement précieux pour la jeune infirmière ! Elle décide aussitôt d'abandonner l'*autochir* et son aide-major indécis, pour grimper dans le camion du tringlot. C'est Marceau Delage, elle le reconnaît.

– La traversée du Dniestr n'est pas une partie de canotage, lui dit-il. Si Raynal y fait un pont, il ne tiendra pas longtemps.

* *
*

Les renforts de l'armée d'Afrique, chasseurs, tirailleurs et zouaves, ont été rameutés pour garder à toute force la porte de la Bessarabie, comme si le sort de la guerre en dépendait. Le bataillon Coustou est encore de la fête. Valentin l'a convaincu de livrer un dernier combat d'arrêt.

– Clemenceau a d'abord pensé qu'on pouvait détruire le bolchevisme au prix d'une simple pichenette, avec une seule brigade, entraînant par sa présence déterminée la masse des Russes hostiles à la révolution. Le pays était dans un tel désordre qu'une force interalliée organisée, même faible en effectifs, devait suffire. Il a vite déchanté. Trotski, c'est Lazare Carnot. Il a improvisé en un temps record une Armée rouge qui compte déjà un million de combattants. Nous n'en sommes plus à l'offensive timide, mais à la défensive forcée contre la ruée des rouges. Le communisme n'exporte plus seulement ses idées, mais ses divisions. Il va reprendre la Pologne, envahir la Hongrie, submerger la Roumanie, la Bulgarie demain et peut-être aussi l'Allemagne, à la pointe des baïonnettes. La guerre recommence. Il faut les arrêter ici, tout de suite.

– Nous avons déjà donné, répond Coustou, désabusé, que d'autres prennent le relais !

– Il se trouve que nous sommes sur le mauvais chemin. Allons-nous les laisser passer sur le ventre ?

– Va pour le dernier combat ! grogne Coustou. Mais ne comptez plus sur mes zouaves. Vous les avez trop mis à toutes les sauces.

Ainsi repartent Vigouroux et les autres, sans connaître leur destination. Ils étaient face à la Hongrie, les voilà redescendant en chaland sur le Danube, protégés par des canonnières britanniques. Ils débarquent à Galatz et poursuivent leur voyage en chemin de fer jusqu'à la ville de Bender, à l'ouest du Dniestr.

Ils reçoivent aussitôt l'ordre de se retrancher dans la campagne aux herbes folles, hautes de deux mètres, qui couvrent l'espace marécageux. Impossible d'y creuser des tranchées. Pas une pierre pour abriter les mitrailleuses. Les tirailleurs de la 16e coloniale qui les entourent pataugent dans l'infect marigot. Les chevaux des spahis, le poitrail fouetté par les roseaux géants, se cabrent en hennissant.

Le général Cot prend pitié de ses Algériens et fait évacuer les marais, n'y laissant que des patrouilles de surveillance. Les zouaves couchent au sec, dans les lits des maisons abandonnées, en plein centre de la vieille ville. Ils sont réveillés à minuit par des obus de 105 qui éboulent un quartier entier.

– Gare au Danube ! crie Coustou. S'ils bombardent, c'est pour attaquer.

Vigouroux, sautant sur une mule, gagne le marais suivi de sa section, Ben Soussan toujours au plus près, Rasario entraînant les autres. Pas une rafale, pas un coup de fusil. Ils se rapprochent du fleuve, mettent les obusiers en batterie, tirent des fusées éclairantes, ne voient aucune ombre bouger.

Rasario distingue le premier les rouges pagayant sur des barques. Ils sont un millier peut-être, la valeur d'un bataillon, recouverts de leurs capotes grises, le visage noirci et caché par les longues visières de leurs casquettes. Silencieux mais repérés au clapotis de leurs rames. Ils bondissent sur la rive, braquent les fusils-mitrailleurs et décapitent les herbes hautes, cherchant leurs proies à l'aveuglctte.

Les zouaves refluent pour se regrouper plus loin aux abords de Bender, où des défenses ont été aménagées dans les jardins, des meurtrières dans les murs des habitations. Ils entraînent derrière eux les tirailleurs algériens et contournent prestement la ville par l'arrière. Aussitôt, Vigouroux organise le tir de sa compagnie de mitrailleuses.

Pris de flanc, les rouges reculent. Les crapouillots les accablent. Les Corses de la 30e partent à l'assaut.

Débandade des assaillants. Se croyant aux prises avec une armée entière, leur bataillon se jette à l'eau, tente de rejoindre les barques. Ils sont fusillés à cent mètres. Et le Dniestr roule leurs cadavres. Rares sont ceux qui tirent encore, pour protéger la retraite des camarades.

Vigouroux s'est redressé, en état d'hypnose. Il arrache sa chéchia et la jette à l'eau, comme pour en finir une bonne fois avec la guerre.

– Quel jour sommes-nous ? demande-t-il à Ben Soussan.

– Le 27 mai 1919. Tu devrais être chez toi, à Limoux, et moi à Mostaganem depuis au moins six mois. Voilà que nous venons de perdre trente de nos copains dans une guerre qui n'est pas la nôtre.

Vigouroux n'a pas le temps de répondre. Une balle le cueille à la tête et l'expédie au repos éternel. A-t-il eu le temps de revoir, en un millième de seconde, le visage souriant d'Alexandra la Grecque ? Est-il parti la rejoindre, la consoler là-haut dans le ciel ? À quoi bon son sacrifice, quand les chacals se sont remis en bandes, et toujours pour dominer, jamais pour libérer ! Il est mort, le Limouxin, sans savoir qui le tuait. La balle qui l'a frappé n'a fait que l'achever. Ben Soussan lui ferme les yeux. Il est le seul à le savoir : son copain était triste à en mourir.

* *
*

Paul Raynal dirige ses deux compagnies, des volontaires de la 30e division et des Polonais récemment incorporés qui se joignent spontanément aux sapeurs, pour tenter de lancer au plus vite un pont en bois sur chevalets. Il est seul aux commandes. Ses maîtres sont absents. Ni Maublanc ni Mazière, pris par d'autres chantiers, ne peuvent lui prêter main-forte. Si le pont saute, l'armée est engloutie.

Il faut franchir le Dniestr presque à son embouchure, à hauteur de la petite ville de Maïaki, bien en aval de

Bender. Sur cette piste sont groupés les équipages de ponts, l'artillerie, les approvisionnements et le gros d'une brigade de la 30e division.

Paul est partout à la fois : il apprend aux Polonais à monter les chevalets, fait scier les arbres par les Nîmois, porter à dos d'homme les passerelles métalliques dont il dispose encore. Les équipes travaillent sans répit, convaincues qu'il faut passer ou mourir. Le Dniestr n'a que trois cents mètres de large. L'enjeu n'a rien d'insensé, même si les hommes s'activent sous la pluie qui ne cesse de tomber en sinistres rafales glacées.

À partir de deux heures du matin, les premiers convois peuvent passer à la vitesse d'un homme au pas, faire craquer les planches, glisser sur les plaques métalliques envahies d'eau, protégées par de fragiles parapets, au risque de plonger dans le fleuve. Le vent se lève avec l'aube sur un paysage de cauchemar : le pont ne débouche sur rien, l'eau a gagné sur ses extrémités. Il faut patauger dans la vase jusqu'aux mollets pour gagner la terre ferme.

Un instant assoupi, assommé par une trop lourde besogne, Raynal, au bruit de la tornade, bondit hors de son abri, alerte son entourage, fait sonner le clairon pour réveiller les hommes épuisés. Le fleuve a envahi ses berges. La pluie continuelle, non pas une pluie d'averse mais une trombe infernale renforcée par la fonte des neiges, a provoqué un cataclysme.

Le Dniestr monte à la vitesse d'un cheval au galop. Il faut presser la cadence des colonnes qui tentent encore de grimper sur le pont, comme sur une planche de salut isolée au milieu des flots. Les fragiles arabas ont de l'eau jusqu'aux moyeux et leur équipage les saborde. Les poilus joignent leurs efforts à ceux des tringlots pour précipiter dans l'eau bouillonnante les camions hors d'usage. L'un d'eux persiste, son moteur tourne encore. Il avance péniblement avec l'obstination d'un cheval de mine, qui ne voit pas le jour et continue à tourner malgré le grisou.

Raynal reconnaît au volant du lourd engin Marceau

Delage. La portière s'ouvre et, trempée de pluie, Carla saute dans les bras de Paul qui la replace aussitôt dans la cabine, et referme la porte malgré la pression de l'eau. Le camion est probablement le dernier à pouvoir risquer la traversée. Paul hurle à Delage de se hâter. Le pont peut craquer.

Le vent mugit sur le fleuve dont les vagues lèchent les poutres, battent les chevalets. Dieu soit loué, Delage est passé ! Pour s'échouer lourdement à cent mètres du rivage, où ses roues tournent à vide dans la vase. Arrimant seul un câble d'acier au pare-chocs avant, il hèle les sapeurs sur la rive, qui parviennent à le treuiller jusqu'à la terre ferme.

Carla est sauvée, mais aussitôt le pont s'écroule. Les convois d'artillerie n'ont plus une chance de franchir le fleuve en proie à la fureur démente de ses flots déchaînés. Autant balancer directement les attelages par-dessus bord !

Engagés sur le pont devenu ponton désancré et tanguant sous la tornade, leur poids risque de les entraîner par le fond. Insultés par les biffins dont ils menacent la sécurité bien relative, les artilleurs poussent les pièces à l'eau et sautent à leur tour, pour tenter de regagner la rive.

La mort dans l'âme, Cadiou a sacrifié ses canons de 75 qui l'ont servi pendant toute la campagne. Il rejoint Paul Raynal qui le pousse fermement vers l'autre rive. Ceux qui restent encore massés sur l'immense ponton flottant, hésitant à plonger, se bousculent, tombent dans les remous verdâtres. Les lueurs de l'aube éclairent le cours du fleuve charriant pêle-mêle les nageurs exténués, paralysés par leurs lourdes capotes, leurs godillots de plomb et promis à la noyade.

Paul, monté sur une barque manœuvrée par des sapeurs malgaches, des grappins en main, cherche obstinément à arrimer les éléments disloqués du pont pour tenter de limiter la catastrophe et de sauver ceux qui s'accrochent aux poutrelles, menacés d'être entraînés vers le large.

Entreprise dérisoire. Le Dniestr n'attend pas. Il galope sur les rives, happe les survivants pour les engloutir dans son sein, devient une mer en furie de dix kilomètres de large. Comme un capitaine de navire refusant jusqu'au bout d'abandonner son bord, Paul va mourir noyé sur la barque inondée par des paquets de lames. C'est au tour de Cadiou de le héler de la rive pour qu'il plonge sans plus attendre.

La barque sombre. Les Malgaches, à demi nus, entourent Raynal qui renonce à nager, au bord de la défaillance. Cadiou marche vers lui de toutes ses forces, le repêche au collet, l'oblige à se redresser. À deux, ils se soutiennent, de l'eau jusqu'à la poitrine. Ils se rapprochent du camion de Delage, dont les roues sont de nouveau noyées par la montée continuelle du Dniestr. Le moteur tourne encore. Carla a suivi Cadiou pour sauver Paul. Delage, en dépit de tout bon sens, veut faire repartir son engin dont les vagues matraquent les portières. Bientôt, il ne pourra plus sortir, prisonnier dans sa cabine.

Cadiou l'arrache de force à son volant et tous les quatre marchent à contre-courant, forment une chaîne de naufragés, rescapés à force de courage, hissés sur la rive à l'aide de cordages lancés par les sapeurs. Ils avancent sur le fond mou, englué d'herbes folles, trébuchent, se redressent, tirés par les autres.

Par bonheur le fleuve s'étend fort loin, mais à faible profondeur. Ceux qui ont réussi à avancer avec de l'eau jusqu'au cou se retrouvent presque au sec, au prix d'un effort considérable, clapotant dans dix centimètres de flotte sale. Paul et Carla, soudés dans la catastrophe, s'échouent ensemble sur la terre noire de Bessarabie, à des milliers de milles de Marseille, rejetés par la mer furieuse du Dniestr, qui pousse vers le large les derniers combattants de l'armée d'Orient. Un naufrage avant l'oubli.

* *
*

Les voilà à Marseille, au milieu des pastèques, assis à l'ombre d'un néflier, à la terrasse d'un café du Vieux-Port. Un retour sans fanfare, sans comité d'accueil. Peut-être le maire de la cité, dont la population a doublé, ignore-t-il que tant de ses jeunes compatriotes ont lutté en Orient six mois de plus que les autres, sans que *Le Petit Provençal* songe à donner de leurs nouvelles, sans que personne prenne soin de rassurer les familles des derniers combattants. Elles reçoivent cependant jusqu'au bout les avis de décès portés par les gendarmes : morts pour la France en Crimée ou en Bessarabie !

Les derniers des *dardas* se glissent, sac au dos, entre des réfugiés de Grèce et d'Arménie, des Sénégalais regagnant le camp de Fréjus dans leurs uniformes délavés, en pièces, entre des Hindous en turbans guettant le bateau d'Alexandrie et de Bombay et des dockers kabyles, espagnols, turcs ou même bulgares.

La « porte de l'Orient » ne s'est pas refermée. La ville accueille en son sein les innombrables victimes de la guerre, ceux qui ont tout perdu dans les pays lointains, anéantis par les passages d'armées. Sans compter les victimes de la révolution russe, réduites au secours populaire, à la charité des autorités civiles et religieuses. Marseille, témoin quotidien des bouleversements profonds de la pacifique Méditerranée, est devenue, pour longtemps peut-être, la mer des peuples ennemis, des fanatismes ressuscités, des exterminations impitoyables de *nations* plus sauvages que celles de Tacite.

Les autres, les camarades morts, ne voient plus rien, ne sont plus les témoins et les acteurs de la folie d'un monde déréglé. Broennec le premier est parti pour son dernier voyage, en marin comme son père, victime non de la tempête, mais de la folie d'un Winston Churchill *forceur* malheureux des Dardanelles. Tâche impossible, dont les morts, par milliers, venus de France et de tout l'Empire britannique, suffisent à peine à dénoncer l'absurdité.

Émile Duguet ne prendra pas le train de Nice. Sa

place n'est pas même réservée au cimetière. Carla a fait dresser une croix sur sa tombe, aux confins de la Bessarabie et de l'Ukraine. Elle se souvient d'avoir placé dans son cercueil, religieusement, le béret bleu des Alpins qu'il ne quittait jamais. Il a gardé au cou la médaille de la Vierge que sa jeune sœur lui avait donnée et qui ne l'a pas protégé du désespoir. Mais dans la crispation de ses traits, Carla s'est acharnée à retrouver la dernière pensée qu'il réservait à son amour unique, l'étrange inconnue rencontrée au Caire, tuée par les Allemands dans un train, rejetée le long de la voie comme un animal dont on n'a plus besoin.

Une marchande de poissons commence la criée sur la jetée, bras nus et bronzés. Les sardines argentées brillent au soleil. Les Marseillaises les achètent par paquets, pour les griller dans la joie et fêter le retour des derniers soldats, ceux que l'on croyait perdus à jamais.

Paul et Carla se tiennent par la main, sans échanger une parole. Les souvenirs leur nouent la gorge. Seuls les regards parlent, trahissent la douleur. Paul songe à Edmond Vigouroux, le plus faible, malgré sa haute taille, des quatre copains embarqués de 1915, le zouave de Limoux qui ne savait rien de la guerre. Il ne rêvait que d'un Orient ensoleillé, d'un bref séjour, peut-être agrémenté d'aventures exotiques.

Il était le plus meurtri des quatre. Il avait eu le temps de prendre conscience du sacrifice inutile de sa chère Alexandra, morte pour la liberté des peuples. Le pays de la jeune femme se lançait après la victoire alliée à l'assaut des îles turques, des villages de Macédoine, reprenait sous son drapeau blanc et bleu aux couleurs de la Vierge les ambitions féroces des nations conquérantes. Étaient-ils morts pour cela, les *andartès* ? Vigouroux, le premier au combat, devenu zouave d'élite, projeté dans l'incroyable aventure de Russie, avait péri sans raison dans un combat que son général lui-même désapprouvait. Mort pour rien.

Paul et Carla sont aussi désemparés au retour qu'ils

l'étaient à leur départ en 1915, quand personne ne se souciait de les accueillir ni de les embarquer. Pourquoi sont-ils les seuls survivants de tant de malheurs ? Pourront-ils jamais oublier ? D'instinct, ils s'éloignent du port pour gravir la pente de la chapelle des Accoules, toujours illuminée de cierges, les murs couverts d'ex-voto. Ont-ils été exaucés ? Les femmes agenouillées jusqu'à l'épuisement ont-elles retrouvé leurs fils perdus dans la tempête folle ?

Bientôt, se dit Paul, on descellera les plaques, on les jettera aux orties. Un monument rappellera peut-être un jour dans la ville le souvenir de ceux qui, à peine revenus, sont déjà oubliés.

Ils sont là, vivants, l'un contre l'autre, sur le banc de pierre où, pour la première fois, Paul a pris dans ses mains les paumes bleuies de froid de Carla. Ils n'ont pas oublié cet instant. Il est leur sauvegarde. Tant il est vrai, songe-t-elle, que la guerre, ce poison mortel, n'a qu'un seul antidote : l'amour.

Postface

Que sont-ils devenus ?

Paul Raynal et Carla Signorelli ne sont pas restés dans le Sud. Sur les conseils du bon professeur Maublanc, chargé de reconstruire Arras, ville martyre de la guerre, Paul a utilisé ses connaissances pour développer une entreprise de travaux publics. Carla a trouvé sans peine un emploi à l'hôpital. Ils vivent dans une maison dont le jardin est envahi de chardons géants aux fleurs jaunes ou bleues, d'orties blanches et de savants entrelacs de ronces et de fougères. Ils ne parlent jamais à leurs enfants de la guerre en Orient. Ils vont chaque année revoir leurs parents d'Arles et de Monteils, qui se désespèrent de les savoir si loin.

Benjamin Leleu dit **le Dunkerquois**, l'unique zouave recruté à Dunkerque, a fui en traînant la jambe son pays dévasté par le canon pour partir au Canada, d'où il exporte vers l'Europe les Caterpillar, les tracteurs et les moissonneuses nécessaires à la remise en état du nord de la France.

Le colonel Valentin, devenu général de brigade, est resté dans l'armée, le temps de guerroyer contre les Turcs pour s'emparer de la province de Cilicie, avant de s'engager comme expert dans le cabinet militaire d'un homme politique, Franklin-Bouillon, chargé de signer en octobre 1921 le traité d'Ankara qui restitue la Cilicie aux Turcs. Il rejoint son patron Sarrail, haut-commissaire de France à Beyrouth en 1924, et bombarde sous ses ordres Damas, où s'est établi un gouvernement insurrectionnel. Après la nouvelle disgrâce de

Sarrail, il est rappelé à Paris, toujours au 2e bureau, pour étudier le réarmement clandestin de l'Allemagne.

Jean Cadiou de **Concarneau**, ayant perdu ses canons, se désespère de retourner à la pêche au chalutier. Il prend la tête du syndicat des marins pêcheurs et devient très populaire dans les familles des anciens combattants d'Orient, où il organise les secours aux victimes de la guerre. Il épouse une institutrice bigouden qui refuse de porter la coiffe le dimanche à la messe.

Marceau Delage vend sa ferme, petit héritage de son père, et installe un garage avec pompe à main sur la route de Caylus qu'on projette de goudronner. Il tire les plus grands profits de sa dépanneuse, un camion Ford américain racheté à bas prix aux surplus, qui lui permet de venir en aide aux automobilistes amateurs. Il raconte au bistrot du village de Septfonds le franchissement du Dniepr comme les arrière-grands-pères narraient jadis, à la veillée, les exploits de la Grande Armée.

Suzanne Duguet, devenue professeur agrégé de physique au lycée de Nice, a réussi, après force démarches, à faire rapatrier le corps de son frère et à l'enterrer décemment. Elle se marie à plus de trente ans avec un capitaine de la marine grecque qui, las de naviguer sur des bateaux à pétrole, cultive le mimosa dans l'arrière-pays niçois.

David Ben Soussan est retourné dans sa famille, à Mostaganem. Il soigne ses vignes et ne parle jamais de la guerre. Il revoit constamment **Rasario**, non pas à l'amicale des zouaves, mais dans les cafés d'Alger où ils rencontrent des Saloniciens séfarades émigrés de leur quartier détruit par le feu, et non reconstruit. Ils évoquent la mémoire d'Edmond Vigouroux et en parlent comme s'il était encore des leurs. Ils ne se résignent pas à sa fin tragique.

Le commandant Coustou, retourné à la vie civile, a ouvert un cabinet d'assurances à Paris, dont le portefeuille reste modeste car il s'en occupe peu et s'ennuie mortellement. Il ne sait rien faire d'autre que la guerre inutile. Aussi devient-il un ardent partisan de la paix, dans un groupe de militants de radicaux de gauche où il rencontre des journalistes, des étudiants en droit et des professeurs de lycée. Il est ainsi amené à combattre pacifiquement certains anciens camarades, comme **Lanier**, devenu colonel des chasseurs d'Afrique, démobilisé et traîneur de sabre, défilant en uniforme les jours de manifestations d'anciens combattants à l'Étoile, derrière le colonel de La Rocque, protestant contre la paix perdue et le désarmement moral du pays.

Le tirailleur sénégalais Mamadou Kombaré est resté dans l'armée. Il a rempilé avec le grade d'adjudant et la médaille militaire, qu'il arbore fièrement durant sa longue permission à Ziguinchor où il a retrouvé sa mère, ses frères et ses sœurs. Il est reparti en France, indigné de voir les administrateurs de la colonie traiter ses frères comme un officier français n'oserait le faire avec ses tirailleurs. Aussi leur conseille-t-il d'entrer dans l'armée, pour devenir comme lui un homme libre, pensionné et considéré. Un jour viendra, peut-être, où les Sénégalais aussi constitueront une nation indépendante. Mamadou l'imagine, il en rêve. Il sait que ce n'est pas pour aujourd'hui. Il faudra beaucoup de cadres comme lui pour prendre en main les rênes du pays. Beaucoup d'hommes sachant ce que la liberté veut dire. Il explique à ses frères qu'il faut partir, pour ne pas subir sur place l'inégalité et l'injustice.

Le sergent Francis Rakoto n'est pas rentré à Madagascar. Il a fait tous les métiers à Marseille, utilisant ses dons incroyables, successivement rebouteux, guérisseur, mage, infirmier. Il a profité de ses séjours dans les hôpitaux pour acheter des livres d'anatomie qu'il se fait expliquer par un étudiant, pour assister à des cours revêtu d'une blouse blanche comme s'il était de la faculté, admis et reçu partout en raison de sa médaille militaire et de sa parfaite connaissance du français. Un vieux Chinois l'a initié à l'acupuncture. Il a fini par ouvrir un cabinet florissant cours Belzunce.

Le chef *andartès* Mikaël est devenu un opposant au régime de Venizélos, soutenu par les Anglais dans ses ambitions impérialistes. Ayant adhéré au parti communiste grec, il reste un clandestin jusqu'à ce que la prochaine guerre le porte de nouveau dans les montagnes, avec de jeunes partisans qui conduiront la révolte en Grèce, jusqu'au triomphe des colonels, toujours soutenus par les Anglais.

Le capitaine-major Luciani, ancien des Dardanelles et de Salonique, mobilisé jusqu'en 1919, est devenu médecin colonial aux Antilles avant de prendre sa retraite en Corse, où ses filles ne veulent pas croire qu'il a fait la guerre, tant il garde jalousement dans le secret de son cœur les nuits de cauchemar, les milliers de victimes passées par ses mains.

Hervé Layné, le plus habile artificier de la compagnie des sapeurs à cheval, a d'abord organisé le déminage des champs du Nord, le long des lignes de défense successives des Allemands. Victime d'un accident tragique, il est mort dans la tranchée de la Fosse Calonne à Liévin, en désamorçant un obus de 220.

Arthur Schuster, le caporal skieur du 372e régiment de Belfort, est rentré chez lui sans une blessure, ayant maintes fois trompé la mort dans la montagne macédonienne. Il s'est fixé dans sa petite ville d'Orbey, pour reprendre son travail de bûcheron, heureux de pouvoir, l'hiver, descendre librement à skis jusqu'aux abords de la plaine d'Alsace redevenue française, pour y parler de la guerre avec ses cousins mobilisés dans l'armée allemande et rescapés de Verdun.

Le lieutenant Lemoine a quitté l'armée sur un coup de tête. Vivant d'expédients, il a fait des démonstrations de voltige dans toutes les villes de France et de Navarre avant d'échouer à Toulouse, où il est devenu pilote de la ligne d'Amérique du Sud. Il termine sa carrière au Brésil, comme pilote privé, après avoir épousé une fille de la haute société de Rio de Janeiro.

Le cantonnier Jules Lequin s'est marié avec une Avignonnaise. Employé à la mairie, il veille jalousement à la propreté du monument commémorant le rattachement à la France du Comtat Venaissin. Il a oublié l'époque héroïque où le général Bailloud lui avait donné les galons de sergent. Il tend la main, le dimanche, la poitrine constellée de décorations, aux touristes étrangers qu'il conduit dans le palais des Papes.

Mario et Francesco Signorelli, les frères de Carla, sont rentrés chez eux. La mère s'inquiète toujours pour l'aîné, amputé d'un bras, qui n'a pas trouvé à se marier et suit encore des cours de rééducation. Le père, retraité, pense constamment à sa fille chérie qu'il ne voit que trop peu, et joue aux boules, l'été, avec ses compatriotes. Francesco, remis de sa blessure, a épousé une Italienne et tenté de revenir au pays, mais la montée du fascisme à Rome comme à Milan l'en a vite dissuadé. Il est plâtrier peintre et ne veut plus entendre parler de la guerre.

Jean Hasfeld, chef de la compagnie de mitrailleuses du 372e de Belfort, est contremaître aux usines Peugeot de Montbéliard. Il rend la politique responsable de la guerre et ne demande qu'à vivre en paix, au volant de la voiture neuve qu'une direction paternaliste permet aux cadres d'acquérir.

Robert Soulé, le mennonite de Belfort, s'est remis de sa blessure à Pogradec. Il prêche la paix dans sa communauté, reçoit les frères allemands et suisses tout proches, milite pour la construction d'une Europe unie, pour une entente définitive avec l'Allemagne et un désarmement général.

David Pinter, l'ami de Valentin, dirige l'*Intelligence service* à Istanbul et s'emploie à « loger » les militants nationalistes du mouvement de résistance aux Alliés dirigé par le général Mustafa Kemal. Il est convaincu que la guerre va reprendre en Orient et reste en liaison étroite avec le bureau du Caire. Il sera tué en 1942 à El Alamein.

Maria Raynal, la mère de Paul, est inconsolable. Éloi, son mari, a rouvert son atelier de Septfonds mais se désespère de voir passer dans la rue des jeunes femmes aux cheveux courts, portant des feutres cloches. Il ne fabrique plus de chapeaux de paille que pour les pêcheurs à la ligne. Maria pleure seule, le soir, en écrivant des lettres interminables qu'elle n'envoie à personne. La joie revient aux vacances, quand son fils fait les foins avec Cyprien et Servière. Elle le couve des yeux, prend les enfants dans son giron, admire éperdument Carla. Mais le départ pour le Nord de la petite famille est chaque fois un déchirement. Le chanoine, l'institutrice, les voisines la consolent. Quelle chance, lui disent-ils, d'avoir vu revenir son fils indemne, alors que tant d'autres pleurent leurs morts ! Elle s'en veut de sa tristesse, mais ne peut s'en défaire.

Le commandant Mazière a repris sa retraite, dont il n'était sorti que pour servir. Il revoit quelquefois Maublanc, son vieux camarade, et le major Sabouret, en rupture d'armée. Ils ne refont pas le monde, ils s'interrogent sur son détraquement. Ils se demandent encore pourquoi cette catastrophe est née d'un simple attentat en Bosnie, un pays que chacun cherchait sur la carte. Maublanc, citant Montesquieu, dit que la pire barbarie sort parfois de la civilisation. Et Mazière, sans trop savoir pourquoi, craint que le pire ne soit encore à vivre.

LES CONSÉQUENCES ACTUELLES DE LA GUERRE EN ORIENT

La Bosnie, la Syrie, la Palestine, la Macédoine, la Grèce, la Turquie, Israël, l'Irak, la Jordanie, autant de terres brûlantes où ne cessent aujourd'hui de se développer les conflits : conséquences directes de l'effondrement des Empires ottoman et austro-hongrois, dont les peuples demandaient l'indépendance, et qui ont été constitués en nations à la va-vite par les quatre grands pays responsables de la paix, les États-Unis, la Grande-Bretagne, la France et l'Italie.

Les plus impatients de se constituer en nations étaient les Macédoniens, les Arméniens et les Arabes. Les Israéliens n'étaient alors qu'un groupe de peuplement protégé par une lettre du ministre anglais Balfour. Mais les Anglais soutenaient à la fois les Juifs et leurs ennemis, les Bédouins du désert ameutés par le colonel Lawrence et bientôt maîtres de Damas, menés par la dynastie hachémite demandant la formation d'un « grand royaume arabe ». Comment la Grande-Bretagne, puissance tutélaire, « mandataire » de la Palestine et de l'Irak, ex-territoires ottomans, pouvait-elle maintenir la coexistence pacifique entre Israélites et Arabes ? Comment les Français, signataires des accords Georges-Picot-Sykes conclus dès 1916, qui promettaient un mandat sur la Syrie et le Liban, pouvaient-ils imposer leur présence sur des territoires libérés conjointement par les Anglais et les Arabes, et revendiqués par ces derniers qui s'attaqueraient au Foyer juif dès 1921 ?

Une guerre est décidée à Paris pour prendre possession des mandats de Syrie et du Liban. Le général Gouraud chasse le « roi de Syrie », l'émir Fayçal, et soutient de durs combats contre les indépendantistes alaouites. La marine prend possession de Beyrouth, y plante le drapeau français sans que les Anglo-Saxons contestent le fait, conséquence du partage : c'est le début d'une longue et dramatique occupation qui ne prendra fin qu'après la Seconde Guerre mondiale. Le petit groupe de cavaliers conduit par le colonel de Piépape dans l'armée d'Allenby n'était que l'avant-garde d'une occupation, source de difficultés sans fin pour les Français.

Les Anglais ont, pour leur part, renoncé à réaliser le « grand royaume arabe » promis par Lawrence à l'émir Fayçal. Depuis lors, Syriens et Libanais sont frustrés d'un rêve d'unité musulmane, d'autant qu'en Arabie le roi Ibn Séoud et ses guerriers fanatiques, les wahhabites, n'ont nullement l'intention de se fédérer avec les peuples du Proche-Orient.

Restent les mandats anglais : dans l'Irak riche en pétrole, qui vient de recevoir le territoire de Mossoul enlevé aux Turcs et aux Syriens, Londres intronise le roi Fayçal, chassé de Syrie en 1921. Il règne sur trois millions d'Arabes en grande majorité chiites, et sur un million de chrétiens et autres minorités très vite persécutées, comme les Kurdes, les Arméniens et les Assyriens. Autant dire que l'autorité de Fayçal ne tient que par les mitrailleuses des Anglais, qui assurent l'exploitation des puits de pétrole. En 1921, les révoltes arabes sont réprimées avec la dernière énergie. Les Britanniques sont les spécialistes de la répression en Irak.

Ils dominent benoîtement les déserts de Transjordanie où le frère de Fayçal, Abdallah, modère l'emportement des Bédouins qui veulent attaquer les Israélites. L'Angleterre fixe une frontière limite à l'est du Jourdain. Elle a accepté un mandat sur la Palestine et se fait donc un devoir d'assurer la paix entre les communautés. L'acte de 1922 stipule que la Palestine aura comme langues officielles l'anglais, l'arabe et l'hébreu. Une reconnaissance pour les Israélites qui ne garantit pas pour autant leur sécurité. Ils ont déjà pour adversaire déclaré et menaçant le nationalisme arabe. En lançant deux armées en Palestine et en Irak, les Anglais se sont assuré des sources de pétrole, mais n'ont nullement installé un gouvernement durable.

Ils ont en outre armé, ravitaillé, encouragé le nationalisme grec contre les Turcs : se défiant des Italiens qui ont des visées en Asie Mineure et surtout dans les îles, ils soutiennent Venizélos le temps qu'il débarque une armée à Smyrne pour la conquête de l'arrière-pays. Pourquoi se gêner ? La Turquie est démembrée. La Thrace d'Europe est aux Grecs, le Kurdistan est autonome. Les Hellènes créent une république du Pont sur la mer Noire, occupent Brousse et Andrinople.

Mais bientôt, le vieux leader crétois est ostracisé sous l'accusation d'être devenu l'homme des Anglais. La mort du roi Alexandre permet de rappeler son père Constantin, l'ami de Guillaume II, plébiscité par les Grecs en 1920. L'ancien allié des Allemands est de nouveau sur le trône et les Anglais s'en accommodent. En 1921, une réaction nationale turque autour de Mustafa Kemal permet de repousser les Grecs, massacrés autour de Smyrne, de reprendre aux Français la Cilicie, d'enlever à la Géorgie le district de Kars avec le port de Trébizonde, de repousser les Hellènes de Thrace orientale et d'Andrinople. Constantin de nouveau abdique. Un comité révolutionnaire fusille cinq ministres et tous les généraux. Par traité, les quatre cent mille Turcs de Grèce doivent gagner l'Anatolie, et un million quatre cent mille réfugiés hellènes sont rapatriés en Grèce. Une politique du déracinement, imposée par une Turquie plus forte que jamais, laïque, militaire, sans sultan ni femmes voilées. Un règlement qui rend intraitables les Grecs à l'égard des Turcs et crée un ressentiment que l'on peut constater encore aujourd'hui dans l'île de Chypre.

L'échec des Alliés est moins flagrant dans les pays slaves, où ils peuvent se flatter d'avoir reconstitué une grande Yougoslavie unissant Slovénie, Croatie, Bosnie et Monténégro autour de la glorieuse Serbie. De quatre millions d'habitants, la Serbie passe à quatorze en 1920. Quelle diversité ! Pour six millions de Serbes orthodoxes, quatre de Croates catholiques, un million et demi de Slovènes germanisés, cinq cent mille Magyars, autant d'Allemands et de Turcs ou d'Albanais musulmans, auxquels il faut ajouter les Roumains et les Italiens.

On ne compte même pas les Macédoniens, comme s'ils n'existaient pas. Ils sont répartis entre Grecs, Albanais et Yougoslaves. La lutte des partisans des montagnes n'a pas réussi à leur rendre une patrie. Avec les Arméniens massacrés par les Turcs, ils sont les grandes victimes des traités de paix.

Un parlement se réunit à Belgrade, devenue capitale d'un vaste État. Il est naturellement ingouvernable et devient un champ de bataille. Le roi Alexandre, désespéré par ces luttes fratricides, sera assassiné à Marseille en 1934. En apparence unifié par les Alliés victorieux, en réalité impossible aujourd'hui encore à fédérer, le continent balkanique est promis à l'avenir incertain qui se manifeste en Bosnie et au Kosovo, mais aussi à la frontière occidentale et musulmane de la nouvelle Macédoine.

Les soldats de l'armée d'Orient, par leur sacrifice, ont souhaité la pacification de ces pays. Les faiseurs de paix sont loin de l'avoir obtenue. Les conflits qui surgissent encore d'un pays à l'autre sont autant de bombes à retardement d'une paix inachevée.

L'ARMÉE DU GÉNÉRAL FRANCHET D'ESPÈREY

667 000 hommes, 2 000 canons, 200 avions.

Outre l'armée « autonome » du général italien Ferrera qui opère en Albanie.

De l'ouest à l'est :

– l'armée française d'Orient du général Henrys regroupe cinq divisions françaises, une grecque et la 35e italienne du général Mombelli, qui tient sur son aile droite la boucle de la Cerna ;

– la force d'attaque est constituée au centre par les deux armées serbes de trois divisions chacune, aux ordres du prince Alexandre et du voïvode Michitch (première de Boyovitch, deuxième de Stepanovitch), renforcées par les deux divisions françaises de Topart (122e) et de Pruneau (17e DIC) attaquant avec la division serbe Choumadia ;

– le groupement franco-grec du général d'Anselme : deux divisions grecques et une française, la 16e DIC ;

– quatre divisions britanniques du général Milne tiennent le front de la Strouma à l'est, renforcées par le corps hellénique de six divisions grecques du général Danglis.

L'offensive de l'armée d'Orient (septembre-novembre 1918)

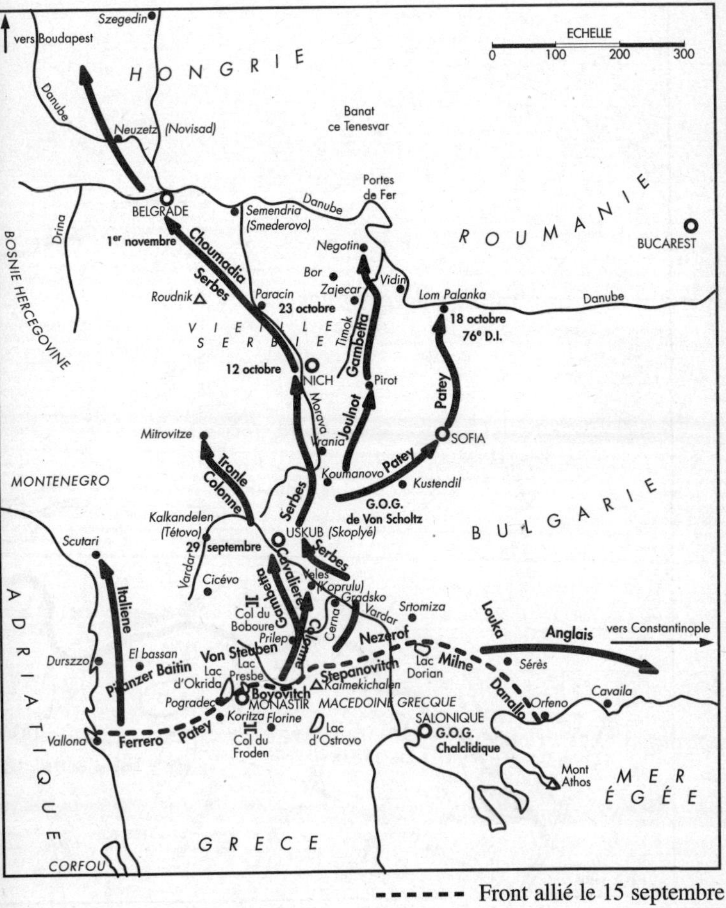

----- Front allié le 15 septembre

Le dispositif d'attaque des 17e D.I.C. et 122e D.

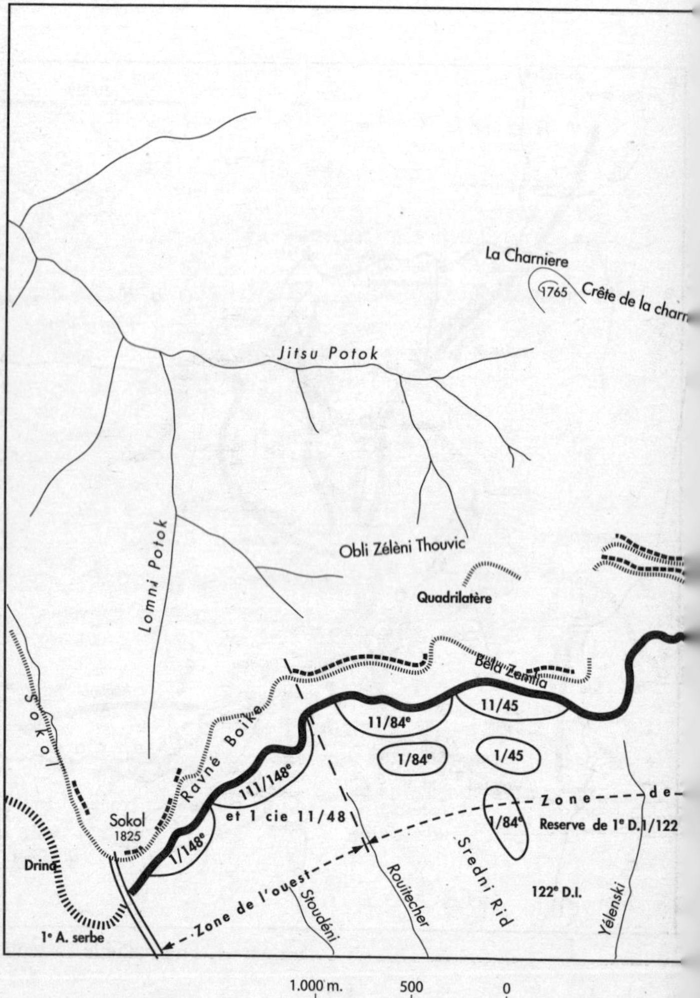

evant le Dobropolié (15 septembre 1918)

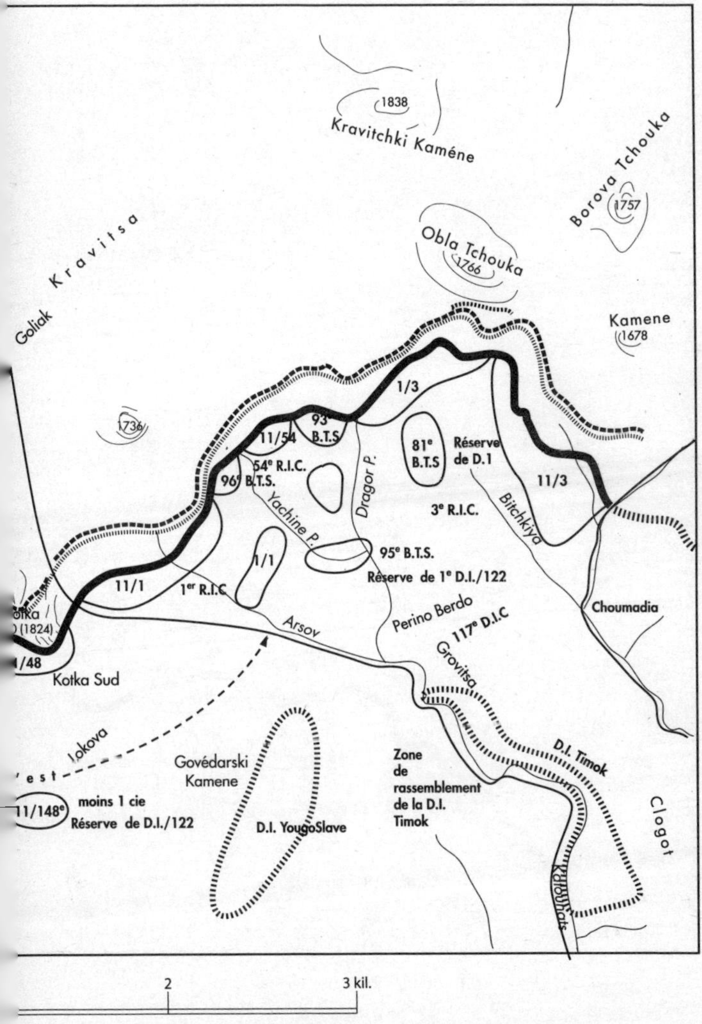

Table

Pierre Miquel dans Le Livre de Poche

LA POUDRIÈRE D'ORIENT

1. *L'Enfer des Dardanelles* n° 30485

Marseille, février 1915. Sur la Canebière, Paul Raynal, le petit gars de Septfonds en Quercy, ignore tout de son avenir. Comment pourrait-il deviner qu'il est en route pour l'enfer des Dardanelles, embringué dans la sanglante expédition navale décidée par Churchill contre les Turcs ? À bord du *Biên Hoa*, trois compagnons de souffrance partageront son sort : Edmond Vigouroux, de Limoux, zouave ; Émile Duguet, Niçois et artilleur ; André Broennec, de Morgat, radio du cuirassé *Bouvet*. Quatre gamins de la France rurale et républicaine, qui vont découvrir la beauté des déserts et la fureur des combats, le rêve oriental et la soif, l'amour, la malaria et la peur. Au Caire, les officiers français tentent en vain d'obtenir des informations et se laissent envoûter par les délices de la vie nocturne. Le dancing du Shepherd's Hôtel voit défiler Rockefeller, les marchands d'armes de tout poil, les négociants de coton venus vendre leur récolte aux Allemands, la cantatrice et espionne Lucia Signorelli, Richard Bartlett, l'arrogant reporter du *Sunday Times*... Paul Raynal et ses copains vivront cette guerre d'Orient, barbarie moderne où ces enfants qu'on dit soldats n'ont plus qu'à tomber dans la bataille, sans savoir pour quoi ni sous quel drapeau.

2. *Le Vent mauvais de Salonique* n° 30486

31 décembre 1915. L'expédition franco-britannique des Dardanelles s'est achevée dans le sang. Du pont de l'*Algérie*, les

rescapés de l'enfer découvrent Salonique. Sitôt débarqués, ils sont emprisonnés dans un camp insalubre cerné de barbelés et d'espions. Constantin, le roi des Grecs, affiche son amitié pour les Allemands. Dans l'ombre, le baron prussien Schenk manipule l'opinion. Le général Sarrail a beau se battre sur tous les fronts, il reste pris en tenailles entre Grecs et Bulgares, tandis que les Anglais observent et attendent... Paul Raynal survit au nom d'un seul espoir : retrouver Carla, l'infirmière rencontrée sur le port de Marseille. Émile Duguet infiltre les services de renseignements ennemis. Chargé de nettoyer la région des terroristes à la solde des Bulgares, Edmond Vigouroux parcourt les montagnes, accompagné d'Alexandra, la jeune institutrice grecque dont il est épris. Insolations, typhus, moustiques ravagent les troupes plus rapidement que les combats eux-mêmes. Des ruelles de Salonique aux lambris des salons de Sofia, les soldats sillonnent une poudrière de nationalismes. Ainsi va l'Histoire dans ces Balkans loin d'être unifiés. Ainsi va l'amour dans cet Orient tragique où chaque jour est le jour le plus long...

3. *Le Guêpier macédonien* n° 30487

À Salonique, début 1917, la consigne est claire : il faut tenir, barrer à l'Allemagne l'accès aux routes maritimes en Méditerranée. C'est là que Paul Raynal se bat dans les pires conditions, tout en songeant à celle qu'il aime, Carla. Celle-ci, cependant, échappe de peu au torpillage d'un bateau où des centaines de Poilus se noieront avant même d'avoir pu combattre. À Monastir, au mont Athos, puis en Macédoine, nous retrouvons et perdons tour à tour Vigouroux, le zouave de Limoux, Duguet, l'artilleur niçois, Rosario et Ben Soussan, les Nord-Africains... Bien d'autres encore, dont les destinées entrecroisées nous emmènent sur tous les chemins de la guerre, peinte à fresque, avec une puissance à couper le souffle, par un historien qui se révèle un romancier de première force.

Du même auteur :

OUVRAGES D'HISTOIRE

L'Affaire Dreyfus, PUF, 1959.
Raymond Poincaré, Fayard, 1961 (Prix Broquette-Gonin de l'Académie française).
La Paix de Versailles et l'opinion publique française. Thèse d'État publiée dans la « Nouvelle collection scientifique » dirigée par Fernand Braudel, Flammarion, 1973.
Les Souvenirs de Raymond Poincaré, publication critique du XIe tome avec Jacques Bariéty, Plon, 1973.
Histoire de la radio et de la télévision, Plon, 1974.
Histoire de la France, Fayard, 1976.
Les Guerres de Religion, Fayard, 1980.
La Grande Guerre, Fayard, 1983 (Premier Grand Prix Gobert de l'Académie française).
La Seconde Guerre mondiale, Fayard, 1986.
La Grande Révolution, Plon, 1988.
La Troisième République, Fayard, 1989.
Les Gendarmes, Olivier Orban, 1990.
Histoire du monde contemporain, Fayard, 1991, 1999.
La Campagne de France de Napoléon, éditions de Bartillat, 1991 (Prix du Mémorial).
Le Second Empire, Plon, 1992.
La Guerre d'Algérie, Fayard, 1993.
Les Polytechniciens, Plon, 1994.
Les Quatre-Vingts, Fayard, 1995.
Les Compagnons de la Libération, Denoël, 1995.
Mourir à Verdun, Tallandier, 1995.
Vincent de Paul, Fayard, 1996.
Le Chemin des Dames, Perrin, 1997.
La Victoire de 1918, Tallandier, 1998.
La Main courante, Albin Michel, 1999.
Ce siècle avait mille ans, Albin Michel, 1999 (Prix d'histoire de la Société des gens de lettres).
Les Poilus, Plon, 2000.

Les Oubliés de la Somme, Tallandier, 2001.
Le Gâchis des généraux, Plon, 2001.
Les Amoureux du Brévent, Albin Michel, 2001.

ROMANS, ESSAIS ET CHRONIQUES

Lettre ouverte aux bradeurs de l'Histoire, Albin Michel, 1975.
Histoires de France, Chroniques de France Inter, Fayard, 1981 (Prix Sola Calbiati de l'Hôtel de Ville de Paris).
Les Hommes de la Grande Guerre, Chroniques de France Inter, Fayard, 1987.
La Lionne de Belfort, Belfond, 1987.
Le Fou de Malicorne, Belfond (Prix Guillaumin, Conseil général de l'Allier), 1990.
Le Magasin de chapeaux, Albin Michel, 1992.
Le Jeune Homme au foulard rouge, Albin Michel, 1994.
Vive la République, quand même !, Fayard, 1999.
Les Aristos, Albin Michel, 1999.
L'Agriculture française, Belfond, 2000.
Les Rois de l'Élysée, Fayard, 2001.
Les Enfants de la Patrie, suite romanesque, Fayard, 2002.
1. Les Pantalons rouges
2. La Tranchée
3. Le Serment de Verdun
4. Sur le Chemin des Dames

La Poudrière d'Orient, suite romanesque, Fayard, 2004.
1. L'Enfer des Dardanelles
2. Le Vent mauvais de Salonique
3. Le Guêpier macédonien
4. Le Beau Danube bleu

La Liberté guidait leurs pas, suite romanesque, Fayard, 2005.
1. Les Bleuets de Picardie
2. La Marne au cœur
3. Les Mariés de Reims
4. Le Clairon de la Meuse

Composition réalisée par IGS

Achevé d'imprimer en février 2006 en France sur Presse Offset par

BRODARD & TAUPIN

GROUPE CPI

La Flèche (Sarthe).
Dépôt légal édition 01 : mars 2006
N° d'imprimeur : 34378 – N° d'éditeur : 67879
LIBRAIRIE GÉNÉRALE FRANÇAISE – 31, rue de Fleurus – 75278 Paris cedex 06.

31/1328/9